徳間文庫

女警察署長

K・S・P

香納諒一

徳間書店

目次

主な登場人物

K・S・P　歌舞伎町特別分署。
沖幹次郎　特捜部チーフ。警部補。スキンヘッドの強面。落語鑑賞が趣味。
村井貴里子　K・S・P署長。深沢署長時代に秘書を、その後は沖に代わって特捜部チーフを務めた。
円谷太一　特捜部刑事。通称マル。総務部預かりから復帰。
柏木隼人　特捜部刑事。通称カシワ。K・S・P二課長から転属。沖とは犬猿の仲。
平松慎也　特捜部刑事。通称ヒラ。優男だが、沖と同様に荒事をこなす。
柴原浩　特捜部刑事。通称ヒロ。特捜部の若手。
仲柳文雄　特捜部刑事。特捜部に配転された若手。
新田義男　二課長。柏木の後任。
甲村高明　二課刑事。
谷川卓　二課刑事。
舟木進一　刑事官。沖を快く思っていない。

警視庁

畑中文平　警備部長。階級は警視監。都知事の有馬栄太郎の旧友。
深沢達基　警務部人事二課長。K・S・P元署長。畑中の一派とは対立関係にある。

埼玉県警

村越実　刑事部組織犯罪対策課課長。

マーク・ウエスラー　テキサスの石油王。
バーバラ・李（リー）　マーク・ウエスラーの妻。世界的なヴァイオリン奏者。
有馬栄太郎　東京都知事。マーク・ウエスラーの友人。
木戸静雄　極楽光明寺の住職。
白嶋徹　神竜会の元組員。破門された。
陳莫山（チェン・モーシャン）　世界的なヴァイオリン製作者。
陳弦悠（チェン・シェンヨウ）　陳莫山の息子。
黄悠（ホァン・ヨウ）　池袋の雑貨商。
文建明（ウェン・ジェンミン）　横浜中華街の中国人。
章翠緑（ジャン・ツイリュー）　文建明の情婦。
楊武（ヤン・ウー）　文建明の右腕。

五虎界（ウーフジエ）　中国マフィア。

朱徐季（チュー・スーチー）　五虎界のドンだったが、殺害される（『孤独なき地』参照）。

朱栄志（チュー・ロンジー）　朱徐季の連絡役を務め、朱徐季の死後、頭角を現す。朱向紅らとともに円谷の妻子を爆殺し、海外に逃亡（『毒のある街』参照）。

丁龍棋（ディン・ロンチー）　朱栄志の部下。

斉秀行（チー・シウシン）　服役中。実父を朱向紅に殺された。

偉風兵（ウェイ・フォンビン）　朱徐季の元ボディーガード。

朱向紅（チュー・シアンホン）　朱徐季の孫娘。円谷の妻子を爆殺し、円谷に射殺される（『毒のある街』参照）。

宗偉傑（ゾン・ウェイジエ）　朱徐季亡きあとの五虎界の実力者。

神竜会　新宿で最大勢力を誇る暴力団。

彦根泰蔵　神竜会会長。高齢のため、組の仕切りは幹部に任せている。

枝沢英二　筆頭幹部。

一章　予兆

1

配備を終えた。歌舞伎町特別分署(K・S・P)の沖幹次郎(おきみきじろう)と平松慎也(ひらまつしんや)のふたりも、現在は埼玉県警刑事部組織犯罪対策課の命令下に入っていた。これから容疑者たちを逮捕する。しかも、広いヤードがその現場となる。命令系統の統一は絶対的な条件だ。

上尾市と川越市を結ぶ幹線道路沿いの荒れ地だった。周囲に民家はほとんどなく、農地、耕作放棄地、それに荒れ地が拡がっていた。割合的には人が手を加えることをやめた土地のほうがずっと多く、そのことが全体の景色から潤いを奪っていた。七月。そろそろ梅雨(つゆ)が明ける。水を張った田圃(たんぼ)には稲が揺れるが、それよりも雑草の生い茂った土地のほうが圧倒的に多いのだ。

目指すヤードの広さは二万平米前後、ちょっとした草野球場ぐらいはあった。盗難車がここで解体され、海外への闇ルートに乗せられる。周囲を高い鉄板で囲まれており、外からは中の様子を窺い知ることはできなかった。

　舗装道路に面した正面だけは、トラックが優にすれ違えるだけの幅でゲートが開いていたが、その奥に見えるのは廃車が積み重ねられた山といくつかの重機だけで、その奥で何がなされているのかはわからない。少し前に、廃車の山の向こうに強いライトが灯り、上空がぼおっと明るくなったところだった。

　ヤードの内側から外の様子を窺う者があった場合、接近する不審者を見て取るのは容易い。車で近づくのは断念し、日暮れ時を待って、捜査員全員が荒れ地の中を這い進んできたのは、そのためだった。

　昨夜から今日の昼過ぎまで降り続いた雨のせいで地面がぬかるんでおり、沖のデニムの膝も肘もぐっしょりと湿ってしまっていた。

　隣の平松が、先ほどからしきりとあちこちを掻いていた。天気予報は今年もまた猛暑を予測しており、梅雨が明けていない現在も既にかなり気温が上がっていた。雑草が生い茂る荒れ地の中には大量のヤブ蚊が巣くっていて、沖も首筋や手の甲だけでなく、太股や脹ら脛まで痒かった。ヤブ蚊はデニムの上からも刺してくる。

「了解――」

　現場指揮を任された組対課の課長が、無線で報告を受けて答えるのが聞こえた。部下をふたり、ヤードの前方及び後方から、中の様子を窺うためにこっそりと近づけている。

「気づかれた様子はないようだ」

すぐ傍に控えた部下たちに低い声で告げたのち、ちらりと沖のほうへと視線を飛ばした。

四十代後半のごつい男で、頭髪は角刈り、髭は几帳面に当たっているが、この時間にはまたうっすらと下顎を被い出しているほどに濃い。名は村越実。捜査員たちの中には、防弾チョッキを剝き出しで着用している者が多かったが、この男はきちんとその上から官給品のウインドブレーカーまで着ていた。暑いはずだが、大して汗をかいてはいなかった。

村越の視線の意味を、沖は明瞭に感じ取った。

ここは自分たちの縄張りであり、これは自分たちのヤマだ。前に出ずに引っ込んでいろ。

——そう言いたいのだ。既に署を出る時点で腕を摑まれ、口頭でそう吐きつけられていた。

村越は改めて無線機を口元に運び、他の三班の指揮官たちに次々に連絡を入れ、配備が完了したことを確認の上で、突入まで次の合図を待つようにと指示を出した。

そして、村越は無線機を口元に留めたままで静止した。

空はほぼ深い濃紺色に染まっていた。捜査員たちが伏せた地面は、夜の中に沈み込もうとしている。もう待つ必要はない。

沖にはわかった。村越は、今、こうして一拍置くことで、捜査員全員の集中力を高めようとしているのだ。

村越を囲んだ部下たちは、その横顔や後ろ姿にじっと視線を留めていた。そうすることで、息遣いが指揮官と重なってくる。無線機の向こうで指示を待つ別班の捜査員たちも、息を詰めて次の指示を待ち続けながら、刻一刻と集中力を高めているのがわかる。

沖は視界の端を横切るものを感じ、はっと視線を泳がせた。

蝙蝠(こうもり)だ。

濃くなっていく闇の中を、蝙蝠が独特の曲線を描いて飛んでいた。捜査員たちの血を吸って喜んでいるヤブ蚊どもを捕食しに来たのだ。

田圃の表面で光が揺れていた。

沈みきる直前の太陽の光が、緑の葉の上で踊っている。身を伏せ、顔が低い位置にあるために、それが目に届いたのだ。

西の空がほんのりと赤い。そこから上空に向かい、じっくりと炙(あぶ)られたような深い紫色が拡がっていた。烏(からす)の鳴く声が遠くを渡っていく。

沖は突然、空の広さを感じた。そうか、ここは新宿よりもずっと空が広い。そのことが、こうして空が夜の闇の中へと紛(まぎ)れてゆく間際になって強く意識された。

「幹さん――」

平松に小声で呼ばれ、我に返った。

「どうかしたのか、ぼうっとして……？」

平松は一層声を落として訊いた。

「いや、何でもねえよ」

沖は無愛想に言い返して首を振った。そんな顔つきをしなければ、つい苦笑が浮かんでしまいそうだった。これからホシを捕まえに行くのに、空に見とれていたなんて……。笑い話にもなりゃしない。

疲労なのか。

それとも、何か別のものに取りつかれているのか。

いつからだろう。ふと気持ちに間隙が生じるようになったのは……。

村越の右手が上がった。

「行くぞ。突入だ」

指示を出すとともに、村越自らが真っ先に動いた。

上半身を屈め、体を低くし、荒れ地の草むらを走り出す。

無線機を通して指示を受けた別班の連中も一斉に行動を起こし、黒い影がひとつまたひとつと闇の中を動き始めた。

三班がそれぞれの方向からヤード正面のゲートを目指していた。残りの一班は人員をさらに三つに分けて、ヤードの残りの三方を周囲から固めていた。正面ゲート以外に秘密の逃げ口があった場合、表で取り押さえるためだった。

沖と平松は、村越の数メートル後ろを走っていた。

出しゃばるつもりはなかった。

捕り物の花は、現地の警察に譲るべきだ。だが、この捕り物に至る手がかりは、K・S・Pの沖たちがもたらしたものだった。そのことを盾にして、容疑者の取調べは優先的にやらせてくれと、既に話はつけてある。

ゲートに走り込むとともに舗装が終わり、でこぼこのぬかるみ道になった。砂利を敷いて車の運行をしやすくするような工夫すらされていない。

他の捜査員たちに倣い、沖たちも特殊警棒をホルダーから抜いて先端を伸ばした。手にしたものが銃ではないことに、沖は微かな落ち着きの悪さを感じた。自分が現場の指揮官だったら、突入時から銃を構える指示を出すのは間違いなかった。

日本社会は銃に対するアレルギーが強く、たとえ警察官ではあっても、ぎりぎりまで銃の使用は制限される。だが、新宿という街に巣くう連中を相手にする以上、引き金を引くことを躊躇えば、それが即、死に繋がるケースが多い。

今この現場で、同じことが起こらないとなぜ断言できるだろうか。

しかし、この現場の責任者は村越であって、自分じゃない。指示に従わないわけにはいかなかった。それが警官の務めだ。

右手の廃車の山の隙間に、男がひとりちらっと見えた。突然走り込んできた大勢の男たちに驚き、何事かと目を丸くしている。

村越の指示で、数人がその男のほうへと走る。

「警察だ。両手を上げろ！」

捜査員たちが口々に声を張り上げる。

村越は走る速度を落とさず、前方の強い光を目指していた。角張ったごつい肩が、落ち着き払って悠々と揺れている。沖と平松のふたりも、他の捜査員に混じってそれを追っていた。目当ては雑魚じゃない。ここのヤードを仕切っている野郎だ。

廃車の山が左右に遠のき、広いスペースが確保された場所にたどり着くと、手に手に工具を握って作業に勤しむ男たちに出くわした。

何ヶ所かに固定したライトが、煌々とそこを照らしている。

見える範囲にいるのは、全部で六人。そのうちのふたりは、溶接保護マスクを被り、バーナーで目の前の鉄板を切り取っていた。

男たちの獲物は既に解体が進み、元が何だったのかすぐにはわからないほどにまでばらばらにされていた。だが、おそらく何らかの重機だろう。

窃盗団の狙いは、ここ数年、高級車から重機へ、あるいは工事用の発動機や漁船の船外機など、様々なものへと移っていた。発展途上国では、日本製の重機、機械類は飛ぶように売れる。

ここは解体の作業スペースだ。こうしてばらばらにしてからコンテナに積み込むと、日本の税関には盗品かどうかの判断がつかなくなる。一々そこまで検査するだけの人手も予算も組まれていないのだ。

そして、事実上、盗品はフリーパスで外国へ運び出されることになる。

目的地に到着すると、細かいパーツのひとつひとつが元に戻される。この解体と復元の技術は、いっそのこと芸術的と言っても良いほどだ。

日本国内で盗まれた車が、翌日にはもう解体されて船に乗せられているような例もある。ヤードと呼ばれる解体用のスペースは、現在、全国で一四〇〇ヶ所も存在が確認されていた。

その中でも、埼玉県は二五〇ヶ所と最も多い。

そのどこもがここと同じように周辺を高い鉄板で被われ、中で何が行われているのかがわからないために犯罪を助長しているのだ。

「警察だ。そこまでだ。全員、持ってる物を置いて両手を上げろ」

村越が声を上げた。警察手帳を高く掲げていた。

男たちに一定の距離を置いて立ち止まった村越の横を擦(す)り抜け、部下たちがわっと襲いかかる。

「バーナーをとめろ。そして、足下に置け」

「両手を頭の後ろで組め」

刑事たちがきつく命じて男たちに迫る。

また別の刑事たちは、死角に潜んだ人間の有無を確かめるため、ある者は周囲の廃車の山のほうへと、ある者は作業スペースの奥に二つ並べて設置してあるトレーラーハウスのほうへと走る。

「銃だ！」

捜査員のひとりが鋭く声を上げ、一瞬にして緊張が拡がった。

「こいつ、腰に銃を差してるぞ」

指差された男のデニムの腰で、黒光りする銃把（じゅうは）が目を惹（ひ）いた。

沖と平松が動いた。

他の捜査員たちも皆、それに遅れぬスピードで、それぞれの銃を抜き出して男たちに向けた。

「油断するな。他にも持ってるやつがいるかもしれんぞ」

村越の声が響く。

「おい、そいつを確保だ」

命じられた捜査員たちが、銃口を男に突きつけてじりじりと迫る。

銃を帯びているのを見つかった男は、中国人だと沖は見て取った。判断の根拠は、顔つきでも髪型でも服装でもない。一時期までは、ヘアスタイルや服装によって、中国人だと判断できた頃もあった。今ではそういった点にはほとんど差異がないが、それでも新宿でチャイニーズマフィアの人間たちを数多く相手にするうちに、はっきりと見分けられるようになっていた。

身に帯びた雰囲気とか、表情や視線が放つ匂(にお)いの違い、とでも言うしかない。

沖は視界の端に違和感を覚え、ひとりトレーラーハウスへと顔を向けた。そこに向かうはずだった捜査員たちは、拳銃騒ぎに驚いて足をとめ、皆、表の男たちに銃を突きつけ、今はそちらに注意を払う者は誰もいなかった。

トレーラーハウスの窓の奥で、何かがちらっと動いた気がした。人影……。おそらく、そうだ。

「おい」

沖が平松に耳打ちした瞬間、トレーラーハウスのドアが開き、中から男がひとり転がり出てきた。

自らの勢いに足を取られたが、片手を地面に突くことで辛うじて転倒を免れ、捜査員たちのいないハウスの裏手へと逃げ出した。

「野郎！」

沖は言葉を噛(か)むように吐くと、地面を蹴って走り出した。先頭に立つのはあくまでも地元警察だと釘を刺されたことを忘れたわけではなかった。だが、逃げ出す男を見て、勝手に体が反応していた。

すぐ後ろに、相棒の平松がいるのが気配でわかる。一見優男風だが、沖と同じで、獲物を見たら自動的に体が動いてしまうようなタイプの刑事だ。

「ヒラ、右へ回れ」

沖は背後の平松に手で合図を送りつつ、男を追うスピードを上げた。

トレーラーハウスの背後のどこかで、挟み撃ちにすることが狙いだった。

裏手はかなり近い距離まで廃車の山が迫っていた。男はその山の隙間に入り込んだ。

ハウスの向こう側に姿を現した平松とアイコンタクトを取り、沖は銃を顔の横に構えて男を追った。相手も銃を持っているかもしれない。

平松が別の隙間に入る。

向こう側に抜けると、ヤードの周囲を取り囲んだ高い鉄板に行き当たった。

音がして見やると、男が鉄板をさかんに蹴りつけていた。

「動くな」

声を上げる沖をちらっと見たのち、さらにもう一度蹴りを入れると、それまでとは違う音がした。男が鉄板の間へと姿を消す。

沖は舌打ちして走り寄った。鉄柱のすぐ横の鉄板が一枚、大人の背丈と幅ぐらいの大きさで向こうに蹴倒されていた。やはり予測した通り、裏手にこうした秘密の逃げ道を作っていたのだ。

「表へ逃げたぞ。中からひとり、表へ逃げた!」

沖は大声を出した。ヤードの表には、一班が待機している。彼らに状況を伝えるためだった。

自らもすぐにその穴を潜って表へ出ると、男が案外とすぐ傍にいた。

雨でぬかるんだ地面に足を取られ、転倒したらしい。慌てて体を起こし、逃げようとしている。

沖は男の背中にタックルを喰らわせた。腕を相手の首に巻きつけるようにして体重をかける。

男はバランスを崩し、沖にのしかかられながら左によろめいた。

——よし、確保だ。

のしかかったまま地面に倒れ、そのまま腕をねじ上げる。それはもう、何十回何百回と繰り返してきた逮捕の手順だ。

だが、体を支えるはずの地面はなく、その代わりに沖の体は水の中に沈み込んでいた。

顔も浸かり、口からも鼻からも水が入る。

体を起こそうとして踏ん張るが、水中の泥が柔らかいため、足に力が入らなかった。

抵抗しようとする男の顔を力任せに水中に沈め、引き上げてはまた沈めることを繰り返していると、やがて男は噎せて水を吐きながら体の力を抜いた。

沖は両足を踏ん張ってやっと立ち上がり、自分たちが水田に頭から落ちたことを知った。

「立ちやがれ。逮捕だ」

男の襟首を摑み、畝のほうへと引きずる。

いつから来ていたのか、そこには埼玉県警の村越が立っていた。

仏頂面でいることが多いこの男がにやにや笑いを嚙み殺している。

沖は目を逸らし、男の体を力任せに畝へと押しやった。

村越の部下たちが男を押さえ、手早く手錠をはめる。

「逮捕はうちに任せろと言ったろ」

村越が吐きつけるように言い、沖はむかっとした。

だが、何か言い返そうか迷う沖の前に、すっと右手が差し出された。

憤りが戸惑いへと変わった。

「汚れちまいますよ」

「一緒に乗り込んだあんたはびしょ濡れなんだ。指揮を執ってる俺が、汚れることを気にしてたんじゃあ、様になるまい」

沖は目を逸らして相手の手を握った。

強い力でぐいと引かれた。

畝に上がると、びしょびしょのデニムからも上着からも、しきりと水がしたたった。

スキンヘッドのために濡れる毛髪はないが、沖は我知らずそのつるつるに剃り上げた頭を平手で擦った。

村越が訊く。

「着替えを持って来てるのか?」

「ええ、まあ」沖は適当に口を濁した。事件が一日で片づかなかった可能性も覚悟して、下着やTシャツの替えは持参していたが、上着とデニムの替えはなかった。

「署で似た体型の人間に言って、替えの服を用意させよう」

村越はそう言いつつ、手振りで沖を促し、鉄板の隙間に向かって歩き出した。

「いいですよ。必要ならば、自分で買う」

「遠慮するな。びしょびしょの体で取調べに臨むつもりか」

返事に困って口を噤んだ。同じK・S・P内の同僚同士でさえ衝突することが多く、ましてやよその所轄の連中とは衝突してしまうのがひとつの習慣のようになっている。自分では無愛想だとも独善的だとも思わないが、他人にはそう感じられるらしい。とにかく警察内の人間関係で、上手くいった例しがないのだ。こんな態度に出られると、逆にどう応対していいかわからなかった。

「幹さん、あれ」

鉄板の穴から中に入ったところで、一足先に入っていた平松が言い、指差した。

鉄板の塀と廃車の山の間に、冷蔵庫がひとつ横倒しになっていた。

ガムテープで扉をがっちりと固定してある。

沖は足をとめ、冷蔵庫から平松へ、さらには村越の顔へと視線を転じた。

村越も平松も、揃って同じような表情をしていた。たぶん、この自分もそうだろう。嫌な予感を抑えつけている。まさか、とは思う。しかし、最悪の可能性を考えてしまう。

「おい、ヒラ」

沖が言い、平松を促して冷蔵庫に近づいた。

だが、手をかけようとすると、村越にとめられた。

「待て、うちのがやる」

村越はそう言うなり、すぐに周囲の部下たちから二名を選んで呼び寄せた。

「手袋だ。忘れるなよ」

捜査員たちはそれぞれナイロン製の手袋を取り出してはめ、冷蔵庫をとめたガムテープを剝がしにかかった。

沖はちょっと前に確保した男の様子を窺った。捜査員のひとりに体を押さえられ、顔を逸らして立っていた。

厳重に貼られたガムテープを剝がし終えるまでに、かなりの時間が必要だった。

作業を終えた捜査員たちが、揃って村越に顔を向ける。

村越は黙って頷いてみせた。

捜査員のひとりがドアに手をかけ、引き開ける。

そして、背後に飛び退いた。

猛烈な腐臭が、梅雨の湿り気をたっぷりと含んだ空気を遠くへ押しやり、全員が反射的に手で口と鼻を被った。

2

冷房の利いたホテルのロビーに足を踏み入れるとともに、村井貴里子は両手を握り締め、指先で掌を撫でた。そこに汗をかいていないかどうかを確かめたのだ。

——大丈夫。私は少しも緊張してなどいない。

胸の中でそう呟くが、それは自らに言い聞かせる言葉のようにも思われた。

日比谷公園に面した帝国ホテルのロビーだった。貴里子はロビーを見渡し、待ち合わせの相手がまだ来ていないことを確かめ、太い柱の前に置かれたソファへと歩いた。

緊張というより、戸惑いだろう。

自分の現在の状況を、そんなふうに分析してみた。そうすることで、ふっと胸のつかえが下りるようにして、冷静に戻れる時がある。だが、今は、大した効果は望めなかった。

所属も命令系統も違う自分が、なぜ今あの男からここに呼び出されたのか。そして、男が電話で言った「会わせたい相手」とは誰なのか、まったく見当がつかなかった。

前任の広瀬壮吾が二年弱に亘って署長を務めたあとを受けて、貴里子はこの春からK・S・Pの署長になった。分署とはいえ、総員一五〇名ほどを有する組織のトップだ。下の人間たちを適切に管理することを心がけ、その大切さを改めて認識したのは確かだった。

だが、この座に就いて初めて知ったことは別にある。それは、警察組織の運営のために費やさなければならない手間と時間の膨大さだった。

午前中の大半は会議に割かれる。午後も多くの時間を書類仕事に費やさなければならず、時には捜査のなりゆきを見守ったあと、深夜になってからひとりせっせと書類に判子を押し続けねばならなかった。性分的に、何ひとつ疎かにはしたくなかった。

それはまだしも、どうにも我慢がならないことがある。それはキャリア同士の煩雑で面倒臭いしがらみの強さだった。何期にも亘る先輩たちの異動、昇進はもちろん、そういった先輩がらみの冠婚葬祭に至るまで、秘書を通じて細かく情報が上がってくる。

そういったことにひとつずつ細かく対応することが、無言のうちに要求されている。

それに、休日前になると、決まって同じお誘いが来る。ゴルフだ。

運動音痴でゴルフはまったくやったことがないと応じても、誰それさんは新人の手ほどきが上手いから、臆せずにぜひ一度、と切り返される。

だが、貴里子はこれには断固として応じなかった。小さな穴を狙ってタマを転がすだけの、スポーツなのかどうかさえはっきりしないようなものに興味はなかったし、ましてやそれを介してキャリア警察官同士の親交を深めることになど、一抹の興味も持てなかった。

貴里子は半月ほど前から、スポーツジム通いを始めた。署の近くにも自宅の近くにも同じ経営のジムがあり、会員になればどちらも使えた。ここに顔を出し、一時間でも三十分でもいいから汗を流すことで、気分転換と体力維持ができると思ったのだ。

特捜部のチーフだった頃には、考えもしなかったことだった。

今になると思う。沖たち特捜部の猛者（もさ）たちとともに、夢中で犯罪者を追いかけたおよそ二年半こそが、警察官としての本当の仕事だったのではなかろうか。

そしてまた、こうも思わざるを得なかった。この先、自分を待ち受けるのは、警察官を志（こころざ）した時には思い描きもしなかったような日々ばかりなのか。

いつしかぼんやりと物思いに耽（ふけ）っていたことに気づいた貴里子は、我に返り、強引に集中力を高めようとした。

ロビーに注意を戻すとすぐ、フロントデスクに立つ男が目にとまった。

とびっくりというほどではないが、背の高い男だった。オーダーメイドのスーツが、きちんと節制の効いた体型を際立たせている。服の仕立て通りに、引き締まるべきところが引き締まった体つきだ。顔は鼻筋が通り、両目の光が強かった。厚い唇の端から頬へと伸びた深い皺に、意志の強さを感じさせる。だが、最も印象に残っているのは、かつて寒い季節に見かけたトレンチコートと白いマフラー姿だった。五十がらみの警察関係者で、白いマフラーをさり気なく巻ける男に出会ったことは、未だかつてなかった。

あの男が、いったい私に何の用があるのだろう。接点は何もない。挨拶を交わしたことすら一度もなく、直接会うのはこれが初めてだ。

だが、顔はもちろんよく知っていた。

警視庁警備部長、畑中文平。

畑中はちょうどフロントデスクを離れたところで、体を完全にこちらに向け、貴里子と目が合った。どうやら、彼女がここに坐っていることには、もっと前から気づいていたらしい。

貴里子はソファから立ち上がり、あまり凝視し過ぎないように注意して、視線を男の足下へと降ろした。

畑中はゆったりとした歩調で近づいてきた。

「村井さん、だね。忙しい中、わざわざ来て貰って悪かったね。畑中です」

貴里子の前に立つと、低く落ち着きのある声で名乗り、右手を差し出してきた。

貴里子は軽い違和感を覚えつつ、その手を握り返した。警察の中で、女に対して握手を求める男はほとんどいない。

「村井貴里子です。いったい私にどういった御用が？」

開口一番に問いかけてしまい、そのことで自分が緊張しているのを知った。

畑中が微笑んだ。

「まあ、そう急がんでくれよ」

嫌みのない微笑みだったが、それでも貴里子は心の片隅で、自分の緊張を見透かされたようなきまり悪さを感じた。

「実はね、きみにひとつ頼み事をしたいのさ」

畑中はそう言いながら、手振りで貴里子を促した。

「頼み事、ですか？」

貴里子は並んで歩き出しながら、相手の言葉をなぞって訊き返した。

「ああ、そうだ。ある事件を調べて貰いたい。ただ、先に断っておく必要があると思うが、これは私の役職がらみの事件じゃあないし、私の役職が関係した頼み事でもない。私もきみも、公人だ。もしも私の仕事に関わる可能性がある時には、私自身がきちんと部下を動かすよ」

畑中がそこで言葉を切ったので、貴里子は「はあ」と応じた。話の道筋が見えない今、他に何が言えるだろう。

他にも戸惑う理由があった。ロビーの喫茶ルームを目指すのかと思って一緒に歩き出したのだが、畑中はエレヴェーターに向かっている。

「これから、ここの宿泊客を訪ねる。正確にいえば、頼み事があるのは彼でね。私らはその仲立ちをしているだけだ」

畑中の微笑みには他意はないように見えたものの、そろそろ貴里子は勘ぐり出していた。この男は、話を自分の運びたいように運び、それで相手が戸惑うのを見て喜ぶひとりかもしれない。警察でも、それ以外の組織でも、ある一定以上の地位についた男の中には、そういった嗜好(しこう)を持つ人間が現れることを、貴里子は経験から知っていた。誇りたい類(たぐい)の経験ではなかった。

畑中の思わせぶりな言葉から、少なくともふたつのことはわかった。ひとつは、頼み事を持ちかける相手は、警備部長を自分の部屋に呼びつけられるような人間だということ。もうひとつは、仲立ちを頼まれたのは、畑中の他にもまだ誰かいるらしいこと。

双方とも、その頼み事というのが、自分にとって厄介(やっかい)なものである可能性を示唆(しさ)してはいないか。

エレヴェーターに乗ったのは、貴里子と畑中のふたりだけだった。

畑中が目的の階を押す。

「どうだね、署長の仕事は？　ええと、この春からだから、三ヶ月ちょっとか」

会話の接ぎ穂を振る、という感じで話しかけてきた。

「まだわからないことだらけです」

「K・S・Pの噂は、私もよく耳にしているよ。創設以来、なかなかの働きぶりだとね。特にあなたが仕切っていた特捜部は、斬り込み隊としての役割を十二分に果たしてきたと聞いてる。おっと、女性を前にして、斬り込み隊というのも失礼かな」

「光栄です。私も特捜での仕事には、ひとつの誇りを感じています」

「知事もお喜びだと思うよ。耳に入ってると思うが、K・S・Pの創設には、新宿の犯罪を減らしたいという前知事の強い意向も働いていた。その点について、新知事の有馬さんもまったく同意見だ」

貴里子はふと、これがただの間持たせのための会話ではない可能性に気がついた。じわじわと落ち着きの悪い感じが増してくる。

確かにK・S・Pの創設には、当時東京都知事だった長谷部新太郎の意向が働いていたと聞いたことがある。そしてその意向に同調し、K・S・P創設を推進したのは、他でもないこの畑中文平の一派だということもだ。

貴里子は自分の迂闊さに歯噛みした。

畑中との間に、何も接点がないなどと思っていたのは、とんでもない話だ。

――この春から私は、この男が推進して創設したK・S・Pの分署長を務めている。三ヶ月の署長暮らしの中で、キャリアのしがらみに晒(さら)され続けてきたように思っていたが、自分は最も大きなしがらみから目を背(そむ)け続けていたのかもしれない。

分署創設に関わったと見て間違いないこの畑中文平という男と、どのように関わっていけばいいのだろう。

エレヴェーターがとまった。十四階のインペリアルフロアだ。

貴里子は畑中に促されてエレヴェーターを降りた。

畑中は部屋の表示案内に目を走らせてから歩き出した。どうやらここを訪ねるのは、畑中も初めてらしい。さっきフロントデスクで部屋番号を訊いていたのか。

廊下とドアの位置関係からして、トップクラスのスイートと思われる部屋のドアをノックした。

ドア越しに笑い声が聞こえた気がした。それがノックによって鎮(しず)まり、やがてドアのすぐ向こう側から声がした。

「どちらさん(フー・イズ・イット)？」

英語だった。

畑中が英語で応じ、ドアが開いた。

ドアの内側には、背の高い白人が立っていた。貴里子は身長一五七センチで、女としてそれほど小柄なほうではなかったが、偉く高い位置から見下ろされているような気がした。

がっしりとした体型の五十男に見えた。だが、どちらかというと白人は老けて感じられるので、四十代の後半ぐらいかもしれない。丈夫そうに突き出した下顎が特徴的だった。こざっぱりと短く切った金髪を、分け目もなく無造作に額に垂らしている。眼鏡はしていない。瞳が澄んだ湖のように青かった。デニムにチェックのシャツを着て、部屋に備えつけられた白いスリッパを履いている。

「やあ、待ってたぞ。さ、入ってくれ」

男が畑中に話しかける口調は、気軽で砕けたものだった。

すぐに貴里子のほうに顔の向きを変え、「署長就任おめでとう」と笑顔を大きくした。

「お出でいただいて、嬉しいですよ。さあ、入ってください」

幾分改まった口調で告げ、貴里子を部屋に招き入れる。発音からして、アメリカ人だろう。英語圏の人間の常として、ごくあたりまえのように英語で話しかけてくるが、ゆっくりと喋り、ひとつひとつの単語をできるだけはっきりと発音しようとしているのがわかった。

貴里子は学生時代、アメリカのオハイオと中国の北京に留学したことがあった。もっとも、それらはともに短期留学で、英語と中国語を磨いたのは、留学によってというよりもむしろ、日本での勤勉な語学学習の賜物だった。当時はどこか外資系の会社に入り、日本的なしがらみを離れ、世界中を飛び回りたいと考えていた。そのために語学力を磨いたのだ。

「初めまして、お目にかかれて光栄です」

貴里子はとりあえずそうとだけ応じた。

畑中たちを介して頼み事をしたがっているのは、この男なのか。

一目見た瞬間から、男に対して既視感を抱いていた。会ったことはない相手だが、どこか見覚えがある気がする。おそらくはマスコミを通じて、雑誌、新聞、テレビのどれかで見た顔ではないか。

しきりと考えながら部屋に入ったが、そこで驚き、思考が中断した。

部屋のソファに坐るのは、今年の春の都知事選で新たな東京都知事に選ばれた有馬栄太郎（えいたろう）だった。

――エレヴェーターの中で、畑中が知事とK・S・Pの話題を出したのは、やはり場持たせのためなどではなかったのだ。

有馬は立って貴里子たちを迎えた。

「忙しいところを、悪かったね。汗をかいたんじゃないか。長期予報によると、今年も記録的な猛暑になりそうだとか。特にこのコンクリートジャングルの東京は酷（ひど）い。まったく、夏になる度、この街にこんなにビルを建てまくった建築家たちを恨みたくなるよ」

主に畑中を向いて喋ったが、時々ちらちらと貴里子に視線をやり、彼女もまた会話の輪の一員であると示す気遣いを忘れなかった。

建築家云々というのは、この男ならではの軽口だった。有馬栄太郎は政治家になる以前から、斯界の賞を総なめにするような有名建築家だったのだ。

数年前、有馬は政府民自党から乞われて参議院議員に立候補し、抜群の知名度で楽々と当選を果たした。

去年、三期に亘って知事を務めた長谷部新太郎が自身の任期切れに伴い、老齢と体調不良を理由に引退を表明したため、新知事の座を巡って各候補者が火花を散らすことになった。

野党第一党の民有党がマスコミで知名度の高い人気経済学者を擁立する他、県知事経験者や大物国会議員なども立候補者に名を連ねたが、熾烈な選挙戦の結果、この有馬栄太郎が民有党推薦の経済学者を僅差で破って新知事の椅子を手にした。

「まま、坐ってください」と、有馬は貴里子に応接ソファを勧めた。

貴里子と畑中が一方の応接ソファに、有馬と白人とがもう一方に移動した。

全員が坐るのを待って、有馬が続けた。

「実はね、お宅の畑中とは、高校で同期なんですよ。かつてはお互いの下宿を訪ね合っては、朝まで酒を酌み交わしたような間柄です」

「まあ、そうでしたか」

知事の気軽な口調に釣られ、貴里子の言葉も幾分砕けたものになった。

内心では、しかし、慎重に対処した方がいいという警戒が強まっていた。

「まずは紹介しましょう。こちらは私の古い友人で、マーク・ウエスラー」

有馬は言ったのち、間をあけた。貴里子にはそれが、この名前によって何かが伝わるかどうかを試す間に感じられた。

記憶——というより、知識というべきか——がひとつ引っかかって頭を擡げるのに、大して時間はかからなかった。顔を見た瞬間に感じたことは、やはり間違っていなかった。マーク・ウエスラー。——テキサスの石油王で、様々な企業を傘下に収めるウエスラーグループの会長兼最高経営責任者(CEO)だ。

「どうやら、御存じのようだね」

有馬が貴里子の態度から察した。

「ええ、もちろんです。お目にかかれて光栄です」

貴里子が直接英語で答えると、ウエスラーはいつも微笑を湛えて見える唇を一層ほころばせて白い歯をこぼした。

「こちらこそ、私を御存じとは嬉しいですよ」

「雑誌や新聞で、記事を時々拝見してます」

貴里子はそう言ってから、僅かに躊躇った。続きを口にすることに、いくらか気恥ずかしい気分を感じていた。

「それに、私、奥様のヴァイオリンのファンなんです。CDを何枚も持っています」

マーク・ウエスラーの妻は、ヴァイオリニストとして世界的に有名なバーバラ・李なのだ。

「そうでしたか。妻が聞いたら喜びますよ」

貴里子はこの時、気がついた。目の前の男は、持ち前のゆったりとした雰囲気や穏やかな笑みの向こうに、何か大きな心配事や悩み事を抱え込んでいる。会った瞬間からそれを色濃く感じさせなかったのは、この男が多くの人間と会うことで身につけた忍耐力とか社交術の賜物だろう。

「それに、お願い事というのは、実は妻のバーバラに関連したことなんです」

「――と仰ると?」

貴里子はそう尋ね返してしまってから、胸の中で自分を戒めた。

慎重に対処すべきだ。下手な受け答えをしたり、できもしないことを請け負ったりしたら、背負い込めないほどの責任を背負わされるのではないか。

就任三ヶ月の新米署長には、到底手に負えないことですと、勇気を持って答える用意もしておかなくてはならない。

ウエスラーは一旦話を中断して立つと、壁際のカウンターへと歩き、貴里子たちにそれぞれ好みの飲み物を訊いた。畑中も貴里子もコーヒーを頼み、一足先に来ていた有馬には日本茶、ウエスラー自身にはアイスティーのおかわりを注いだ。

「さて、きみが頼み事の内容を説明する前に、私からひとつ、言っておきたいことがあるんだ」

有馬が会話を再開した。そこまで英語で言ってから、顔を貴里子のほうに向けて日本語で続けた。

「村井さん、私とこのウエスラー氏は、私が三十代の頃からのつきあいなんです。私の建築に興味を持った彼が、アメリカ国内に建てるビルのデザインのいくつかを任せてくれましてね。その後、意気投合して、お互いに家族ぐるみで、施主と建築家という以上のつきあいをするようになったんですよ。一方、さっき言ったように、この畑中とは高校時代からの悪友でしてな。つまり、何を申したいかと言うと、これからお願いしたいことは、東京都知事としての職務とはまったく別だということです。頼み事の裏に政治的な思惑などないのはもちろんだし、そんなことであなたに迷惑をかけたりすることも決してないとお約束します」

貴里子はただ黙って頷いた。

畑中とふたりきりの時にも、同じようなことを言われていた。

だが、畑中にしろ、この有馬にしろ、私人としての頼み事だと予め念を押せば、それで何かが変わるとでも思っているのだろうか。

いくらそんな点を強調されようと、目の前に坐るのは東京都知事であり、横にいるのは警視庁警備部長なのだ。

こっちはただ、黙って相手の話を聞き、その出方を窺うしかない。

「村井さん」貴里子の顔つきから何かを感じたのだろう、ウエスラーが呼びかけてきた。「これはあなたにも関係したことです。おそらく、警察官として、あなたはこれから私がする話に興味を持つと思います。だが、もしもそうでなかったら、率直にそう言ってください。その場合、ここで聞いた話は決して他言しないと約束さえしてくれれば、それだけでオーケーです。つまり、ここにいるふたりが、たとえあなたにとってノーと言いにくい立場の相手だとしても、それは考慮しなくてもいいということです。むしろ、あなたがただ立場上拒めないという理由だけで首肯(しゅこう)してしまうとしたら、それは私にとっても望ましい事態じゃありませんのでね」

貴里子はウエスラーが「望ましい事態じゃない」と口にした時、その顔から温和な表情が消え去り、険しい真剣な目つきが覗(のぞ)いたことを見て取っていた。

それにしても、「あなたにも関係したこと」とは、どういう意味だろう。

警察官として興味を持つはずだということを、ただ強調しただけなのか。英語の微妙なニュアンスを、聞き違えたのだろうか。

「ありがとうございます。とにかく、お話を伺いうかがいます」

貴里子は静かに応じた。

これからされる話への警戒とは別に、ウエスラーの放つ印象が、貴里子の心をいくらか温かくしていた。

アメリカ南部出身の陽気でがさつなテキサス男、といったステレオタイプのイメージを覆くつがえすのに充分な雰囲気を、目の前の男は身に纏まとっていた。温かみのある声は野太いが、一定以上の大きさになることはなく、静かにゆったりと語りかけてくる。こんなふうに優雅にアメリカ英語を話す人間に会うのは初めてだった。貴里子に呼びかける時には、「ミスですか、ミセスですか？」と確かめることもなく、ごく自然に「Ms.ミズ」を使った。

ウエスラーは貴里子が頷くのをしっかりと目に焼きつけるように見つめてから、視線を有馬と畑中の顔に一度ずつとめ、改めて口を開いた。

「三年前、テキサスの我が家が空き巣に襲われました。そして、私が趣味で集めていた絵画や、妻が世界中を公演して回る合間に買った土産の美術品や工芸品など、多くの物が盗難に遭あいました。セキュリティは厳重でした。だが、我々が夏の休暇で自宅を離れている隙すきを狙って楽々と忍び込み、何の痕跡も残さずに消え去ったんです。地元の警察は、その道のプロフェッショナルに狙われたのだと説明しました。絵画等の美術品は、処分するのが難しいため、普通は闇ルートに流そうとした時点で足がつくことが多いそうですが、この窃盗団はそれから今まで、何一つボロを出しませんでした。美術品を換金する独自の闇ルートを持っていたそうです。ですが、ついに数週間前、スコットランドヤードの囮捜査官が、この一味のボスを捕らえました。やはり予想した通り、長年に亘って美術品を専門に盗んでいた、ジョセフ・ランダーという男でした。驚くべきことに前科はなく、この男はかつて警察のどんなファイルにも載ったことがなかったそうです」

「盗まれた品は、海を越えていたんですね」

「ええ、いつの間にやら私たち夫婦の大切な品々は、大西洋を渡ってしまっていました。我が国の警察も税関も、まんまとしてやられたわけです。だが、聞くところによると、盗まれた美術品の探索については、イギリスの警察は世界中で最も発達した情報網と優れた捜査官を持つらしい。大英帝国の時代には、七つの海を股にかけて世界中の宝物をかっさらい、今なおそれを誇らしげに展示しているお国柄ですからな。盗人は盗人のやり方に精通している、ということかもしれん」

ウエスラーの軽口に、貴里子だけが先に笑みを浮かべた。有馬も畑中も英語を話すが、聞く方は曖昧な部分があるらしい。

ウエスラーはテーブルのアイスティーに手を伸ばし、グラスを口に傾けた。

貴里子はこの先が本題だと感じ、自分もコーヒーカップを口に運んだ。するとそれに釣られたようにして、有馬と畑中もそれぞれの飲み物を手に取る。

全員が飲み物をテーブルに戻すまで待ってから、ウエスラーは改めて口を開いた。

「およそ十日ほど前です。ＦＢＩを通じて、改めてスコットランドヤードからの連絡が来ました。ランダーが司法取引による減刑と引き替えに、私の所から盗んだ品々の売り渡し先を白状したとの報せでした。その中には、妻が大切にしていたヴァイオリンも含まれていました。村井さん、実は私があなたにお願いしたいのは、このヴァイオリンの現在の在処を探し出して取り戻すことなんです」

「奥様が大切にしていたヴァイオリン、ですか……。それは、いったいどういった？」

貴里子は訊いた。慎重に対処すべきだという気持ちを忘れたわけではなかったが、ウエスラーの妻であるバーバラ・李のヴァイオリンと聞いて、つい話に釣り込まれていた。

「妻のファンと仰っていたので、御存じかもしれないが、彼女は十三歳の時にチャイコフスキー国際コンクールで優勝を果たし、世界的に注目を浴びるようになりました。その時、お祝いとして彼女の母親から贈られたものなんです。つまり、妻のバーバラにとっては、コンクール優勝と今は亡き母親と、ふたつの思い出に繋がる品です。村井さんは、ミスター陳莫山は御存じですか。二十世紀のストラディバリウスと呼ばれている楽器職人です。彼は中国人ですが、この日本に住んでいる」

「ええ、存じています」

と貴里子は頷いた。陳莫山は、自分ひとりで一からヴァイオリン作りを始めた結果、確か数年に一度ウィーンで開かれる国際ヴァイオリン・ヴィオラ・チェロ製作コンクールで優勝を果たした。

そのヴァイオリンが奏でる音色(ねいろ)は、二十世紀の奇跡のひとつと言われ、たとえコンピューター解析にかけても再現できなかったストラディバリウスの音に極限まで近いと聞いたことがある。

「それでは、そのヴァイオリンは、陳莫山(チェン・モーシャン)が作ったものだと?」

「そうです」

思い出の品であるとともに、楽器として超一流の、したがって値段も大変に高価なものだということだ。

貴里子は相手の説明にひとつ区切りがついたことを察し、気になっている質問をぶつけることにした。

「私にこのお話をなさり、ヴァイオリンを取り戻せと仰るのは、なぜなのでしょうか? そのヴァイオリンが日本、というか、私の分署が管轄する新宿のどこかにあるといった情報をお持ちなんですか?」

ウエスラーは首を振った。

「いや、そんな情報はない。残念ながら、ヴァイオリンの在処を示すような情報は、何一つないんです」

貴里子は戸惑いを隠さなかった。むしろ、それを誇張するぐらいの表情を心がけた。陳莫山の手によるヴァイオリンの名器を、バーバラ・李のために探し出して取り戻す。──それはなんとも魅力的で興味深い話には思えたが、実際に自分が責任を持ってその務めを果たせるかどうかとなれば、話は別だ。

「ええと、村井君」と、隣の畑中が言いかけるのを、ウエスラーがそっと手で制した。

「畑中さん、ちょっと待って。私にもうしばらくの間、彼女と直接話させてください。村井さん、あなたにこうして来ていただいて、ヴァイオリンの捜索をお願いする理由は、ふたつあります。そのうちのひとつは、この捜索を大っぴらにしたくはないこと。例えば、マスコミに嗅ぎつけられたくないんです。今回、バーバラはコンサートで東京や大阪など、日本の大都市を回ることになっています。彼女はそのために三日後には、この東京に着きます。来日前から、日本のテレビ局や出版社の中には取材を申し込み、アメリカでの彼女の暮らしぶりやインタビューを取り上げているものもあります。私は日本のマスコミが優れた音楽家に対して、大きな興味を持つことを知っている。実際、来日後には、コンサートの空き時間を狙って、猛烈な数の取材申し込みが殺到しています。だが、私も妻もそういった取材の中で、この行方不明のヴァイオリンについて触れられたくないんです。できれば、それ以降もずっとです」

「なぜ触れられたくないのでしょう？」

訊いて当然の問いに思ったが、ウエスラーは貴里子の質問を受け、会ってから初めて答えを言い淀(よど)むような、あるいは答え方を熟慮するような間をあけた。

「――その質問には、今は答えられません。あなたがヴァイオリンの行方を捜索してくださる中で、どうしても答えを知るのが必要だと思った場合には、そう思った理由もきちんと説明した上で、改めてもう一度訊いていただけないでしょうか？」

貴里子はウエスラーの目から視線を外さなかったが、そうするためにはかなりの努力が必要だった。この件については、頑(がん)として引く気がないと感じさせる気迫がそこに込められている。

「わかりました。それでは、もうひとつの理由は？」

改めて問いかけると、ウエスラーは畑中に顔を向けた。「畑中さん、例の写真を彼女に」

畑中は黙って頷き、上着の内ポケットから出した写真を貴里子に差し出した。

受け取り、写真に目を落とした瞬間、貴里子は硬直した。肋骨(ろっこつ)の奥で、心臓がことことと鼓動を激しくし始めていた。

「その女に見覚えがありますね」

問いかけるウエスラーを、反射的に睨(にら)み返してしまった。

「もちろんです。忘れるわけがないわ」

ウエスラーは深く頷いた。

「結構です。ふたつめの理由は、この女です」

「それは、つまり……？」

「私たちの元からヴァイオリンを盗み出したランダーは、それをこの女に売ったと証言しています。ランダーに対しては、ジェニファー・公(ゴン)と名乗っていたそうです。それがこの女が使う偽名のひとつだったことは、ＦＢＩによっても確認されました」

「彼女がランダーという男からヴァイオリンを入手したのは、いつなんです？」

貴里子は訊いた。口の中が乾き、舌先にはひりつく感じがあった。

「三年前の十月の初めです」

ウエスラーは答え、貴里子から畑中へ、そしてまた貴里子へと視線を移した。

畑中から、この時期が示す意味について、予め何らかの説明を聞いたにちがいない。なぜヴァイオリンの捜索を自分に依頼するのか、貴里子はふたつめの理由をはっきりと理解した。

写真の女の本名は、朱　向紅(チュー・シアンホン)。

三年前、正確には二年十ヶ月前、朱　栄志(チュー・ロンジー)とともに新宿に乗り込んだ凶悪極まりない爆弾魔だ。無慈悲な犯罪を繰り返した末、最後は神宮外苑で射殺された。

朱栄志と向紅があの大騒動を起こしたのは、十月の半ばで、向紅がヴァイオリンを入手した時から二週間ほどしか経(た)っていない。

ウエスラーだけでなく、有馬と畑中のふたりもまた、自分が口にする答えを待っているのがわかったが、貴里子はおいそれとは口を開けなかった。

ひとつのことが、胸に太い鑿で刻み込まれたようにくっきりと理解できた。

ヴァイオリンの捜索を引き受けることは、三年前のあの事件をもう一度この手でほじくり返し、調べ直すことを意味している。

3

腋の下が窮屈で、腕を上げると両肩から背中にかけて、常に生地の引き攣る感じがした。

村越が好意を示し、沖が辞退したにもかかわらず、似た体型をした捜査員のワイシャツとズボンを貸してくれたのだ。だが、胸板が厚く肩幅が広いため、ワイシャツはかなりきつかった。ボタンをきちんととめると苦しいので、二番目まで外して着ていた。

平松はそんな格好でドアを入ってきた沖を見てにやついた。ワイシャツを着ることなど滅多にないのだ。

部屋には、平松と一緒に、埼玉県警の刑事がいた。マジックミラー越しに取調室の様子をチェックしている。

沖はその刑事に目で挨拶をしてから、平松に訊いた。

「どうだ、様子は？」

「駄目だな。黙りを決め込んでやがる」

平松は首を振り、マジックミラーへと視線を戻した。

隣に並んで、取調室に目をやる。そこでは沖がヤードで取り押さえた男が、埼玉県警の刑事によって取調べを受けていた。

「言葉は？」

沖は目を離さないままで訊いた。

「たぶん通じてる。ほとんど何も話さないので、断言はできないがな」

平松も同じくマジックミラーに顔を寄せたままで答えた。

今回の捕り物は、沖たちがもたらした情報によるものだった。

三日前、歌舞伎町の路上で職務質問を受けた男が、何枚もの免許証や保険証を所持していることが発覚した。免許証にはすべてこの男の顔写真が貼付されており、どれもが精巧に作られた偽物だった。

この免許証に使われた名前のひとつが代表となり、西新宿の住所で廃品回収業者が登記されていたが、現地を調べた結果、完全なペーパーカンパニーであることが判明した。

翌日、この幽霊会社が送り主となって品川埠頭から送り出されようとしていたコンテナの中に、切断された車体や車輛の各パーツが大量に見つかる一方、別の偽造免許証に記載されている氏名を陸運局に照会して大型トラックを割り出した。そして、このトラックをNシステムで照会し、追跡し、今日の逮捕劇となったヤードへの出入りが確認されたのだ。

そういった経緯から、容疑者の取調べは沖たちK・S・Pで担当するとの合意を得た上で、埼玉県警との合同捜査になったのだが、ヤードであぁして身元不明の死体が見つかった以上、地元の県警がおいそれと取調べを譲るわけがない。着替えを貸してくれる好意とは別物なのだ。

落ち着き払った顔で黙り込んでいる男は、楊(ヤン)と苗字を名乗っただけだった。それも、本当かどうかわからない。ただ、チャイニーズマフィアの中には、組織の中で自分の存在を誇示するため、わざわざ本当の苗字だけを名乗り、あとは捜査員に一切何も喋らずに刑に服するものもいる。

沖はマジックミラーで男の様子を観察した。年齢は三十前後、痩せているが、筋肉の引き締まったしっかりした体つきをしていることは、確保した時の取っ組み合いでわかっていた。顔の大きな特徴として、鼻のすぐ左横に大きな黒子(ほくろ)がある。

これは目立つ。少し聞き込みをかければ、男の身元は割れるだろう。相手もそう思っているとしたら、楊というのは本名かもしれない。

知りたいのは、この窃盗団を束(たば)ねるボスが誰かということだった。

ヤードで逮捕した連中の三人は中国人だが、あとのひとりは南米系の顔立ちで、本人はコロンビアから来たと話していた。そして、残りのひとりは、日本人だった。

新宿で職務質問をかけられて捕まった男も、中国人だ。

西新宿に幽霊会社を持つことや、偽装でトラックを所有していたことに加え、こうしていくつかの国の人間が入り乱れているとは、かなりの規模の窃盗団である可能性が高い。ボスを是が非でも割り出したい。

そして、冷蔵庫に押し込められていた死体の身元もだ。

だが、一朝一夕では吐かないだろう。

この手のタイプの男は、窃盗と殺人によるお勤めの長さの違いを強調し、素直に吐かなければ殺しでパクるぞと脅しても、それだけじゃ到底口を割らないものだ。

現に楊は取調官の話を、薄笑いを浮かべて聞き流していた。

ドアが開き、振り返ると村越が立っていた。

「ああ、ちょっと見せて貰ってますよ」

沖たちは村越に頭を下げた。よその署の刑事に、こうして取調べを見せてくれるのは、あくまでも村越たちの好意なのだ。

村越は、マジックミラーの前をあけようとする沖たちを手で制し、自分は少し離れた位置に立った。

その位置からまじまじと見つめられ、沖はきまりが悪くなって顔を背けた。

「沖さん、それにしてもあんた、ワイシャツが似合わん人ですなあ。いや、結構。新宿でデカをやるには、それぐらいの押しがあったほうがいいんでしょう」

村越によりも、そう言われるのを聞いていてよいよにやつく平松に腹が立った。

「どうだ、様子は？」村越は部下に尋ね、一通りの意見を聞いたあと、「あの手合いは、厄介だろうな」と、沖が感じているのと同じ感想を口にした。

「沖さん、どうだね。やってみるか？」

村越にいきなり訊かれ、沖は答えを躊躇った。

案外と人の悪い男だ。この状況では、誰がやってもほとんど変わらない。それをわかっていて言っている。お手並み拝見、というわけか。

挑発を受けた振りをして乗ってみるのもいいが、それで上手くいかなかった場合、次の取調べをさせないための口実に使われたら困る。

「他の連中はどうです？」

沖は探りを入れてみることにして、訊いた。責任者の村越が、ここに遅れて顔を出したということは、今まで他の取調室の様子を窺っていたのだと察しがついた。

「同じようなもんだな」

「死体のことは？」

「何も知らなかったとさ」

「パクられた日本人の名前は何ですか？」

「倉持(くらもち)だ。免許証を身に着けてた。本物だった。マエはない」

「そっちの取調べを見てみたい。いいですか？」

尋ねつつももう歩き出しかけている沖に、村越はにやりと笑いかけた。黙りを続ける外国人と比べると、日本人のチンピラのほうがずっと落としやすいケースがある。どうやら村越も同じことを考えていたらしい。

とめられなかったのは承諾の意味だと解釈し、平松と連れ立って部屋を出ようとしたところで、向こうからドアが引き開けられた。

「課長、ちょっと」

若手の刑事が村越に呼びかける。

その顔つきから、何か情報が入ったのだと知れた。

沖と平松は顔を見合わせ、ここでしばらく待ってみることにした。

一旦廊下に出た村越はじきに戻ってきて、沖たちふたりを手招きした。

「これを見てくれ」

声を潜めて言い、写真を差し出した。かなり粒子が粗い。夜で、しかも距離を置いて撮影したものを、光学処理を加えて引き延ばしたのだろう。

男はフードを被っていた。

しかし、顔立ちも、鼻の左脇にある大きな黒子までしっかりと写っていた。

「これをどこで？」

平松が訊く。

「茨城県警が送ってくれた。特徴を記し、関東一円の署に応援を頼んだんだ。大型ダンプを盗まれた運送会社が、堪りかねて防犯カメラを設置したところ、この男を含む三人が忍び込むところを撮影したそうだ」

平松は呆れた様子で小さく首を振った。「顔を隠す気もないとは、舐めてやがるな」

「日本人も無防備過ぎるのさ」村越が言った。「新宿がどうかは知らんが、この辺りじゃトラックもダンプも重機も、門さえないような駐車場に無造作に駐めてある。あんなものが盗まれるなど、誰も想像しなかったんだ。だが、どれも一台何百万もする代物だ。窃盗団の連中からすりゃ、宝の山が、盗んでくださいとばかりに路上に投げ出してあるのと何ら変わらない」

「新宿じゃ、駐車場が高くて、工事車輛を置いとくような場所はありませんよ」

平松の軽口を、村越は軽く聞き流した。

「手がかりは、この写真だけですか？」

沖が訊いた。

「もうひとつあるぞ。あんたらには、新宿に戻って貰ったほうがいいようだ」

「どういう意味です？」

押し殺した声で訊き返した。ここの捜査には立ち入るな、と言われたかと思ったのだ。

「鑑識が指紋を採取し、死体の身元が割れた」

「マエ持ちですか？」

「そうだ。歳は三十二で、五度も喰らい込んでるな。立派な兵隊だよ。姓名は竹尾一也。神竜会の組員だ」

沖と平松は、互いの目を見交わした。

神竜会は、新宿最大の暴力団だ。

4

貴里子は署長室の執務デスクに坐り、ヘッドフォンから流れるヴァイオリンの音色に聴き入っていた。

バーバラ・李が演奏するニコロ・パガニーニの「カプリース（奇想曲）」だ。

悪魔が乗り移ったと恐れられたパガニーニの超絶技法の集大成とも言われる二十四の曲を、バーバラはいとも簡単に演奏している。

だが、貴里子がこのアルバムに惹かれるのは、彼女のその完璧な演奏技法故ではなかった。この難曲の連なりと、バーバラは自由気儘に戯れてみせる。音楽を全身で感じ、音色を自分の思うがままに変化させ、聴衆のひとりひとりに語りかけてくる。さあ、一緒にこの素晴らしい波長に体を委ねて楽しもうと。

意識を集中して頭を整理するために音楽をかける気になったのだが、詩的な情緒に溢れた四番の演奏が始まった辺りからは、すっかり聞き惚れてしまっていた。

いつの間にか窓ガラスに雨が滲み始めていることに気づき、ヘッドフォンを耳から外した。ヴァイオリンによって研ぎ澄まされていた彼女の聴覚は、足下を低く這うような雨音を聞き分けた。今年の梅雨は雨が多い。そして、明けそうでいてなかなか明けない。

貴里子は降りしきる雨から目を離して坐り直した。

天井灯は消してあり、今、署長室を照らすのは、彼女がこの席に坐るようになってから自費であつらえたフロアスタンドと、手許に灯ったデスクライトだけだった。北欧タイプのフロアスタンドには、竹で編んだ模様が施されていて、それが光を一層柔らかな印象に変えている。

部屋の四隅に、ぼんやりと闇が屯していた。考え事をするには、これぐらいのほうが落ち着いた。蛍光灯の味気ない明かりの中でものを突き詰めて考えようとすると、頭の回転が変に速くなりすぎて、状況を細部にわたって綿密にチェックすることはできても、いざそれで自分がどうすべきかについては、なかなか考えがまとまらない気がした。

いや、本当はそんなことではないのだろうか。

──おまえはクリア過ぎるから前に進めない。

高校時代にやっていたバスケットボールのコーチから、そう指摘されたことがあった。ボールをただ闇雲（やみくも）にゴールに入れることだけを考えればいいのに、おまえはいつでも全体を見渡し、試合を複雑に整理し過ぎた挙げ句、結局は身動きが取れなくなってしまうのだ。

それは、ガードプレイヤーというポジションで、しかもキャプテンを務めていた自分に対して突きつけられた、まるで正反対の課題のように思われた。ガードプレイヤーは、常に試合全体を見渡さねばならない。敵と味方のポジションを読みながらボールを回し、相手のフォーメーションに生じる隙（すき）を見出してボールをフォワードやセンタープレイヤーに入れる。

しかも貴里子はキャプテンとして、ひとりひとりの部員たちに目を行き届かせなければならなかった。

だが、コーチは、あの時、そういったすべてを否定し、ただ闇雲に自らがゴールにボールを入れることだけに集中しろと命じた。おまえは頭を使い過ぎるから前に進めないのだ。もっと、ただ一点だけを見つめる馬鹿になれ。

──そんなことが自分にできるのだろうか。

——そんなことをしてしまって構わないものなのか。

朱向紅（チュー・シアンホン）が、朱栄志（チュー・ロンジー）と組んであの爆弾騒ぎを起こしてから、既に三年近くの歳月が経っていた。あの事件の直前に、向紅が入手したヴァイオリンの行方を探し出して取り戻すのが至難極まりないことなのは、火を見るよりも明らかだった。

その上、ウエスラーたちの持ち出した条件は、貴里子が予想した以上のものだった。極秘裏に捜査を進めるため、他の署に情報を一切打ち明けてはならないということは想定していたが、分署全体で情報を共有することすら許さないという。大人数がこの捜査に関われば、どこから情報が外部に漏れるかわからないというのが彼らの主張だった。

ウエスラーや知事の有馬はまだしも、同じ警察官である畑中までが、こんな条件で捜査が進められると思っているのだろうか。

三年もの間、行方が知れないヴァイオリンを、分署の、それもほんの限られた人員によって見つけ出すなど、不可能に近いはずだ。

もしかしたら、畑中がこの件をK・S・Pの署長になったばかりの自分に振ってきたのは、何か隠された別の思惑があるからではないだろうか。

K・S・Pの創設には、前知事である長谷部新太郎の意向が大きく影響していたことは、ほぼ周知の事実だった。警視庁内部でも畑中文平を中心とした一派が後押しした。

だが、知事が長谷部から有馬に替わったことで、情勢に何らかの変化が生じたとは考えられないか。

　およそ二年前、畑中のライバルである間宮慎一郎の一派がK・S・Pの廃止を目論み、そのために刑事の円谷太一を懲戒審査委員会にかけようとしたことがある。

　K・S・Pの二代目署長を務めたあと、間宮と同じ警務部で人事二課長の職に就いた深沢達基もまた、その画策に関わったひとりだった。

　貴里子はこの深沢と取引し、当時進めていた警視庁二課絡みの捜査を継続することと、さらにはK・S・Pの存続とを勝ち取ったのだった。

　しかし、心のどこかで恐れていたことが、その後の彼女を見舞っていた。

　あの取引以降、深沢はすっかり貴里子を自分と同じ間宮一派に加えた気になっていると思わざるを得なかった。他でもない、現在の分署長の座に就いたことに対しても、どこか微妙に落ち着きの悪さを覚えてならないのは、これで自分が益々深沢たちの一派に組み込まれていくような危惧を打ち消せないためなのだ。

　貴里子の前任者である広瀬壮吾という署長は、深沢の腰巾着のような男だった。畑中たちの一派から見れば、自分たちが創設した分署の署長を、深沢以降、ずっと間宮派の人間が独占していると見えるにちがいない。

　畑中がそういった事態を面白く思わない気持ちから、新署長に無理難題をふっかけ、それが果たせずに失敗するのを見ていようといった気持ちを隠している可能性はないだろうか……。

貴里子はふっと我に返り、己の思考に嫌気が差した。マーク・ウエスラーから相談されたヴァイオリン捜索の件を考えているのではなかったか。それがいったいいつの間に、警察内部の派閥争いの裏側を読むようなことになっていたのだろう。

こんなふうに畑中の思惑をあれこれ考えること自体が、もう自分が警察キャリアの派閥政治に呑み込まれていることの証ではないのか。

鍵をかけている抽斗を開け、中からセブンスターのパックを抜き出した。普段はたばこを喫わないが、気分を変えたい時、こうしてひとりでこっそりとニコチンの強いたばこを味わうことがある。

だが、ドアにノックの音がして、貴里子は慌ててたばこを抽斗に戻した。分署内は、今や全館禁煙だ。

「どうぞ」と応じた時に、既に嫌な感じがしていた。夜間のこんな時間に、しかもアポもなく署長室を訪ねてくる可能性が最も高いのは、あの男に決まっていた。

案の定、刑事官の舟木進一がドアを開けて現れた。

舟木は天井灯が落とされた署長室を物珍しげに見渡した。以前にもこうしてフロアライトとデスクライトしかつけずに過ごしていたところに入ってきたことは何度かあるのに、その度にこの男はこういう態度をする。

「随分と遅い時間までお仕事なんですね」

「あなたもね。何か重要な案件かしら。構わないから、天井の明かりをつけてください」

貴里子はこの男とふたりで自分の気に入りの明かりに照らされているのが嫌で、そう言った。

「わかりました」

舟木はドア横のスイッチを上げて蛍光灯をつけると、頼まれもしないのにフロアスタンドへと歩み寄り、スイッチをオンにしたままで電源をコンセントから引き抜いて消した。

この男と会った日のことを、貴里子は忘れていなかった。

分署長の人事が発表になる直前に、深沢達基から連絡が入り、帝国ホテルのロビーに呼び出された。訝しく思いつつ出かけた貴里子は、そこでこの舟木を深沢から紹介されたのだった。

「きみには近々、分署長の内示が出るはずだ。同じ日に、彼が刑事官としてK・S・Pに赴任する。宜しく頼むよ」

深沢はまだ発表前の人事情報をごくあたりまえの顔で漏らし、しかも、貴里子とこの舟木のふたりの名前が、あたかもセットであるかのように並べた。

いや、正にセットだったのであり、そのことを伝えるためにこそ、わざわざ貴里子を呼び出したのだ。

署長になってからの三ヶ月、折に触れてはこの舟木につきまとわれ、求めもしない意見を具申され、答える必要があるとは思えないことを訊かれていた。

「ああ、すみません。つけておいた方がよかったですか?」

舟木はフロアスタンドのコードを持ったままで振り返り、貴里子の表情に敏感に反応した。

「いいえ、いいの。それより、何の用かしら?」

コードを丁寧に床に置き、その場から近づこうとはせずに訊いてきた。

「特捜の例の件は、どうなったかと思いまして」

沖と平松のふたりが、西新宿の幽霊会社の線をたどり、埼玉県のヤードを調べに向かったことを言っている。埼玉県警の組織犯罪対策課と合流し、今日、ヤードにガサを入れることは、この舟木を通して報告を受けていた。

「なぜ私に訊くの。報告ならば、あなたに上がるはずでしょ」

刑事官は、刑事各課のまとめ役として、貴里子たち上層部との間を結ぶ役割だ。

もっとも、特捜部の特殊性に鑑みて、この舟木が刑事官として着任するまでは、刑事官は一課から三課までをとりまとめ、特捜部は署長の直属となる形を取っていた。

堺三郎という初代の署長は、停年間際の昼行灯だったというのが専らの噂だが、沖のような刑事に特捜部を任せ、他の課の干渉を受けないように署長の直属にした上で、暴力団や外国人マフィアの犯罪を重点的に捜査させたのだ。

しかし、舟木はそういった意向を無視し、刑事官は現場のとりまとめ役として、特捜部も含む全体の捜査を監督するべきだと主張し、赴任以来、こまめに報告を上げるようにと沖に強要している。

「そうは仰いますが、彼はまったく私の話を聞きません。それに、時には私を無視して、署長に直接報告しているようですので」

「まあ、堅苦しいことはいいじゃない。署長が捜査に口出しするのは、うちでは深沢さん以来の伝統なの」

「しかし――」

「だけど、今日はまだ何も聞いていないわ」

「ガサはとっくに終わっているはずだ。報告一本寄越さないとは、彼には組織人としての自覚がないんですよ」

舟木はある時期からは沖の苗字を決して口にせず、「彼」と呼ぶようになっていた。その名を口にするのも腹立たしい、ということらしい。

ふたりの間で何があったのか、具体的には知らないが、想像するのは容易かった。沖幹次郎という男に出会って以来ずっと、あの男が様々なところで繰り返してきた衝突をちょっと思い出してみればいい。

貴里子はついおかしくなって、笑いをこぼしそうになった。

「沖さんというのは、そういう刑事なの」

舟木は気色ばんだ。

「署長は、組織人としての自覚がない刑事を肯定するんですか」

貴里子は笑いはしなかったが、思い悩んでいた憂鬱な気分が押し流されたような気がした。

「そんなことは言ってないわ。ただ、彼はそういう刑事だと言ってるだけよ」

舟木の目が険しくなる。

だが、貴里子が視線を逸らさずにいると、背筋を伸ばして彼女の頭上のどこかを見つめ、両手を背中に回して胸を張るような姿勢をした。体育会系の学生が目上の人間の話を聞く時の格好によく似ている。だが、それがこの男が腹立ちを押し隠す時の仕草であることに、貴里子は大分前から気づいていた。

――このまま出て行ってくれればいい。

胸の中でそう願ったものの、叶わなかった。

「とにかく、もうしばらく報告を待ってみることにしましょう」

舟木は微動だにしないまま、硬い声で言った。

「私はまだ仕事が残っているの。もしも報告を待つだけならば、私がいるので大丈夫よ」

「いえ、これは私の仕事ですので、お気遣いなく。ところで、今日は夕方、どちらに？」

さり気なく訊かれ、貴里子は再び胸を逆撫でされたような気分になった。まさか畑中文平の仲立ちで知事やウエスラーと会っていたとは知らないだろうが、何かを嗅ぎつけたのかもしれない。四月から秘書として貴里子についている前島絵梨子という娘は、明るくて素直でいいのだが、今ひとつ口が軽い節があるのが気にかかっていた。

「人と会っていました」

「ほう、どなたと？」

「なぜそれをあなたに報告しなければならないの」

「いや、そんなつもりでお訊きしたのでは」

貴里子は自分がすっくと席を立ち、こう吐きつけている様を想像した。

「舟木刑事官、あなたは深沢さんに報告するため、署長の私のことまで監視するつもりなの」

だが、辛うじてできたのは、手許の書類に視線をやる振りをして、舟木を無視することだけだった。

「書類仕事が溜まっているのよ。他に用がないのならば、ひとりにしてくれないかしら」

貴里子は努めて穏やかに言った。

舟木が退室するのを待って、手許の書類を元の場所に戻し、抽斗に投げ入れていたたばこを改めて抜き出した。

唇に挟み、火をつけて、最初の煙を思い切り吸い込む。

そうしながら、いつの間にか自分の気持ちがはっきりと固まっていることに気がついた。

少人数で、極秘裏にヴァイオリンを探し出すとしたら、それを任せられるのは沖幹次郎が率（ひき）いる特捜部以外にはあり得ない。だが、そう思いつつ、様々な懸念が頭を擡（もた）げた。

真っ先に頭を過（よ）ぎったのは、貴里子も沖も一目置く円谷のことだった。彼が一流の鼻を持つ刑事であることは間違いないが、朱栄志（チュー・ロンジー）と朱向紅（チュー・シアンホン）に妻子を爆殺されて以来、このふたりのことを殺したいほどに憎んでいる。

不問に付されはしたものの、朱栄志を逮捕する直前まで追いつめた神宮外苑で、円谷が物陰から朱を狙い撃ったことはほぼ間違いない。その後、精神的なダメージの快復を待つためにしばらく内勤を続けたのち、数ヶ月で特捜部に復帰した。それからの円谷は、以前と同様に、いや、むしろそれ以上にホシを追いつめる嗅覚に磨きがかかったように感じさせる。

しかし、貴里子には、あのヤマで妻子を殺されて以来、プロフェッショナルとして捜査に臨む姿勢は同じでも、円谷の中で何かが大きく変わったような気がしてならなかった。時として見せる、他人をはねつけるような表情は、以前ならば決して浮かべることのなかったものだった。

円谷が今度のことを知ったなら、どんな行動に出るだろうか。バーバラのヴァイオリンを探す中で、朱栄志（チュー・ロンジー）に繫がる手がかりが何か見つかるかもしれない。

もしも円谷が暴走を始めた時、自分にはそれをとめることができるのだろうか。円谷は、他人に立ち入らせない心の闇を抱えている。それを前にして、身動きがとれなくなってしまうようなことがあってはならないのだ。

特捜部が抱えた不和についても、相変わらず気になる。柏木隼人（かしわぎはやと）は、彼が二課長だった頃から沖と仲が悪かった。

四月の人事で、沖が特捜部のチーフに戻った時、自身も古巣の責任者に戻ると思っていたのではないか。それが叶わなかったのに加え、特捜部の人手不足解消のため、気心の知れた二課の部下を引き抜きたいという希望も退けられた。そして、補充人員として加えられたのは、特捜部の最若手である柴原浩（しばはらひろし）よりもさらに後輩で、大学を出てまだ何年も経っていない仲柳文雄（なかやなぎふみお）という刑事だった。

それ以降、署の中でたまに顔を合わせても、柏木にはどこか貴里子を避けているような節があった。

別段、避けられることは構わないが、あの男の刑事としての情熱が、意に沿わぬ人事によって冷めかけてはいないだろうか。

柴原は、一年半ほど前に突如結婚し、式から半年と経たないうちに一児の父親になった。つきあっていた相手の妊娠が明らかになり、お腹の大きな花嫁を来賓のお偉方たちに見せられないということもあって、慌てて結婚式場の手配をしたといった話を、二次会の席上で沖がマイクを持って披露してしまった。

妻子を養うようになって、柴原には刑事としての落ち着きが出たように思えるが、仲柳との間が上手く行っていないといった噂も耳に入っていた。

そういえば、年齢的には大学出の仲柳のほうが上で、最若手は相変わらず柴原なのだ。だが、警察の序列はあくまでも警察学校の卒業年度で決まる。本来ならば、仲柳が柴原を立てねばならないのだが、そういった辺りが上手くいっていないのかもしれない。

結局、沖に連絡する踏ん切りがつかずにいるうちに、貴里子の携帯電話が鳴った。抜き出し、ディスプレイに目が吸い寄せられた。沖だった。

ちょうどいい。あれこれ躊躇うよりも、沖に事態を打ち明け、命じればいい。ヴァイオリンを見つけ出すには、絶対にあの男の力が必要だ。

通話ボタンを押して、耳元に運ぶ。

「もしもし、沖です。今、電話、いいですか？　いくつか、報告したいことがありましてね」

「ええ、大丈夫」

貴里子はそう応じたのち、言うべきことは言っておかねばならないと考えてつけ足した。

「だけど、ちょっと待って。舟木さんには報告したの？」

「特捜部は署長直属のチームだ。俺は堺さんからそう言われて最初のチーフを引き受けたし、その後、組織編成が変わったと説明されたこともない」

沖は口早にそう捲し立ててから、ふっと口調を緩めた。

「まあ、いいじゃないですか、村井さん。俺は、どうもあの舟木って青瓢箪が嫌いでね。そっちで適当にやってくださいよ」

貴里子は苦笑した。

「どう、ヤードのガサ入れは上手く行ったの？」

「ええ、上々ですよ。だけど、余計なものまで出ましてね。裏手に転がっていた冷蔵庫に、死体が隠してあったんです」

沖はそう告げ、死体発見の経緯と死体の状況を説明した。

「それで、死体の身元はわかったの？」

「ええ、だから電話したんです。殺されたのは、神竜会の竹尾一也という男でした」

「なぜ神竜会が――」

「そこですよ。このヤマは、車輛を狙った窃盗団から、思わぬところに飛び火するかもしれませんよ」

「そうね。早速、カシワさんたちに連絡を取り、この竹尾という男のことを洗って貰いましょう」

貴里子が勢い込んで言うと、今度は沖が電話の向こうで苦笑した。

「それは署長が指示してくれなくても、俺がもうやりましたよ。俺とヒラは、もうしばらく取調べにつきあうつもりです。思ったよりも骨のある連中でしてね。こっちのデカも大分手こずってます。じゃ、あとは明日、また報告を上げますよ」

沖が慌ただしく電話を切ってしまう気配を感じ、貴里子は慌ててとめた。

「あ、ちょっと待って、幹さん」

「何です？」

――明日、できるだけ早い時点で、一度署に顔を出して欲しいの。

そう言おうとして、貴里子は突然、思い止まった。

「――どうしたんです、何かありましたか？」

「いえ、何でもないの。宜しく頼みます」

貴里子は敢えて事務的な口調を保ち、自分のほうから電話を切った。

――これでいい。

――これでいいのだ。

頭の奥にそんな声がするのを聞きながら、帰り支度を始めた。

特捜部は仕事もできるが、心配事も多い。そんな部署にヴァイオリンの捜索を任せるよりも、一課から優秀な人材を選び出し、少数精鋭で特別チームを組むべきだ。

無論のこと陣頭指揮は自分が執り、そこに加わった刑事たちには、自分たちの任務を決して直属の上司にさえ漏らしてはならないと念を押す。そうすれば、秘密が外部に漏れることもないだろう。

そう決断を下すと、特捜部のことであれこれと思い悩んでいたのがまるで嘘のように、心のつかえが取れた気がした。

よし、今夜のうちに人選を行い、明日一番で彼らを呼び寄せて任務を伝えよう。

その前に、腹ごしらえをしたいから、ゴールデン街の外れにある《サダ》に寄り、貞子に何か作って貰おう。沖に教えられた店だった。貞子も客たちも阪神ファンで、大阪生まれの貴里子ももちろんそうだった。だが、今夜はナイトゲームがないので、おそらく店は静かだろう。

そんなことを思いながら天井灯を消し、部屋を出ようとした貴里子は、そこでいきなり歩みをとめてドアに両手をついた。

すぐに体を翻し、まるで何者かが部屋に入ってくるのを恐れるかのようにドアに背中を押しつける。

部屋が真っ暗になったため、窓ガラスを伝う雨だれに、表の大久保通りの明かりが映っていた。下から照り返す街灯の明かりが、夜の闇を斑に白く濁らせている。

貴里子はこの件を特捜部に任せるのを躊躇う本当の理由を知っていた。

ずっと前から知っていたが、認めてしまうことが恐ろしくて、見まいとしてきた理由だった。

だが、そろそろ限界かもしれない。

署長になり、捜査で毎日、沖と顔を合わせることがなくなってから、思いはむしろ自分でも抑え切れないほどに大きくなっていた。

沖幹次郎を前にすると、私は女になってしまう。

5

枝沢英二のヤサは、四谷三丁目に建って間もない高層マンションの一室だった。朱栄志たちによって西江一成が爆殺されて以来、神竜会筆頭幹部の座には、この枝沢が坐り続けている。会長の彦根泰蔵は高齢ということもあり、組の細部に睨みを利かすのは専らこの男の仕事だ。

翌朝、午前七時五〇分、沖と平松のふたりは覆面パトカーでこのマンションの前に乗りつけていた。

梅雨のどんよりとした空を圧して建つ高層マンションの、まるでホテルのようなエントランスからは、仕立てのいいスーツを身に纏った男や、そんな男と対等に張り合えそうな雰囲気の女たちが次々に現れていた。中にはその場でタクシーをとめ、忙しなく乗り込む連中もいる。

エントランスの脇にある地下駐車場へのスロープから、一台また一台とベンツやＢＭＷなどの外車が上がってくる。

通学の時間帯と重なることもあって、制服姿の中高生、母親に手を引かれた幼稚園児、それに小学生の姿もあった。

枝沢英二は、小学校二年生の娘を連れてエントランスに姿を見せた。

体の形にフィットしたスーツを着こなし、今流行のフレームにアクセントをつけた眼鏡をした姿は、外資系企業にでも勤めるやり手サラリーマンに見える。

後ろに控えていた若い男に彼女を託すと、その姿を見送ってにこやかに手を振り続けた。だが、娘の姿が角を曲がって見えなくなると、怒りを押し込めた顔になり、沖たちが乗る車へと足早に近づいてきた。

「用があるなら、組へ来い。なんでこっちへ押しかけるんだ」

助手席の窓を開けてにやつく沖に吐きつけた。

二十分ほど前に電話を入れ、今から訪ねると告げたところ、狼狽と怒りの入り交じった声で拒んだので、表で待つと言い置き、返事も聞かずに切ったのだった。

「急ぎなんだよ。朝一番から、幹部が御出勤しねえだろ」

「だからと言って――」

「まあ、乗れって、枝沢。電話をしただけ、気を遣ってるんだぜ。そうでなけりゃ、朝飯んところへ押しかけてる」

ヤクザの幹部が最も嫌うのは、家に押しかけられることだ。ましてやまだ幼い子供がいる場合は、どんなヤクザでも、自分の稼業の姿を子供には見せたくないものなのだ。

苦虫を噛み潰したような顔で黙り込み、動こうとはしない枝沢を、沖はもう一度促した。

「乗れって。それとも、この高級マンションの前で、大声で立ち話をしようか」

枝沢は小さく舌打ちし、後部ドアを開けて乗り込んだ。

それを見届けた沖は助手席から降り、後部ドアに回った。

「詰めろよ」

無愛想に告げ、枝沢が不愉快そうに体をずらすのを待って隣に坐る。

「で、俺に何の話だ？」

「まあまあ、そう急ぐなよ」

沖は敢えてゆったりと尻の位置を直し、徐に写真を内ポケットから抜いて差し出した。

ヤードで見つかった死体の写真だった。

手に取り、目を落とした枝沢は、反射的に顔を背けた。ポケットから出したハンカチで口元を押さえる。

「なんのつもりだ――。朝っぱらから、こんなものを見せやがって」

「おまえさんのとこの人間だぜ。わからねえのか？」

沖の冷ややかな答えを聞いても、枝沢は写真に目を戻そうとはしなかった。

「誰なんだ。名前を言え」

「竹尾一也。知ってるな」

神竜会ほどの大所帯になれば、筆頭幹部が全員の顔と名前を知っているはずはなかったが、沖は敢えて断定的に訊いた。

相手の顔を見据えていた。小さな表情の動きひとつたりとも見逃さない。

「竹尾だと――。知らねえな。だが、調べてすぐに返事をさせる。それでいいだろ」

「誰に殺られたとも、なぜ殺られたとも訊かねえのか？」

「訊けば話すのかよ」

「訊かなくてもわかっているからだろ」

枝沢は何も言わずに顔を背けた。

「おい、枝沢。おまえんとこは被害者だぜ。俺たちだって、これをきっかけに叩こうなんて、そんな無慈悲な真似はしねえさ。話せよ」

運転席からこっちを見ている平松が、そう言って枝沢を促した。

枝沢は平松から沖へと顔を転じたが、そうしてもなお口を開こうとはしなかった。勿体ぶっているのではなく、話すかどうか躊躇っているように見えた。

「なあ、枝沢よ。こんな写真を持って、朝飯の時間に改めて押しかけられたいのか？」

沖が写真をひらひらさせながらもう一押しすると、険しい目を向けてきたが、ふっと息を吐き落としながら目の光を弱めた。

「白嶋徹って跳ね返りが、二年ほど前まで組にいた。荒っぽいことばかりやって粋がっているが、筋を通すことができねえような半端者だ。もめ事ばかり起こすので、俺がすぱっと縁を切った」

「破門したってことか？」

「そうだ」

ヤクザの世界で、破門は重い懲罰だ。ヤクザとしてのルールを果たせなかったとの烙印を押され、今後一切、どの組との関係も絶たれる。ヤクザとは、社会の外れ者の集まりだ。そういう外れ者たちの集団から弾き出された時、その人間にはいよいよ生きる術がなくなる。

「で、その白嶋がどうした？　破門したなら、もうおまえらとは関係ねえだろ」

枝沢は唇だけを笑みの形に歪めた。

「そうはいかねえのが、世の中ってもんだろ。無論のこと、うちとあの野郎とはもう無関係さ。だが、やりたい放題をやって、あちこちのシマを荒らし回ってる」

「窃盗団のことを言ってるんだな」

「そうだ。外国人どもを手先に使い、盗み自体は大雑把で荒っぽいが、その先にゃ大がかりな密輸ルートまで持ってるようだ」

「他の組から、苦情が来たか」

沖が揶揄して言うと、エリートサラリーマンのような身だしなみを調えた男はすっと表情を消し、蛇のような目になった。これがこの男の地顔だ。

「それは違うぜ、幹さん。俺自身が感じるんだよ。あの野郎は、目に余るとな。ヤクザの世界を破門された人間が窃盗団を仕切り、羽振りよく生きていくなんぞ冗談じゃねえ。半端者は半端者らしく、女のヒモにでもなってせせこましく暮らしていくか、切羽詰まって強盗にでも転んで長いムショ生活を送るか。そんなところがそれらしい相場ってもんだ。そうだろ」

「で、殺された竹尾って男に、白嶋のバックを調べさせてたのか？」

「そうだ。やつが何人か引き連れて、白嶋の動きを探ってた。だが、五日前から行方が知れなくなっていた」

「五日前だな」

「ああ、そうだ」

「白嶋にマエは？」

「ガキの頃から、何度か塀の中と外を行ったり来たりしてるような野郎だよ」

「白嶋が立ち寄りそうな先は？」

「駄目だ。わからねえ。昔の女や、行きつけの店など、野郎を知る人間から訊き出して当たりを取ったが、このところ、ぴたっとどこにも顔を出してねえ。俺たちが野郎を捜してることに気づいたんだろうさ」

「竹尾が追ってたのは、白嶋の立ち回り先だけだったのか？」

枝沢は口を開く前に、探るような目つきをした。

「俺から聞いたとは決して言うな」

「わかってるよ」

沖は頷いて見せた。

「横浜の中華街に《東洋公司（コンス）》という貿易会社がある。そこの文建明（ウェン・ジェンミン）って中国人を洗え」

「何者だ？」

「はっきりしたことはまだわからん。こいつと白嶋とはツーカーの仲だ。密輸ルートはこの野郎がお膳立てしてると、俺は見てる」

「よし、わかった。じゃあ次だ。この男は誰だ？」

沖は歌舞伎町の路上で職務質問を受け、何枚もの偽造免許証や保険証を持っているのが見つかった男の顔写真を出して枝沢に見せた。

埼玉のヤードへのガサ入れは、この男の逮捕が発端となったのだ。

だが、前科がなく、本人が黙秘を続けたままなので、未だに身元がわかっていなかった。

「誰だ、これは？　わからねえ」

「とぼけてるのか？」

「んなわけねえだろ。初めて見る顔だ」

「西新宿の《一ノ木興産》って廃品回収業者に聞き覚えは？」

沖は西新宿の住所で登記された幽霊会社の名前を挙げた。

「廃品回収業？　ねえよ。何なんだ？」

「ここが荷の送り主となって、盗品を海外に送ってた」

「そうか。じゃ、《東洋公司》と関係してるのかもしれんが、俺たちの調べにゃまだ入ってなかった」

嘘をついている雰囲気はなかった。枝沢が続けた。

「《東洋公司》を張り込み、そこに出入りする中国人の顔を押さえた写真がある。それをあんたらに届けさせよう。あんたらなら、身元がわかるやつがいるかもしれんだろ」

「よし、すぐにそうしろ。それから、さっき言った、白嶋が立ち回りそうな先についてもだ。この件についちゃ、これから先も何かわかったら、そっくりこっちに教えるんだ」

「わかってるよ。俺たちゃ、持ちつ持たれつだ。そうだろ」

枝沢の仄めかしに、沖は内心でカチンときた。

三年前、円谷は妻子を爆殺された恨みから、朱栄志を狙って引き金を引いた。物陰から、何の警告もなくやつを狙ったのだ。それを朱をつけ狙う神竜会の組員のひとりが目撃していた。

警務部の深沢たちが、円谷を懲戒審査委員会にかけようとした時、枝沢はこの組員の証言を取り下げさせる見返りに、警察内部の情報を要求してきた。結局は、円谷本人が情報を提供することになったが、沖もそうする一歩手前まで行ったのだった。

それ以降、沖の中で、この枝沢や神竜会そのものに対して、どこかやりにくさが残っていた。

だが、何か言い返そうとする気持ちを、沖は黙って呑み下した。言わせておけばいい。そろそろこの枝沢って男を、徹底的に潰す時期だ。増長させると、警察を舐めてかかってくる。

枝沢は冷笑のような憫笑のような、つまりは最も腹の立つ類の笑みを浮かべると、体を捻り、車の流れが途絶えていることを確かめて車道側のドアを開けた。

「おっと、待て」沖は枝沢の二の腕に手をかけた。「慌てるな。まだ話は終わっちゃいないぞ。鼻の左脇に目立つ黒子がある中国人は何者だ？」

枝沢は動きをとめ、一旦開けたドアを閉めた。

沖が埼玉県警で取調べを受けている男の顔写真を差し出すと、枝沢はそれを手に取ろうとはせず、一瞥（いちべつ）をくれただけだった。

「この野郎がどうした？　竹尾殺しに絡んでることがわかったのか？」

「竹尾の死体が見つかった現場にいた」

「パクったんだな？」

わざわざ確かめた上で、沖が頷いてみせると相好（そうごう）を崩した。

「それならば話が早いぜ。この野郎を徹底的に叩け。こいつはさっき話した文　建明（ウエン・ジエンミン）の右腕で、楊武（ヤン・ウー）って男だ」

携帯で埼玉県警の村越に連絡を入れた。「楊」とだけ名乗ってあとは黙秘を続けている男のフルネームと大まかな身元が割れたことを告げ、枝沢から仕入れた情報を一通り話して聞かせた。

貸しを作っておけば、向こうからも情報を入れてくれるはずだし、必要な時に取調べに立ち合わせて貰える。いや、今後の捜査の流れ如何（いかん）では、楊武をK・S・Pに移送し、こっちで徹底的に洗う必要性が生じるかもしれない。そういったケースを見越し、埼玉県警とは連絡を密にしておくことにしたのだった。

――白嶋徹と文建明。

とにかくこのどちらかの身柄を押さえることだ。そうすれば、背後に控える組織がわかる。

沖は次に神奈川県警に電話をし、捜査員を派遣する旨を告げて仁義を切り、捜査協力を低姿勢で頼んだ。そして、円谷に連絡を取り、柴原を連れて《東洋公司》を調べに中華街まで出向くようにと命じた。

署に戻ったら、早速、白嶋の前科ファイルを検証し、やつの立ち回りそうな先の捜索を開始するつもりだった。枝沢からの情報の詳細を得て、そっちの捜査にもすぐに着手しよう。

だが、その前にひとつだけ用を済ませておきたかった。

沖は平松に言って車を新宿通りに回らせ、紀伊國屋書店の前で降りた。

「すぐに戻るから、先に白嶋のファイルを当たり始めててくれ」

情報屋に会うのか、と訊かれた沖は、なあにちょっと野暮用さと、意味ありげな顔つきで答えた。

平松の車が充分に遠ざかるのを待ってから紀伊國屋書店に入った沖は、エレヴェーターで六階の古典芸能コーナーへ上がり、落語関係の書籍が並ぶ棚の前に立った。

桂三木助のCDセットが発売されたことを新聞で知り、買いたくて仕方がなかったのだ。

「日本の話芸ですか。こういう趣味があるというのは、さすがの僕もわからなかったなあ」

CDの説明書きを夢中で読んでいた沖は、そう話しかけられて顔を上げ、驚きで思わず手の物を落としそうになった。

こざっぱりと短く切った髪を七三に分け、薄いブルーのサングラスをかけた男がすぐ目の前に立ち、いかにも親しげに微笑みかけていた。

朱栄志だった。

黒いTシャツに、デニムの上下を着ている。沖が子供時分にさかんに書店で売っていたようなグラビア雑誌から飛び出してきたような格好だった。

「元気でしたか、幹さん。何年ぶりだろう。足掛け三年になりますか？」

朱は言い、いよいよ人懐っこく笑いかけた。

沖はその口調と表情から、相手が自分の驚愕ぶりを充分に楽しんでいることを知った。

爆弾事件で日本中を騒がせ、円谷太一というひとりの刑事の家族を残酷に殺害した男だ。

日本のヤクザにも中国マフィアにも大勢の死者を出し、新宿の治安を傍若無人に引っ掻き回した挙げ句、煙のように姿を消した。

復讐や勢力争いに取り憑かれた狂人のように振る舞いつつ、実際には綿密な計画を立てて実行し、沖たち警察も含めた大勢の人間を翻弄した男。

だが、時間が経つうちに、朱栄志という悪党は、沖の中で段々とたったひとつの印象に収斂するようになっていた。

新宿というおもちゃ箱をひっくり返し、遊びたいだけ遊んだ挙げ句、それに飽きたらぽいと投げ出して消え去った男だ。

今度会った時には、必ずこの手でワッパをかけてやる。そんな気持ちが殺意に転じなかったのは、決して刑事の本能のためなどではなかった。

この手で殺すなど生温い。

裁判を受けさせ、野郎がしでかした罪を、ひとつずつ時間をかけてうんざりするほどに目の前に並べ立てた挙げ句、法によって縊り殺してやる。

いつ自分の順番が来るかわからない、死刑囚の孤独と恐怖を存分に思い知らせてやるのだ。

「どうしたんです。驚きで声が出ませんか？　僕がとっくに死んでいるとでも思ってましたか？」

朱栄志の声は滑らかで、あたかも読書好きな人間が本屋でたまたま出会い、最近読んだ本の話でもしているかのようだった。

沖は自分がすっと醒めるのを感じた。怒りが沸点に達すると、逆に頭の中が澄み渡るように静かになる。これは、前にはなかったことだった。

沖は用心深く周囲に注意を巡らせた。

朱の手下とわかる男たちが、あちこちの本棚の前に立ち、読めもしないにちがいない日本語の本に目を通す振りをしながら、こちらの様子を窺っている。

問題はその連中よりもむしろ、明らかに何も事情を知らない普通の客も、同じフロアのあちこちにいることだった。

朱も含め、このチャイニーズマフィアの全員が、懐に銃を呑んでいることは間違いない。

「死んでたら、つまらないだろ」

「そうですね。お互い、楽しめなくなる」

「俺に何の用だ？」

沖は押し殺した声で訊いた。

だが、朱は人差し指を胸の前に立て、左右に小刻みに振りながら「チチチ」と口を鳴らした。

「嫌だなあ。久しぶりに会ったんですよ。どうです。僕の変化に気づきませんか？」

沖は改めて朱の顔に目をやった。

――確かにどこか印象が違う。

そう思ってすぐに気がついた。

右目の傷跡と凹(へこ)みがなくなっている。

この男は、少女のスナイパーによってボスの朱徐季(スーチー)を射殺されたのち、その責任を取って右目を自分自身の手で刳(く)り貫(ぬ)いたのだ。

「ほら、どうです。義眼を入れたんですよ。今は精巧な物があるんです。義眼だなんて、わからないでしょ」

朱は得意気に微笑み、自分の右目を親指で指差した。

確かに到底義眼には見えない。

「訊いてることに答えろよ。俺に何の用なんだ？　向紅(シアンホン)を殺された仕返しに、命を取りに来たか」

揺さぶりをかけるつもりで、向紅の名前を出してみたが、朱は微塵(みじん)も取り乱さなかった。

「あなたの命を奪うつもりならば、もうとっくに取っているでしょ。この三年の間のどこかでね」

「じゃ、何の用だ？」

「今日はね、取引に来たんですよ。お互い、必要な情報を教え合いませんか？」

「おまえから聞き出す必要がある情報は、何もかもすべて取調室で引き出すさ。おまえを処刑台に送る前にな」

「だが、それからでは遅い情報もあるでしょ」

「何の話だ？」

「例えば、親父（おやじ）さんの行方」

沖は今度は冷静さを失い、いよいよ目の前の若造に摑みかかりそうになった。

「朱、てめえ」

思わず声を高めてしまい、それを耳にした他の客たちが訝（いぶか）しげにこちらを見やる。

沖は彼らがどこかへ行ってしまうことを願い、思い切り睨（にら）み返した。

「幹さん、あなたはひどい人だなあ」

朱が言った。茶化すような嘯（うそぶ）くような口調が、沖の胸を逆撫（さかな）でする。

「あなたの捜査力なら、行方を晦（くら）ました親父さんの行方ぐらい、すぐにわかったはずだ。それなのに、あなたは、探そうともしなかった。厄介払いができたと思って、内心ではほっと胸を撫で下ろしていたんでしょ」

沖は怒りを抑えるために、奥歯をきつく嚙み締めた。

三年前に朱栄志と朱向紅のふたりが起こした爆弾事件の渦中、円谷の家族が犠牲になったのち、沖も脅しを受けたため、嫌がる父親の隆造（りゅうぞう）を強引に自宅から連れ出し、こっそりと借りたマンションの一室に匿（かくま）った。

その時は文句ばかりを垂（た）れていたが、息子の重荷になることを嫌ったのかもしれない、事件が終わってしばらく経った頃、父は一通の手紙だけを残して姿を消したのだった。

――自分がいては、おまえの邪魔になると知った。なあに、俺の仕事はどこでだってできる。だから、東京を離れることにする。

それはそんな文面だった。

「――嘘だ。おまえが親父の行方を知っているわけがない」

沖が言うと、朱は肩を聳（そび）やかして首を振った。いくらか芝居がかった仕草だった。

「僕を見くびらないで欲しいな。それぐらいのことができないと思いますか」

ポケットから出した何枚かの写真を差し出す。

「これは差し上げますよ。二年十ヶ月ぶりのお父さんでしょ」

写真に目を落とした沖は、腹の底が冷えるのを感じた。すぐに怒りで熱く煮えたぎり出した。

街角を歩く父親が写っていた。望遠レンズを使い、相手に気づかれずに遠方から撮影している。

「貴様——！」

「本屋で大きな声を出してはいけませんよ。幹さん、親父さんだってもう老齢だ。会いに行ってあげなさい。なあに、簡単なことです。僕にひとつ、情報を流すと約束してくればいいんです」

今ここで情報を流せと言わないのはなぜなのか、沖はふと訝しがった。

「どんな情報だ？」

「簡単ですよ。バーバラ・李のヴァイオリンの行方。それがわかったら、真っ先に報せてください」

「——何の話だ？」

「幹さん、そういう時間稼ぎはやめましょうよ。意味がない。お宅の署長に就任した才色兼備の村井さんが、昨日の夕方、マーク・ウエスラーに会ったのは何のためです？」

沖の態度から、朱はすぐに察した。

「おっと、これは勇み足だったな」と、平手でぽんと自らの額を叩いた。「まだ聞いていないんですね。それじゃ、これから署ですぐに聞いてください。ヴァイオリンと引き替えに、お父さんの行方を教えましょう。念のために言っておきますが、今から慌てて行方を探すような真似はしないことですよ。お父さんの身近には、うちの人間がついています。あなたがお父さんを探そうとしてるとわかった瞬間、その人間が動きます。いいですね」

「――――」

言葉が出てこない沖の前でひょいと屈み込むと、朱は沖がさっき戻したCDのボックスセットを取り上げた。

「桂三木助、ですか。聴いてみますよ。僕も日本の話芸には興味がある。それじゃ、幹さん。連絡を待ってます」

6

血相を変えて部屋に飛び込んだ沖を、貴里子は驚愕と怒りの入り混じった目で見つめ返した。

「何ですか、沖刑事。いきなり飛び込んでくるなんて、失礼でしょ」

沖は肩で息を吐き、なんとか自分を落ち着けようと努めた。

「失礼は詫びます。だが、説明してくれないか。バーバラ・李のヴァイオリンとは、何の話だ？　それを探し出すことを、あなたはウエスラーとかいう外国人に請け負ったのか？」

「――どこからその話を？」

そう問い返す貴里子を目の当たりにして、予期した以上のショックを受ける自分がいた。

「やはり本当だったんだな……。だが、なぜだ。なぜそれを俺に言わなかった？」

今日、これから告げるつもりだったのだという答えを期待して訊いたが、貴里子は何も答えようとはせず、下唇を軽く嚙み締めて俯いてしまった。

沖は待った。これ以上、一方的に捲し立てるべきじゃない。たぶん、この女には何か考えがあるのだ。

だが、貴里子は沖と目を合わせようとはしないままで、執務机から腰を上げた。

「これから会議があるの。その件について、詳しい話はできない。あなたの話はあとで聞くわ」

沖はかっと頭に血が上った。

それを懸命の努力で押し鎮める。

「待ってくれ、村井さん。これは重要なことなんだ。すぐにきちんと説明を聞かせてくれ。バーバラ・李と朱栄志とは、いったいどう関係してるんだ？」

「そんなことを言われても、私だってわからない」

「とぼけるのはよせ」

「わからない。ほんとよ」

「あんたがそう言うなら、それでいい。だが、朱栄志絡みの捜査なら、うちの管轄だ。この一件は、特捜部が仕切る。あんたがマーク・ウエスラーという男から聞いた話を聞かせてくれ」

「署長は私よ。あなたにそんなことを決める権限はないわ」

「チャイニーズマフィア絡みの事案は、俺の縄張りだと言ってるんだ。説明してくれ」

「できないの」

貴里子は悲鳴を上げるような声で言った。

さらに食ってかかろうとした沖は、彼女の視線の動きで背後に気がついた。

署長秘書の前島絵梨子が、ドアの隙間から怖々と覗いていた。ショートカットの丸顔の女で、女とすぐに親しく口を利くことが特技である平松の情報によると、ド近眼でコンタクトを使っているという。三歳年上のサラリーマンとつきあっているので、じきに警察を辞めるかもしれないとも言っていた。沖は一度、帰宅時の彼女を見かけ、派手な服を着ていて驚いたことがあった。

「――大丈夫ですか、署長。舟木さんを呼びましょうか？」

「大丈夫よ、何でもない。誰も呼ばないで。しばらく誰もここに入れないで。いいわね」

貴里子はしっかりとした声で命じ、絵梨子がドアを閉めるのを待って沖を見つめた。

「幹さん、話を聞いてちょうだい。確かにあなたが言うように、昨日、私はマーク・ウエスラーと会って、ある事柄を相談されたわ。それは極秘事項で、このK・S・Pの中でも一部の刑事にしか話せないの。ほんとは、こんなことをあなたに話すことさえ問題なのよ」

「その一部とは、誰なんだ？」

「私が刑事課の刑事たちの中から選抜したわ」

「冗談じゃない」

「お願い。聞いて。これは、私が署長として考え抜いて出した結論なの」

貴里子の目に気圧（けお）され、沖の喉元（のどもと）で言葉が立ち往生した。

「――円谷のことを考えてるのか？」

低い声で訊いた。

「それもある……」

やはりそうなのだ。朱栄志絡みの一件を特捜部に任せることで、円谷の気持ちを刺激すまいと思っている。

「俺やマルさんを信じてくれ。朱栄志とやり合えるのは、俺たちしかいない。今度は必ず野郎の腕にワッパを叩き込んでやる」

「幹さん――」

「待った。今度は俺の話を聞いてくれ。たった今、野郎は俺の前に現れたんだぞ」

「何ですって……。朱がこの新宿に」

「ああ、そうだ。戻って来やがった」

「幹さんの前に現れた理由は、何なの？」

「俺の親父を引き合いに出して、バーバラ・李のヴァイオリンの行方を教えろと言って来たんだ」

口にしてしまってから、沖ははっとし、後悔した。親父の話を出せば、貴里子が自分を一層捜査に参加させにくくなると思ったのだ。

「お父さんがどうしたの？」そう訊き返した貴里子は、すぐに血相を変えた。「またお父さんを狙うと、脅しをかけてきたのね。すぐに手配して保護しなくては」

「俺の親父のことはどうでもいい。今は、捜査の話をしてるんだ。俺にこのヤマを仕切らせてくれ」

「何がどうでもいいのよ。馬鹿言わないで。たったひとりの親じゃないの。お父さんに事情を話し、すぐにまたどこか秘密の場所に移って貰いましょう」

沖は口を引き結んだ。

「どうしたのよ。なぜ何も答えないの。——まさか、既に朱たちの手に落ちてしまっているの？」

沖は歯嚙みした。己の間違いに気づいていた。

朱栄志がいきなり目の前に現れ、バーバラ・李のヴァイオリンだとかマーク・ウエスラーだとか、未知の情報をぶつけられた。そして、署長の貴里子が特捜部には内緒で何事かを進めようとしていることにかっとなってここに飛んできたつもりでいたが、それは自分の本当の心ではなかった。

俺は自分の父親をなんとかしたくて、それで頭に血が上ったのだ。

くそ、三年近くも放りっぱなしにしていたのに、何と虫の良い話じゃないか……。

「親父はいない……」

かさつく声を吐き落とした。

「いないって、どういうこと……？　浅草で今も提灯を作ってるんじゃなかったの？」

「――違うんだ」

沖は貴里子が答えの続きを待っているのに気づいたが、続けられる言葉など見つからなかった。

「違うって、何？　たったそれだけ？　行方が知れないってこと？」

「ああ」

「いつから？　いつから行方が知れないの？」

「三年近くになる……」

貴里子の顔が、苦痛に歪んだように見えた。

「待って。そうしたら、朱栄志たちの事件があってからじきに、あなたのお父さんは行方を晦ましていたというの……。どうしてよ？　答えて、幹さん。あなたは、なぜそんな大事なことを、一緒に仕事をしていた私たちに言わなかったの？」

「――これは俺のプライベートな問題だ」

「違うでしょ」貴里子の声が胸に刺さった。「あの時、朱栄志たちはあなたに脅しをかけてきた。そのために、一時期、お父さんを秘密に借りた部屋に避難させた。もう一度同じことが起こったら、いったいどうするつもりだったのよ？　現にこうして起こってるじゃないの。あなた、自分の父親を何だと思ってるの」

「――――」

打ちひしがれた。

貴里子の声に、殴りつけられたような気がしていた。

そうだ。なぜこんな事態を想定しなかったのだろう。朱栄志ならば、姿を消した親父の行方を突きとめ、再び自分を脅す材料にするとどうしてわからなかったのだ。

沖が浅草で提灯作りをする父親の自宅兼工房を訪れたのは、朱栄志と向紅(シアンホン)が巻き起こした爆弾騒ぎが収まって二週間ほどが経った日のことだった。

父親には手を出さない、と電話で朱栄志が宣言したものの、それをただちに真に受けることはできず、付近の交番に相談し、巡回の途中で注意を払って貰うことにしていた。

そう頼んでいた交番から連絡が来て、夜になっても自宅に明かりが見えない、日中からずっとカーテンを閉め切ったままで人気(ひとけ)が感じられない、といった報告を受け、慌てて飛んでいったのだ。

そして、自宅も作業所ももぬけの殻になっているのを見つけた。

すぐに大家に連絡を取ったところ、父親からの伝言が残されていて、最後には詫びの言葉が書かれてあった。

父の隆造は、妻、つまり沖の母親と沖を捨てて、提灯作りの道に入った。

父との間にどんな擦れ違いや確執があったのか、母は自分では決して話題に持ち出そうとしなかった。そんな母を見て育つうちに、父親に対するわだかまりが大きくなり、その身勝手な生き方を許せないと思うようになっていたのだ。

だから父が姿を消した時、心のどこかでほっとしていたのではなかったか……。次に朱栄志と相まみえる時に、やつの脅しの材料に取られるような身内が姿を消してくれて、これで思う存分に刑事の仕事ができると胸を撫で下ろしていたのではなかったか。

いや、そんなことよりも何よりも、自分の人生から父親を締め出せたことに、どこかでほっとしていたのでは……。

「――すまない」

沖は己の唇から漏れる低い声を聞いた。

「私に謝ったってしょうがないじゃないの……」

「時間を取らせたことを詫びてるんだ。あんたの決断は正しい。俺を捜査に加えるべきじやないし、俺は自分の問題を署長のあんたに打ち明けるべきじゃなかった」

「――どこへ行くの？」

「捜査に戻るんです」

「お父さんのことはどうするの？」

「なんとかするさ。てめえのケツはてめえで拭けますよ」

沖は頭を下げて署長室を出た。

7

――考えがまとまらない。

貴里子は沖が姿を消したドアに吸い寄せられていた視線を強引に引き剝がし、執務机に戻って腰を降ろした。シェードの隙間から差し込んでくる午前中の光が、たった今まで彼が立っていた場所に淡い縞模様(しまもよう)を描いている。大久保通りの車の走行音が、壁と窓を通してじんわりと染み込んでくる。

特捜部の部屋は階下ではあっても、建物の奥まった場所にあるため、こんなふうに騒音が聞こえはしなかった。

署長室に落ち着いた当初、深夜と明け方を除くすべての時間帯はずっと騒音につきまとわれていることに、なかなか慣れられなかったものだった。

だが、僅か三ヶ月で、いつの間にやら気にならなくなっている……。

体から力が抜けていくような気怠さが押し寄せてきて、貴里子はしばらくこのままここから動かず、誰にも会わず、何も考えたくないという衝動に見舞われた。

ノックの音がし、秘書の絵梨子がドアの隙間から顔を覗かせた。

「宜しいですか？」

「何？」

絵梨子が怯えたのを知り、自分がどんな顔をしているのかに思い至った。

「署長の指示を受けた刑事たちが集まっていると、舟木さんから電話が入ってます」

「もうちょっと待って貰ってちょうだい」

努めて静かな口調で告げたのち、大きな音を立てて椅子から立った貴里子に、絵梨子がぎょっとしたような目を向けてきた。

貴里子は壁際の上着掛けからジャケットとバッグを取り上げ、小走りでドアに向かった。

「いえ、やっぱり変更よ。会議は中止します。各人、目の前の捜査に戻って欲しいと、舟木さんにそう伝えて」

体を引いて道をあける絵梨子に告げて走り出した。

エレヴェーターのボタンを押すが、表示ランプを見上げ、階段のほうが早いと判断した。

特捜部の部屋がある二階ではとまらず、一気に一階まで駆け下りた。ああして署長室を出た沖が、自室で物思いに耽っているわけがないとわかっていた。まずは動く。それから、考える。それがあの男のやり方だ。

駐車場に駆け出ると、覆面パトカーに乗り込もうとしている沖の姿があった。

「待って。沖刑事」

貴里子は呼びかけ、走り寄った。

沖の前に立つと、自分がすっかり息を切らしていることに気がついた。

呼吸を整える貴里子を、沖はぼんやりと眺めていた。

「マーク・ウエスラーから聞かされた依頼の詳細を話すから、もう一度署長室に来てちょうだい。いえ、それよりも、今から府中へ向かうわ。詳細は、道すがら話しましょう」

「ええと、ちょっと待ってくれ」沖はまだどこかぼんやりとした表情のままで問い返した。

「つまり、この件は、特捜部に仕切らせてくれると言うのか?」

「いいえ、違うわ」

貴里子ははっきりと首を振った。

「指揮を執るのは、私よ。捜査は、この私がすべて仕切ります。あなたには、私の片腕になって欲しい。私が特捜のチーフだった時のように。それから、改めて言うわ。この件は、完全な極秘を要するの。特捜部のメンバー以外には、決して一言も情報を漏らせない。もしも情報が漏れるようなことがあったら、厳しい処罰で臨みます」

一気に口にしてみると、もしかしたら起こるのではと危惧していたような後悔は一切起こらなかった。

だが、沖の顔には躊躇いがあった。この男らしからぬことだった。

「――つまり、円谷も捜査に加えていいのか？」

「あたりまえでしょ。マルさんは特捜の貴重な戦力よ。私は、あの人の刑事としての力量と矜持を信じてる」

「だけど、待ってくれ……。俺の父親の件は、あくまでもプライベートな問題だ。だが、俺が捜査に加われば、あんたは指揮官として、その問題を一緒に抱え込まねばならなくなる」

貴里子は思わず沖の顔を睨みつけた。

――私がこれだけ言っているというのに、いったいどうしたというのだろう。

貴里子はひとつ息を吐いた。改めて沖を見つめ、続けた。

「私は一時の思いつきで言ってるわけじゃないのよ。朱栄志があなたに接触してきたことで、あの男が新宿に戻っているとわかったのは大きな収穫でしょ。違う？　あの男は、バーバラ・李のヴァイオリンに興味を持ってる。こっちからすれば、そこに逮捕のチャンスがあるということよ」

「——やつは俺の父親の居所を知ってる。いや、身柄を押さえているかもしれない。少しでも警察が居所を捜している気配を嗅ぎつけたら、父親を殺すと言っていた。俺が捜査に加われば、やがてあんたはきつい決断をしなければならなくなるはずだ」

「馬鹿言わないで。あなたが捜査に加わらなくても、それは同じよ。この話を知ってしまった以上、見過ごすわけにはいかないんだもの」

「————」

「朱栄志は、必ずまたあなたに接触してくる。そうでしょ。それがあの男を捕まえる大きなチャンスよ。あなたのお父さんは、必ず助ける。だから、私と一緒に、この極秘捜査に就いてちょうだい。ヴァイオリンを見つけ出し、そして、朱栄志の腕に手錠をはめるの」

沖は貴里子を見つめ返した。

その顔に馴染(なじ)みの表情が戻る。不敵でがさつで、そしてどこか可愛らしくもある馴染みの顔だ。

「これであんたを巻き込んで捜査を始めれば、朱の野郎の思う壺(つぼ)だ」

沖は低い声で言ったが、そこにはちょっと前までのような躊躇いはなかった。

「いいじゃない。攻撃は最大の防御よ」

「さっき、府中と言ったのは、なぜです？」

「斉秀行(チー・シウシン)に会いに行くのよ」

「なるほど、まずはあの野郎からか」

沖は噛み締めるようにゆっくりと頷いた。

頭をフル回転で働かせている刑事の顔つきになっていた。

8

面会室に現れた斉秀行は、そこに待つのが沖と貴里子だと知って表情を強ばらせた。

一般の面会は、強化プラスチックのボードで仕切られた部屋でしか許されないが、刑事の取調べの場合は違う。窓には鉄格子がはまり、ここと外の世界との間には何層ものゲートがあるが、作り自体はごく普通の部屋だった。篤志面接委員や教誨師が受刑者と会う時にもこういう部屋を使う。

「――なんだ、あんたらか」

斉は吐き捨てるように言ってぷいとそっぽを向いた。だらっと体の力を抜き、大げさにふてくされた様子をした。

「しゃんとしろ。きちんと背筋を伸ばし、刑事さんの質問に答えるんだ」

ここまで斉を連れて来た刑務官が大声で叱咤した。

斉は煩わしそうに顔を顰めたが、それはちょっと前のふてくされた姿よりもずっと目立たなく抑えられた動きだった。

刑務所暮らしの間に学んだのだ。ここでは刑務官の考えがすべてであり、受刑者として平穏な日々を望むなら、決して彼らの機嫌を損(そこ)ねてはならないことを。

「ありがとうございました。しばらく、我々だけにしてください」

貴里子が立って丁寧に告げると、刑務官は頷いて部屋を出た。

「立ってないで坐れよ。塀の中にいると、外の人間に会いたくなるもんだろ」

沖が向かいの椅子を勧めた。

「けっ、相手が刑事じゃ、しょうがねえだろ」

「まあ、そう言うな。どうだ、ムショ暮らしは？」

「日本の刑務所は天国さ。誰もそう言ってる。ただ、看守が全員、生真面目(きまじめ)過ぎていけねえよ。日本人はみんな、人のやってることにお節介すぎるんだ」

「おまえらが社会復帰しやすいように、ちゃんとした生活や心構えを叩き込んでくれてるんだよ」

「それがお節介だと言うのさ。ここを出れば、俺は日本人なんかとつきあわねえんだからな」

沖は苦笑した。

斉(チー)は日本生まれの日本育ちだ。流暢(りゅうちょう)な日本語を話す。憎まれ口を叩いても、実際には外の人間と話すのが嬉しいのだろう。逮捕した時の印象よりもずっと口数が多かった。

　東京矯正管区内で外国人の犯罪者を受け入れているのは、黒羽（くろばね）、そしてこの府中の二つだ。どこでも同じ国の人間同士はできるだけ近づけないようにすることと、充分な通訳の手配ができないために、生活上必要なことのほぼすべてを日本語で済ませるように強要されることが共通している。

　したがって、外国人受刑者はどうしても孤立しがちだが、この斉の場合は日本人に混じって上手くやっているように見受けられた。

「さて、あなたに訊きたいことがあるのよ」

　貴里子が言った。

「なんだい、美人刑事さん？」

　生身の女を目にすることがないのだ。斉は最初、照れ臭さを隠したような顔で貴里子のほうを見ないようにしていたが、直接話しかけられると相好（そうごう）を崩し、馴（な）れ馴れしげに呼びかけた。

「三年前、朱向紅（チュー・シアンホン）の口から、何かヴァイオリンに関する話を聞いたことはなかったかしら？」

　だが、貴里子の口から朱向紅の名前が出ると、顔を強ばらせてぷいと横を向いた。

「なんだ、そりゃあ。あの女が、ヴァイオリンなんてタマかよ。爆弾を扱うのが何より好きなイカれ女だったじゃねえか」

あの時この男は、朱向紅の仕掛けた爆弾によって父親を爆殺されている。それを恨みに思い、朱栄志（チュー・ロンジー）や朱向紅たちが企てていた計画の一部を沖たちに漏らしたことがある。

貴里子は他でもないその点を考えて、まずこの男に白羽の矢を立て、こうして話を訊きに来ることを主張したのだ。もしも何かを知っているとしたら、最も口を割りやすいのはこの男だろう。

「朱栄志と朱向紅が日本に姿を現す二週間ほど前に、向紅はこのヴァイオリンを裏ルートで購入しているの」

貴里子は淡々と説明を始めた。「これは有名なヴァイオリン職人の手によるもので、アメリカ人のある資産家の元から盗まれたものだった。盗品とはいえ、かなりの値で取引されたことは間違いないわ。つまり、向紅は、多額の金を一気に動かしたはずなの。思い出してくれないかしら。何か知ってることがあったら、教えてちょうだい」

「──そんなことを言われてもな。俺が朱向紅に会ったのは、あの女が日本へ来てからなんだぜ。それ以前にどこで何をしてたかなんて、何もわからねえよ」

「日本に来た時、大事に持っていた物はなかったの？」

「そんなこと言われてもな……」

と、斉（チー）は同じ言葉を繰り返した。

とぼけているふうはなく、予期もしなかった問いかけに戸惑っている様子が感じられる。どこを叩けば何が出るのかわからないものの、まずは目の前の男を揺さぶってみることだ。

「おい、口先だけの応対をしてねえで、もっとよく考えて答えろよ。おまえの態度如何じゃ、三年前、取調べに対して口を割り、大事な情報を漏らしたのはおまえだと、朱栄志がそれとなく知るようにし向けることだってできるんだぞ」

斉は沖を睨みつけた。

いきなり大声で笑い始めた。

「傑作だ。沖さん、あんた、何も状況がわかっちゃいねえな。いいか、日本の刑務所ってやつは、囚人を管理するのには向いてるが、囚人が殺されねえように保護してくれるようにはできてねえんだぜ。俺が何を言いたいか、わかるか。俺がこうして生きていられるのは、ボスが恩情をかけ、生かしてくれてるからなんだよ」

「ボスって、誰が？」

「栄志さんに決まってるだろ」

——三年前、この男は朱栄志のことを「ボス」などと呼んではいなかった。刑務所で過ごすチャイニーズマフィアの連中にも、朱栄志の影響力が圧倒的に増したということか。

「なあ、斉よ。俺は何も朱栄志に楯つけと言ってるわけじゃないんだ。実はな、まだ詳しい事情はわからねえが、このヴァイオリンは、朱栄志にとって大事なものらしいのさ。ヴァイオリンのような弦楽器は、それ相応の場所に保管しなけりゃならねえはずだ。盗品のまま、どこの誰ともわからねえような人間の手を渡っていると、楽器として取り返しのつかねえ状態になってしまうかもしれねえ。このヴァイオリンを早く見つけ出すのは、朱の願いでもあるんだぜ」

「いい加減な出任せを言うな……」

「出任せなんかじゃねえ。おまえが何か手がかりを思い出せば、それが朱のためになるんだ。朱が知ったら、きっと大喜びするはずだぜ」

「――だけどよ。そう言われてもな」

空振り(からぶ)りか。

「三年前、朱栄志と向紅が、何かヴァイオリンのことを話すのを聞いた覚えはないの？朱栄志と誰か別の誰かがとか、向紅と誰かがとか、よく考えてみて」

貴里子が質問役に戻った。

「ヴァイオリンの話か……」斉は一点を見つめ、懸命に思い出しているのがわかったが、結局、首を横に振った。「いや、ねえな」

「バーバラ・李という名前に聞き覚えは？」

「さっき言ったアメリカ人の資産家かよ。知らねえよ――」

「それなら、この件について知っていそうな人間を教えて」

「馬鹿言え。組織の人間の名前なんぞ言えるかよ。それに、三年前のあの一件で、多くの幹部が死んじまったんだぜ。今は誰が朱さんについてるのかさえ、俺なんかにゃわからねえよ」

「何も組織の人間じゃなくたっていいのよ」

「――――」

「おまえの親父は、昔、朱徐季に漢詩を教えてたことがあったな。親父の友人や知人で、朱徐季のことを知るやつは誰だ？」

沖は思いついて別のことを尋ねてみた。

「なんで先代の話が出てくるんだよ。あんたらが知りたいのは、今のボスのことだろ」

「いいから、答えろ」

斉は口を引き結び、しばらく何も言わなかった。

機嫌を損ねたわけではなく、沖の質問に何か隠された意図がないかを考えているのかもしれない。

「ああ、そう言えば、ひとりだけ思い出したぜ。偉という男が、昔、徐季さんのボディーガードだったんだ。ある時、自分の体を張って盾になり、殺し屋の弾から徐季さんを守ったことがあったそうだ。先代はそれに恩を感じて、この偉って男の面倒を一生看ることにした。親父と偉は、時々一緒に飲んじゃあ、先代の思い出話をしてた。もっとも、もう老い耄れだから、まだ生きてるかどうかはわからねえぜ」

「その男のフルネームは？」

「偉　風兵」

沖が手帳を差し出すと、斉は拗ねたように顔を背けた。

「俺は字を書くのが嫌いだ」

そうか、父親の学問は何も受け継がなかったらしい。

「いいから、わかる範囲で書け」

沖がきつく命じると、ボールペンを握り締め、そのペン先を何度も舌で舐めながら、蚯蚓がのたくったような字を自信なさげに書いた。

「どこで会える？」

「池袋の中華料理屋に訊けよ。俺の親父も入り浸ってたとこで、西口の《天園》って小さな店だ」

「偉の特徴は？」

「ほとんど目が見えず、昼間でも黒いサングラスをしてる。徐季さんを守った時、頭に弾丸を受けたんだ。やっぱりその時の後遺症で、話すのもおぼつかねえが、頭がいかれてるわけじゃねえ。根気よくやりとりすれば、話は通じる。ええと、なんとかって女と一緒に暮らしてた。偉が日本に暮らすことにしたのは、その女といるためだったんだ」

9

斉(チー)が言った池袋の中華料理屋には、三年前に父親の斉聡生(チー・ツォンシャン)を探すのに立ち寄ったことがあった。

いつの間にやらすぐ隣の狭い敷地に所謂(いわゆる)ペンシルビルが建っていて、この店だけがぽつりと取り残されたような印象を強めていた。

十坪そこそこの二階屋で、一、二階とも庇(ひさし)には赤い提灯が連なって下がり、塗り替えていない看板から「天園」の文字が消えかけている。

沖は店の正面に車を停(と)めた。ランチタイムが終わり、表の引き戸を閉めていたが、曇りガラスの向こうに人の気配がある。

貴里子と連れ立って引き戸を開けると、五、六人の男女がひとつの丸テーブルを囲み、賄(まかな)い飯を食べていた。

「ごめんなさい。今、準備中です」

見覚えがある男がアクセントの強い日本語で言った。瘦せ形の六十過ぎの男だった。

「人を探してるんだ。協力してくれ」

沖は警察手帳を呈示した。

店主はそれにチラッと一瞥をくれただけで、何も言おうとはしなかった。スキンヘッドの刑事は目立つ。相手も沖のことを覚えているように思えたが、たとえそうでもそれを示すつもりはないらしい。

「ここのお客さんに、偉風兵という男がいるわね」

沖に代わって貴里子が訊くと、店主は店の奥に向けて、中国語で何か呼びかけた。

貴里子は中国語が喋れる。驚き、沖に耳打ちした。

「ラッキーよ。偉は奥にいる。今、店主が声をかけたわ」

だが、男が実際に姿を現すまでに、じりじりとしばらく待たされた。店主たちはそんな沖たちを無視して食事を続けていた。

焦れた沖が、もう一度店主に声をかけようとした時、痩せた小柄な女に手を引かれた小太りの男が、奥の戸口からゆっくりと姿を見せた。ふたりとも七十近い年齢に見える。男は黒いサングラスをかけており、幾分下顎を前へと突き出すような姿勢で歩いていた。

沖と貴里子は目配せし、自分たちのほうから男に近づいた。

「警察の者です。偉風兵さんですね。ちょっとお話を伺いたいのですが、宜しいでしょうか？」

貴里子が礼儀正しく尋ねると、偉は低い笑いを漏らした。

「駄目だと言ったら、帰るのかね」

斉から聞いた通り、確かに話し方がたどたどしかった。それに、悪い風邪でも引いたかのように声がかすれている。だが、発音自体はかなり明瞭で、聞き取りやすかった。偉は自分が今言ったのが軽口だと伝える笑みを浮かべ、右手で近くのテーブルを指し示した。

沖と貴里子は、そのテーブルの前に移り、女に手を引かれた偉が向かいに坐るのを待って自分たちも腰を降ろした。

偉は椅子に坐ってからも、女の手を離そうとはしなかった。

「偉（ウェイ）さんは、朱　向紅（チュー・シアンホン）を御存じですね」

貴里子が訊くと、僅（わず）かに眉（まゆ）を動かした。坐ってからも歩いている時と同様にいくらか突き出している下顎を、何かに狙いでも定めるかのように何度か左右に振った。

「珍しい名前が出るものだ。俺のことを、いったい誰から聞いたのかね？」

「斉　聡　生（チー・ツォンシャン）の息子からです」

偉は顎を引いて顔を伏せた。

「斉とは長い友人だった。この店でもよく語り合ったものだ」

「ええ、そう聞いて、ここに来たんです」

「斉聡生を殺したのは、向紅だ」

偉が言う口調には、友人を爆殺した女への怒りも、友人を失った痛みすら感じられず、ただ淡々と事実を述べるような響きがあった。

偉はその後、中国語で何か呟(つぶや)いた。

「なぜそう思うんです？　可哀想(かわいそう)なのは彼女じゃない。殺された斉聡生であり、その息子である秀行(シウシン)です」

そう指摘する貴里子に驚きの目を向けた。

「驚いたな。中国語がわかるのかね」

「很可怜很渺小的向紅(ヘンクリャンヘンシャオシャオダシアンホン)。可哀想で小さな向紅。それぐらいの中国語はわかります」

偉は感心した様子で頷いた。

何か言いかけたが、結局それは呑み込み、訊いてきた。

「で、向紅の何を知りたいのだね？」

「私たちは、彼女が死ぬ前に持っていたヴァイオリンの行方を探しています」

「ヴァイオリン？」

意外な取り合わせだ、とでも言いたげに隣の女を見たが、実際にそんな感想を口にすることはなかった。

「何のために？」

「持ち主に返すためです」

「それだけかね？」

「それだけです。ですから、朱向紅が信頼し、自分の大切な品物を預けそうな相手に心当たりがあったら、教えて欲しいんです」

「心当たりはないな」

偉はすぐに断言した。

「もっとよく思い出してくれないか？」

沖は初めて口を差し挟んだ。質問役は自分に任せるようにと、ここに移動する車中で貴里子から念を押されていたが、こういう時の役回りはわかっている。

偉が下顎の先をぴたりと沖のほうに定める。

「きちんと思い出しているさ。日本語の言い方が悪かったのならば、訂正しよう。あの娘が、自分の大事な品を預ける相手などいなかった、ということだ。可哀想な向紅、と言っただろ。さっきの女刑事さんの問いかけへの答えがそれさ。あの子には、愛情が何かがわからなかった。どうやれば自分の優しさを他人に伝え、その相手を思いやれるかということがわからなかった」

話す途中から隣の女の手を自分の前へと引き寄せた。

「そんな女が、誰かを信用できると思うか？　信用して、自分の大事な品物を託すと思うかね。断言しよう。もしそのヴァイオリンが、向紅にとって非常に大事な品だったのならば、あの娘はそれを決して他人には託さなかったはずだ」

沖と貴里子は目を見交わした。

確かにそうかもしれない。朱向紅（チュー・シアンホン）は朱徐季（チュー・スーチー）と対抗する幇（パン）のファミリーを爆殺し、そのあまりに過激で惨（むご）たらしい仕業（しわざ）に朱徐季の怒りを買い、孫娘であるにもかかわらず勘当（かんどう）されていた。

斉聡生（チー・ツォンシャン）を殺したのは、恐怖を与えることで息子の秀行を意のままに操るためだったようだが、秀行は逆にそれで口を割り、朱栄志（チュー・ロンジー）たちの企みの一部を沖に漏らすことになったのだ。

沖は神宮外苑で朱向紅を追いつめた時の、あの女の目つきを忘れていなかった。

あれは何か非常に大切なものが欠落したままで生きてきた人間の目だ。

「朱栄志にならば、どうだ？」

沖は自分がそう問いかけることに、微（かす）かな驚きを覚えた。朱栄志は、ヴァイオリンの行方を知らない。

ただ、ふと訊いてみたく思ったのだ。

しかし、視力がほとんどないらしい老人は、沖から朱栄志の名前が出た途端、不快げに顔を曇らせて今までの友好的な態度を捨てた。

「その名前は聞きたくないな」

声は静かだったが、この男がたった今放った殺気は隠しようがなかった。

「俺はボスに恩義を感じてる。そして、自分が身を以てボスの命を守れたことに誇りも持っている。俺にとっちゃ、組織のボスは徐季さんだけで、あんなイカれた若造じゃない。役に立てなくて悪いが、質問がそれだけならば、そろそろ引き上げてくれないか？」

だが、貴里子は腰を上げようとはせず、テーブル越しに偉のほうへと上半身を乗り出した。

「もう少しだけ話をさせて。向紅と最後に会ったのは、いつですか？」

「――そんな質問に、何か意味があるのかね？」

「わからないわ」

偉はふっと短く微笑んだ。

「ヴァイオリンの行方について、まだ何も手がかりがないのかね」

「ええ、そういうこと」

「俺が向紅と最後に会ったのは、あの娘があんたら警察によって射殺されるほんの数日前さ。ふらりと俺の前に現れよった。今から思えば、あれは斉聡生を殺すつもりで、その体に爆発物をセットしてきた帰りだったんだ。無論、そんなことはおくびにも出さず、ふと俺のことを思い出して懐かしくなった、とぬかしやがったよ」

「その時、他にはどんな話をしたの？」

「何も大した話などせんよ」

「どんなことでもいいの。思い出して」

「そう言われてもな。覚えているのは、自分がこの手で朱栄志を組織のトップに据えてやると息巻いておったことぐらいだ。栄志にはその資格がある。自分がそれを証明してみせるのだと、大層勇ましいことを言っていたよ」

二章　探索

1

夜、沖と貴里子は特捜部の部屋にいた。

偉風兵（ウェイ・フォンビン）と別れたあと、特捜部の平松慎也、柏木隼人、仲柳文雄の三人も招集し、チャイニーズマフィアに繋（つな）がる筋の人間たちや、その筋に詳しい情報屋を手分けして回った。そして、三年前の朱向紅（チュー・シアンホン）の動向を知る者を探したが、ヴァイオリンの行方に繋がる手がかりは何も得られなかった。

それで沖たちはK・S・Pに戻り、朱向紅の犯罪記録に当たることを始めたのだった。

目が乾いてしょぼつくのを堪（こら）えつつパソコンのモニターに集中していた沖は、貴里子に呼ばれて顔を上げた。

貴里子は強い目でこっちを見ていた。何か思いついたらしい。

「ねえ、幹さん。私たちは、探る方向を間違えていたんじゃないかしら」

「どういう意味です？」

「朱向紅の動向や人間関係から手がかりを探そうとしていたけれど、あの女は人を信じない。誰かを信じて、大切な物を託したとは考えられない。偉もそう言っていたし、私たち自身が知る向紅もそうでしょ」

沖は椅子を回し、完全に貴里子のほうに向き直った。

「それはそうだが、現にあの女が入手したヴァイオリンは、女の死後、どこかに消え失せてる。三年前にあの女と連んでいた朱栄志だって、行き先を知らない。無論、向紅が誰かに託したわけではなく、どさくさに紛れて誰かがこっそりとかすめ取った可能性も充分考えられるが、たとえそうだとしても、やったのは向紅の周辺にいた誰かでしょ」

貴里子は両手を胸の前に上げ、沖が話すのを押し止めるような仕草をした。

「それはそうだと思うわ。でも、その誰かに繋がる手がかりはまだ何も掴めない」

沖は、貴里子が何か言いたげにしていることに気がついた。

「何かアイデアがあるんですか？」

「あなたも斉に言ってたけれど、ヴァイオリンのような弦楽器って、メンテナンスが必要よね。まして、湿度が高い日本の場合は、こまめに神経を使わないとならないといった話を読んだことがあるわ」

「そうか、朱向紅の線からじゃなく、楽器のほうからたどるってわけか」

「ええ、そう。行方が知れないヴァイオリンは、二十世紀のストラディバリウスとも言われる陳 莫山（チェン・モーシャン）が作ったものなのよ。メンテナンスを依頼された人間は、必ずそれを覚えてる」

「なるほど、そうだな」

沖は同意したものの、微（かす）かな躊躇（ためら）いののちにあとを続けた。

「ただし、それはヴァイオリンを入手した人間が、その価値をわかっていると仮定した場合だ」

「そうね。だから、手分けしましょうよ。カシワさん、ヒラさん、仲柳君の三人には、このまま向紅の線を洗って貰（もら）う。だけど、私たちは楽器のほうからたどってみる」

沖は長くは考えなかった。

「わかった。そうしよう」

だが、その口調に何か煮え切らないものを感じたのかもしれない。貴里子は怪訝（けげん）そうに沖を見た。

「どうしたの？　一刻も早くヴァイオリンを見つけなければならないんだもの。何か引っかかっているのならば、言って」

「いや、村井さんの意見に反対してるわけじゃないんだ。良いアイデアだと思う。引っかかってるのは、別のことです。朱向紅はなぜ盗品のヴァイオリンを高値で買い取り、そして、朱栄志（チュー・ロンジー）も今、それを手に入れようとしてるのかと思って」

貴里子は頷（うなず）いた。

「私も同じ疑問をずっと持ってる。でも、それもやがてきっと明らかになるでしょ。今は、とにかくヴァイオリンを探し出すことよ。それから、もうひとつ。あなたのお父さんの居所を探すことね。写真はコピーした？」

「ああ、鑑識に頼んで引き延ばして貰いましたよ」

「ちょっと見せてちょうだい」

沖は何か言い返そうかと思ったが、結局は黙って抽斗（ひきだし）を開け、中から事務封筒を抜き出した。

「俺も何度か確かめたが、手がかりになるような物は何も見つからなかった。連中が吟味（ぎんみ）し、場所を特定する手がかりを写し込まないようにしてるはずだし、望みは薄いんじゃないだろうか」

貴里子は沖が言うのを黙って聞きつつ、写真をじっと吟味し続けた。

沖も口を閉じ、朱が押しつけていった元の写真のほうに目をやる。

「お父さんが提灯（ちょうちん）を納めていた先には、当然問い合わせたのよね？」

そう訊（き）いてくる貴里子から目を逸（そ）らしたまま、沖は首を振った。

「いや、それは駄目だった。姿を消した直後にやってるが、親父はもう提灯を作っちゃいない」

「そんな……、なぜ？」

「最初はただ事情があって仕事ができなくなったとしか答えなかったそうだが、もう長いつきあいになる社長がしつこく食い下がったところ、自分の居所を訊いてくる人間がいるかもしれない、そのことで迷惑をかけたくないのだと答えたそうだ」

「──朱栄志たちに自分の居所を探し出されたくなかったから、提灯作りをやめたというの？」

「そういうことだ……」

沖は自分の声がかすれるのを感じた。

父親は、あれだけ愛し、そのために家族もそれまでのサラリーマンとしての人生も捨てた提灯作りを、朱栄志から身を隠すために捨てた。

いや、おそらくは刑事である息子の足枷にならないためにそうしたのだ。

これ以上、この件を貴里子に触れられたくなかった。

貴里子は唇を引き結び、沖の口元辺りをじっと見つめたのち、黙って写真に目を戻した。

「科捜研に回して、写真をコンピューターに取り込み、何か手がかりを見つけて貰いましょう」

じっと写真を睨みつけたままで提案する。

「ええ、そうします」

どこかほっとしつつ、沖はそう応えた。

沖の携帯が鳴った。

抜き出してディスプレイを見ると、埼玉のヤードから見つかった死体の件で横浜に調べに行った円谷からだった。

「《東洋公司》の文建明は姿を消してましたよ。やはり、情報が回ったんでしょうな。だが、福富町にある《ドミンゴ》って店で働く女が、この建明の彼女だとわかりました」

「右腕である楊武が捕まった報せを聞き、あたふたと行方を晦ましたのだとしたら、これから女に連絡してくる可能性は充分にあるな」

「ええ、俺もそう思います。ヒロと一緒に張りつこうと思うんですが、どうです?」

「ああ、そうだな」

沖は受け答えの途中で貴里子を見た。

円谷から連絡があったら回してくれと言われていた。

やりとりは彼女の判断に任せるべきだろう。

「ちょっとこのまま待ってくれ。署長と代わる」

沖は電話の向こうの円谷に告げ、携帯を貴里子に差し出した。

貴里子は沖に頷き返し、携帯をハンズフリー通話に切り換えた。

「村井です。詳細はあとで話すけれど、特捜部には新しい任務に当たって貰うことにしました。だから、ヤードで見つかった死体の捜査は、二課に引き継いで欲しいの。今から交代要員を横浜にやるから、到着次第、彼らと張り込みを代わってちょうだい。それから、これは極秘任務なの。だから、二課には何も話さないで」

「極秘、ですか——？」

「ええ、そう」

「概要だけでも、電話で聞かせて貰えませんか？」

「朱栄志が日本に来てるわ」

貴里子は躊躇うことなく告げた。

「やつが日本に……」

スピーカーを通して聞こえる円谷の声に、緊張が走る。

「何かもうやったんですか？」

慎重、というべき口調で問いかけてきた。

「わかっている限りは、まだよ。何か起こる前に、今度こそあの男を逮捕するわ」

「もちろんです」

「詳細は電話じゃ話せない。今からすぐに二課に引き継ぎを行います。そっちに交代要員を送るから、入れ替わりで戻ってちょうだい」

「了解。わかりました」

てきぱきと指示を出す貴里子を見つめ、沖は思った。

この女は、署長になっても少しも変わらない。

2

陳莫山(チェン・モーシャン)は神奈川県横浜市旭区(あさひ)に住んでいた。

地図で確かめたところ、横浜線の十日市場(とおかいちば)駅が一応最寄りとわかったが、徒歩だと二、三十分かかるのではないか。

東京から車で向かうには、用賀(ようが)から第三京浜に入って港北で降り、そこから緑産業道路、中原街道を経て横浜線沿いに北上するのが最短ルートだった。

沖は高円寺の早稲田通り沿いに建つ貴里子のマンションで彼女をピックアップし、走ってきた。

昨夜は捜査資料を調べたり、遅い時間になってから戻った円谷と柴原のふたりに極秘捜査の詳細を説明したりで、帰宅が零時を大きく回ってしまった。

移動する途中、なんなら少し休んでくれという沖の言葉に応じ、貴里子は今、助手席で軽い寝息を立てていた。頭をすっきりさせたいので、向こうに着く十分ぐらい前になったら起こしてくれと、沖に頼むことを忘れなかった。

それから五分としない間に、こてんと眠りに落ちてしまったのは、彼女が特捜部のチーフになった当初にはなかったことだった。捜査の前線で血眼(ちまなこ)になってホシを追ううちに、いつしかそんな習慣が身についたのだ。適切で効果的な休息を取ることも、捜査員の大事な条件だ。

十日市場の駅前が近づき、沖は助手席の貴里子を起こした。

ナビによれば、駅前から生活道路に左折し、あとは住宅街の中を走ることになる。その先には三保(みほ)市民の森という広い公園の他にも、いくつも小さな公園が点在し、すぐ東側には動物園もある。

陳(チェン)が暮らすのはこの動物園と三保市民の森の中間辺りだった。生活道路に折れるとじきに大小の丘が連なり出し、東京から車で一時間足らずとは思えないほどに緑が豊かだった。

「あれじゃないかな」

住宅表示が近づき、沖はフロントガラスの先の二階屋を軽く指差した。

それは庭こそ広めに取っていて、日当たりは全体に良さそうだが、世界的に有名なヴァイオリン製作者が暮らすにしては質素でごくあたりまえの二階屋だった。

だが、家が近づくと生け垣越しに、庭に建つ仕事部屋らしい別棟が見えた。

「車をとめて」

貴里子が口早に告げるのを聞き、沖は慌ててブレーキを踏んだ。

「どうしたんです？　玄関は向こうですよ」

「裏口よ。黒い高級車が停まってる」

沖は体を捻って貴里子が指差す先を見た。

家は角地に建っており、陳の作業部屋らしき別棟は脇道に面していた。そのすぐ隣に、庭と脇道を出入りできる裏口がある。

たった今庭から小さな裏口を出て、高級車の後部シートに乗り込もうとしている女がいた。背広姿のがっしりとした男が、彼女のためにドアを押さえている。

「まさか……、でも、あれはバーバラ・李よ」

貴里子が呟くのを聞き、沖は驚いて女に目をやった。

女はジーンズに赤と黒のチェック模様が入ったダンガリーシャツを着ていた。長い髪を無造作に後ろでひとつにまとめ、ポニーテールにして垂らしている。

小柄で可愛らしい顔立ちから、どこか幼く見える女性だった。

「間違いないんですか――？」

念のために確認すると、貴里子ははっきりと頷いた。

「私、彼女のＣＤを何枚も持ってるのよ。ヴァイオリンの探索を命じられてから、改めてすべてのアルバムを出して、ジャケットや解説にある彼女の顔はもう何度も見てるもの。絶対に間違いない」

「で、どうします？」

さらに尋ねると、今度は答えるまでに少し時間がかかったが、迷いのない口調には変わりがなかった。

「行きましょう、幹さん。直接やりとりができるなんて、いい機会よ」

沖は頷き、エンジンを切ってドアを開けた。

貴里子も助手席のドアから飛び出る。

女は後部ドアの前で体を捻り、走ってくる沖と貴里子のほうに目を向けた。

だが、男が耳元で何か囁く（ささや）と、はっとしたように後部シートへと消えた。

男はドアを閉めて腰を伸ばし、無表情な顔をこちらに向けながら、自然に体の位置をずらして車内の彼女が外から見えにくくした。

「ちょっと待ってください。警察のものです。恐れ入りますが、少しお話をお聞きしたいんですが」

貴里子は警察手帳を呈示し、そう日本語で言ってから、おそらくは同じことを英語で繰り返した。男は東洋系の顔立ちをしていたが、日本人とは限らないと思ったのだろう。

何も答えようとはしないまま、相変わらずの無表情な顔つきのまま、男は警察手帳にちらっと目をやった。

「失礼ですが、バーバラ・李さんですね」

貴里子がまた日本語と英語で言った。心持ち体を屈めて車内を覗き込む。

沖も隣でそうすると、車内の女がこちらを見た。無視しているわけではなかったが、窓を開けようともドアを開けようともしなかった。どうするべきか迷い、躊躇っているのか。

沖は前に出た。車のドアに伸ばした手を、男は案の定摑んできた。すごい握力だ。

「邪魔をするなら、おまえを引っ張るぞ」

腕の筋肉に力を入れ、二の腕の皮膚に食い込む男の指を押し戻しつつ、相手の力が入りにくい体の外側へと腕の位置を持っていこうとした。だが、男はそれをやはり腕一本で拒んでいる。

はっきりした。この男はただの運転手でも秘書でも、日本語の通訳でもない。ボディーガードだ。

ドアが中から押し開けられ、女が英語で何か男に命じた。

男が何か言い返すが、彼女は断固として首を振って拒み、それとともに男の手から力が抜けた。

男は忠実な番犬宜しく一歩下がり、注意を沖と貴里子のふたりから離し、周囲へと視線を飛ばし始めた。

「バーバラです。警察が私に何の用かしら？」

車から降り立った彼女が綺麗な英語で言うのを耳にして、貴里子は思わぬ緊張に包まれた。

バーバラの夫であるマーク・ウエスラーもテキサスの所謂カウボーイ男とは到底思えぬ美しい英語を話したが、彼女の発音は一層気品があった。

かといって、イギリス英語とは明らかに違う。北米大陸の場合、中西部のオハイオやミネソタ、あるいはインディアナといった州の人間の発音が、ニューヨークやロサンジェルスなどよりもむしろ美しいアメリカ英語の代表だとの話を前に誰かから聞いたことがあるのを思い出した。そういえば、このバーバラはどこか北のほうの貧しい炭坑町の出身だったはずだ。

きっと彼女の英語の美しさは、生い立ちの影響ではないのだろう。音楽とともに生きる過程で、教養として自然に身についたものにちがいない。

間のあけ方がいくらか長かったため、バーバラは軽く小首を傾げ、貴里子の顔を覗き込んできた。

「英語ははっきりわかりますか？　すみませんが、私は日本語が話せないの」

貴里子は微かに顔が火照るのを感じた。

「大丈夫です。わかります」と応じたあと、こんなところで偶然に出会えたことに驚き、戸惑っていただけだとつけ足しかけ、慌てて言葉を呑み込んだ。

彼女の音楽のファンとして話している場合じゃないのだ。

「私はK・S・P署長の村井貴里子、こちらは同署で特捜部のチーフをしている沖幹次郎といいます」

と、沖の分まで含め、流暢な英語で紹介を済ませた。

「K・S・Pは、何の略？」

「歌舞伎町特別分署（Kabukicho Special Precinct）です」

貴里子の答えに、バーバラは合点顔で頷いた。

「ああ、N・Y・P・D（The New York City Police Department）みたいなものね」

N・Y・P・Dはニューヨーク市警察の略で、したがって正確にいえば一分署とは比べものにならないが、特に否定はしなかった。

微笑む顔がチャーミングだ。それに不思議な透明さを感じさせた。プロフィールによれば、彼女は今年三十一になるはずだ。貴里子と僅か一歳違いだが、自分よりもずっと年下に見える。年齢は皮膚やスタイルによりもむしろ、目の表情に表れるのではないかと、貴里子は最近、思うようになっていた。

バーバラ・李の両眼には、多くの女が十代や二十代の初め頃に失ってしまう真っ直ぐな光があった。

貴里子は彼女の出身がペンシルベニア州の貧しい炭坑町であることを思い出した。母親も同じヴァイオリン奏者だったが、小さな楽団で演奏する暮らしは貧しかった。同じ楽団でヴァイオリンを弾く父親を自動車事故で早くに亡くし、その後は母親が女手ひとつでバーバラを育てた。この母親との二人三脚によって、天才少女が誕生した。

「それで、署長さんが私に何の用かしら？」バーバラのほうから質問を続けた。「ええと、ちょっと待って。その前に、あなたたちはここに何をしに来たの？　この家を訪ねて来た。そうでしょ。先にその理由を教えて貰ってもいいかしら？」

貴里子は反射的にちらっと沖を見た。相手が先にこっちの手の内を見せるように要求している。

「あなたの所持なさっていたヴァイオリンの行方を探す捜査のためです」

貴里子は口を濁さずにはっきりと答えた。

その答えを聞いても、バーバラの顔にはそれほど驚きが浮かぶことはなかった。

「やっぱりそうだったのね。それじゃあ、あなたが私の夫から、人を介してヴァイオリンのことを頼まれたの？　それとも、あなたの上司かしら？」

「御主人から何も説明を聞いていらっしゃらないようですね。私がこの捜査の責任者です」

バーバラは貴里子の顔を見つめ返し、僅かな間ではあったものの、何かを咀嚼するような沈黙を浮かべた。

「あなたが責任者ならば、話が早いわ。即刻、その捜査を打ち切ってください」

貴里子は驚きが、そして少し遅れて怒りが込み上げるのを感じた。

「なぜでしょうか？」

気持ちを鎮めようと努めつつ、ゆっくりと口を開いて訊いた。

「理由を言わなければならないでしょうか」

それは疑問形を取ってはいても、完全な拒絶の言葉だった。

「何を言ってる？　もしかして、捜査をやめて手を引けと言ってるのか？」

察した沖が貴里子に顔を寄せ、低い声で訊いた。

「ええ、そう」

「なんでだ。理由は？」沖の声が尖る。

「言いたくないらしい」

「おい」

「わかってるわ」

貴里子は短く言い返し、改めてバーバラに目を向けた。

「これはあなたの御主人から都知事と警察の中枢部を通し、私に正式に依頼された捜査なんです。それを急に取りやめろと言われ、理由は話せないというのでは、到底納得できません」

貴里子が相手の目を真っ直ぐに見つめると、バーバラは一瞬気圧されたように瞬きしたが、その後、今度は面白がるような顔つきになった。ついさっき見せたチャーミングでなんとなく年若く感じさせる表情とはまるで別人のような、強かで底知れぬ光が瞳に宿る。

「そうじゃないわ。急と言うのならば、むしろこの事態が私にとって急なの。なにしろ、私の夫が、私に何の相談もなく今度のことを始めたのだから」

「御主人のウエスラーさんの独断だと言うんですか？」

「そう」

「でも、お宅から貴重なヴァイオリンが盗まれたのは事実ですね」

「だから何なの？　私はその持ち主として、こんな捜査など必要ないと言ってるの」

「窃盗事件ならば、警察が調べるのが当然です」

「いいえ、署長。あなたの言っていることには説得力がないわ。地元のテキサス警察も、アメリカ政府も、あなたの署に捜査協力の依頼など一度もしていない」

「――――」

どうやら口で言い負かそうとしても難しい相手らしい。

貴里子は目の前にいる世界的なヴァイオリン奏者の体に深く根づいた芯の強さや、自分の意志のままに生きる強靱さを垣間見たような気がした。

今、目の前にあるのは、おそらくは何度となく大勢の人間に踏みつけられることで、それに屈しない精神を身につけた女の姿に他ならない。

そうか、と、貴里子は合点した。目の前の女性は、ただひとつ、自分の感情や本当の姿を奥に仕舞い込み、ただ社交的な表情を保ち、そうすることでその場をやり過ごすといったことだけは学ばずに来たのだ。

それは称賛に値することに思われた。

だが、あとに引くわけにはいかない。

「何と言ってるんだ？　説明してくれ」

尋ねる沖のほうに顔を向け、貴里子はバーバラの主張を日本語で説明した。それは頭を整理するための時間稼ぎでもあった。

頭をフル回転で整理する。今、その場凌ぎでやり過ごしたところで、彼女がウエスラーを説得し、再び知事の有馬栄太郎を介して中止を正式に求めてきたら、その先の捜査がやりづらくなる。

ここでバーバラとの間で、ある程度の折り合いをつけておくべきなのだ。

それに、気になることがある。

確か夫のウエスラーは、バーバラがコンサートのために来日するのは、三日後だと言っていたはずだ。それがお忍びで、来日予定を繰り上げてまでやって来たのは、なぜなのだろう。

彼女はいったい何の目的で、私たちよりも先に陳莫山（チェン・モーシャン）を訪ねていたのだろうか。

「冗談じゃない。既に捜査は始まってるんだ」

沖が強い声を出したので、周囲に注意を払っていたおつきの男が、はっとした様子で顔をこっちに向けた。

貴里子はその男に微笑み返しながら、沖に小声で囁（ささや）いた。

「わかってる。誰が邪魔なんかさせるもんですか」

「どうするんだ？」

「説明はあと。とにかく、彼女の表情に注意を払ってて」

貴里子は答え、改めてバーバラに向き直った。

「この日本にあなたのヴァイオリンが持ち込まれ、新宿に、たとえそうでなかったとしてもこの日本のどこかに、今なお存在することを示す証拠があります」

「どんな証拠？」

「御自宅から盗まれたヴァイオリンを、朱向紅というチャイニーズマフィアの女が購入してる」

「その話は、夫からも地元警察からも聞いています」

「その女は、ヴァイオリンを入手した二週間後に日本に来て爆弾事件を起こし、最後は我々に射殺されて死にました」

「彼女がヴァイオリンを日本に持ち込んだ証拠が出たの？」

「いいえ。私たちはまだ見つけていません。でも、そう確信してる人間がこの国に来てる」

「どういうこと？　何の話をしてるの？　確信してる人間って誰？」

「朱　栄志（チュー・ロンジー）です」

「朱栄志？」

「この名前にお聞き覚えは？」

「いえ、ないわ。でも、同じ苗字ってことは、やっぱりその女と同じチャイニーズマフィアなの？」

「そうです。向紅（シアンホン）の組織のボスです。この男が、昨日、こちらにいる沖刑事を脅し、ヴァイオリンの在処（ありか）がわかったらすぐに報せろと要求してきました。私があなたの御主人たちと会い、ヴァイオリンの捜索を依頼されたことも知っていました」

「だからといって、ヴァイオリンが日本にある証拠になどならないわ」

「根拠と言い換えます。朱栄志は向紅とふたりで爆弾事件を起こして以来、ずっと行方が知れなかった。そんな男がわざわざこの日本に戻ってきて、しかも刑事のひとりを脅しつけ、ヴァイオリンの在処がわかったら教えろと要求してきたんです。栄志は、ヴァイオリンがこの日本のどこかにあると確信してるんだわ」

「でも……」

バーバラはそう呟いて何か言いかけたが、結局、反論を口にすることはなかった。

「ところで、李さん。あなたにひとつお訊きしたいのですが、この陳莫山さんのお宅には、何の御用でおいでになったのでしょうか？」

「私のプライバシーです。そんな質問に答える必要はないでしょ」

「我々が今、必死に探しているあなたのヴァイオリンを製作なさったのは、陳さんです。もしかして、あなたもその件でお出でになったのではありませんか？」

「違います」と、バーバラは即座に否定した。「再来年にウィーンで予定されているコンサートのために、新しいヴァイオリンを作っていただけないかと頼みに来たんです。なくした名器は惜しまれるけれど、もう一度陳先生に作って貰えれば諦めがつくと思ったのよ」

「李さん」

「バーバラでいいわ。女同士でしょ。私も、貴里子と呼んでいい？」

「光栄です。では、バーバラ、それは本当に御本心ですか？　私はあなたの御主人から、盗まれたヴァイオリンがただ名器であるだけではなく、あなたがチャイコフスキー国際コンクールで優勝を果たした時に、お母様からお祝いで贈られた、大切な思い出の品であることを聞いています」

バーバラは唇を引き結んで黙り込んでしまった。

その時、ジャズピアノの音色が聞こえてきた。

注意を惹かれて目をやると、陳莫山の家の庭に建つ作業所と思われる棟の窓が開き、その中に立つ老人がこっちを見ていた。

痩せた老人で、頭部には薄くなった白髪が僅かに残っている程度だった。身なりにこだわりがないらしく、首の辺りが伸びきったトレーナーに、あちこち染みの浮いた汚い前掛けをしていた。

ジャズはミニコンポから流れているもので、たぶんビル・エヴァンスのソロ演奏だ。

「話し声がすると思ったら、いったい他人の庭先で何の騒ぎですかな?」

穏やかな話し方をする人だった。これが陳莫山らしい。

通りがかりに天気の話題でもするかのように日本語でそう声をかけたあと、視線をバーバラの顔に向けて今度は中国語で続けた。

「とっくに帰ったと思ったのに、どうしたんです? 彼らはおそらく、私を訪ねてきた警察の人間だと思うが、何か面倒なことになっているのかね?」

「大丈夫です。もう話が終わるところよ」

ふたりが使っているのは中国語の中でも特に公用語とされる普通話（プートンホワ）だった。

貴里子はこの普通話の他に、広東語（カントン）も大体はわかる。素知らぬ顔で聞いていた。

だが、それ以上は中国語の会話は続かず、陳は貴里子たちに再び日本語で呼びかけてきた。


「もうお済みなんでしょうね」

「申し訳ありません。少し、李さんに伺いたいことがあったものですから」

「約束の時間を過ぎていますよ。申し訳ないが、私も忙しい身でしてな」

陳はやんわりとだが会話を終わらすようにと促してきた。

「ええ、まあ……」と、言葉を濁すしかなかった。

「俺が先に陳さんに話を訊く。あんたはなんとかしてもう少しバーバラ・李に張りつけるように粘れ（ねば）」

沖が唇を耳元に寄せて小声で囁く。

だが、その時、バーバラが「もう終わりますから、大丈夫。別段、つきまとわれているわけじゃありません」と、助け船を出してくれた。

中国語で陳に告げてから、改めて貴里子に向き直った顔には、何かを心に決めたような雰囲気が漂っていた。

「貴里子、確かになくなったヴァイオリンは、私には大切な思い出の品よ。でも、思い出そのものじゃない。国際コンクールのことも、母との思い出も、私のこの胸の中に生き続けている。ヴァイオリンがなくなっても、それは変わることはないの」

「でも……」

「わかってる。どうやらあなたの捜査をやめさせるのは不可能なようね。日本の女性は皆、おしとやかで優しいと聞いたけれど、ステレオタイプに惑わされるのはよくないとわかったわ。それならば、ひとつお願いがあるの。ヴァイオリンの行方について何か手がかりがわかったら、マークにではなく、この私に報せてちょうだい」

「御主人を信用できないんですか？」

「違うわ。私はあの人を愛している」彼女は日本人には真似ができない潔さで「愛」という言葉を口にした。「でも、あなたのさっきの話からすると、あなたとマークが会ったことを、朱栄志というチャイニーズマフィアは早々に知っていたことになる」

「御主人の周辺に、誰かチャイニーズマフィアに通じている人間がいると？」

「わからないわ。警戒するに越したことはないでしょ。ボビー、彼女に私の携帯の番号をお渡しして」

ごつい男に命じながら、バーバラは車の後部ドアを開けた。窓の中で動向を見守っていた陳に向かって丁寧に頭を下げて車に乗り込む。

大男が上着の内ポケットから手帳を出し、メモを走り書きしたページを破って差し出した。

礼を言って受け取りながら、貴里子は思った。自分に報せるようにとバーバラが望む理由は、本当にそれだけなのだろうか。

「待って、バーバラ。最後にもうひとつだけ。朱向紅が盗まれたあなたのヴァイオリンを買い取り、それを今、朱栄志も探し出して入手しようとしている理由について、何か心当たりはありませんか？」

バーバラは車の中から貴里子を見つめ返した。

「いいえ、心当たりはないわ。なぜ私にわかると言うの？」

強靱な意志を感じさせる光をその目に宿し、彼女ははっきりと首を振った。

バーバラの車が走り去るとすぐ、貴里子は改めて陳莫山に頭を下げた。

「申し訳ありませんでした。時間通りにお訪ねするつもりだったのですが、つい、ここでバーバラさんをお見かけしたものですから」

陳は好々爺の笑みを顔に浮かべ、胸の前で手を振った。描いたような笑い皺が、左右の目尻から顳顬へと扇形に何本も広がる。

「いや、構わんですよ。ひとりでやっている仕事だ。ほんとは、時間の融通はいくらでもつきますからな。母屋のほうでお話を伺いますので、玄関へお回りください」

手で表の通りの方角を指して言い、自分は窓を閉めて中へと引っ込んだ。

貴里子は沖を促して歩き始めた。

「さっき表情に注意を払うようにと言ったのは」沖が小声で切り出した。「あなたが朱栄志の名前を出した時の、バーバラ・李の表情ってことか？」

さすがに鋭い。

「ええ、そう。それで、どう思った？」

「どんなやりとりをしたのか詳しくはわかりませんが、そんな男など知らないと否定した。そういうことでいいんだろうな」

「そうよ。それに、彼女が車に乗ってからは、今度はこう訊いてみたの。朱栄志がなぜあなたのヴァイオリンに興味を持っているのか、その理由に心当たりはないかと」

「なるほどね。そして、ないときっぱり否定された。つまり、あの女は嘘をついてることになる」

「あなたもそう思った？」

「ああ、はっきりとね。朱栄志がヴァイオリンに興味を持つ理由を、彼女が詳しく知っているのかどうかまではなんとも言えんが、朱栄志を知っていることは確かだ。俺はあの女の様子から、そう確信しましたよ」

貴里子は黙って頷いた。

沖は彼女に手でとまるように合図し、顔を近づけてきて一層声を落とした。

「それから署長殿、もうひとつあるぜ。俺にゃ英語はよくわからん。で、黙ってあんたたちのやりとりを聞いてたから気づいたんだが、部屋の中からジャズピアノの音が聞こえるようになったのは、陳莫山（チエン・モーシャン）が窓を開ける直前だった」

「どういうこと？」貴里子は訊き返しかけ、すぐに自分で答えを見つけた。「ほんとは室内で息を殺し、私たちの会話に耳を澄ませてた。それで、バーバラが困ってるように感じたので、窓を開けて話に割り込んできた。そうする直前にわざわざ音楽をかけ、盗み聞きなんかしてなかったように装った」

「ええ、そうでしょ。ほんとは、あの老人は、裏道で交わされる俺たちの会話に、興味津々で耳を澄ませてたにちがいない」

3

玄関脇の和室に通された。

普段からそこを客間として使っているのだろう、床の間に掛け軸が飾られ、その前に花が生けてある。それ以外には何もない部屋で、茶室といった趣（おもむき）に近いかもしれない。飾られた掛け軸は江戸時代の水墨画で、部屋には中国人らしい趣はどこにもなかった。

梅雨の湿り気とその背後から近づきつつある夏の暑気を嫌い、東京ではそろそろほとんどの家がエアコンをかけ始める時期だったが、窓を開け放ち、表からの風を入れていた。緑が多く、各々の家が庭をたっぷりと取って建っているため、風が動いていて涼しかった。

陳の娘だろうか、三十代半ばぐらいの美しい女がコーヒーと茶菓子を運んでくれたあと、すぐに陳本人が出てきた。

「庭先で失礼しました」

沖と貴里子は揃って丁寧に頭を下げ、各々が改めて所属と名前を名乗った。

「いやいや、そう鯱張らんでください」

陳はもう日本暮らしが長いのだろう。流暢な日本語で言い、ゆったりと微笑んだ。

「さ、どうぞ。コーヒーを」と、勧めるのに軽く戸惑いつつ、沖も貴里子もブラックのままでカップを口に運んだ。聞き込みに時間を取って貰った先で、コーヒーと茶菓子を出されたことが、今までに何度あっただろうか。

「静かないい所ですね」

貴里子が言った。

「夏には蛍が見られます。もっとも、地元の人間が公園に放した蛍ですけれどね。だけど、良いところですよ。もうここに暮らして二十年近くになりますが、仕事に集中できます。

私は大して酒も嗜まないので、近くに気の利いた店がある必要もないですしね。娘は買い物が大変なようだが、それも最近は大型店へ車で行ける時代ですから」

陳は頷き、そんなふうに応じた。すらすらと一息に話したのは、訪れる客には誰にでもしている話なのだろうと、沖は思った。声音にも喋り方にも、相手を落ち着かせる雰囲気がある。

「それで、私にどういう御用件でしょうか？」

陳に促され、貴里子のほうが口を開いた。

「実は、バーバラ・李さんのヴァイオリンのことで伺ったんです」

「と仰ると？」

「彼女がチャイコフスキー国際コンクールで優勝したお祝いに先生がお作りになったヴァイオリンが、三年前に盗難に遭ったことは御存じですね」

「ええ、それは聞いています」

「そのヴァイオリンが、日本に持ち込まれていると思える節があるんです。もしもそうなら、誰かがメンテナンスをする必要があると思いまして」

「誰かが私の所にあのヴァイオリンを修復するように頼みに来なかったか、と仰るんですか？」

「あったのですか？」

「いいや、ありません」

「それでは、どなたかからそのような話が耳に入ったことはありませんか？」

「いやあ、申し訳ない。聞いたことはないですなあ。確かに私が作ったヴァイオリンならば、何らかの形で噂が耳に入ってくることは充分にあり得ます。刑事さんたちも、それを期待して訪ねていらっしゃったんでしょうが、残念ながら」

「そうでしたか……」と貴里子は引き下がる振りをしたが、もちろんこんなことで終わるわけがないのを沖は知っていた。どうもこういう芸術家タイプの老人は苦手だ。このまましばらく貴里子に任せてみることにした。

「刑事さんの仰る推論は、そのヴァイオリンを手にしているのが、芸術品をきちんと扱う心の持ち主だった場合の話ですよ。たとえ大事に扱う気があったとしても、弦楽器のことを何もわからない人間が持っているのだとしたら、ケースに入れて倉庫に入れっぱなしにするとか、乾燥の激しい場所に置くとかして、傷めてしまっているかもしれない」

「わかります。私どももそれは考えました。ですが、あのヴァイオリンは、闇市場で高値で取引されたんです。買った人間は、それなりに価値や扱い方をわかっていたと思うんです」

「私もそう祈っていますよ。だが、残念ながら、私のところには何も……」

「そうですか――」

　貴里子は頷き、そうすることで間を計ったらしかった。

「ところで、バーバラさんは、こちらにはいったい何のために？」

「彼女ですか。彼女は、新しいヴァイオリンを注文に見えたんです。再来年、ウィーンで大きなコンサートがあるらしい。それに間に合うように新しいヴァイオリンを作って貰いたいと仰いましたね」

「お引き受けになられたんですね」

「もちろんです。彼女のような演奏家は滅多に出ない。何十年、何百年にひとりの人です。ああいう演奏家に楽器を弾いて貰うのが、私のような仕事をしている人間にとって最高の幸せですよ」

「昔からバーバラさんを御存じだったんですか？」

「日本とアメリカですからね。直接交流があったわけではありません。もちろん知ってはいましたけれど」

「お祝いのヴァイオリンを作って欲しいと頼んできたのは、どなたなんです？」

「バーバラの母親ですが」

「どなたか人を介して？」

　黙って話を聞いていた沖は、おやっと思った。質問が、自分の予期した方向から少しずれている。貴里子は何か違った観点から事件を見ようとしているのか。

「遠い昔のことなのであまりよく覚えていませんが、それが何か大事なことなのでしょうか?」

「いえ、ただ、先生も仰ったように、日本とアメリカですから、最初はどのように交流が始まったのかと思いまして」

「――私も一応その頃には、もうヴァイオリン製作者として、ある程度は名前が通っていましたからね」

　気のせいかもしれないが、陳の口がいくらか重たくなったような気がした。

「お支払いは、どうしたのでしょうか?」

「もちろん、きちんといただきましたよ」

「どなたから?」

「バーバラの母親のフィリスから」

「バーバラさんのお母様が、御自分で支払われたんですね」

「そうですよ。なぜでしょう?」

「多額の謝礼を工面(くめん)するのは、さぞかし大変だったでしょうね」

「さあ、そういったことは、私に訊かれてもわかりませんが……」

「バーバラの母親のフィリスさんとは、どなたかの紹介でお会いになったんですか?」

「いいえ、直接依頼されました」

陳の目が落ち着かなく泳ぐのを沖は見て取った。困惑がじんわりと顔に滲(にじ)んでいる。貴里子も見逃してはいないはずだ。

その時、ドアにノックの音がして、最初にコーヒーを運んでくれた女が、今度は盆に日本茶を載せて現れた。

「お茶をどうぞ」と湯飲みを置き、既に空になっていた沖のコーヒーカップを盆に下げ、貴里子のカップはまだ残っていることを確かめてそのままにした。

「娘の野枝(のえ)です。家内を亡くしてもう長いものですから、あれこれと面倒をかけてますよ」

陳はまたあのゆったりとした微笑みに戻った。綺麗な笑い皺が目尻から走る。だが、今の笑顔には、微妙に体のどこかに力が入っているような感じがした。

「話が戻るのですけれど、先生のお知り合いで、ヴァイオリンのメンテナンスをお引き受けになるような方を教えていただけませんか？」

茶の礼を口にした貴里子は、そのまま続けてそう訊いた。

「しかしですね、もしも誰かが修繕を行っているとしたら、そういった噂が流れてくるはずですが——」

「でも、内緒でやって欲しいと依頼された可能性もあります」

陳は何か言いかけてやめ、ちらっと娘のほうに視線を流した。

「――わかりました。それじゃ、娘に手伝って貰って、知り合いの職人や販売店をピックアップしてみましょう。明日ぐらいまでにお知らせするというのでよろしいですか？」

「恐縮ですが、様々な事情で、捜査は緊急を要しているんです。しばらくお待ちしておりますので、今、お調べいただけないでしょうか？」

「今、ですか……」

「申し訳ありません」と頭を下げる貴里子の隣で、沖も丁寧に深く体を折った。

「参ったな。わかりました。とにかくやってみましょう。事務仕事はすべて娘がやってくれてますので、彼女がいれば何とかなると思います。あとで思い出すことがあったら、また御連絡しますよ」

「お願いします」

陳莫山(チェン・モーシャン)は娘の野枝という女性を促し、ふたりで客間を出た。


用意してくれた手書きのリストには、丁寧な女文字で合計十二件の連絡先が記されていた。個人名もあれば、会社や事務所などの名前もあった。この十二件に順番に当たって同じ質問をすれば、たとえ直接答えは得られずとも、ヴァイオリンのメンテナンスについて他の該当者(がいとうしゃ)を教えて貰えるだろう。

陳莫山と娘の野枝に礼を述べて辞去した沖たちは、車に戻り、沖の運転で幹線道路を目指して走り出した。

「なぜ陳莫山にヴァイオリンの支払いのことを訊いたんです？」

　沖は車を動かすとすぐ、さっきの陳への質問で気になった点を貴里子に確かめた。

「バーバラの母親は、貧しい炭坑町の生まれなの。自身もヴァイオリン奏者だったけれど、小さな楽団で弾いていたぐらいで、とてもじゃないけれど陳莫山のヴァイオリンを、娘のために買ってやれたとは思えない」

「なるほど、それはわかるが……、だが、なぜその点を粘って莫山に訊いたんです？」

「別段粘ったつもりはないけれど……、彼ならば当時の状況も含めて、あれこれ知ってるかもしれないと思ったから――」

　貴里子はいくらか曖昧に語尾を途切れさせた。

　話しながら、自分の頭の中を探っているような雰囲気がある。

　ちらっと助手席に目をやった沖は、貴里子の顔から表情が消えているのに気がついた。カーブで前方に注意を戻し、改めて助手席を見やった時には、こんどはむず痒さを堪えるようなおかしな顔をしていた。

「どうかしたのか？」

　貴里子は沖の顔を見つめ返した。

「幹さん、私、なぜ朱栄志がヴァイオリンを入手しようとしているのかわかったわ」

「何だって……？」

「もちろん、まだひとつの仮説に過ぎない。でも、かなり自信を持って断言できる。ヴァイオリンにはきっと、朱栄志の出生の秘密が隠されているのよ！」

「出生の秘密だと。そんな」

突飛な、と言いかけ、沖はその言葉を呑み込んだ。

確かに突飛な思いつきだろう。だが、貴里子の指摘を聞いた瞬間、胸に引っかかっていた塊がすっと消え失せるような気がしていた。

沖は車を路肩に寄せてとめた。幹線道路に出てしまうと、駐車場所が見つけにくいかもしれない。一刻も早く話を聞きたい。

ギアをパーキングに入れてサイドブレーキを引き、エンジンを切ると、改めて助手席の貴里子を見た。

「あんたの考えを聞かせてくれ」

「突飛な思いつきに聞こえるかもしれないけれど」と、貴里子はついちょっと前に沖が言いかけたのと同じ言葉を前置きして話し始めた。

「偉がした話を覚えてるでしょ。朱向紅はあの男の前で、自分がこの手で朱栄志を組織のトップに据えてやると息巻いていた。偉がこの話をするのを聞いた時、私、ふっと何かが胸に引っかかったのよ。向紅は爆弾をオモチャのように使い、朱栄志のためにいくつもの殺人を犯した。新宿のヤクザや古株のチャイニーズマフィアたちを手玉に取り、朱栄志が大きく勢力を伸ばすのに協力していた。そして、日本にやって来る二週間かそこら前には、ヴァイオリンを闇ルートで入手している」

「つまり、ヴァイオリンを入手したのも、朱栄志を組織のトップに押し上げるためだと言うんだな」

「そうよ。朱栄志が組織の大ボスだった朱徐季（チュー・スーチー）のつき人として私たちの前に現れた時から、一貫していることがある。何だかわかるでしょ？」

「ああ、わかってる。チャイニーズマフィアの誰もが、朱栄志の過去に質問を向けられると恐れおののき、決して何も話そうとはしなかったことだ」

「朱栄志の過去に触れることは、チャイニーズマフィアの人間たちにとって、大きなタブーなのよ。朱向紅が朱徐季の孫娘であることははっきりしているけれど、朱栄志と朱徐季の関係は何もわかっていない。朱徐季が朱栄志をすぐ近くに侍（はべ）らせていたり、朱徐季が狙撃によって殺された時に、朱栄志がその責任を取って自ら右目を抉（えぐ）り取ったことから考えれば、朱栄志は徐季の一族である可能性が高いのに、そこを曖昧にしているなんてもの凄（すご）く奇妙よ」

「思い出したぞ。あの爆弾事件の時に入手した朱一族の写真にも、朱向紅のほうは写っていたのに、朱栄志の姿はなかった」

「ええ、私もあの写真のことは覚えてる。朱栄志は、一族の正式な一員として認められて来なかったのよ。でも、バーバラのヴァイオリンには、それを証明する何かが隠されているんじゃないかしら。だからこそ朱栄志自らがこの新宿に舞い戻り、ヴァイオリンを手に入れようとしてるんだわ」

そうだ、きっとそれが答えだ。沖はそう直感した。

唇を閉じて自らも頭の整理を試みる沖を前に、貴里子はさらに話し続けた。

「世界的に有名なヴァイオリニストであるバーバラ・李のヴァイオリンが、朱栄志の出生の秘密を解く鍵になるなんて、突拍子もない話かもしれない。でも、朱向紅が日本に来る前に高額のヴァイオリンをわざわざ入手する理由が、何か他に考えられる？　朱栄志を驚かせるつもりだったのか、それとも朱栄志の出生を明らかにするためには、よほどことを慎重に運ぶ必要があったのか、いずれにしろ朱向紅は自分がヴァイオリンを入手したことを、朱栄志にすら秘密にしていたにちがいないわ。だけど、年月が経ち、バーバラの自宅を狙った大がかりな窃盗グループが逮捕され、盗品のひとつであるヴァイオリンが闇ルートによって朱向紅の手に渡っていたことを、今になって朱栄志も知ったのよ。そして、日本にやって来るバーバラやウエスラーの動きに注視する一方、あなたのお父さんを人質にして、ヴァイオリンを必ず自分の手に入れようとしている」

「だが、ちょっと待ってくれ。ヴァイオリンはバーバラが十三歳の時に国際コンクールに優勝して以来ずっと、彼女の手許にあったんだぞ。そこに本当に朱栄志の出生の秘密が隠されているとしたら、もっと早い時点で朱栄志なり他の誰かなりがバーバラの所から入手してたんじゃないだろうか」

「いいえ、ずっと知らなかったんじゃないかしら。朱徐季が小華（シャオホワ）という少女によって射殺されたのが三年前の夏よ。ヴァイオリンも、三年前にバーバラの自宅から盗まれている。朱徐季の死によって、五虎界（ウーフジエ）という組織は不安定な状態になった。そんな状態の中で朱栄志は、ヴァイオリンの重大な意味を知った。だけど、その時にはもうバーバラの手許にはなく、何者かによって盗まれたあとだった」

「なるほど、それならば辻褄（つじつま）が合う」沖は頷き、口の中で転がすようにして続けた。「しかし、いったいどんな秘密が……」

貴里子は唇を引き結び、じっと考え込むように俯（うつむ）いた。

今説明された時系列の流れについて、順を追って再確認しているのではなく、おそらくはその先のことを考えている。

沖はそう察して、促した。

「それについても、何か思いついたことがあるんだな。話してくれ」

「バーバラもバーバラの母親も貧しかった。バーバラがヴァイオリン奏者として有名になるのは、チャイコフスキー国際コンクールで優勝してからよ。その後はそれなりの蓄えもできたでしょうけれど、母親がヴァイオリンを優勝のお祝いに贈ったというのは、どう考えてもおかしいわ」

沖は貴里子の言いたいことを察した。

「そうか、確かに誰が考えたっておかしい。だけど、例えばチャイニーズマフィアの親玉だった朱徐季にとっては、ほんの端金だったはずだ」

「そうね、私もそう思う。ヴァイオリンの本当の贈り主は、母親以外の人間、おそらくは朱徐季なのよ」

「問題は、どうして朱徐季がバーバラに贈り物をしたかってことだな」

沖はハンカチを出して額の汗を拭った。

車を停めたのは住宅街の中で、すぐ横も誰かの家の車庫だった。アイドリングにしておくのは迷惑と思い、エンジンを切ったのだ。

だが、窓を閉めたままだったので、さすがにそろそろ蒸してきた。

「彼女が朱の一族の人間だからよ」貴里子ははっきりと断定した。「この推論を進めれば、その先にはそういう結論が待ってる。そうでしょ」

「亡くなったバーバラの父親は中国人だな」

「ええ、李はバーバラの父親の姓だもの。彼女の父はやはりヴァイオリン奏者で、バーバラの母親であるフィリスと同じ貧乏楽団にいたはずよ」

「この男の詳しい身元を洗ってみる必要があるな」

貴里子はまた考えに耽る顔をした。

「――マーク・ウエスラーは、古い友人である都知事の有馬栄太郎を介して、極秘でヴァイオリンの捜査をするようにと依頼してきた。それなのに、ついさっきバーバラは、開口一番、捜査を取りやめて欲しいと主張した」

フロントガラスの先に目をやり、自らに言い聞かせるような口調でそう言ったのち、運転席の沖のほうに顔を向けた。

「ウエスラーはたぶん、妻のバーバラほどには、彼女や彼女の一族にまつわるヴァイオリンの秘密を深く知らないんじゃないかしら。だから、極秘に捜査をして入手することを望んだ。だけど、夫が自分には相談もなくそんな依頼をしたことで、バーバラは驚いた。ヴァイオリンを探そうとすれば、朱栄志を刺激してしまう。そして、もしかしたらとんでもないことが起こる。きっと彼女はそれを危惧してるのよ」

「それもあるかもしれないが、自分のスキャンダルを恐れたとも考えられますよ。ヴァイオリニストだってやはり人気商売でしょ。自らが東洋最大のチャイニーズマフィア組織と関係があるなんて話は、決して公にしたくないにちがいない」

貴里子は頷いた。何かを咀嚼するような間を置き、言葉を押し出すようにした。

「ねえ、幹さん、そうするとバーバラと朱栄志は、どんな関係にあるのかしら？」

「もっと捜査を進めてみないことには、軽はずみな推測はできないでしょ。だが、血の繋がりがある可能性は充分に考えられるし、そうだとしたら、従姉弟、あるいは姉弟かもしれない」

「――――」

　貴里子は再び唇を引き結び、しばらく黙り込んでいた。

「難しい捜査になるでしょうけれど、上手くすれば朱栄志のみならず、五虎界の裏側にまで迫ることができるかもしれないわね」

　低い声で呟く貴里子は、デカの顔をしていた。

「インターポールやＦＢＩに問い合わせられますか？」

　沖は訊いた。

「もちろんやってみるけれど、プライバシーが絡むもの。まして、バーバラもウエスラーも有名人よ。正当な理由がない限り、正確な答えは期待できないわ」

「だが、ヴァイオリンそのものについて、もっと詳しい情報がないかとは訊けるでしょ」

「そうね。それもやってみる。だけど、ヴァイオリンについて知りたいのならば、むしろ陳莫山にもっとしつこく当たるべきじゃないかしら。さっきの態度からすると、何か知ってるはずよ」

「そうですね。それと、マーク・ウエスラーもだ」

「でも、バーバラに釘を刺されたとしたら、何も語らないかもしれないわ」

「バーバラ本人に当たり直すよりはマシでしょ」

「わかった。そっちの調べは、私に任せてちょうだい。インターポールとＦＢＩに捜査協力を打診し、もう一度ウエスラー氏に当たってみる。あなたは陳莫山のほうをお願い。彼から聞いたヴァイオリンのメンテナンスができる先も含めてね。そういう先ならば、陳莫山がバーバラのヴァイオリンを作った時の話だって何か知ってるかもしれない。捜査の割り当ては任せるわ」

「じゃ、俺は仲柳を呼んで組みますよ」

「あら、いつものようにヒラさんじゃないの？」

「やつにはカシワと組んで貰う。実は、仲柳のことを、カシワからちょいとぼやかれてましてね。それに、柴原とも時々ぶつかってるようだ。ちょいと傍に置いて、がつんとやる時期だと思うんです」

柏木にどこか独善的なところがあるのは事実だし、柴原がまだ先輩刑事として頼りないのも事実だろう。だが、仲柳は特捜部の新人だ。先輩を立てない刑事は一人前になれないことを、一度とことん叩き込む必要がある。

そもそも大学出だってところが気に入らないのだ。音を上げて他の部署への異動を希望するようならば、いっそのことせいせいする。

携帯が鳴った。呼び出し音で貴里子のものだとわかる。貴里子は上着のポケットから携帯を抜き出し、ディスプレイを確かめた。

「舟木さんよ」と無表情に告げた。

通話ボタンを押して耳元に運ぶと、間もなく「何ですって」と声を上げた。

「いったい、いつ？」と、問い返す。

その声の張りつめた調子から、何かただならぬことが起こったのがわかる。

「わかったわ。すぐにそっちに行く。大丈夫、私も横浜方面に来ているの」

早口で告げて電話を切ると、何事かと見つめる沖のほうに顔を向けた。

「十日市場駅に着けてちょうだい」

「何があったんです？」

「文(ウェン・ジェンミン)建明の女に張りついてた二課の刑事が撃たれたわ。みなとみらいのけいゆう病院に運ばれたそうよ」

「命に別状は？」

「まだ何もわからない」

「十日市場で降ろしても、電車を乗り継ぐことになるでしょ。みなとみらいなら、車で送りましょう。ヴァイオリンのメンテと陳莫山の線はカシワに説明し、しばらく仕切って貰います」

沖は言い、車のエンジンをかけ直した。

4

救急搬入口で警察手帳を呈示して事情を説明しかけると、最後まで言わないうちに救急治療室の場所を教えてくれた。

沖のほうが先に立って廊下を走ったが、救急治療室の入り口を入るとともに貴里子に道を譲った。

撃たれたのはK・S・P二課の甲村高明という刑事だった。沖と同じ年輩で、まだ若手の谷川という刑事と組んで文　建明の女を張り込んでいたのだ。

背広と制服の男たちが四、五人屯しているのが見えた。

「署長……」

谷川卓が貴里子の姿を認め、すがるような声を上げた。

それ以外の人間には、誰も見覚えがない。

神奈川県警の刑事たちだ。

今回の発砲事件は神奈川県警の人間たちに、K・S・Pというよそ者によってハマの治安が乱されたと受け止められかねない。

谷川は逃げるような勢いで沖たちの元へと走り寄ってきた。

「甲村刑事はどうなの？」

貴里子が訊くと、木彫りの人形のようにぎごちなく顔を上下に動かした。

「弾は肩を貫通しました。重傷ですが、幸い、命には別状はありません。じきに御家族もこちらに到着するはずです」

「本人は今は？」

「まだ麻酔が解けずに眠っています」

「わかったわ」

貴里子は低い声で谷川に言い置くと、奥に屯した男たちに向かって歩いた。

沖は貴里子につき従ってその集団に近づいた。

背広姿の男たちは皆、貴里子の接近に伴って、制服姿の男を取り囲むように立ち位置を変えた。それで誰と話すべきかがはっきりした。

「K・S・P署長の村井です」

貴里子が名乗ると、制服の男がそれに反応して口を開いた。

「神奈川県警刑事部長の杉浦(すぎうら)です」

四角い顔の男だった。肩幅が広く胸が厚いが、腹の肉もベルトに食い込んでいた。白髪が大分交じった口髭が、大して手入れもされず、鼻の下に塵埃のようについている。

「この度は、管内をお騒がせすることになってしまいまして、申し訳ございませんでした」

貴里子は詫びの言葉を述べ、改めて深く頭を下げた。

「いやいや、あなたが謝ることじゃありませんよ。逃走した中国人を即座に手配しました。現在、うちの捜査員たちが虱潰しに当たってます。ハマでチャカを振りまわすとどうなるか、嫌ってほどわからせてやりますよ」

杉浦は威勢のいい言葉を口にした。それは同時に、この銃撃事件の捜査は自分たちで仕切るので、よそ者は引っ込んでいろという宣言にも取れた。

貴里子がさり気なく尋ねた。

「文には《ドミンゴ》というスナックで働く女がいたと思いますが」

「明美のことですな。現在、私どもで詳しく話を聞いています」

杉浦が答える途中で、廊下を走って近づいてくる足音がした。

振り返ると、刑事官の舟木進一が現れた。背後に刑事二課長の新田義男を引き連れていた。現在特捜部に在籍する柏木隼人が、ある種の降格人事で異動になったあと、二課長を引き継いだ男だ。

「ああ、署長。遅くなって申し訳ありません」

舟木は貴里子に頭を下げるや否や、素早く杉浦たちに向き直り、「K・S・P刑事官の舟木です。こちらは二課長の新田」と新田のことまで手際よく紹介した上で、「今回は、私どもの捜査員がお騒がせしてしまって、誠に申し訳ありませんでした」と、そつなく挨拶した。

「いやいや、舟木さんまで、そんな。たった今、村井署長からも御挨拶をいただいたところですが、あなた方の責任じゃない。捜査は任せてください。ハマの外へは決して逃がさず、パクってみせますよ」

杉浦は貴里子に次いで舟木たちにまで低姿勢に出られたことで気分をよくしたようだったが、銃撃事件の捜査を神奈川県警で仕切るという方針を変えることはなかった。

「お手数をおかけします。何卒宜しくお願いします」

舟木の応対を聞きつつ、沖は苦虫を嚙み潰したような気分になった。文に撃たれたのはうちの刑事であり、これはうちのヤマなのだ。

だが、ここで自分がいきり立って口を開いたりすれば、ろくなことにはならないことを、さすがに沖も学びつつあった。今は貴里子に任せておけばいい。

沖は誰にともなく静かに頭を下げると、一歩下がり、後ろに控えていた谷川に顔を寄せた。

「甲村はどこだ？」

「こっちです」

谷川が先に立って進み、廊下のすぐ先の自在扉を入った。

そこから先は集中治療室内の入院ブースで、ナースの目が行き届きやすくするためだろう、各部屋は天井付近に隙間が空いた壁で仕切られ、入り口も蛇腹式のドアがついただけだった。

そんな部屋のひとつに、上半身を包帯でぐるぐる巻きにされた男が横たわっていた。

「甲村さん……」

谷川が小声で名を呼んだ。堪えきれずに口を衝いて出たような感じだった。

「俺が悪かったんです。俺がもう少し早く、やつの拳銃に気づいてさえいたら……。甲村さんが、俺を押し退けてくれました。でも、それでこんなことに……」

ベッドの甲村をじっと見つめ、隣の沖を見ようとはしないままでそう続けた。

「もしも逆の立場だったとしたら、おまえも同じようにしてただろ」

「俺は……」

「命が助かったんだ。よかったじゃねえか。責任を感じてるんなら、おまえのやるべきことはひとつのはずだ」

沖もまた甲村を見たまま、低く抑えた声で言った。

人に助言するなど、柄じゃない。

じきに甲村の妻が来た。よく日に焼けた健康そうな女で、年格好は亭主と同じ三十代の半ばぐらいに見えた。顔中から流れる汗をしきりとハンカチで拭(ぬぐ)いながら現れ、ベッドサイドに立つとともに流れるに任せてじっと亭主を見下ろした。

彼女との応対を貴里子たちに任せた沖は、待合室で炭酸飲料を買って飲んだ。

どこかたばこが喫える場所を探すかどうかと迷っているうちに、廊下の先に貴里子たちの姿が見えた。

集中治療室から一緒に出てきた甲村の妻に別れを告げ、廊下をこっちに歩いてくる。

沖は飲み干した缶を捨てて近づいた。

「何があったのか、詳しく話してちょうだい」

貴里子が谷川に訊いた。歩みはとめないまま、全員で廊下をそのまま移動する。

「はい」と答えてから、谷川は頭を整理するような時間を僅(わず)かに置いた。

「ドミンゴの明美は、実際は日本生まれの中国人で、章翠緑(ジャン・ツイリュー)が本名です。この翠緑の自宅付近で、昨夜遅くに、特捜部の円谷刑事たちと張り込みを代わりました。文から連絡が入って、こっそりと逃げ出す危険があるので注意して欲しいとのことでしたので、交代で眠って目を離さないようにしました。そして、今日、女は昼近くまで部屋におりましたが、正午ちょっと前に出かけ、地下鉄で関内(かんない)に出ました。伊勢佐木町(いせざきちょう)をぶらぶらし、大通り公園のほうへ抜けたと思ったら、脇道に目立たないように停まっていた車へといきなり走り出したんです。車のほうからも女に接近しました。慌ててあとを追い、すんでのところで翠緑を取り押さえたんですが、その時、車の中から発砲してきて、甲村さんがあんなことに……」

「連絡を取り合い、一緒に逃げるところだったわけだな」

わかりきったことを押し殺した声で言う舟木に、沖は冷ややかな視線を飛ばした。

廊下を曲がり、建物の横合いにある救急搬入口を出る。

その間だけ、全員が沈黙していた。守衛の耳を気にしたのだ。

「車には、何人乗っていたんだ？」

駐車場に出るとともに、沖が訊いた。

「ふたりです。運転席にひとりと後部シートにひとりいました。はっきり断言はできませんが、後部シートにいたのが、写真で見た文建明だったような気がします」

「車のナンバーは？」

貴里子が訊いた。

「はい、確認し、神奈川県警に伝えました」

「あなたと甲村刑事で、翠緑には聴取してないのね？」

「ええ、それは昨夜、特捜部が。我々は円谷刑事たちから張り込みを引き継いだだけです」

谷川はそう答えて一旦口を閉じかけたが、足をとめ、何かを思い切るように改めて開いた。

「署長、私もこのまま横浜に残って捜査を続行したいんです。お願いします」

貴里子も立ち止まり、完全に谷川のほうに向き直って顔を見つめた。

「同僚が撃たれたのよ。そうしてちょうだい。私もしばらくあなたたちと一緒に残ります。私が直接、章翠緑（ジャン・ツイリュー）から話を聞くわ。神奈川県警との間で縄張り争いにはしたくないけれど、文建明はうちで押さえたいの」

「ありがとうございます。甲村さんをあんな目に遭わせたやつを、必ず俺がパクってみせますよ」

谷川が勇ましい言葉を口にした。

「新田さん、あなたも一緒に残ってちょうだい。翠緑の口から手がかりを聞き出し、文建明を逮捕するわ」

「了解しましたが、女の口を割らせる策はあるんですか？」

新田は頷（うなず）いたものの、そう訊き返した。

前の二課長だった柏木とは対照的に、慎重な性格の刑事だった。それ故に、まだ貴里子の署長としての力量にも不信を拭いきれないのかもしれない。

「大丈夫。私に任せてちょうだい」貴里子はきっぱりと頷き、顔の向きを舟木へと変えた。「舟木さんは分署に戻って、留守をお願い」さらに、沖を向く。「沖さんは、さっきの件を進めて。こっちの件に片がついたら、私もまたすぐに合流するから、宜しく」

だが、話を切り上げようとする貴里子を、舟木がとめた。

「待ってください、署長。きちんと説明していただけませんか」

「何をです？」

「署長は特捜部の連中と組んで、いったい何をやってるんです？」

沖はガンを飛ばしたが、舟木は決してこっちを見ようとはしなかった。そもそもここに現れてから、ただの一度も目を合わせようとしていないのだ。

「なぜ今、そんなことを訊くんです。ここでする話じゃないでしょ」

「それならば、車内で伺います。私は現場を統括する刑事官ですよ」

「わかってます。でも、この件については、今は何も話せない」

「なぜですか」

「なぜでもよ」

「そんな返事は勘弁して貰えませんか」舟木はしつこく食い下がった。「昨日、署長は私に命じ、何人かの刑事を集めました。本当はあの連中を使って、捜査を進めるつもりだったんじゃあないんですか。それを、特捜部が強引に押し切り、自分たちで囲い込んでしまった。そんな噂が広がっています」

「なあ、舟木さん、言いたいことがあるなら、俺に直接言ってくれないか」

舟木は貴里子のほうを向いたまま、頑なに沖を無視し続けた。

「署長になられる前、あなたが特捜のチーフだったことは、分署全員が知っている。その部署に対して依怙贔屓があれば、他の捜査員の士気は上がりませんよ」

「私は依怙贔屓などしていません」

「そうは見えません。文 建明の捜査は、元々特捜部が担当してた。それを昨晩遅くになって、署長は急に二課に割り振った。甲村も谷川も別の捜査に当たっていたのに、急遽この仕事を引き継ぎ、徹夜で女の張り込みに当たりました。特捜部のしわ寄せを受けてるんだ。これで士気が上がるとお思いですか」

「徹夜の張り込みぐらい、デカなら当然だろ」

沖の言葉はまた無視された。

これが最後だ。もう一度無視するようなら、首根っこを摑んでこっちを向かせてやる。

鼻息が荒くなったのがバレたのか、貴里子が沖を睨んできた。

「沖刑事、あなたは黙っていてちょうだい」

沖は唇を引き結び、平手でスキンヘッドをごしごしとやった。

「批判はすべて受けます。でも、とにかく何も説明はできないの。これは極秘捜査なのよ」

「そんな大事な捜査に、あなたは古巣の特捜部を選んだんですか？　刑事官の自分に言えないことを、特捜部の沖君たちには打ち明けてるんですね」

「舟木さん――」

貴里子は相手の名前を呼びかけ、何か話そうとしたが、舟木がそれを遮った。

「それは署長の御判断ですか？　それとも、上からのお達しなんですか？」

貴里子は一瞬顔を強ばらせた。

「警察組織のもっと上のほうからの命令ならば従えるけれど、私の命令じゃあ従えないというの？」

「――いや、そんなわけじゃ」

「それならば、私の判断に従ってください。私はあなたの上司です。そして、これは上司からの命令よ」

「――――」

舟木は唇を引き結んで黙り込んだ。

沖は胸がすくのを感じたが、こういうタイプの男が決して恨みを忘れないこともわかっていた。

「話がそれだけなら、分署をお願い」

貴里子は言い、静かに舟木の肩に手を置いた。

「頼りにしてるわ、舟木さん」

5

東京へ帰り着いたのは三時過ぎだった。昼食は途中に見つけたコンビニでサンドイッチとおにぎりを買い、走りながらそれを口に押し込むことで済ませていた。

横浜で貴里子に話した通り、新人の仲柳と組んで動きたかったが、既に当たり先のリストは柏木にファックスで送り、先に回り始めて貰っている。コンビはとりあえずこのまま平松と組むことにした。

沖が平松と合流した時には、平松は既に二店を当たり終えていた。二店とも個人営業の楽器屋で、ともに戦前から営業を続ける老舗(しにせ)だった。楽器職人との繋がりも深く、難しい修復や有名な楽器のメンテナンスについて様々な情報を得ていたが、陳 莫山(チェン・モーシャン)の手によるヴァイオリンで出所や持ち主が不明のものについては何の心当たりもなかった。

柏木からもまだ何の連絡もないということは、やはり同様に当たりが出ていないのだ。

円谷と柴原のふたりのほうは、従来の捜査方針通りに、チャイニーズマフィアに詳しい情報屋を回り、朱 向紅(チュー・シアンホン)の足跡のほうからヴァイオリンを探そうとしていた。だが、やはりまだ何の連絡もないままだった。

四店目を回ったところで平松と別れた。

朱向紅が日本にヴァイオリンを持ち込んだと思われる二年十ヶ月前から今までの間に、この四店の業者がメンテナンスを行った陳莫山のヴァイオリンが、合計で三丁存在した。どれも持ち主は身元のはっきりした相手ばかりだったが、念のための確認作業を平松に頼んだのだ。

五店目は渋谷の店だった。

それは道玄坂にある楽器店で、日暮れ前の歩道は既に若者たちでごった返していたが、自動ドアを抜けた瞬間から喧噪（けんそう）が消え失せ、まったくの別世界が現れた。

表に近い側は二階までの吹き抜け天井になっていて、奥は上下二階に区切られ、螺旋（らせん）階段が向かって右側にあった。木目模様を際立たせた壁板やシャンデリアなど、内装はクラシックで重々しい。

白いワイシャツにグレーのネクタイを締めた、小中学校の校長のような雰囲気の小男が、一階部分の奥からゆったりと出てきた。客は誰もいなかった。

「何かお探しでしょうか？」

と声をかけてくるのに、沖のほうからも近づき、警察手帳を呈示した。

「お客じゃないんです。警察の者ですが、ちょっと伺いたいことがありまして」

そう話の口火を切る沖に、男は物珍しげな視線を向けた。

「どういった御用件でしょう?」

「こちらの店長さんですか?」

「ええ、店長の饗庭と申します」

喋り方が折り目正しく、それも校長先生のような印象を強めていた。

「こちらでは、陳莫山さんのヴァイオリンも扱っておいでですね?」

「確かに販売したことはございます。ただ、陳先生の場合は、あくまでも注文を受けて作るといったスタイルですので、展示品などはございませんが」

「承知してます。実は、この二年十ヶ月の間で、出所や持ち主に疑問があるヴァイオリンをこちらで修復なさったり、あるいはそういった品の噂を何か耳にされたことがないかと思いまして」

「陳先生のヴァイオリンでですか?」

「はい」

「――いやあ、それはちょっと思い至りませんね」と饗庭は首を振った。「陳先生作のヴァイオリンをお買い上げになるのは、一流の演奏家や団体ばかりですから、持ち主がよくわからないといったことはおそらくありえませんよ」

それはここに来る前に当たった三店目の店主が口にしたのと、まったく同じ言葉だった。

「記録は残しておいでですね」

「ええ、もちろん」

「それでは、恐れ入りますが、こちらに陳莫山のヴァイオリンのメンテを依頼してきた先を教えていただけないでしょうか。ある事件の捜査で、念のためにヴァイオリンの所有者に直接確認せねばならないことがあるんです。こちらには、絶対御迷惑はおかけしませ ん」

「そういうことですか。なるほど、わかりました」

饗庭は頷くと、店の奥へと戻った。陳列台の一角にレジがあり、その背後の壁に何冊かファイルが立っている。

その中の一冊を抜き出し、レジ台に載せて開き、ページを繰り始めた。

沖はその様子を眺めるでもなく眺めつつ、気が重くなるのをとめられなかった。この店で自分の担当分は最後なのだ。朱向紅の足取りから手がかりを探すのは難しかろうと判断し、楽器から追うことにしたわけだが、このまま空振りに終わるかもしれない。円谷や柏木から何か情報が入ることを期待したいが、それも駄目だった場合、捜査をどの方向に進めればいいのだろうか。

考えまいとしても、朱栄志（チュー・ロンジー）に人質になっている父の隆造のことが、常に頭から離れない。

「お待たせしました。こちらのお二方ですよ。前島様のほうは、お宅が松濤なので、メンテは必ず私どもを御利用くださってます。御家族揃っての音楽一家で、他の楽器も御購入いただいてるんですよ。お二人目は、前島様から御紹介いただいた逗子の方です。御両親が資産家で、お嬢様の音大の入学祝いに、私どもを通して注文いただきました」

案外と話し好きの男で、そんなふうに言いながら連絡先のメモを差し出した。

沖は礼を言って受け取り、二つ折りにしてポケットへ突っ込んだ。松濤ならば、目と鼻の先の距離だ。そこにこのまま回ってみるか。

辞去しかけ、ふと気になった。

「前島さんのヴァイオリンのメンテは、必ずこちらでおやりになってると仰いましたが、そうすると、逗子のええと」貰ったメモを改めて抜き出し、名前に目を走らせる。「矢吹さんですか、こちらのお宅では、メンテは必ずしもここにお願いしてるわけではないんですか？」

「ああ、それはまあ、ちょっと……」

「こちらで伺った話は、何一つ口外はいたしません。ですから、何か思いつかれたことがあれば、ぜひお話しいただきたいんですが」

「――いや、そういうわけじゃないんですよ。きっとこんな話は無関係でしょうし」

　饗庭はそう応えたものの、沖が黙ってじっと見つめていると、仕方ないといった様子で再び口を開いた。

「困ったな。こんな話は、刑事さんの捜査には何の役にも立たないと思うんですけれど、この矢吹さんがお買いになったヴァイオリンは、最初、陳(チェン)先生の息子さんがメンテナンスをなさったんですよ。お買いになった時、陳先生とぜひお目にかかりたいと仰るので、御紹介したんですね。それでメンテについても、先生のお宅のほうへ直接御連絡なさいまして。その時、御長男が電話に出られてお引き受けになったんですが、矢吹さんのほうでは、陳先生自らが見てくださるのかと思っていたら、そうではなくて……」

「その長男がメンテナンスを行った？」

「はい」

「そのことは、陳さんは御存じだったんですか？」

「いえ、内緒で御長男がやられたんです。陳先生が何かで外国に行って留守の間だったそうです。あとで陳先生がそれをお知りになって、先方までわざわざ出向いて謝ったそうですよ」

「息子さんは、何をやってる方なんですか？」

「もちろん、メンテナンスを引き受けるぐらいですから、弦楽器の知識はちゃんとお持ちですよ。しばらくは莫山(モーシャン)先生について修業をなさっていたと聞いています」

「今はしていない？」

「ええ、まあ……、詳しい事情はわかりませんが……。これ以上は、ちょっと勘弁して貰えませんか」

知らないというより、言えないということらしい。

沖は頷き、もう切り上げることを示して最後の質問をした。

「息子さんのお名前は御存じですか？」

「ええと、陳なんだったかな……。ちょっと待ってくださいね」

そう言いながら、饗庭は何かを探し求めるように店の展示に目をやり、やがてぽんと手を打った。

「ああ、そうだ。思い出しましたよ。陳弦悠（チエン・シエンヨウ）。弦楽器の弦に悠久の悠です」

店を出た沖は、渋谷駅とは反対側、山手通りの方向を目指して道玄坂を上った。この華やかな街にも不景気の影響は確実に出ていて、駅から少し離れたところでは、いつの間にやらビルが壊され、コインパーキングに様変わりをした場所がいくつもあった。

車を、東急本店傍のコインパーキングに駐（と）めていた。

携帯を抜き出し、歩きながら平松にかけた。

「おお、幹さん。ちょうどよかった。こっちからも、たった今、電話しかけてたところさ。

実はな、ちょっと気になる話が耳に入ってきたんだが、陳莫山には、弦悠って息子がいるのさ」

　沖は同じ名前が出たことに驚いた。

「俺のほうでもたった今、その息子の名前を聞いたところさ。ヒラのほうの、ちょいと気になる話ってのは、何なんだ？」

「これが色々と問題ありの息子らしいんだ。今はもう勘当同然で、家には出入り禁止になってるらしい。だが、大学を卒業後何年か経った頃には、あとを継ぐつもりで父親に弟子入りしたこともあったらしいのさ。つまり、どれだけの腕かは知らないが、一応は楽器のメンテナンスぐらいならできるってことだ。で、そっちの話は？」

「渋谷の楽器店で聞き込んだ。陳莫山のヴァイオリンのメンテナンスを、父親の留守中にこの弦悠って息子が勝手にやってしまい、あとになってそれを知った莫山がわざわざ謝りに行ったそうだ。そっちで弦悠の居場所はわかったか？」

「いや、ここじゃ駄目だった。事情を話して、父親の莫山に聞いたらどうだ」

「それは最後の手だな。今朝、訪ねた時に、息子の話は一言も出なかった。言いたくなかったんだろうさ」

　沖はそう応えながら、胸の中で天秤を働かせた。事情を打ち明けて協力を乞うならば、莫山よりもむしろ、娘の野枝のほうがいいかもしれない。

だが、それよりもまずは、莫山が作ってくれたリストの人間たちに、改めて話を聞いてみることだろう。誰かが息子の居所を知っているかもしれない。

平松は沖の意見に「わかった」と応じた。「じゃ、業者をもう一度当たってみるよ」

「カシワには俺から連絡しておく」

沖はそう告げて電話を切ろうとした。

「ちょっと待ってくれ、別件なんだがな、あんたの耳に入れておいたほうがいいと思って」

「何だ？」

「俺も気をつけるようにするが、マルさんの動きにゃ、目を光らせておいたほうがいいかもしれんぞ」

「――目を光らせるって、何だよ？」

「ここんところ、時折また勝手な単独行動をしてるらしい。実は、ちょっと前にヒロからぼやかれたんだ。しばらく様子を見てろと言っておいたんだが、朱栄志が日本に来てるとなれば、話は別だ。わかるだろ」

「ああ、わかった。もしも極端なことをするようなら、俺からきちんと話す」

「頼むよ、幹さん。俺はいつまでもマルさんと同僚のままでいたいんだ」

平松の漏らした一言に、沖は内心ではっとした。

——円谷が何かやらかすかもしれない。

こいつもそれを案じているのか。

電話を切り、すぐに円谷にかけてみた。既に駐車場まで歩き、支払機の前に立っていた。料金表示を確かめ、片手で小銭入れを取り出す。

電波が届かないところにあるか電源が切られているという音声案内に繋がり、沖は小さく溜息(ためいき)を吐き落とした。

携帯電話をポケットに戻し、小銭を支払機に入れる。車に乗り込もうとしたところで、ポケットから呼び出し音が聞こえた。

リモコンキーでドアロックを解除し、仕舞ったばかりの携帯をポケットから抜き出す。ディスプレイを見ると、非通知になっていた。円谷でも平松でもない。通話ボタンを押して耳元に運ぶと、男の声が聞こえてきた。

「歌舞伎町特別分署の沖さんだね」

野太い声を、低く抑えて喋(しゃべ)っていた。いくらか芝居じみた感じがする。

「俺に何の用だ？」

沖は問い返しながら、車の運転席に納まった。

「頼みたいことがあって電話した。あんたが逮捕した楊武(ヤン・ウー)を逃がしてくれ」

「はあ——」声を高めた。「おまえ、寝ぼけてるのか？」

「楊武は今、埼玉県警の取調べを受けてる。そうだな。強く主張し、身柄をおまえの署に移させるんだ。そして、その受け渡しを、おまえが買って出ろ」

「何を勝手なことをほざいてるんだ。おまえ、いったい誰だ？　頭がおかしいんじゃねえのか」

「俺が誰かは、じきにわかる。俺にそういう口の利き方をしてはならないこともな。ちょっと待ってろ」

　エンジンをかけかけていたのを一旦やめ、沖は車の周囲に視線を巡らせた。もしかしたら見張られている可能性がある、と思ったのだ。

だが、怪しい人影は見当たらない。念のためにフロントガラスに顔を寄せ、周囲に建つビルの上方へも視線をやろうとした時、携帯電話を通して人の言い争う声が聞こえた。その声の片方に聞き覚えがあった。

　背筋に冷たいものが広がった。

　まさか……。

「幹、俺とおまえはもう何の関係もない」

受話器にいきなり声が飛び込んできて、沖は息を呑んだ。父の声に間違いない。これはいったい、どういうことだ……。

「俺は昔、おまえと母さんを捨てた男だ。だから、俺のことは何も構うな。俺はどうせ死ぬ運命にあるんだ。病院のベッドの上かそうじゃないか、遅いか早いかだけの違いさ。いいな、よく聞け。幹、おまえはおまえの仕事をしろ」

さらにもっと何か言おうとしたらしいが、低い呻(うめ)き声によって中断され、さっきの男の声が戻ってきた。

「わかったね、沖刑事。親父さんは今、俺たちの手の中にある。楊武をおまえの手で逃がすんだ。二十四時間だけ待ってやる。その間に、すべて手筈(てはず)を調えろ」

「親父に何をしたんだ。——貴様、いいか、親父に何かあったら、俺がおまえを見つけ出して殺す。必ずこの手で殺すからな」

もう、電話は切れていた。

沖は携帯電話を睨(にら)みつけ、折れるほどに強く奥歯を噛んだ。

呼び出し音が五回で繋がった。

「こっちからも連絡しようとしてたところです。ちょっとした手違いが起こりました」

電話に出た朱栄志(チュー・ロンジー)は、落ち着き払った口調で言った。

神竜会の筆頭幹部である西江一成を爆殺した時、朱が沖の携帯にかけてきた番号にかけてみたのだった。

案の定、朱栄志が姿を消している間はずっと使われていなかった番号は、いつの間にかまたこの男のものになっていた。

「手違いって何だ？」

　沖は押し殺した声で訊いた。

「嫌だな、そんな訊き方は。こうして電話をしてきたってことは、もちろんもうわかっているんでしょ。あなたの親父さんが、連れ去られましたよ」

「――――」

「だけど、安心してください。途中の道のりが少しぐらい狂ったって、大丈夫。僕は、計画は必ずすべて自分のお膳立て通りに運びます。お父さんも、必ず取り返しますよ。で、あなたに連絡してきた人間の要求は、何だったんです？」

「馬鹿野郎、話を好きなように進めてるんじゃねえぞ」

「答えてください、幹さん。そのほうがあなたのためだ。協力し合うんです。あなたひとりで、父親を取り戻せるんですか？　僕は今、あなたのお父さんを連れ去った連中に対して、腸がぐつぐつと煮えたぎってるんです。責任を持って取り返しますよ」

「おまえの手助けなど要らん。二度と親父に手を出すんじゃない」

「まあ、そう言わず。親父さんを連れ去った連中は、おそらくは同じ穴の狢ですよ。いや、この場合、蛇の道は蛇、というのが正しいのかな。日本語は難しいですね。警察じゃ摑めないような情報を、僕ならば必ず手にできる。遠くないうちに、お父さんの居場所を突きとめてみせます」

朱栄志の人を食ったような話し方を聞くうちに、ふつふつと沸き立った心に冷たいものが広がっていく。怒りが鎮まったわけじゃない。冷たい怒りへと姿を変えたのだ。

同時に、ふっと違う見方が頭に浮かんだ。

「教えてください、幹さん。連中は誰で、あなたの父親を連れ去った目的はいったい何なんです？」

重ねて問いかけてくる朱に、沖は冷ややかに質問を発した。

「なあ、おまえ、これは茶番じゃないんだろうな」

「――茶番とは、何です？」

「今でも俺の親父を押さえてるのは、ほんとはおまえじゃないかと言ってるんだ。爆弾事件の時は、おまえにすっかり掻き回されたが、今度はそうはいかないぞ」

「幹さん、僕がそんな茶番を仕組んで、何の意味があるんです？」

「捜査を攪乱するのが目的さ」

「つまらない詮索をするよりも、聞かせてください。あなたに誰がどんな要求をしてきたんです？」

「おまえに教える必要などない。俺が親父を取り戻す」

沖は吐きつけて電話を切った。

大きくひとつ息を吐き出し、吸う。

怒りが渦巻いていた。だが、そのために電話を切ったわけではなかった。試していたのだ。

携帯が鳴った。

ディスプレイを確かめる必要はなかった。

呼び出し音をゆっくりと八つまで数えて通話ボタンを押した。

「冷静になってください、幹さん。じゃあ、こう考えてくれませんか。お互いの情報を交換するんです」

――なぜ朱栄志はここまで執拗に、俺の父親を連れ去った連中の正体と、そして連中の目的とを知りたがるのか。

「チャイニーズマフィアと交換するような情報などない」

言い放って再び通話を切った。

こっちの手の内を敢えて明かし、そうすることで相手の動きを牽制する手はあるのだろう。それに、ヴァイオリンにはおまえの出生の秘密が隠されているんだな、と吐きつけて様子を見るというのは、大いに試してみたいことだったが、ともに思い止まった。

状況を動かすために、揺さぶりをかけてみるのは常套手段だが、今はその必要を感じなかったのだ。

——水面下で、チャイニーズマフィア同士の新しい対立が起ころうとしている。

沖はそう直感した。

6

貴里子は怒りを押し隠しつつ、自分が爆発しないようにと腕組みをしていた。

弁護士に伴われた章翠緑(ジャン・ツイリュー)が、署の表玄関を目指して廊下を歩き、たった今ロビーに出てきたところだった。

翠緑はこうして警察署から出て行くことを誇らしげに振る舞い、刑事たちを徒(いたずら)に刺激するような真似はしなかったが、ほっとしているのは明らかだった。

弁護士の名前は滑川(なめりがわ)といい、横浜では有名な転び弁護士——つまり暴力団や企業舎弟からの汚れ仕事を専門に引き受ける男であることは、貴里子も県警本部の刑事から聞いていた。

それでも弁護士は弁護士だ。章翠緑、通称章田(しょうだ)明美は、文建明(ウェン・ジェンミン)らしき男が乗った車を逃がすために刑事の行動を妨害したわけではないし、刑事に指先一本触れていない。ただの市民を、何の理由でいつまでも拘束して質問攻めにするのかと詰め寄られ、解放せざるを得なくなったのだ。

確かに逃走援助も公務執行妨害も成り立たない。

それにしても、神奈川県警は生温い。これが新宿の地元でだったら、もう少し抵抗をしたはずだと、貴里子はそう思わずにはいられなかった。結局、神奈川県警の刑事たちにとめられ、自身では直接聴取する機会を得られないままで翠緑を解放する運びとなってしまい、腹の虫が治まらなかった。

取調室のマジックミラーを通して観察した翠緑の印象は、悪ぶって見せてはいてもそれは表面だけで、実際にはかなり生真面目なタイプの女に思えた。毛は茶色く染め、肌がかなり露出した衣服を着て、化粧も濃かった。特にアイシャドウはせっかくの可愛らしい童顔をアライグマのように見せていたが、そんな外見の下には、一途な女が隠れているのが垣間見えた。

ヤクザやチャイニーズマフィアの幹部とつきあう女には、案外とこういった根は真面目なタイプが多い。それは、K・S・Pで現場を踏むようになってから、新たに発見したことだった。

つきあううちに男の毒に侵され、生活も考え方も崩れていくのだが、一途に男を思い、男のためならば何でもするつもりでいる。

だからこそ、取調室で少しぐらい責め立てたところで、なかなか口を割ろうとはしない厄介な相手にもなるのだ。

だが、まだチャンスは失われたわけじゃない。

いや、翠緑が神奈川県警の手から離れた今こそ、逆に彼女から自由に話を聞くチャンスだ。

「行くわよ」

貴里子は小声で新田と谷川に告げて、駐車場へと向かおうとしたが、行く手を遮られた。

杉浦の巨体が立っていた。

「これはうちのヤマだ。既に捜査員の配置は終わってる。尾行はうちが万全を尽くすので、協力は必要ありませんよ」

杉浦は四角い顔を寄せてきて、貴里子の顔を斜め上から見下ろし、低く潜めた声で言った。

貴里子は何と応じようかと迷ったが、結局黙って微笑み、頷いた。

頭を下げ、杉浦の横を通る。

あとまだ何年かは、男社会の警察組織を生き抜く中で、こうした微笑みが有効なはずだ。

滑川は表の通りでタクシーを拾うと、先に翠緑を乗せた。

自らが乗り込む前には、県警本部の建物をゆっくりと見渡した。尾行がつくことをわかっていて、挑発しているように見えなくもない。

動き出したタクシーの後ろから、車が一台また一台と走り出した。予め路上に待機していた神奈川県警の刑事たちのものだ。

貴里子たちもその中に混じっていた。一応の遠慮は心得ていたが、最後尾につくつもりはなかった。翠緑が乗ったタクシーが見える位置を確保していなければ、前を行く県警の車に邪魔され、尾行が成立しなくなる可能性がある。

ハンドルを握るのは若手の谷川で、貴里子が助手席に、新田が後部シートにいた。

タクシーは海岸通りを東に向かい、大桟橋通りへと右折した。横浜スタジアムの横をかすめ、JRのガードを潜る。翠緑が暮らすマンションは京急井土ヶ谷駅の傍だと聞いていた。自宅へ送るのかと思ったら、阪東橋で黄金町の方角へと右折し、黄金町でさらに右折、方角からすると元来たほうへと戻り始めた。

当初は尾行を撒こうとしているのかと感じたが、その後も同じようなところをぐるぐると回るのを知り、何か判断に迷っているか、あるいは誰かからの指示待ちをしているのではないかと思うようになった。

携帯電話が鳴り、貴里子はポケットから抜き出した。数台前を行くタクシーへの注意を怠らないようにしつつディスプレイを読むと、沖からだった。

「村井です。何か新しいことがわかった？」

意気込んで訊いた。

「ええ、ちょっと気になることが出てきました。でも、その前に、ひとつ耳に入れたいことがある」

沖の声は、なぜだか貴里子とは対照的に、しかもこの男らしからぬほどに静かだった。

「どうかしたの？」

「参った。親父が今度は、別の連中に連れ去られたみたいだ」

「──それって、どういうこと？」貴里子は訊き返した。言われた意味が、すぐには摑みきれなかった。「朱栄志（チュー・ロンジー）が連れ去ったあなたのお父さんを、今度は別の何者かが、朱栄志のところから拉致（らち）したというの？」

「──そういうことです。そして、楊武（ヤン・ウー）を逃がせと要求してきた」

沖は相変わらず静かな口調で応じた。

──まさか、こんなことがあるのか。

何と応じればいいかわからないまま、頭の整理を試みる貴里子の耳元で、さらに沖は続けた。

「おそらくは親父を連れ去ったのは文建明（ウェン・ジェンミン）だ。文の命令でないとしても、その背後にいる密輸組織の意思だとか、いずれにしろ文が嚙んでいることは間違いない」

貴里子はやっと気がついた。沖の喋り方が静かなのは、決して意気消沈しているからでも、不安に打ち震えているからでもない。この男は今、かつてないほどの怒りに身を焦（こ）がしている。

さらに別のことにも気づき、貴里子は戸惑った。ハンドルを握る谷川も、後部シートの新田も、じっと黙り込んで電話のやりとりに耳を澄ませていた。

――自分としたことが、沖の報告にすっかり取り乱してしまっていた。

沖の父親が連れ去られたことは、具体的な捜査方針がはっきりするまでは、特捜部以外の人間には秘密にしておく方針だったのだ。このことを公にすると、ヴァイオリンの捜査の件まで表沙汰にしなければならない危険がある。

もう手遅れだ。このまま会話を続けるしかない。

「そう考えるのが妥当かもしれないわね」

貴里子が押し殺した声で応えると、沖は少し語調を強めた。

「しれない、じゃない。断定していい」

「でも、ちょっと待って、幹さん。あなたは、ひとつ見落としてるわ。私には、わからないの。文建明にしろ、その背後にいるどこかの組織にしろ、なぜあなたのお父さんが朱栄志の手にあるのを知ってたのかしら？」

「見落としてなどいない。答えはもう出ている。それは文建明たちが、朱栄志の周辺に目を光らせていたからですよ。村井さん、俺たちは見方を変えるべきなんだ。白嶋徹や文建明たち建設土木重機の窃盗密輸グループを追う捜査と、朱栄志も多大な関心を示しているヴァイオリンを探し出す捜査とは、分けて考えるべきじゃない。むしろ、このふたつは、お互いに関連し合ったひとつの流れの中にあると認識すべきなんだ」

「――関係してるというの？」

「そう言っていい」

「だけど、まさか――」

「もう少し聞いてくれ。まだ我々警察の目には見えてこないチャイニーズマフィア同士の争いが、水面下で始まってるんだ。そして、そこには朱栄志も、文建明も関わってるってことですよ。ヴァイオリンを追う線も、重機の窃盗密輸グループを追う線も、結局はそこにたどり着くはずだ」

そうか、そういうことなのだ。

「この件については、以上です。それから、気になることと言ったのは、もしかしたら陳　莫山（チェン・モーシャン）の息子が、バーバラ・李のヴァイオリンを修繕した可能性が考えられる」

沖はそう話を継ぎ、自分が渋谷の楽器店で聞き込んだことや、平松から受けた報告の内容を手短に話して聞かせた。

「息子は陳　弦悠（チェン・シエンヨウ）という名前です。カシワに引き継ぎ、至急この男の居所を洗い出させます」

「わかったわ。それで、あなたは？」

「俺に脅しの電話を入れてきた男には、中国訛のアクセントはなかった。日本人か、あるいは日本生まれで日本育ちの中国人だ。日本人ならば、元神竜会の白嶋徹って線が考えられる。蛇の道は蛇ですよ。神竜会が現在、白嶋の行方を探してる。俺は神竜会に当たります」

「わかったわ。お願い」

連れ去られたのは自分の父親だというのに、驚くべき自制力だ。騒ぎ立てても仕方がないことをわかっている。

だが、こう尋ねるに及んで、沖の声が僅かに乱れた。

「村井さん、そっちの捜査はどうなりました？　文建明の女から何か聞き出せましたか？」

胸の内が見て取れた。章翠緑から文建明の居場所にたどり着ければ、捜査は大きく前進する。父親の居場所を聞き出し、無事に保護できるかもしれない。——そんな期待が打ち消せないのだ。

「女の名前は、章翠緑よ。弁護士が出てきて、神奈川県警はこの女を釈放せざるを得なかった。今、あとを尾行してる」

「釈放だなんて、生温いことをしやがって」

「でも、考えようによっては、私たちにはチャンスよ。神奈川県警が彼女を押さえてる間は、邪魔をされて聴取できなかったの。これからは、違う」

「頼みます」

「ちょっと待って」

　貴里子は沖を制すると、一旦電話を口元から離した。

　前を行くタクシーが、国道一号沿いに建つファミリーレストランへと乗りつけるのが見えた。弁護士の滑川と翠緑が車を降り、店の入り口へと向かう。

「私たちも駐車場に入ってちょうだい。なるべく店内が見渡せる場所に車をつけるのよ」

　店の裏側を除く三方は大きなガラス張りになった店で、表から店内の様子が窺える。貴里子はハンドルを握る谷川にそう早口で命じてから、電話に戻った。

「彼女に接触できる機会かもしれない。試してみる。また、連絡するわ」

「お願いします」

　貴里子は電話を切りかけて、思い止まった。

「幹さん、どんなことをしてでも、文建明の居所を突きとめるわ。あなたのお父さんを、必ず無事に取り戻しましょう」

　谷川が車を駐車場に納めてエンジンを切った。ギアを入れ替え、サイドブレーキを引き、じっと貴里子を見つめてきた。

貴里子は助手席で体を斜めに捻った。後部シートに坐る新田も、谷川と同じような表情でこっちを見ていた。

自分が言うべきことを頭で復習った。躊躇いはなかった。

「谷川刑事、一緒に来て。翠緑に揺さぶりをかけるわ」

「でも、神奈川県警が……。それに、弁護士が一緒にいますけれど……」

「翠緑は神奈川県警の手の中にあるわけじゃない。一般市民よ。誰が話を訊こうと構わないでしょ。弁護士なんか、くそくらえよ。私には今、翠緑に突きつける話があるの」

貴里子の剣幕に驚いた様子で、谷川は口を閉じたまま両目をぱちくりさせた。

「それから、新さん」と、貴里子は顔を新田に移してニックネームで呼んだ。「お願いがあるのだけれど、翠緑の携帯番号を、大至急神奈川県警と交渉して入手して欲しいの」

「いや、あの女の携帯ならば、既にわかってますよ」

新田がいつもの訥々とした口調で応じた。「なあに、長年のデカの習慣ってやつですわ。女のヤサを張り込む間に、ちょちょいと不動産屋に回って、賃貸契約書を見せて貰ったんです。で、どうするんです？」

「それならば早いわ。電話会社に交渉して、翠緑が電話する先を特定するよう、捜査協力を要請してください」

新田は貴里子が言うのを聞き、細い目を一瞬大きく見開いた。

「容疑者でも何でもない女の携帯に、網をかけるんですか？」

「そうよ」

「――しかし、署長。令状は下りるんですか？　外部に漏れたら、人権問題になりかねない」

「令状は取るわ。でも、取ってからじゃ間に合わない。全責任は私が負います。だから、電話会社と交渉して」

「何を焦っているんです？」

「焦っているわけじゃない！」

貴里子はきっとして新田を睨みつけた。「私は、時を惜しんでるだけよ。今の電話でわかったでしょ。文建明が、沖刑事の父親を人質に取った可能性があるわ。言っておくけれど、問題をどう解決するべきかはっきりするまで、このことは決して誰にも口外しないで」

新田と谷川は、黙って顔を見合わせた。ふたりが緊張した顔で頷くのを確かめ、貴里子は新田に顔を戻した。

「わかるでしょ。一刻も早く文建明の居所を見つけて、逮捕する必要があるわ。だから、ゴリ押しして欲しいの。そのために、ヴェテランのあなたに頼んでるのよ。責任は、すべて私が負う。だから、やってちょうだい」

貴里子を見つめ返していた新田は、いつもの慎重でどこか考え深げな顔つきで、何かを咀嚼（そしゃく）するような間をあけた。

やがて、にやっと微笑んだ。

「署長、どうやら俺は、あなたを今まで誤解してたようだ。俺はデカですよ。頼み事などやめてください。命令してくれれば、結構だ。なんでもします」

7

ファミリーレストランに入った貴里子は、ちょうどその時、テーブルを立った翠緑（ツイリュー）がトイレへと歩くのを目にした。

しめた。ツキは私にある。谷川に耳打ちし、自分は真っ直ぐに翠緑のあとを追う。先に店に陣取っていた神奈川県警の刑事たちが、そんな貴里子に気づいて咎（とが）めるような視線を送ってきた。中には腰を浮かしたり体を動かしたり、目立たないように小さな手振りで引き返すようにと促す者もある。

だが、貴里子は気づかない振りをしてトイレを目指した。悔しかったら、尾行に女性刑事をひとりつけるぐらいの機転を利かせるべきなのだ。

洗面台の前に立ってしばらく待っていると、水を流す音がして、翠緑が個室から出てきた。

　自分を見つめる貴里子に一瞬はっとしたが、その後きつい目で睨み返すと、あからさまに無視する様子を示して手を洗った。

「ちょっと話させて」

　貴里子は翠緑のすぐ隣に立ち、相手の顔を見つめて言った。

「あなた、誰よ？」

　小柄な翠緑は、下顎を前に突き出すようにして貴里子の目を見つめ返した。一歩も引かない、というような決意が、アイシャドウで黒く縁取りされた目の中に垣間見える。

「警察の村井と言います」

「刑事と話すことなんかないわ」

「一分でいいから時間をちょうだい。これは、あなたのためなのよ」

「私のためって、何よ？」

「翠緑さん、あなたは知っているのかしら。文建明が、刑事の家族を人質に取ったわ」

　貴里子はそれだけ吐きつけ、敢えて間を置いてみた。翠緑は今にも問い返したい様子が見え見えだったが、それを懸命に抑えて口を閉じていた。やはり思った通り、この件については何も知らなかったようだ。

「そして、楊武を助け出すのに手を貸せという要求を突きつけてるの」

貴里子がさらにそう続けると、視線を左右に泳がせたあと、けたたましい笑い声を上げた。どこか芝居がかった仕草だった。

「さすがだわ。やっぱり、建明はすごい。あの人は、それぐらい大胆なことをやってのける男なんだ。楊武は彼にとって、ほんとの弟みたいなものなのよ。見捨てるわけがないもの。どんなことをしたって、救い出すに決まってるでしょ。建明も武も、あんたたち警察になんか絶対に捕まらないわ。永遠に自由の身よ。だって、海を渡って逃げさえすれば、あんたたち日本の警察は、もう何の手出しもできないんですもの」

貴里子はゆったりとした動作で首を振った。

「あなたは考え違いをしてるわ。文建明にも楊武にも逃げ道なんかない」

「警察に何ができるのよ」

「いいから、黙って話を聞きなさい。文がどこから人質を手に入れたか知ってる？　その人質は、元々は、五虎界(ウーフジェ)の朱栄志(チュー・ロンジー)が目的を果たすために取っていたものなのよ。文たちはそれを襲い、かっ攫(さら)ったの。あなただって中国人なんだもの、五虎界の恐ろしさは知ってるでしょ。たとえ楊武を救い出して、日本の警察から逃れられたとしたって、ふたりにはどこにも落ち着き場所なんかないのよ」

「――――」

「いいえ、そんな悠長(ゆうちょう)な話じゃない。五虎界は、メンツを潰されることを決して許さない。やったのが文たちだとわかれば、すぐにも報復をするはずよ。楊武を取り戻すどころの話じゃない」

「――文が下手を打つわけがないわ」

「違ったらどうする？」

翠緑は唇を引き結んで俯いた。

そうすると、何歳か幼い顔つきに変わった。たぶん、これがこの女の精神年齢なのだ。

「私、行くわ」

横をかすめて出て行こうとする翠緑の前に、貴里子は立ち塞がった。

「どいてよ。行くって言ってるでしょ」

「あなたのためだと言ったでしょ。翠緑さん。文の身に危険が迫ってるし、あなたと文の関係を五虎界が知ったら、あなた自身が狙われるかもしれない」

貴里子は敢えて普通話に切り替えて言った。

「私はへっちゃらよ。文が私を守ってくれるわ」

翠緑は肩を聳やかした。強がることで幼い印象が増す。貴里子が普通話を話したことに驚いたらしいが、日本語で喋るのをやめようとはしなかった。

「どうやらこの先、誰か仲間の所へ行くように、文から指示が出てるみたいね。でも、相手は五虎界の朱栄志よ。はたして大丈夫なのかしら」

「煩いな。どいてよ。文は五虎界なんて恐れないし、屈しもしないわ」

今度は翠緑も中国語になって喚き立てた。

「文はね。でも、それじゃあ文の家族や友人はどう？」

「――――」

貴里子は翠緑の表情の動きに当たりを感じた。文には誰か身内がこの日本に、しかもこうして翠緑がふっと思い浮かべるぐらい近くにいる。

「文には横浜に誰か身内がいるのね。教えてちょうだい。悪いようにはしないわ。警察できちんと保護する」

「警察の手助けなんかいるもんか。どいてよ」

翠緑は貴里子を押し退けようとして、はっと動きをとめた。どうやら警官の体に触れたら、公務執行妨害で逮捕されるとでも、弁護士から言い聞かされているらしい。

「翠緑、どうしたんだ？　何かあったのか？」

トイレのドアが表からノックされ、男の声がした。一緒にいた弁護士だ。

翠緑の顔に余裕の笑みが浮かんだ。

「通してよ、刑事さん。そんな手には乗らないわよ。わかってるんだ。警察はあれこれ言って、私から建明の居所を訊き出そうとしてるだけだってね」

すっかり落ち着きを取り戻した声で告げると、勝ち誇ったように貴里子の横を通り、出口を開けて出て行った。

じりじりと時が過ぎた。携帯電話が鳴った時、貴里子と谷川のふたりは、中華街の裏道にある小さな中華料理屋の傍にいた。

少し前に、翠緑がそこに入ったところだった。滑川という弁護士は、彼女が店に入るのを見届けると、そのままタクシーで姿を消していた。おそらくこの店には文建明の息がかかっており、翠緑はここで匿われることに決まったのだ。

新田の名前がディスプレイに表示されるのを確かめ、貴里子は通話ボタンを押して耳元に運んだ。

「どう、はっきりした?」

「わかりましたよ。翠緑はファミレスであなたと話したあと、二件電話してる。最初は登録主不明の携帯電話ですが、そのすぐ直後に、今度は本牧の固定電話にかけてます」

「本牧のどこ?」貴里子は訊いた。

——本牧に、まだこんなところがあったのか。

およそ三十分後、貴里子は外壁のコンクリートが時の経過によってすっかり変色した四階建てアパートの前にいた。

本牧の固定電話の住所がここの一室で、持ち主は井関美鈴という女だった。文との関係はまだ不明だが、文やその家族に危険が迫ると脅かしたことで、翠緑が連絡を試みたのだとしたら、親しい関係にあるはずだ。美鈴は中国名でも日本名でも通用する。どちらの可能性も考えるべきだろう。

貴里子は谷川を促して、横に広い四、五段の階段を上った。バリアフリーの発想がなかった時代に造られた入り口には、車椅子用のスロープなど存在せず、玄関は焦げ茶色のニスが斑に剝がれた木枠のガラス戸で、その上空にはゴチック建築風の軒飾りが施されていた。

表の通りに面した窓は、一定間隔で出窓になっていた。あっちにひとつ、こっちにひとつと、エアコンの室外機が設置されている。

玄関ホールの片側には、すっかり錆をまとわりつかせた郵便受けが並び、その対面はホールに面して大きなガラス窓のついた管理人室だが、現在はもぬけの殻で、カーテンも何も引かれていない窓越しにがらんとした室内が見渡せた。

使われてなさそうな郵便受けが多いし、室外機も疎らだった。それに管理人室ももぬけの殻ということは、取り壊しが決まり、住人の多くが退去済みというわけか。

「行きましょう」

貴里子は谷川を促してホールを越えた。突き当たりは中庭に面しており、左右に屋外廊下が延びていた。建物はコの字形に中庭の三方を囲み、残る一方が裏手の道に面している。道の手前に、数台分のスペースの駐車場がある。時代の移り変わりの中で、住民たちの要望によって、中庭の一部を削り取って造られたもののように見えた。

夜の帳が降りた今、中庭にはかなり色濃い闇が屯していた。庭園灯がひとつあるが、ほとんど手入れをされていないらしい庭木にのしかかられ、光が届く範囲が限られてしまっている。コンクリートのプランターが、中庭の外周より一回り内側に一定間隔を置いて四角く並べられていて、その外側は飾り煉瓦の歩道風に仕立てられていた。プランターには花がひとつもなくて殺風景で、そのこともまた中庭全体に捨て置かれたような印象を強くしていた。

井関美鈴の部屋は三階だった。エレヴェーターが見当たらないので、ホールのすぐ横についた階段を上った。

三階の屋外廊下を右に歩き、数えて三つ目の部屋番号を確かめた。表札は出ていなかった。

貴里子は谷川に目配せし、自らブザーを押した。

反応がないのでドアをノックしようとしたところで、谷川に小声で耳打ちされた。

「署長、あれ」

谷川は、コンクリートの手摺りから体を乗り出し、右奥の階段を指差していた。コの字形の建物には、ロビー付近の他、左右の突き当たり付近に階段がある。

そこを今、男たちが三人、女の体を取り囲んで下っていた。ひとりが前を行き、残りのふたりは女の両脇について、その体を引きずるようにしている。

女の動きが不自然に見えた。降りるのを嫌がっている。いや、足下がおぼつかないのか。違う。決定的な特徴は、両手が使えずにいることだ。背中でひとつにとめられてしまっている。

踊り場に差し掛かり、向こうでも貴里子たちに気がついた。女を急(せ)き立てて速度を上げる。

「一緒に来て」

向こうの階段まで走るより、今上ってきたほうへ戻ったほうが早いことを見て取った貴里子は、谷川を促して駆け戻った。

一段抜かしで階段を駆け下りる。

転がるようにして一階の廊下に走り出て中庭に飛び降りると、既に向こうの階段を駆け下りていた男たちは、中庭を横切り、建物の後ろ側にある駐車場へと女を引っ立てようとしていた。駐車場の一番端に、車が一台駐まっている。

「井関美鈴さん」

貴里子が大声で呼ぶと、女は身を捩(よじ)り、必死の形相(ぎょうそう)をこっちに向けた。足を縺(もつ)れさせて転びかける。それを両側の男たちが無理やり引きずり上げて引っ立てていく。男のひとりが、女の背中に何かを突きつけているのが見えた。銃か。ナイフか。夜の闇に紛(まぎ)れてそこまではっきりはわからないが、状況からして凶器であることは間違いない。

貴里子は一瞬の躊躇(ためら)いを感じた。K・S・Pの刑事たちは、新宿の凶悪な犯罪者を相手にするため、設立当時から常に銃を携帯することが許可されてきた。だが、署長はこれに当たらない。

今の貴里子は、銃を持っていなかった。

「署長、行きましょう」

谷川の声が貴里子を勇気づけた。

「銃を出して。相手も武装してるかもしれない」

谷川の顔が引き攣(つ)るのを目にして、貴里子はさらに小声で問いかけた。「実戦で銃を撃った経験は？」

「いいえ、ありません」

「いい、実習で習った通りに動くのよ。そして、相手が銃口を向けて来た時は、躊躇わずに引き金を引きなさい」

「はい」

「行くわよ」

小声で谷川に告げると、中庭を走り出した。

谷川は銃を握った右手に左手を添え、体の右斜め下へと銃口を下げて構えていた。警察学校で習った基本通りの動きだ。貴里子は男たちに警察手帳を掲げた。

「待ちなさい、警察よ。その人を放して手を上げなさい」

男たちが、揃ってこっちを振り返る。その手に銃が見えた。女を引っ立てているふたりは、両方とも銃を持っている。貴里子は腹の底に冷たい塊が生じるのを感じた。

駐車場の街灯が、先頭を行く男の顔をちょうど照らし、はっとした。確かにどこかで見たことがある顔だ。

「気をつけて。銃が二丁よ」

谷川が自身の銃の銃口を上げる。貴里子は相手が錯覚するようにと、自分の右手を体の背後の見えにくいような位置に置いた。じりっと前に出る。このまま撃ち合いになるような事態は避けたかった。だが、それならばどうすればいい……。

「警察よ、彼女を放しなさい」

貴里子は男たちに向かって改めて呼びかけた。

その時、視界の端にちらっと動くものを感じた。建物の一階の屋外廊下、ちょっと前に男たちが下った階段のほうだった。顔を転じる前に、もう胸の中で警報が鳴っていた。しまった、まだ仲間がいた。

闇に紛れて、四人目の男の手許ははっきりとは見えなかったが、その動きから銃を構えようとしているところだと判断できた。

「伏せて」

貴里子は叫び、自らも腰を折って頭を低く落とした。

銃声が響き渡り、すぐ近くで銃弾が弾ける。

「こっちよ」

貴里子たちはそのままコンクリートのプランターの背後へと回った。腹這(はらば)いになり、頭を低くして弾を避ける。

「早く来い。何をぐずぐずしてるんだ」

中国語で叫ぶのが聞こえた。

だが、残ったひとりは中庭に飛び降りると、ずかずかとこちらに近づいてきた。

「ひょーひょー、ひょー」

動物が発するような声を上げ、軽く飛び跳ねながら、一定間隔で銃を発射しながらやって来る。発砲し、興奮しているのだ。何か薬をやっているのかもしれない。

「撃ち返すのよ」

貴里子は叫ぶように命じた。

だが、谷川は顔を強ばらせ、体を硬直させているだけだった。

「馬鹿、私に銃を貸しなさい」

怒りに駆られた貴里子が銃を奪おうとした瞬間、谷川は強ばった顔を持ち上げた。男が谷川の頭部を狙って引き金を引く。幸い僅かに銃弾は逸(そ)れた。

谷川の銃が火を噴いて、男の顔が引き攣った。胸から血が噴き出し、妙な声を上げた。その声が途切れるとともに、膝(ひざ)から地面に頽(くずお)れた。

貴里子は頭を出し過ぎないように注意しつつ、倒れた男を凝視した。動く様子がないのを確認して体を起こし、男たちが女を連れ去った先を見つめた。女はもう車に押し込まれ、さっき先頭を歩いていた男の姿もなかったが、残りのふたりはまだ車の横に立っていて、じっとこっちの様子を窺っている。

「行くわよ。男たちを追うわ」

そう告げて動こうとして、谷川の異変が激しくなっていることに気がついた。表情が膠(にかわ)でも塗りつけたみたいに強ばったまま固まっており、呼吸を小刻みに喘(あえ)がせている。

「谷川さん、どうしたの。しっかりしなさい」

「署長、僕は人を……」

「正当防衛よ。しっかりしなさい。女が連れ去られようとしてるのよ。助けなきゃ。刑事の仕事をするの。できるわね」

「はい……」

「よし、じゃあ行きましょう」

谷川を引き連れて走り出そうとした時だった。

裏の暗がりから駆け戻ってくる男たちの姿が見えた。ふたりとも、凄い形相をしている。

「署長、危ない！」

谷川が叫び、貴里子を押し退けた。

銃声が響いた。男たちが揃って撃ってきたのだ。

貴里子は体を強かに地面に打ちつけたが、呻き声を漏らしながらもさらに重心を移し、体を回転させて体勢を整えた。

谷川が応戦した。

だが、余りに無防備だった。

「伏せて、谷川さん！」

貴里子の声を銃声が掻き消す。

谷川は被弾の衝撃で上半身を揺らした。胸部から前方に血が噴き出したのち、後頭部が弾け、一層大量の血が後方へと飛んだ。

谷川の両目が見えた。何が起こったのかわからないまま、縋るようにしてこっちを見ている……。いや、そんなわけはない。頭部に弾丸を受けた時点で、即死だったはずだ……。

永遠に思われる長い一瞬が過ぎ、我に返った貴里子の前で、谷川の抜け殻が地面に倒れた。

頭の回線が切れ、何も考えられない空隙が生じたあとで、刑事としての本能が頭を擡げていた。

「谷川さん、谷川刑事！」

貴里子は夢中で呼びかけた。

敵を撃退するのだ。

――体が特捜部にいた間の実戦で叩き込まれた動きをした。谷川が落とした銃を目指したのだ。逃げ道はない。銃と銃でやり合う以外、生き残れる可能性はない。

だが、地面を蹴って移動しようとした瞬間、頬を強かに殴りつけられた。グリップを頬骨にもろに喰らい、無数の青白い星が目蓋の裏に飛んだ。

倒れた貴里子は、すぐに両腕を突っ張ったが、体を起こす前に猛烈な蹴りが脇腹を襲った。激痛が走り、四肢の力が抜け、顔から地面に頽れた。

痛みに呼吸ができず、喉を鳴らしながら辛うじて息を吸い込んだ貴里子は、頭髪を鷲摑みにされて引きずられた。頭頂が、火傷をしたように熱くなり、さらにはそこに塩を塗り込まれたようにじんじんと疼く。

首を捻られ、凄い顔で睨みつける男の顔に出くわした。憤怒と憎悪が混じり合い、顔中を暴れ回っている。

「この売女(バイタ)め。よくも弟を殺したな」

中国語で罵(ののし)り、顔をまたグリップで殴られた。今度は下顎にぶつかり、唇が切れ、口の中に錆臭い味が広がった。

貴里子は男を睨み返した。怒りのすぐ向こうに恐怖があった。かつて味わったことがないような恐怖だ。それを直視したくなくて怒りを煽(あお)ろうとするが、加速度をつけて恐怖の比重が大きくなってくる。

「殺してやる」

冷たい銃口を顳顬(こめかみ)に押しつけられ、反射的に目を閉じた。何も考えられなかった。こんなことがあるわけがない……。私がこんなふうに死ぬなんて……。

銃口が離れ、もうひとりの男の声がした。

「なあ、いい女じゃねえか。ここで殺すのはもったいないぜ。もうひとりと一緒に連れて行こう。おまえだって、いたぶってやったほうがきっと胸がすくぜ」

目を開けると、薄笑いを浮かべた別の男が、貴里子の顔を覗き込んでいた。銃を持つ男の二の腕を摑んでいる。

冷たい恐怖の底へと、自分が転げ落ちていくのを感じた。顳顬に銃口を押し当てられた瞬間よりも、冷たく深い恐怖だった。

貴里子は男たちに気づかれないように注意しつつ、暗い地面に目を走らせた。銃はどこだ……。谷川が落とした銃は……。

今もまだ死体のすぐ脇に落ちていた。谷川の右手のちょっと先だ。どうやってあれを手にしたらいい。体を投げ出せば飛びつけるか。だが、それには男の腕をはね除けねばならない。それができたとしても、飛びつこうとした瞬間、確実に背中から撃たれるにちがいない。

だが、他にどんな選択肢があるのか。

いたぶられて殺されるよりはマシではないか。

「駄目だ。やっぱりここでやる。今すぐやらなきゃ、気が治まらねえ」

最初の男が、再び銃を向けてきた。髪を鷲摑みにした左手に力を込め直す。声にならない声が貴里子の喉を衝いた。嫌だ。殺さないで……。

銃声が響き、貴里子は背後に倒れた。

目の前で男が、胸を押さえて仰け反った。顔を歪ませ、声もなく頽れる。

「警察だ。手を上げろ!」

男の声が中庭に響いた。

サディストの男が体を転じる。手を上げる素振りはなく、声がしたほうに銃口を向けて発砲した。

向こうからも撃ってきたが、男は体を丸めて猿のように身軽に飛び跳ね、プランターの陰へと身を隠した。

貴里子は谷川の銃に飛びついた。

拾い上げ、男に向けた。

男は体を翻し、銃をこっちに向けてきた。足のバネを利かせて横へと跳ね、狙いを逸らそうとしていた。

貴里子は男の胴体を狙って撃った。狙いを外しはしなかった。

助かったとわかるとともに、なぜか一層の恐怖が押し寄せた。胸の底に落ちた恐怖の塊が溶け出し、あっという間に貴里子を支配しようとしていた。

貴里子は全身に鳥肌が立っているのを感じた。

目頭に涙が滲んでくる。握っていた銃に安全装置をかけてポケットに入れ、そっと手の甲で目頭を拭った。

私はK・S・Pを預かる責任者なのだ。――自分にそう言い聞かせる。

「大丈夫ですか、村井さん？」

問いかけられ、貴里子は男の声に聞き覚えがあることに初めて気がついた。伸び放題にほったらかされたように見える庭木が邪魔をして、庭園灯の明かりが届かず、男の姿はまだ影になっていた。

ゆっくりと貴里子のほうへと近づいてくる。まだ周囲に誰か敵が残っていないか、注意を怠るまいとする慎重な動きに見えた。

光が当たり、男の顔が現れた。

「マルさん……」

貴里子は呟いた。

円谷太一は再度周囲に視線を巡らせたあと、やっと警戒を解いた様子で、手の拳銃をホルスターに納めた。

「残念ながら、駐車場の車は走り去りました。女は連れ去られてしまった」

「――あなたが、どうしてここにいるの？」

貴里子が問うと、円谷はきまり悪そうに鼻の頭を人差し指で掻いた。

いつものどこか人を食ったようにも見える微笑みが浮かび、貴里子はそれを堪らなく懐かしく感じた。

「――なあに、ちょっと気になることがあったもんですからね。だけど、勝手な単独行動が、たまには役に立ちましたな」

8

駐車場に駐めた車から飛び出した沖は、一目散に病院の通用口を目指した。

警察手帳を呈示し、通用口を駆け抜けた。

　昼間一度来た場所なので、勝手はわかっている。廊下を折れ、救急治療室にたどり着いた。

「おおっ、マルさん。村井さんはどこなんだ？」

　その入り口付近に立つ円谷を見つけ、沖は声をかけながら走り寄った。

「治療が終わり、今はそこで休んでますよ」円谷は、下顎で救急治療室内の病室のほうを指し示した。「右から二番目です。あんたが来たら、話したいことがあるそうだ」

「わかった」沖はずかずかとそのほうを目指しかけ、途中ではっとして思い直した。自分の狼狽えぶりが円谷の目にどう映るかと思い、急にきまり悪くなったのだ。「様子はどうなんだ？」

「顔を手酷く殴られた。だが、幸い骨は折れてない。腫れを取るために冷やしてる。脇腹も蹴られたが、そっちも骨には異常がないそうです。内臓もレントゲン所見では正常だが、医者はまだしばらく様子を見る必要があると言ってる。僅かな出血を見逃さないよう、気をつける必要があるそうだ」

　円谷はすらすらと説明したのち、ちょっと考えてつけ足した。「タフな人さ」

　沖は黙って頷いた。この孤高の刑事の落ち着きぶりが、今はなぜだか少し疎ましく思われた。

一刻も早く貴里子の顔を見たい。行こうとすると、今度は円谷が呼びとめた。

「幹さん、谷川の両親には、署から舟木さんが話しに行った。やつの遺体も、じきにここに搬送されてくる」

沖は爪先(つまさき)を円谷のほうに向けて完全に向き直った。

「——そうか」

低い声で言った。

「新田は?」

「逃げた男を追ってる」

無言で円谷を見つめ返した。現在、二課は新田義男が仕切っており、谷川の直属の上司だ。遺族との対応を舟木に任せ、自らはこの管轄外の横浜でホシの探索に邁進(まいしん)しているあの男の気持ちが、痛いほどに強く感じられた。

「谷川のやつは、いくつだったんだ……?」

「さあ、二十七か、八か……。あるいはまだ五、六だったのかな……」

円谷は目を逸らし、何の興味もなさそうな口調で応じた。元々感情を表に出したがらないタイプだったたが、朱栄志(チュー・ロンジー)たちによって妻と長女を爆殺されて以降は、その傾向が強まった気がする。

沖は言葉を探したが、それ以上言うことを思いつけなかった。谷川は死んだのだ。二十五だろうと二十八だろうと、何の違いがあるだろう……。

「あとで、あんたがハマにいる理由を聞かせてくれ」

そうとだけ言い置き、円谷に背中を向けた。

眠っているように見えた。

それを願ってもいたのかもしれない。

この人に必要なのは、休息なのだという気がした。

沖は入り口の蛇腹を後ろ手に閉めた。ベッドに横たわる貴里子の顔から、視線を逸らすことができなかった。

貴里子の頭部には包帯が巻かれ、顔には絆創膏（ばんそうこう）が貼られていた。病衣に着替えさせられているのは、脇腹も手当てを必要としたためだろう。

貴里子が目を開けた。

「幹さん……」

そして、静かに呼びかけてきた。

微かに首と目を動かすことで、真っ直ぐに沖の顔を見つめてきた。沖の顔がある正確な位置を、目を瞑（つむ）っていた間からわかっていたかのような動きであり、視線を彷徨（さまよ）わせて探すようなことはなかった。

薬のせいだろう、どこか夢見心地な顔をしていた。

「大変だったそうですね。驚きました……」

沖はそれだけ言い、あとは言葉が出てこなくなった。彼女も谷川と一緒に死んでいたかもしれないのだ。

――この女が、死んでいたかもしれないだって……。

急にそのことが現実味を帯び、誰にぶつければいいかわからない怒りに包まれた。貴里子が死ぬなど、絶対に認められない。そんなことは、絶対にあってはならないのだ。

沖は思った。あとは全部この俺に任せればいい。そして、この人はじっと大人しく事の成り行きを見守りつつ、体を治すことに専念すればいい。

今だけじゃない。二度と命の危険に晒されるような真似をして欲しくなかった。目の前の彼女を、二度と命のやりとりをする現場に戻したくない。

だが、彼女は間違いなく戻っていく。

それがこの女の仕事なのだ。

「なぜそんな怖い顔をしてるの……?」

貴里子に訊かれて、はっとした。

いつもの彼女の喋り方ではなかった。

特捜部の部長だった時も、署長になってからも、こんな顔つきでこんな口調で、こんなことを訊いてきたことなど一度もない。

「よかったとほっとしてるだけです。あなたが無事で――」

「あまり無事じゃないけれど……」

「こうして生きてる」

貴里子の顔が包帯の中で僅かに歪んだ。たぶん、微笑もうとしたのだろう。

「――何があったか、マルさんから聞いたのね」

「ええ、電話で連絡を受けた時に」

「谷川刑事が、命を落としたわ……」

「それも聞きました」

「私の責任よ……」

貴里子の顔が再び包帯の中で歪む。同じように僅かな動きだったが、今度はまったく違う表情が生まれた。

「違う。あなたの責任なんかじゃない」

沖は語調を強めた。

「部下を死なせてしまった……」

「だが、それはあなたの責任じゃない。村井さん、背負えないような重荷は、背負っちゃいけない。どうか、そんなふうに考えないでくれ」

かった。

「私、あなたに言われたのと同じことを言ってたの」

貴里子は何かに取り憑かれたように喋り続けた。沖の言葉が耳に入っているとは思えなかった。

「――？」

「覚えてる？　小華が朱徐季を狙撃した英語学校のビルに、チャイニーズマフィアの連中が押しかけた時、あなたとふたりで突入したでしょ。あの時、あなたはエレヴェーターの中で、私に訊いたのよ。人を撃った経験があるかと。私がないと答えると、こう言った。実習で習った通りに動くことを心がけろ。そして、躊躇わずに引き金を引け、と」

――そうだった。

――そして俺はこの女の顔を見つめ、きちんと腹が据わっているかどうかを確かめたのだ。

今でもあの時の顔をはっきりと覚えていた。銃を持った男たちがいったい何人いるのかわからないビルへと突入したのだ。貴里子は緊張と不安にいくらか血の気の失せた顔色をしていたが、それでも両目には強い光があり、唇を硬く引き結んでいた。恐れを振り切り、危険に立ち向かおうとしている人間の顔だった。

「私、今日、同じことを彼に言っていた……。そうすれば大丈夫だと思いたかった」

貴里子は一旦言葉を切った。何かが込み上げるのを堪えている。いや、そうじゃなく、吐き出そうとしているのか。

「あなたから言われたのと同じにすれば、大丈夫だと思いたかったの」

「――――」

「私は判断ミスをした。銃は谷川刑事の一丁しかなかった。しかも、彼は駆け出しで、現場経験に乏しかった。相手が銃を持っているのが見えたわ。それに、充分に相手の人数を把握できなかった。自分たちふたりでは力不足なのに、銃を持った人間たちを制止しようとした。予想外の人間がもうひとり出てきて、先に発砲されてしまった。指揮官である私のミスよ」

「そんなふうに自分を責めるのはやめろ」

「でも……」

「男たちは女を連れ去ろうとしてたんだ。そうだろ」

「――――」

「それなら、デカならば必ず阻止しなければならない。阻止しようとしなければならないんだ。それがデカだ。違うか。あんたは間違ったことをしたわけじゃない」

そう吐きつけた瞬間、沖の胸に苦いものが広がった。こんなことを力説してどうなる……。己の無骨さが腹立たしい……。

「――とにかく、今は休むことですよ」

精一杯穏やかな口調を心がけて言った。

「待って、幹さん。聞いて欲しいの。私、井関美鈴さんを連れ去った男の顔に見覚えがあったわ。あれは三年前の爆弾事件の時、朱栄志についてた男のひとりよ。ベイエリアのゴルフ練習場に踏み込んだことがあったでしょ。あそこで顔を見てる」

「わかった。特徴を聞かせてくれ」

「痩せ形で、かなりの長身。一八〇センチ以上よ。年齢は三十歳前後。目が細く、鼻筋が通っていて、キツネ顔タイプ、眼鏡はしていないわ。髭もない」

「それじゃあ捜査は任せてくれ。とにかく、あなたは今は休むことです。医者だってそうすべきだと言ってる」

貴里子は視線を沖の胸の辺りに下ろし、黙り込んだ。

「幹さん……、私、ひどい顔でしょ……？」

やがて小声で問いかけ、恥ずかしそうに目を逸らした。こんな顔をする彼女を見るのは初めてだった。

「――腫れなどすぐに治まります」

「そうね……」

沖は急に落ち着かなくなって、話を切り上げることにした。

「ええと、俺に話があったというのは、女を連れ去った男の顔に見覚えがあると知らせたかったんですね。判明してる朱栄志の部下の顔写真を手配します。明日、それで確認してくれ」

言い置き、これで話が終わりであることを示すためにいくらか体の向きを変えた。

壁を隔てたすぐ先には円谷がいるし、看護師たちだって忙しく立ち働いている。ここは緊急の処置を施した患者を寝かせておくための部屋で、廊下との間は蛇腹によって仕切られているだけだ。

それなのに、この世界には自分と貴里子以外にはいないような気持ちになりそうだった。

「ねえ、さっき、なぜあんな怖い顔をしてたの？」

貴里子に訊かれ、沖は動きをとめた。貴里子は真剣な目で沖を見ていた。

「怖い顔は生まれつきです」と、いつもの軽口を叩くつもりだった。それなのに、口が沖の何かを裏切った。

「あなたを二度と危険な目に遭わせたくないと思ったからだ」

沖は体の向きを戻し、貴里子をじっと見つめた。

これ以上、気持ちを閉じ込めておくことはできなかった。

貴里子は目を閉じることが怖かった。

それはついさっきまでは目蓋の裏に、殉職した谷川の姿が浮かんでならないからだった。

死ぬ直前のあの若い刑事に、縋るような目で見つめられた気がしてならなかった。

あの男は、自分を信頼してあの現場に出向いた。署長であるこの私につき従い、あんな危険に身を曝した。

――そして、命を落としてしまったのだ。

貴里子にはわかった。自分には、あの時の目を決して拭い去ることはできない。これから先、何かにつけてあの目が蘇るにちがいない。

だが、今は目を閉じるのが恐ろしい理由が別にあった。ついちょっと前に沖幹次郎から注がれた視線が、目蓋に焼きついてしまっている。

あの瞬間、貴里子は沖の体が間近に迫るのを見たのだ。自分の体が、その太い腕に抱かれるのを感じた。

温かくて、優しくて、哀しげな目……。あの人が、あんな目で人を見ることがあるなんて。それはこの広い世界の中で、たったひとりこの自分だけが知る秘密に思えた。

「あなたを二度と危険な目に遭わせたくないと思ったからだ」

彼の発した言葉が、刻まれたみたいにはっきりと蘇る。その度に、胸の底に熱いものが広がる。死に直面した恐怖が薄れていく。

しかし、だからこそ今は、目を閉じるのが怖かった。

貴里子は自分に言い聞かせた。沖のことを考えてはいけない。谷川は死んでしまったのだ。こんな時に、こんな気持ちを抱えているのは、疚しいことだ。

　ぼんやりと天井を見ていた貴里子は、壁の向こうから聞こえてくる女の声にはっとし、我に返った。誰かを呼んでいる。

　呼ばれているのが自分だとわかるまで、しばらく時間が必要だった。

三章　交錯

1

病院の前に集まったマスコミの人間たちに驚き、沖は舌打ちを響かせた。マスコミに対して、久しぶりに大きな憤りが押し寄せた。血の匂いに群がるハイエナどもめ。

さっき沖が病院の通用口から駆け込んだ時には姿がなかったのは、その時にはまだ神奈川県警本部のほうに群がっていたためかもしれない。だが、射殺された谷川と一緒にいて負傷した貴里子が、ここで治療を受けたことを嗅ぎつけたのだ。どこか一社が嗅ぎつければ、瞬く間に我も我もと群がってくる。それがあの連中の特徴だった。

病院に尻を向けて立った女のアナウンサーが、マイクを胸の前に立ててカメラに向かい、深刻ぶった顔つきで何かを話し続けている。それを苦々しい思いで横目にしながら、沖は円谷と連れ立って表の通りを歩き出した。

なんとなく見当をつけ、クイーンズスクエアのほうへと曲がった。

既に九時を回っていた。空腹感が、腹の底に綿を詰め込んだような感覚となって広がっていた。どこかで手早く腹ごしらえをしながら情報交換を行い、すぐに次の行動に移るつもりだった。

時間が惜しい。沖は円谷に断り、携帯を抜き出して柴原にかけた。ついちょっと前に思いついたことがあった。

柴原はすぐに電話に出た。「あ、チーフ。署長の具合はどうです？」と、沖が何か言う前に訊いてきた。

「大丈夫だ。むしろ、気持ちのほうが参ってるのかもしれない」沖は貴里子のことを話す時の心の乱れが嫌で、すぐに用件を切り出した。「実はな、ヒロ。折り入っておまえにやって貰いたいことがあるんだ」

「それが、実はマルさんが――」

そう言いかけるのを軽く遮った。

「ああ、わかってる。マルさんは、今、俺といるよ」

話しながらちらっと横に目をやると、円谷はいくらかきまり悪そうな顔を前方に向けて歩いていた。

「マルさんには横浜で捜査に当たって貰うことになりそうだ。ヴァイオリンの線は、引き続き他の連中が追ってくれる。ヒロ、これはおまえへの頼みなんだ」

「――何ですか？　気持ち悪いな、チーフにそんな言い方をされると」

「親父が、朱栄志の所から、今度は別の連中に連れ去られた。たぶん、やったのは文建明か、文の背後にいる組織の連中だ」

「はい、それは俺も聞きました。それで、俺は何を？」

「襲撃があったのならば、周囲の誰かに通報された可能性がある。この十二時間のうちに、それらしい通報がなかったか、各府県の警察に問い合わせてくれ。親父を拉致したという電話があったのは、夕方の五時前だった。まだ充分に明るい時間帯だ。だが、もしも前夜の暗いうちに拉致したのならば、もっと早く電話をしてきたはずで、わざわざ時間を置く理由がない」

「つまり、今日のまだ明るいうちに拉致されたと？」

「ああ、俺はそう踏んでる」

「なるほど、それならば周囲の誰かが何か見て、通報してるかもしれませんね。わかりました。早速問い合わせてみます」

「それから、もうひとつある。署長が井関美鈴を連れ去った男の顔を覚えていた。三年前、ベイエリアのゴルフ練習場で、五虎界が新宿に縄張りを持つ暴力団や共和会と会合を持ち、流血騒ぎになったことがあったろ。あの時、あの現場にいた朱栄志の手下だそうだ」

沖はそう告げ、貴里子から聞いた男の特徴を教えた。

「五虎界のリストを当たり、該当しそうな人間を割り出してくれ」

「わかりました」

「宜しく頼む」

沖は一旦ポケットに仕舞いかけた電話を出し、バッテリーが充分残っていることと、呼び出しが通常モードになっていることを確かめた。必ず朱栄志も、白嶋徹らしき男も、改めて連絡をしてくるはずだ。

「そこでどうです？」

隣を歩く円谷が指差した。

ビルの三階部分に、広い屋外テラスがあった。一階と二階が道のほうへと迫り出した作りで、その上がそっくりテラスになっている。

刑事が仕事の話をできる店は限られていた。周囲に聞き耳を立てられてはならないのだ。地元の新宿ならば、そういった店をいくつか知っているが、横浜ではそうもいかない。

沖は円谷と連れ立って階段を上った。

ファミレスに毛が生えた程度の店だった。

蒸し暑いため、屋外の席は空いていた。

周囲に客がいないテーブルを選んで坐り、沖はピラフを注文した。夏が近づきつつある今、食事は飯ものでなくては体が保たないことを知っていた。

円谷は野菜サンドだった。この小柄な刑事は、周囲が不思議に思うほどに食が細い。署で出前を取る時にも、日本蕎麦の類しか頼まず、それも半分ぐらい残すことが多かった。

「さて、じゃあ早速聞かせてくれよ。マルさんは、なんで井関美鈴が暮らすアパートにいたんだ？」

沖はウエイトレスが去るとすぐ、切り出した。テーブルに灰皿があることを確かめ、たばこに火をつけた。最近、喫える場所が少ないので、自然に喫う量が減り、持ち歩くうちにたばこがよれるようになっていた。

渇いていた喉に、煙が沁み込んで美味かった。

「その前に、先に謝っておきますよ。幹さんから指示されたヴァイオリンの在処を追うほうは、しばらくヒロに押しつけちまってました。さっき、何か言ってませんでしたか？」

沖はスキンヘッドを平手で擦った。

「その件は、改めて話そうぜ。野郎も段々とデカらしい面構えになってきた。ある程度のことはひとりでこなせるだろうさ。だが、捜査方針を守らねえのは、俺としては面白くないぜ」

「今後気をつけます」

沖は円谷を黙って見据えた。気をつけたところで、自分のやり方を変えるつもりはない男だ。

「で、種明かしを聞かせてくれ。どうやってあのアパートにたどり着いたんだ？」

「つきあいのある情報屋が、井関美鈴の名前を口にしたんですよ。この女に聞けば、白嶋徹の居所がわかるとね」

「白嶋？　文建明の間違いだろ」

沖が訊き返すと、円谷はにやっとした。どうやらこの質問を予期していたらしい。

「いいえ、白嶋です。井関美鈴は、白嶋徹とつきあってるんですよ」

「確かか？」

「ええ、確かな筋の情報です」

円谷は自信ありげに頷いた。

「そうすると、翠緑という女がこの美鈴の家に電話したのは、白嶋に繋ぎを取るためだったってことか……」

「それもあるかもしれないが、文に急を知らせるためだったかもしれないし、井関美鈴本人を逃がすことが目的だったかもしれない。理由は色々考えられるでしょ。この井関美鈴というのは、文建明の姉なんです。苗字が違うのは、両親が離婚したからでして、井関は母親で、文は父親の苗字です」

「母親は日本人ってわけか？」

「ただ、それは戸籍上の話ですがね。帰化したそうです。両親とも、中国人ですよ」

円谷は人差し指と中指で左右からつまむようにして上唇を撫でた。

自分の摑んだ情報を得意がって見せるような真似などしない男だが、最近、沖は気がついた。内心で得意がっている時、ふっとこういう仕草が覗くことがある。

「それにしても、白嶋が文の姉とできてたとはな」

「つまり、文と白嶋は、ただの仕事上のパートナーってだけじゃないですよ。血族を大事にするチャイニーズマフィア的な結束の中に、白嶋徹も組み込まれている可能性が高い」

円谷が何を言いたいのか、すぐにわかった。重機を盗み、解体しては海外に売り払うビジネスは、神竜会を破門された腐れヤクザが、たまたま思いつきで始めたわけじゃないのだ。

むしろ、文たちチャイニーズマフィアのビジネスに、白嶋という日本人が加わることで、さらに大きく本格的なものになったと見るべきかもしれない。チャイニーズマフィアは中国人以外の人間を組織に取り込むことを嫌うが、この窃盗団には日本人はもちろん、中南米等の他の国からの不法滞在者も関わっている。

朱の一族が率いる五虎界のような組織は幇と呼ばれ、中国本土にルーツを持ち、元は同族による秘密結社的な色合いが強かった。だが、どうもこの窃盗団には異質な匂いがする。

それは白嶋という日本人が、文たちの組織に溶け込むことでもたらされた影響なのかもしれない。

「文や白嶋には、バックがいる。そうでなけりゃ、こんなに大々的に密輸が行えるはずがない」

沖は円谷を見据えて言った。

円谷はその目を捉(とら)えて見つめ返し、ひとつ呼吸をするぐらいの間を置いてから頷いた。

「やはりそこに興味が行きましたな。私もそうだった。だが、残念ながら、それがどこのどんな組織かについちゃ、こっちでもまだ何もわかっていません。文建明は中華街の人間です。あそこには、新宿のチャイニーズたちとは別の勢力図がある。もうしばらく調べてみないことには」

ウエイトレスがピラフと野菜サンドを一緒に運んできて、会話が一時中断した。手際よくテーブルに置かれる料理を眺めつつ、沖は頭の中を復習(さら)い直した。

ウエイトレスが離れるのを待ち、ピラフを頬張りながら話を再開した。

「俺はなんとか楊武(ヤン・ウー)をK・S・Pに移送できないかと思ってるんだ」

「――つまり、白嶋らしき男からの電話の脅しに屈するわけですか？」

「馬鹿言え。そうじゃない。埼玉県警に置いておいたのでは、思うような取調べができないだろ。マルさん、あんたはどう思う。文たちが楊を取り戻そうとしてるのは、ただ仲間だからってことだけじゃなく、何か特別な理由があると思わないか？」

「特別な理由――？」

「ああ、そうだ。どうも俺には気になるのさ。楊武って男は、何か大事な秘密を握ってるんじゃないだろうか。文や白嶋は、それを警察に喋られたくない」

「なるほど、そうですな。文と楊とは幼友達で、文は楊のことを弟のように思ってるといった話を、中華街で聞き込みましたよ。楊武なら、文のバックグラウンドも、どんな組織が背後についているのかも知っている可能性が高い。それに、もしかしたらそれ以上の秘密も。連中がそれを隠したいのは、警察に対してだけじゃないでしょう。たとえ取調べで口を噤み続けても、ムショでは日本のヤクザやチャイニーズマフィアの他の連中と鉢合わせしなけりゃならない」

円谷はそう言い、しばらく考え込むような顔を続けてから、ほとんど気のない素振りでサンドイッチを口に入れた。まるで歯のない歯茎で紙でも噛んでいるかのように、不味そうに食べる。

沖はひっきりなしにスプーンを口に運び続けながら、考えた。楊を移送して取調べるためには、どうしても署長の貴里子にかけ合って貰う必要がある。せめて今夜ぐらいはそっと休ませてやりたいが、やはり早いうちに相談したほうがいいだろう。

「腹ごしらえが済んだら、署長に話そう」

「幹さん、それと、お願いがあるんですが、私はこのまま横浜に残らせてください。文の足取りを、なんとしても追いますよ。あなたのお父さんを救い出すにも、それが一番の近道のはずだ」

「何か当てはあるのか？」

「ええ、まあ、それは――」と、円谷はいつものように口を濁した。ネタを他人に喋りたがらない、旧来のデカだ。

沖はずっとこの男のそんなやり方をどこかで認め、最終的には黙認するような形でつきあってきた。だが、今は不安を拭いきれなかった。この事件には朱栄志が絡んでおり、朱栄志は今、この国のどこかにいる。

「マルさん、ひとつだけ約束してくれ」

円谷は手に持ったまま弄んで食べずにいたサンドイッチを皿へと戻し、沖の顔を見つめた。

「朱栄志のことならば、わかってますよ。勝手なことなどしない」

「信じていいんだな？」

「もちろんだ。あんたにも署長にも、迷惑はかけられませんからね」

沖はその顔を見つめ返して、思った。

――同僚を信じられなくなったら、終いだ。

いや、そんな一般論ではないのだろう。長い刑事生活の中で、信じられない同僚などいくらでもいた。足を引っ張られたことも、裏切られたことも、数え上げたら切りがない。

——だが、この男には裏切られたくない。

自分にとって、円谷とはそういう男なのだ。

電話が鳴り、沖は素早く抜き出した。

一瞬にして緊張が走る。

だが、それは待ち受けていた電話ではなく、ディスプレイには柏木の名前が表示されていた。

「カシワだ」と円谷に告げて、通話ボタンを押した。

「署長の具合はどうだ？」

柏木もさっきの柴原と同様に、すぐに貴里子の様子を訊いてきた。

「骨は折れてない。内臓も今のところ大丈夫だが、医者はもうしばらく様子を見たほうがいいと言ってる。いずれにしろ、今夜は病院だ」

「目の前で部下がやられたんだ。神経も参ってるだろ」

「タフな女性だ。大丈夫だろうさ」

「谷川は、俺と入れ違いに二課に入ったんだ。新田がちゃんと教育しねえから、こんなことになっちまったんだ」

柏木がそう言い出すに及び、沖は苦々しい気分で唇を引き結んだ。この男には、どうしても一言多いところがある。この男の性格からして、自分のあとで二課長の席に坐った新田のことを面白く思うわけがないのは明らかだった。

K・S・Pの二課は、大箱の所轄や警視庁、県警本部などとは違い、暴力団の検挙も担当し、四課や組織犯罪対策課の役割を果たしている。特捜部の仕事とかち合う部分も多く、柏木からすれば、今はかつての部下たちと同じ立場で張り合わねばならないのだ。

知ったことか。

「で、用件は何だ？」

邪険に訊いてしまいそうになるのを押し止め、できるだけ普通の口調を心がけた。

「陳弦悠だがな、一時期、静岡の楽器メーカーで働いてるのがわかったんだが、問い合わせてみたら、とっくの昔に辞めてた」

「いつのことだ？」

「一年ちょっと前だ。運良くまだ残ってる総務の人間を捕まえられたんだが、辞めた理由を尋ねても、ある日ぱたっと来なくなったとしか言わないのさ」

「じゃあ、その先の足取りはわからねえのか？」

ここで邪険な訊き方になってしまった。

「まあ、聞けって。ヴァイオリンのメンテを行ってる楽器店もそうだし、この楽器メーカーもだが、陳(チェン)の息子についちゃ、関係者の誰もが口が重たくなってる。おまえもそう感じただろ。そんな時、理由はひとつさ。陳莫山(チェン・モーシャン)っていう偉大な父親のほうに気兼ねして、誰もが息子の悪口になるような話を言いたくねえんだ。で、前科リストを当たってみたら、すぐに出てきたぜ。陳弦悠は、暴力事件を起こし、一年前に逮捕されてる。楽器メーカーを辞めたのはその直後だから、いきなり来なくなったっていうのは、嘘(うそ)だな。馘(くび)になったのさ」

「お勤めに行ったのか？」

「いや、執行猶予つきだ。今から、当時の住所に向かう」

「宜しく頼む」と、沖は応じた。

「――おい、それで、新田の野郎はどうしてるんだ？」

電話を切ろうとすると、柏木が訊いた。

おやっと思った。どこか訊きにくそうな口調だった。

「ひとりで横浜の街を飛び回ってる」

「頭に血が上ったか」

何かまだ言いそうな雰囲気だったが、結局、言わなかった。

「じゃあ、何かわかったらまた連絡する」

事務的にただ告げ、電話を切った。

沖は携帯をポケットに戻す途中で、ふと思った。柏木のやつは、新田のことを心配していたのだろうか。

「カシワの旦那、陳の息子の居所を見つけられそうですか？」

半分以上残ったサンドイッチの皿を前に、もうそれ以上食べそうな気配もなく坐っていた円谷が、沖が電話を畳むと訊いてきた。

「とりあえずひとつ住所が割れた」

答えた時、電話が鳴った。

携帯を開き、沖は表情を硬くした。昼間、朱栄志に連絡を取るために使った番号が表示されていた。

沖の変化を見て、円谷も敏感に察したらしい。唇を真一文字に引き結び、じっと沖の携帯に目を落とす。

通話ボタンを押した。

「やあ、こんばんは。状況が変わりましたね、幹さん。我々も一枚カードを得ましたよ。これでもう、あなたも僕を邪険にはできなくなった」

朱栄志は得意気な雰囲気をわざと際立たせていた。

「デカをひとり殺りやがって、ただで済むと思うなよ」

沖は低く押し殺した声で告げた。

視界の端で、円谷を見ていた。

「あれは申し訳ないことをしました。下品な男が混じっていたようだ。僕の組織では、そういった人間は使わないように心がけているんですけれどね。目が行き届かなくて、お恥ずかしい限りです」

「井関美鈴を攫って、どうするつもりなんだ？」

「嫌だな、そんなに先を急かさないでくださいよ。それを話すために電話したんだ。僕は出し抜かれるのが嫌いなんです。文たちは、生意気にもそうしようとした。だから、この手で徹底的に葬り去ります。女は、そのための餌ですよ。さて、そういうわけですから、あなたはこれから僕が言う三点に留意しなさい。これは変わりません。その一、ヴァイオリンが見つかったら、やっぱりすぐに連絡を寄越すこと。その二、文は僕が始末します。あなたたち警察の手出しは無用ですよ。言う通りにしていたら、あなたのお父さんを僕が取り返してやってもいい。だが、しなかった場合には、やつらと一緒に殺します。そして、その三、井関美鈴の居場所を捜そうなどとはしないことです。わかりましたね」

沖は怒りで顳顬がひくつくのを感じた。

「勝手なことをほざいてるんじゃねえぞ」

携帯電話に向かって喚き立てる沖に、遠くのテーブルに陣取った客たちがぎょっとした顔を向けてきた。

「まあまあ、そういきり立たないでください。僕だって、あなたのお父さんを手にしていた時とは状況が違うのはわかってますよ。だから、お土産を用意しました。大久保通りのコンビニのゴミ箱を見てください。そちらの分署から新大久保駅に向かって最初のコンビニです。ゴミ箱の裏側に、封筒が貼ってある。僕からのプレゼントですよ。いいパートナーシップを築くためのね」

「チャイニーズマフィアと手を組むつもりなんかねえよ」

「いいえ、あなたは手を組みますよ。そうしなけりゃ、親父さんが死ぬことになる」

「――――」

「ほら、前にも言ったでしょ」

「――何だ？」

「僕ならば、警察にはできないやり方で解決できるんですよ。それは、この先も変わらない」

今度は怒鳴りつけて周囲の注意を引かずに済んだ。

既に電話は切れていた。

「くそ、ふざけたことをぬかしやがって」

沖は煮えたぎった怒りを抑えつけて吐き捨てた。

円谷とかち合った視線を伏せ、電話の内容を手早く話して聞かせてから、テーブルのサンドイッチを目で指した。

「そっちももう終わりだろ。出ようぜ」

レシートをつまみ、席を立つ。

「コンビニのゴミ箱の裏、ですか」

「ああ。そこに俺たちへのプレゼントがあるそうだ。すぐに平松に行って貰う。場合によっちゃ、俺も合流する。そっちも何かわかったらすぐに連絡をくれ」

「わかりました」

店の中を突っ切り、レジへと向かう。

だが、その途中でふたり揃(そろ)って足をとめた。

スポーツ中継やBGMに添える映像でも流すためだろう、店のあちこちにテレビモニターが据えつけられていた。そこには今、夜のニュースが流れていて、モニターの中では女のアナウンサーが病院を背に立ち、早口で何か喋っていた。

——横浜の本牧で銃撃戦。

——警官ひとりが殉職し、女性署長が重傷。

そんなテロップが出、沖と円谷は顔を見合わせた。

「なんで署長にわざわざ『女性』をつける必要があるんでしょうね」

円谷が言い、ひんやりと笑った。

2

「いなくなった――？　それは、いったい、どういうことなんです……？」

円谷と別れて病院に戻った沖は、看護師が言うのを聞いて思わず声を上げた。

さっきまで貴里子が横たわっていたベッドはもぬけの殻になっており、驚いてナースステーションへ駆けつけたところ、そう聞かされたのだった。

「それは我々が伺いたいぐらいです。私たちも驚いているんです。ちょっと前に病室を覗いたら、患者さんがいなくなっていて」

答える看護師の顔には、困惑と怒りとが入り交じっていた。小柄だが威厳が伝わってくる雰囲気から、主任看護師らしい。

「その後、医師の診察はあったんですか？」

答えを聞く前に、看護師の目が一層吊り上がったことでもうわかった。「安静にしているように言われていました」

「姿が見えなくなる前、何か変わったことは？」

「いえ、特には」と答えかけ、看護師はすぐに言い直した。「ただ、さっき、亡くなった刑事さんのお母さんが見えて、署長さんに挨拶がしたいと仰られたんです。ちょっと取り乱しているみたいに見えたんですけれど、署長さんのほうでも会いたいと仰るもので、病室でしばらく話してらしたんです。その方がお帰りになって、しばらくしてここを覗いたら、もう……」

「いなくなってたんですね」

看護師は黙って頷いた。

「御家族とのやりとりは、どんな？」

「――さあ、私たちは業務で手一杯でしたし」

「でも、この造りならば、各病室の音ややりとりはなんとなく聞こえますね。母親がここの患者に声を荒らげていたとか？」

救急治療室内の部屋は、天井に隙間が空いた簡易な壁で区切られただけで、出入り口もドアではなくて蛇腹だ。

「いえ、そんなことはありませんでした。啜り泣きと、それから、お世話になりましたとお礼を言っている声が時折、聞こえましたけれど……」

「なるほど、そうでしたか。話していただいてありがとうございます。ところで、患者の着替えは？」

「それは、その中に」

看護師がベッドのすぐ横に置かれたロッカーを指差した時には、沖はもうそこに歩いていた。

中は空だった。

間違いない。貴里子は殉職した谷川の家族と会い、責任を感じ、体があんな状態だというのにここを抜け出したのだ。

沖は看護師に改めて詫(わ)びと礼を述べ、床を蹴って走り出した。

――どこだ。

どこに行ったのだろう。

彼女は今、追いつめられている。少なくとも自分が出会ってからの中では、村井貴里子という女がこれほど追いつめられたことはなかったはずだ。

だが、たとえそんな状況の中でもベストの選択をし、事件解決に向けて最短距離を取ろうと試みるであろうことはわかっていた。猟犬が獲物を狙ってまっしぐらに突進するように、彼女は事件の本質へ本質へと迫ろうとするだろう。

――そうか。間違いない。

胸の中で声を上げた。

沖は病院の通用口から飛び出し、すぐ傍(そば)に停(と)めた車の運転席に転がり込んだ。

既に行き先はわかっていた。

埼玉県警だ。彼女は、埼玉県警で勾留(こうりゅう)中の楊武(ヤン・ウー)に会いに行ったにちがいない。貴里子ならば、自分と同じ判断をするはずだ。楊武の口を割らせられれば、捜査が大きく前進すると。

首都高速に入って間もなく電話が鳴った。

抜き出し、フロントガラスから目を離さないようにしつつディスプレイを確かめ、沖はゆっくりと息を吐いた。

くそ、ここでこの男から連絡が来るとは。自分の気持ちを手早く点検し、浮き足立っていないことを確かめてから、通話ボタンを押した。

「状況はどうだ。楊(ヤン)を新宿に移送する手続きは進んでるか？」

携帯を通して、夕方と同じ声が聞こえてきた。

「馬鹿言え。一介の警官が、そんなに早く、ふたつの署にまたがるような重大な事柄を進められると思ってるのか？」

「おい、忘れたのか。二十四時間と区切ったはずだぞ。沖刑事、どうやらあんたは、事情をわかってないようだな。はっきり言うぞ。あんたが楊を新宿に移送させ、そして、その途中で上手く逃がさなければ、あんたの父親の命はなくなるんだ。明日の正午にまた連絡を入れる。その時には、こっちが指示した通りに動けるように段取りを立てておけ」

「無理だと言ってるだろ」

「じゃ、親父の命はない。それだけだ」

「白嶋、おまえのほうでも、事情を理解してないんじゃないのか。井関美鈴が朱栄志に連れ去られた。そうだな。このままじゃ、女は生きては帰って来ないぞ」

「余計なことに口を出すんじゃない」

沖は手応えを得た。こいつは白嶋徹だ。間違いない。それに美鈴を連れ去られたことで、かなりダメージを受けている。

「美鈴はおまえの女らしいな。それに、文建明の姉でもある。見事におまえらのアキレス腱を朱栄志に押さえられたな」

「煩いと言ってるだろ」

一ツ橋の分岐で渋谷方面へ行きそうになり、沖は後続車のクラクションを浴びつつ慌てて車線変更した。五号線に入り、浦和方面を目指す。

「まあ、いいから聞け。俺と手を組むんだ。俺ならば、朱栄志から井関美鈴を取り返せる。女と親父を交換だ」

「煩いと言ってるのがわからねえのか。主導権を握ってるのは、こっちだぞ」

「だが、おまえらは焦ってる。白嶋、正直になれよ。おまえら、五虎界と正面からやり合うことになって、困ってるんだろ。それとも、てめえの彼女を見捨ててとっとと逃げるか」

「煩い！」白嶋はいよいよ声を荒らげた。「また電話をする。正午までにちゃんとしとけ」

電話が切れたのを確かめて、沖は携帯をセンターコンソールボックスに置き、目まぐるしく頭を回転させ始めた。白嶋たちがこの時間まで連絡を寄越さなかったことも、明日の正午には段取りを立てておけと無理難題をふっかけてきたことも、連中の焦燥と困惑の表れだと見ていいはずだ。

浮き足立っている人間は必ず隙を見せる。

そこにつけ込む術を見つけるのだ。

マジックミラーになった取調室の鏡にちらっと目をやり、貴里子は慌てて目を逸らした。鏡の向こうから、埼玉県警の刑事が確実に様子を窺っている。だが、目を逸らしたのはその連中の存在を意識したからではなく、そこに映る己のひどい有り様を目の当たりにしたためだった。

――なんてひどい顔だろう。

銃のグリップで殴りつけられた頬骨と顎骨の辺りに大きな青痣ができ、顔の形が変わるほどに腫れていた。殴られた時に裂傷も生じ、その中でも特に太い傷が三本、頬から額にかけて刻んだみたいに深く伸びている。

――大丈夫。この顔の傷が、ここの刑事たちを説得するのに役立ったと思えばいい。

深夜にひどい様子で現れた貴里子が警察手帳を呈示して身分を名乗ると、埼玉県警の刑事たちは驚き、はっとした様子で顔を見合わせたのだった。横浜の本牧で警官がひとり射殺され、女署長が重傷を負ったとのニュースは、それこそ千里を走るほどの勢いで全国の警察官に知れ渡ったにちがいない。

貴里子はノックの音を聞き、気持ちを引き締めた。勝負だ。楊武は口の堅い男で、何を訊かれても決して答えようとはしない。ヤードから見つかった竹尾一也の死体の件で責め立てても、不敵な薄笑いを浮かべているだけだとの話を、応対してくれた刑事から耳打ちされていた。

だが、取調室のドアを引き開けて現れた男を見て、貴里子は慌て、困惑した。沖だった。

反射的にひどい顔を隠したくなり、そんな自分に腹立ちを覚えた。何かに挑むようなつもりで背筋を伸ばし、真っ直ぐに沖の顔を睨(にら)みつける。そうしなければ、この男に頼ってしまいそうな気がした。

「俺は補佐だ。取調べは署長がお願いします」

だが、沖の口から飛び出した言葉は、貴里子が覚悟したものとは違っていた。

沖はつかつかと貴里子に近づいてくると、壁際に置かれた小机から椅子を引き抜いた。体を屈(かが)め、貴里子の耳元に唇を寄せた。

「わかってるでしょうが、こっちの連中が隣から見てる。俺らの底力を見せてやりましょう」

貴里子は沖の目を見つめ返した。

「もちろんよ」

小さく、しかしはっきりと頷いた。

靴音が聞こえ、楊武（ヤン・ウー）を連れた捜査官が現れた。

楊武は小柄な男で、捜査員の肩ぐらいの背丈しかなかった。だが、厚い胸板が服を内側から押し上げ、二の腕にも太い筋肉がついている。

「坐れ」

捜査員は楊武の手錠を外して命じた。楊武を向かいに坐らせると、貴里子のほうに顔を近づけてきて囁（ささや）いた。

「ほんとに、十分だけですよ」

貴里子はその刑事を睨み返した。

囁き声でも、充分に楊に聞かれたはずだ。これで楊が余裕に思わないわけがない。それをわかっていて囁いたのだ。

捜査員が出て行くのを待ち、貴里子は気持ちを入れ替えるつもりで深く息をした。

「あなたは何を知ってるの？」

楊武は顔を背け、何も応えようとはしなかった。

「まったく口が利けないのかしら。じっと黙り込んでいるのも疲れるでしょ」

貴里子は中国語に切り替えた。普通話だ。ちらっと沖の目に視線を流し、そのまま進めろという合図を読み取った。やりとりの詳細が沖にはわからないが、任すという意味だ。

楊はふてくされた様子で顔の黒子を掻いた。

「あんた、中国語が上手いな。だが、何を訊いても無駄だぜ。ヤードにあった死体など、俺は何も知らねえ。それでも起訴したいって言うなら、すりゃあいいんだ。俺は何も怖くねえ」

甲高い声だった。たぶん、言葉の発声の違いだろう、中国人のほうが全般的に声が高い。だが、そんな声にありがちなひ弱で頼りなげな印象はなく、むしろじっと黙り込んでいた時よりも意志が強固で我慢強そうな感じが増した。同じ東洋系の顔だちをしていても、明らかに日本人にはいないタイプだ。

「褒めてくれてありがとう。だけど、私もヤードの死体のことなんか、どうでもいいの。なんで私がこんな顔をしてるか、気にならないの？」

黙って黒子を掻くばかりだ。

「井関美鈴さんを助けようとして、できなかった。この顔は、そのためよ」

黒子を掻く指先がとまり、貴里子の顔を冷ややかに見つめた。

「何の話だ？　美鈴に何があったんだ？」

大した興味もなさそうに尋ねたが、それがブラフであることはすぐに見て取れた。

楊は慌てて言い足した。

「いい加減な作り話など通用しねえぞ。俺を騙そうったって、駄目だからな」

貴里子は幅五、六十センチほどの取調べデスクを間に置いて向かい合った男の顔を、じっくりと見据えた。

「騙したりしないわ。井関美鈴が、五虎界の朱栄志によって連れ去られたの」

「何だって――。いつだ？」

「今日の夕刻」

「美鈴は、無事なのか？」

「たぶんね」

「五虎界の狙いは何だ？」

「それはあなたが知ってるでしょ」

貴里子が吐きつけると、楊ははっとして口を閉じた。

黒子をまた掻きかけたが、やめ、貴里子の顔を睨んできた。

「おい、俺を騙そうったって駄目だからな」

「嘘なんかついてないわ。うちの刑事がひとり殺された。そして、私はこんな目に遭ったのよ」

楊はしきりと何か考え込むような顔つきになって俯いたのち、激しく首を振り始めた。

「駄目だ。俺は何も喋らねえぞ」

「ねえ、協力し合いましょうよ。私は部下が殺されて、腸が煮えくり返ってるの。なんとしても五虎界の朱栄志をパクりたい。何かやつらを叩く材料をちょうだい」

「何も喋らねえって言ってるだろ」

「見返りはちゃんと用意するわ」

貴里子はそれだけ言い、わざと口を閉じて楊を見つめた。

ついに堪えきれなくなった様子で、楊が口を開いた。

「――どんな見返りだ？」

「あなたを新宿に移送する。うちの分署よ。そして、私たちが取調べる」

「だから何だってんだ？」

「察しが悪いわね。殺しの罪状をできるだけ軽くしてあげると言ってるのよ。ヤードから死体が見つかってるのよ。そして、あのヤードを仕切ってたのは、あなただとわかってる。殺人及び死体遺棄、長いお勤めになるわよ」

楊は貴里子を黙って見つめ返した。目の奥に、僅かに侮蔑の表情がある。それに気づくとともに、何かを間違えたことがわかった。

「駄目だ。そんな取引にゃ応じられない」

「なぜ？　あなたにとって、損はないはずよ」

「姉ちゃん、俺たちは損得で生きてるんじゃないんだぜ。俺の望みはただひとつ、美鈴を無事に助け出すことだ。だが、警察にゃ、それはできない」

「もしもそのためならば、協力する？」

「あんたらにゃ、できないと言ってるだろ」

「協力しなさい。そうしたら、必ず無事に美鈴さんを助け出してあげるわ」

楊は顔を背け、馬鹿にしたように鼻を鳴らした。

貴里子はその横顔を睨みつけた。自分が無意識のうちに薬指の先で机の表面を叩いていたことに気づき、慌ててやめる。苛立っている。

貴里子は再びちらっと沖に視線をやった。

沖が黙って頷くのを見て、はっとした。しかつめ顔で頷いているが、たぶんやりとりはほとんどわかっていない。ただ頷くことで励ましているのだ。

そう気づくことで、ふっと心が軽くなった。

「それなら、誰ならばできると言うの？」

「煩い！　俺はもう何も喋らねえぞ。俺を留置場に戻せ。戻しやがれ！」

楊は大声で喚き始めた。

「静かにしなさい！」

楊を怒鳴りつけた瞬間、顳顬を頭痛が駆け抜けた。顔から血の気が引き、頭がくらっとする。なんていうことだ。貧血を起こしかけている。

貴里子はできるだけ落ち着いて見えるように振る舞いつつ、眩暈が治まるのを待った。こんなところで倒れたりしたら、目の前の楊にはもちろん、埼玉県警の刑事たちにまで笑いのタネを提供することになる。

沖がすっと体を寄せてきて、貴里子の耳元に唇を寄せた。

「およそのやりとりには見当がついた。少しだけ俺にやらせてくれ」

貴里子は黙って頷いた。自分の状態を見抜かれたのかもしれない。

沖は取調べデスクの真横に立ち、体を屈めて楊に顔を近づけた。

「おまえ、美鈴に惚れてるんだな。文と美鈴とおまえの三人は、幼馴染みらしいじゃねえか。そこに白嶋なんて妙な日本人が割り込んできやがった。美鈴を取られて、悔しかったか。だが、どうにもできねえよな。惚れた女が幸せになってくれるのを願うしかねえ。わかるよ。切ねえ男心だ。おまえは美鈴に褒めて貰いたくて、黙りを続けたままでムショに行くつもりなんじゃねえのか。それで仲間内からは英雄扱いだ。ああこれで少しは男を上げられる。そんなことを思ってるんだろ」

唇を引き結んで顔を背けた楊の胸ぐらを、いきなり無造作に摑み上げた。

「だが、はっきりと教えといてやるぞ。その間に、おまえが惚れてる女はお陀仏だ。文もだろうな。文はおまえを助け出そうとして、五虎界を敵に回しちまったんだよ。おまえらが頼りにしてる後ろ盾は、はたして一緒になって五虎界とやり合ってくれるのか。捨てられるのがオチだろ。待てよ、そうか。それがてめえの望みか。てめえだけはムショの中で安全だと思ってるんだな。だが、逃げ場のない文たちが可哀想だな」

楊の顔に怒りが漲る。獣じみた唸り声が口を衝き、沖に摑みかかろうとした。

沖は椅子から立とうとする楊の肩を、強く押し戻した。

「坐れ！　てめえ、ここをどこだと思ってる。雑魚が取調室で粋がってるんじゃねえよ。いくらてめえが良い格好しようとしても、それをありがたがる人間など誰もいねえんだ。何もかも吐け。おまえらのバックにいる組織は何だ⁉」

楊は唇を引き結び、目を閉じた。一言たりとも口にしない。そんな固い決意が窺える。だが、貴里子は悟っていた。沖は充分な揺さぶりをかけたのだ。

「楊武と、中国語でどんなやりとりをしていたんです？　協力したんだ。そちらもきちんと説明してください」

楊を留置場へと戻すとすぐ、刑事のひとりが訊いてきた。さっき「十分だけですよ」とわざわざ耳打ちしてきた男だった。

貴里子はその刑事を冷ややかに見つめ返した。

「責任者にお話しします。いくつか、折り入って御相談したいこともありますので」

言われた刑事はあからさまに不快そうな顔をし、しかも小さな舌打ちまでしたが、すぐに隣の部屋から組対課課長の村越が現れた。

「先日はどうも」と、沖に軽く頷いてから、顔の向きを素早く貴里子に戻した。

「御苦労様でした。それじゃあ、私が承りますので、向こうで話しましょう」

角刈りの大きな男で、柔道をやっていそうな雰囲気がある。組織の枠を越えたところで、ある程度の信頼をしてもいい相手であることは、この男と一緒にヤードを急襲した沖からの報告で聞いていた。刑事同士がお互いをわかり合うのには、同じ現場を踏むのが一番なのだ。

「こんな時間に乗り込んでいらっしゃったんで、何事かと思いましたが、どうやら収穫があったようですな。中国語が堪能とは羨ましい。さすがに新宿の犯罪を取り締まる特別分署の署長さんだ」

貴里子は村越のお世辞に恐縮して見せ、「それでは、すぐに参ります」と応じてから、沖に目で合図した。

ふたりで廊下をいくらか移動し、顔を寄せた。

「今から、楊の移送を村越さんに持ちかけるわ。手応えを見て、場合によっては明日一番で、上から改めて話を通して貰う」

沖は眉間に浅く皺を寄せた。

「俺の親父のことを真っ先に考え、そういう判断をしようとしているんじゃないでしょうね」

「違うわ。楊武と話すことで決断したのよ。詳細はあとで話すから、待ってて」

「わかりました」

貴里子は廊下を戻ろうとして、沖にとめられた。

「あ、ちょっと待って。神奈川県警に、何とかいう弁護士が、章田明美を釈放するようにとかけ合って来たんでしたね。楊が弁護士との面会を求めるかもしれない。もしもそいつが来たら、要注意だ。その点を、ここのデカに耳打ちしたほうがいい」

「わかってるわ」

貴里子は頷いた。沖が揺さぶりをかけた結果、楊はなんとしても外の状況を知りたがるはずだ。

「——体は大丈夫ですか？」

沖が小声で訊いてきた。

「大丈夫よ」

苛立ちと動揺を押し隠して冷たく答えると、沖はきまり悪そうに両目をしばたたいた。

この人はなぜだかこういう顔つきをすると、子犬に似ている。

そのことに、貴里子はごく最近、思い至った。昔、まだ小学校の低学年だった頃に飼っていて、ある日、首輪が外れて逃げ出し、車に轢(ひ)かれて死んでしまった子犬――。

3

車に戻る途中、取調べの間は切っておいた携帯をオンにすると、平松から電話が欲しいとの伝言が残っていた。情報管理のため、特別に緊急の用件以外、携帯への伝言にはできるだけ具体的な内容は避けるようにしている。

携帯にかけると、平松は待ち受けていた様子ですぐに電話に出た。

「コンビニのゴミ箱の裏を探ったぜ。そしたら、封筒が貼りつけてあって、重機の密輸絡みと思われるペーパーカンパニーやヤードなどについて、かなり詳しい一覧が入ってた。それと、隠し撮りされたと思える何枚かの写真だ。中には、文(ウェン)や白嶋の顔もある。他も文の組織の人間ってことだろうな。さらには、やっぱりパソコンで書かれたあんた宛のメッセージもあった」

「何て書いてある。読んでみろ」

「これがお土産です。グッドパートナー、朱より」

「それだけか?」

「ああ、メッセージはな」

「どういうことだ?」

「聞くと怒るぜ」

「勿体(もったい)つけられるほうが、腹が立つぜ」

「コンビニの防犯カメラの記録映像をチェックした。そこに、朱(チュー)栄志(ロンジー)が映ってた」

「野郎が自分で封筒を貼りにきたのか——?」

「そして、カメラに向かって立てた親指を突き出し、人を小馬鹿にしたように笑ってたよ。ほら、怒りが込み上げてきたろ」

なるほど、平松は沖の怒りを少しでも抑えるつもりで、敢(あ)えてこういう言い方を選んだらしい。もう長いつきあいで、お互いの性格はわかってる。今回の狙いは、まあ当たった。怒りで携帯電話を地面に叩(たた)きつけずに済んだのだ。

駐車場の車のロックを外し、運転席に乗り込んだ。

「で、その隠し撮りしたという顔写真のチェックは?」

沖は押し殺した声で訊いた。

「ああ、既に始めてる。文たちのバックにいる組織について、何か手がかりが摑めるかもしれないからな。それと、柴原は、隣で各所轄にまだ問い合わせ中だ。今のところ、当たりはないそうだ。俺も手が空いたら、手伝うつもりだ」

「すまん」

「あんたのほうは？」

沖は楊武（ヤン・ウー）にゆさぶりをかけた話と、貴里子がその身柄の引き渡しを埼玉県警にかけ合ったこととを説明して聞かせた。

そうする途中で、洗面所に寄っていた貴里子が通用口から出てくるのが見えた。

「署長を病院に送り届けて、一、二時間でそっちに戻る。何かわかったら、その前でもすぐに連絡をくれ」

沖は口早に言い、電話を切った。

薄暗い駐車場を横切って近づいてくる貴里子は、一歩一歩足下を確かめて歩みを進めているように見えた。さっき、取調室で、おそらくは貧血を起こしかけていたのだ。自分以外の人間が、それに気づいていなければいいと思った。

貴里子は見知った沖の車が見つけられず、途中で動きがゆっくりになり、いくらか目をこらして駐車場を見渡した。疲れているのだ。

沖は軽く警笛を鳴らそうとしたが、それでは彼女を驚かせてしまうような気がして思い留まり、ドアを開けて伸ばした右手を振った。

車を出すとすぐに、貴里子が埼玉県警とのやりとりの内容を詳しく説明し始めた。

村越は楊武の移送について、前向きの理解を示してくれたとのことだった。元々、沖たちのほうから持ち込んだ情報でヤードの捜索となったのだし、並行して捜査している事件との関係もあるのならば、取調べの主導権を譲ることに異論はなさそうだった。

ヤードに一緒に踏み込んだ時の感じからしても、手柄に固執するタイプに思えなかった。そういうタイプの刑事は大概は、どうすれば捜査が最もスムーズに展開するかを優先して考えるものだった。楊武がひたすらに黙り(だんま)を続けていることに、手を焼いていたという事情もあるのかもしれない。

明日、一番で上層部に諮(はか)り、正式な回答をくれるとのことだった。

「本牧の事件が大々的に報じられたことも、交渉に有利に働いたみたい。重傷と言われた女署長が乗り込んできたんだもの。それなりの効果はあったはずでしょ」

助手席に腕を組んで坐り、わざわざ自分からそうつけ足した貴里子は、この季節なのにどこか寒そうにしていた。車は少し前に高速五号線に乗り入れたところで、長いトンネルの黄色灯が、彼女を不安な色に染め上げていた。

上り下りともに車の少ない時間帯に入っていて、法定速度以上で飛ばすフロントガラスの先には、先行車も対向車も見えなかった。

「移送中に、楊武を引き渡すようにと言われていることは打ち明けたんですか?」

念のために確認すると、貴里子は静かに首を振った。

「それは、私たちで責任をもって対処することでしょ。埼玉県警には関係ない」

「ええ、その通りだ」

沖は頃合いを見計らい、切り出すことにした。

「村井さん。あなたは姉弟の絆と、男女の絆と、どっちのほうが強いと思いますか？　いや、それに、幼馴染み同士の絆ってやつも加えたほうがいいかな」

「えっ、なぜ？　どうしてそんなことを訊くの？」

「朱栄志の人質になってる井関美鈴は、文建明の姉で、白嶋徹の女です。朱はこの女を手札にして、文たちに何かの難題を突きつけるはずだ。だが、それは文たちの背後にいる組織にとっては、到底受け入れられないことでしょう。そうすると、どうなると思います？」

「どうって……」

「女を見捨てて背後の組織の思惑に従うか、それとも女を救うために、朱栄志と取引するか。連中は二者択一を迫られる」

「さっき、楊は、本気で井関美鈴のことを心配してたわ。平気で刑務所へ行く覚悟をしてたあの男が、彼女の話になったら狼狽えた。自分の望みは、美鈴を無事に助け出すことだって」

「文と楊は幼馴染みなんです。そして、文の姉である美鈴に対しては、ただの幼馴染み以上の感情を持ってる。いずれにしろ、文、楊、それに美鈴や翠緑といった中国人たちは、古くからの絆で結ばれてる。だが、日本のヤクザである白嶋徹が、この連中の中に入ってきたのは、せいぜい二年かそこら前のことだ。文と楊の美鈴に対する感情と、白嶋の美鈴に対する感情には、開きがあるかもしれない。意見が合わなければ、連中は必ず内輪もめを起こす。村井さん、俺はそこにチャンスがあると思うんだ」

「あなたが楊に揺さぶりをかけた狙いも、それなの？」

「ええ、そうです」

「だけど……」

「わかってる。無論、駄目かもしれない。だが、今のままじゃ、こっちは防戦一方だ。楊武を移送するのをできるだけ引き延ばし、その間に連中の結束を崩すんです。動きが生じれば、それだけ親父を無事に取り戻せるチャンスが増える」

「その動きに巻き込まれて、お父さんが亡くなったら？」

「そういうこともあるだろう。だが、このままでは、生きて帰る望みはほとんどないんだ」

「具体的に、どうやるの？」

「文建明と直接話すんですよ。俺のところに脅しの電話を入れてきてるのは、白嶋徹です」

　貴里子は一拍置いて、訊いた。

「——つまり、幹さん、あなたは、男と女の絆よりも、姉弟の絆のほうが強いと思ってるわけね？」

「今回は、そうならばいいと思ってる」

　貴里子は顎を引いて俯(うつむ)きかけたが、それほど時間がかからずに顔を上げた。沖はもうわかっていた。決断の早い女だ。

「わかった。翠緑(ツイリユー)を説得すれば、文の連絡先を教えてくれるかもしれない。それと、翠緑はファミレスのトイレで私と話したあと、本牧の井関美鈴のアパートの他に、持ち主を追えないトバシの携帯電話にもかけてるのよ。それが文への連絡だった可能性があるわ」

「番号はわかりますか？」

　手帳を抜き出し、書き写してページを破った貴里子は、沖が五号線をそのまま直進するのを知って、慌てて言った。

「ちょっと待って。コースが違うわ」

　言葉に不安と不審が混じっていた。

「警察病院へ向かいます」沖はフロントガラスを見つめたままで応えた。「とにかく、そこでもう一度きちんと診(み)て貰いましょう」

「いくら警察病院だって、他の病院を勝手に抜け出した患者を引き受けてはくれないでしょ」

「事情を話します」

「お願いよ、幹さん。病院へ戻ったら、入院になるかもしれない。そうしたら、捜査の指揮を執れないわ。分署に連れていって。大丈夫。もしも体に何か異常があるなら、もうとっくに倒れてるはずでしょ」

沖はまじまじと貴里子の顔を見つめてしまいそうになり、フロントガラスに目をとめているのに苦労した。

「いつの間に、そんなことを言う人になったんです……」

「新宿を担当する署の署長をやらされれば、こうなるわ。いいえ、特捜のチーフになった頃からかしら。幹さん、私に刑事の仕事をさせて」

初めてちらっと貴里子を見た。

「――俺がその言葉に弱い、と踏んでませんか?」

貴里子は黙って微笑んだ。

沖は何秒か無言で運転した。

「分署に戻るのはやめてくれ。今夜は、自宅のマンションでゆっくり眠るんです。それが最大限の譲歩だ」

そう言ってしまってから、部下が署長に対して言う言葉ではないと気がついた。また睨みつけられるかとひやっとしたが、貴里子はただ小声で応じただけだった。

「ありがとう」

地上に出たら、いつの間にやら雨が降り出していた。

会話が途絶えるとともに、ワイパーがフロントガラスの雨を払う音だけが車内を占めた。

K・S・Pに赴任以来ずっと、貴里子は高円寺の早稲田通り沿いにあるマンションに住んでいた。赴任した当日、沖は行き場のなくなった小華を預かると言い出した彼女につきあい、まだ引っ越しの段ボールが積み重なったままの部屋に上がり込んだことがある。僅か十二歳の少女だった小華が、朱徐季を狙撃して殺す数日前のことだった。

そのマンションの前に車を停めると、もう相談事はすべて済んだはずなのに、まだ何か言い残しているような感覚に包まれた。

沖は慌てて後部シートへと体を捻った。そこに折り畳み傘が転がしてあったような気がしたのだが、見当たらなかった。

「傘があったと思ったんだがな――」

「エントランスの真ん前だもの。必要ないわ」

貴里子は息だけの声で笑った。

「ほんと言うと、取調室にあなたが現れた時、どやしつけられると思ったの」

まだ助手席のドアを開けようとはせず、隠し事を打ち明けるような小声で言った。

「そのつもりでしたよ、駆けつける間は。いや、直前までそうだった。だが、あそこに坐るあなたを見た瞬間に、考えが変わった」

「なぜ？」

頭部に包帯を巻いて絆創膏を貼り、よれよれの服を着た貴里子が痛々しく見えたからだが、それは言うべきではないとわかっていた。

「うちの署長が出張ってるんだ。協力するのが、部下の務めでしょ」

沖はふてぶてしく笑うつもりだったが、幾分笑いがかすれてしまった。

貴里子はふっと目を逸らした。

放心したようにも、何かをじっと堪えているようにも感じられる顔で雨を見つめ、それから唐突に顔の向きを戻してきた。

「谷川刑事のお母さんと会ったわ」

「そうみたいですね。病院で聞きました」

「お世話になりましたと、気丈に挨拶に見えたの。でも、堪えきれなかったみたいで、途中からはずっと泣いてらした。最期の様子を訊かれて、私、ちゃんと答えられなかった。ただ、息子さんは刑事として立派だったと、そんなことをたどたどしく口にするのがやっとだった……」

貴里子はそこまで言うと、一度大きく呼吸した。

「ありがとう、幹さん。あなたにちゃんとお礼を言わなければと思ってた。ありがとう」

頭を下げ、そのまま体の向きを変え、助手席のドアに手をかけた。

腰をずらしかけた貴里子が動きをとめ、沖は自分の左手が彼女の右腕を摑んでいることに気がついた。

振り向いた貴里子は、一瞬だけ躊躇(ためら)ったが、体を沖に預けてきた。

沖は彼女の唇を吸った。

消毒液の匂いがした。彼女の顔の絆創膏や包帯が放つ匂いだ。だが、沖の鼻孔(びこう)はその向こうに、確かに貴里子の香りを嗅いでいた。それは彼女がK・S・Pに赴任して来た日に出会った時以来、ずっと感じていた香りだった。

苦しげに喘(あえ)ぐ貴里子に気づき、自分が腕に力を込めすぎてしまったらしいと気がついた。それで慌てて力を抜いた。

間近から貴里子の顔を見つめた。雨が街灯の光に反射して、淡い斑模様(まだらもよう)を揺らしていた。この人が、こんなに間近から、自分の目を見つめ返してくれていることが不思議だった。

やがてその目が、恥ずかしそうに瞬(またた)いた。

「私、ひどい顔……」

唇が動き、かすれ声を押し出した。

沖は何も応えなかった。

再び唇を強く押し当て、貴里子の体を抱き締めた。

「あなたが本牧で敵とやり合った時、傍にいられなかったことが残念だ」

「いいえ、あなたはいつでも傍にいてくれてる。私はいつでもそう感じてるわ」

貴里子の声が、耳元でした。

車の屋根を叩く雨音と混じり合いながら、さらさらと心の奥底まで流れ込んでくるような声だった。

沖の腕の中で、貴里子の体がゆっくりと膨らみ、小さくなった。深呼吸をしたのだ。

貴里子は沖の体を押し戻した。刺すような目でじっと見つめてきた。

「幹さん、あなたが決めて」

小さいが、しっかりとした声だった。

「何をだ……?」

「私たち、このままじゃ困ることになるわ」

沖が口を開きかけると、貴里子はそれを押し止めるように慌てて言い直した。

「私は少しも困らない。困らないけれど……」

「俺だって――」

「わかってる。でも、警察官として困ったことになる。そうでしょ」

「ああ」

「だから、事件が解決して、決心を固めたら、私の部屋を訪ねて」

「――俺に決めろと言うのか？」

「そうよ。だって……」

「だって、何だ――？」

沖が見つめると、貴里子は恥ずかしそうに顔を伏せた。

「だって、あなたは男だもの」

4

「――俺に決めろと言うのか？」

沖は低く問いかけた。

そうだ、俺が決めなければならない。貴里子を守るには、二度と彼女にこの手で触れたりしてはならない。彼女は同じ分署の署長であり、上司だ。そもそもキャリア組の署長が、ノンキャリの部下とそんな関係になるなどあり得ない。俺が気持ちのままに押し切れば、彼女の将来を台無しにする。

怖々と助手席を見やり、沖ははっと息を呑んだ。

そこに坐るのは、父の隆造だったのだ。

助手席じゃない。寄席の客席だ。硬い椅子の感触が、急に臀部に蘇った。

いつしか沖は子供に戻り、父親と並んで寄席の客席に坐っていた。あの頃、いったい何度こんなふうにして寄席に足を運んだことだろう。父親とほとんど交流がなかったなど、嘘だ。ただ自分でそう思い込もうとしていただけだ。いきなり仕事をやめ、妻と息子を残し、蒸発するようにして家を出、そして、提灯職人としての道を選んだ父を許せなかった。

今ならばわかる。そんな強引な方向転換を図るしかなかったのは、父ひとりの責任ではなかったことが。

だが、少年だった自分に、複雑な事情がわかるわけがなかった。だから父親を許せず、思い出をすべて封じ込めていたのだ。

本当は何度も一緒に寄席に行った。父にはひとり息子を連れて落語を聴きに行くことが、休みの日の最大の楽しみだったのだ。そして、息子のほうにとっても。

「父さん……」

そう呼びかけようとするが、声が喉元で立ち往生してしまって出てこない。この人に対して、もう長いことずっと、そんなふうに呼びかけたことなどないのだ。

父が沖の視線に気づき、舞台から息子のほうへと顔を向ける。

ほら、舞台を観ろと促すかのように、黙って顎で指し示す。

だが、次の瞬間、父親の言葉が耳に飛び込んできて、沖は思わず体を硬くした。

「幹、俺とおまえはもう何の関係もない」

白嶋たちに囚われた父が、電話越しに口にした言葉だ。

眠りの底から体が浮き上がり、急激に意識が醒めてくる。

父は決して腹の据わった男じゃない。さぞや恐怖に恐れおののきながら、こんな言葉を口にしたにちがいない。

目を覚ますと、青一色のテレビ画面が目の前にあった。

帰宅後、シャワーを浴び、冷凍の枝豆とほうれん草を電子レンジで解凍し、それをつまみながらウイスキーを飲んだのだ。そして、落語のＤＶＤをのんびり鑑賞するために買ったカウチに体を沈め、ただ頭の部分だけを見直すつもりで、三遊亭円楽の独演会を見始めた。亡くなった先代の円楽のほうだ。

しかし、その流暢な語り口が、今夜はなぜか少しも楽しめず、結局はいつものように志ん生のＤＶＤに替えた。そののんびりとした声に耳を傾けつつも、別れ際に貴里子と交わした口づけが、そして、彼女が口にした言葉が、脳裏を占めて離れなかった。

そして、いつしか眠ってしまっていたのだ。

ＤＶＤプレイヤーの時刻表示を見ると、既に四時を回っていた。だが、まだ二、三時間は眠れる。沖は枝豆とほうれん草にラップをかけて冷蔵庫に納め、グラスに残ったウイスキーを流しに捨てた。歯磨きをつけた歯ブラシを口に銜えたままトイレで用を足し、手早く歯を磨き終えてベッドへと向かった。

そうする間中ずっと、父親の言葉が耳から離れなかった。

――俺とおまえはもう何の関係もない。

あれが父親の愛情表現だったことは間違いない。自分のことなどは構わずに、デカとしての仕事を全うしろと言いたかったにちがいない。

だが、そうは思っても、あの言葉が父親と交わした最後のものになってしまうのかと思うと、とてもじゃないが平静ではいられなかった。

フロントガラスの先にある高級マンションから、枝沢の姿が現れた。神竜会の情報網は馬鹿にできない。何か摑んだ可能性がある。そう踏み、今朝もこうして平松とふたりで出張ってきたのだ。

「おい」と注意を促すが、平松のほうでもとっくに気づいていた。

車の時計に目をやると、昨日と同じ七時五〇分。娘を正確に同じ時間に学校へと送り出す。いいことだ。

ただし、一昨日とは違い、枝沢はごつい大男を三人も伴っていた。

どう見てもボディーガードであるこの男たちのうちのふたりは、エントランスの前で待ち受けていた高級車に、娘とともに乗り込んだ。走り出す車を見送る枝沢の横には、あとひとりが残っている。

娘を乗せた車が完全に見えなくなるまで遠ざかると、枝沢はすっと沖たちのほうに顔を向け、真っ直ぐに近づいて来た。一昨日と同じ場所に車を停めたのだ。最初から気づいていたらしい。

平松が開けた助手席の窓に屈み込み、不機嫌そうな顔を寄せてきた。

「なあ、たび重なる嫌がらせとは、いい加減にしてくれ。約束した写真は届けさせただろ」

枝沢が部下に命じ、《東洋公司》絡みの中国人を盗撮した写真は確かに届き、それはそれで調べを進めていた。

「枝沢、おまえ、健忘症か。一昨日話したのは、それだけじゃなかったろ。白嶋徹の居所はどうした？」

「無理を言うなよ。一日置いただけだぜ。何がわかるって言うんだ……」

「色々わかってるようじゃねえか」

「何だと――?」

「だからそうやって、てめえにも娘にもボディーガードをつけるようにしたんだろ。言え、何を摑んだんだ?」

枝沢の顔からサラリーマン然とした雰囲気が消え、冷ややかでざらついた極道の顔が現れた。

「おい、俺をあまり舐めるなよ。三下扱いするような口の利き方はやめろ」

沖は頭の片隅に引っかかっていた疑念が、この男のこういう態度を目にすることで、再び頭を擡げるのを感じた。

「それは悪かったな。おまえが神竜会のナンバー2であることは、俺たちだってよくわかってるよ。そして、高齢の会長に代わって組をまとめ上げてるのが、おまえだってこともな」

枝沢は唇を閉じて表情を消した。沖の言葉に揶揄する調子がないのかどうかを見極めようとしているらしい。

「マンションの前で、そんな顔をして凄んでいたら、世間体が悪いだろ。ボディーガードを遠ざけて乗ってくれ」

沖は相手を懐柔するつもりで運転席を降り、自ら後部ドアを開けてやろうと思ったが、枝沢はそれを仕草で押し止めた。目立つことをされたくないのだろう。

ボディーガードの男に耳打ちして遠ざけ、自身で後部ドアを開けて乗り込んだ。

沖は車道側のドアから中に入り、枝沢と並んで腰を降ろした。

「話してくれ」と、少し下手に出ることにした。「何があった？」

「だから、何もねえよ」

「そんなわけあるかよ。昨日は若造をひとりつけただけで登校させてた娘に、今朝はごついボディーガードがふたりつき、しかも徒歩じゃなく車で御登校だ。事情を話せよ。警察が娘を守ってやるぜ」

「ふん、サツに助けを求めるほど落ちぶれちゃいねえよ。朱栄志（チュー・ロンジー）が日本に現れたことは、俺の耳にだって入ってるんだぜ。これぐらいの警戒はするに決まってるだろ」

「ほんとにそれだけなのか？」

「俺は用心深い男なんだ。西江の兄貴とは違う」

枝沢は朱栄志たちによって爆殺された、前の筆頭幹部の名前を挙げた。

「で、白嶋はどこだ？」

「しつけえな。だから、それはまだわからないと言ってるだろ。とにかく、こうして毎朝押しかけられるのは迷惑なんだ。白嶋の行方がわかったら、すぐに報せる。だから、もう来ないでくれ」

「ヤクザの口約束など信じられるか。今日中に居所を調べろ。そしたら、明日は来ないでやる。わかったな」

枝沢は顔を背けた。「ああ、わかったよ」

ドアを開けて降りようとするのを、沖はとめた。

「まだだ。白嶋たちの背後にいる組織について、何か耳に入ったか？」

「それもまだだ。中華街のチャイニーズマフィアは、やりにくいんだよ。とにかくもう少し時間をくれ」

「悠長に待ってるつもりはねえんだ。何かわかったら、すぐに報せろ。いいな」

「ああ、わかったよ」

やけに苛ついている。

枝沢はうんざりした様子で車を降り、控えていたボディーガードを伴ってエントランスへと消えた。

沖がちらっと平松を見ると、平松のほうでも沖を見ていた。

「どうも妙だな。枝沢のやつ、何か隠してるぜ。一昨日の朝とは違う。この四十八時間のうちに、何かがあったんだ」

平松が指摘し、沖が頷いた。同じ意見だった。

「やつの昨日から今日にかけての動きを探ってみてくれ」

「任せとけ。で、あんたはどうするんだ？」

「ひとつ気づいたことがあるんだ。ヒラ、朱栄志が俺たちに寄越した写真を、もう一度見せてくれ」

沖は平松に言い、自らは枝沢が押さえた《東洋公司》に出入りする人間たちの写真を出した。

一枚ずつ、順番に見終わり、頷いた。

「やはりな。野郎の顔写真がひとつもねえ」

「何だよ？　誰のことを言ってるんだ？」

「名無しの権兵衛さ。くそ、うっかりしたぜ。俺たちゃ、野郎を軽く見過ぎてたんじゃねえか」

「待ってくれ。何を言ってるんだ？」

「忘れたのか。今度の事件の発端となった男だよ。野郎が新宿で職質を受けて捕まったことが、埼玉県のヤードの摘発に繋がった。野郎はいろんな身分証明書を持っていたが、未だに本名はわかっちゃいない」

「それで？」

「朱栄志が撮らせた写真にも、枝沢が押さえた写真にも、この名無しの権兵衛の顔がないのはなぜなんだ？　枝沢は殺された竹尾一也に、大分前から白嶋徹の周辺を探らせてる。朱の野郎だって、水面下で長いこと調べてたことは充分に考えられるだろ。白嶋たちのヤードや密輸絡みのペーパーカンパニーを、いくつも押さえてるんだしな」

「それはそうだが、それでなぜあの男のことが気になるんだ？　写真に写ってないのは、雑魚(ざこ)だからだろ」

「違う。考えられる結論はひとつだろ。この名無しの権兵衛は、白嶋や文(ウェン)の組織の人間じゃねえのさ」

「だけど、現に野郎は、白嶋たちの重機密輸に関して、大きな手がかりをいくつも持ってたんだぜ」そう言う途中で平松の顔つきが変わり、「ああ、くそ」といきなり大きな声を出した。「そうか。そういうことか、幹さん」

「ああ、そうだ。おそらく野郎は、文たちのバックにいる組織の人間なのさ。重機窃盗及び密輸ルートに関する様々な情報を持っていたのは、繋ぎ役の人間だったからにちがいない。俺たちは、池から魚を楽々と掬(すく)い上げてたのに、その先の捜査にすっかり気を取られ、釣った魚の大きさを吟味することを忘れてたんだ」

「だけど、どうする。また取調べからやり直しか？」

あの男も楊武と同様に、取調べで何もうたっていなかった。

「いや、周辺を埋めたほうが早いはずだ。やつが持っていた身分証明書は、すべてまやかしだった。偽パスポートは中国で作った可能性が高いだろうが、日本の保険証や自動車免許証については、こっちで作ってるかもしれんぜ」

「なるほど、偽造屋を当たるのか」

沖が頷いた時、ポケットで携帯が振動した。

マナーモードにしていたことを思い出して抜き出すと、ディスプレイに柏木の名前が表示されていた。

「俺だ。陳 弦悠(チェン・シェンヨウ)の居所がわかったぞ。津雲美優(つくもみゆ)っていう、芸大の学生の部屋に転がり込んでる。一年ほど前からつきあってるそうだ」

「やったな。場所は？」

「青山だ」

柏木は正確な住所を告げてから、さらに続けた。

「なあ、津雲って苗字で、何か思い出さねえか？」

「何だ？」

「陳 莫山(チェン・モーシャン)作のヴァイオリンを買ったひとりだよ。顧客名簿にゃ親父の名前があったが、買ったヴァイオリンを使ってるのは、この娘のほうだ。弦悠とこの美優って娘は、親父のヴァイオリンが仲立ちして会ったのかもしれん」

息子が父親には内緒で、メンテナンスを請け負ったひとりなのかもしれない。

「なるほどな。で、本人がいる確認は取れたのか？」

「ああ、野郎は中だ」

「俺も一緒に乗り込む。青山なら、二十分もしないで着くだろう。張ってててくれ」

「そう言うと思って電話したんだよ」

柏木はぼそっと吐き捨てるように言って、電話を切った。

沖をチーフと呼ぶこともないし、報告をする時に不機嫌そうな物言いを崩すこともない男だった。だが、以前だったなら、報告などなく勝手に踏み込んでいたはずだ。それなりに関係が修復されたと考えるべきなのだろう。

携帯電話をしまって助手席を見ると、平松がにやりと白い歯をこぼした。

「よし、それじゃあ枝沢と偽造屋の件は、両方とも俺に任せな。ヒロを貸してくれ。やっぱり、ここで特捜のエースが活躍しねえことにはな」

「じゃ、頼むぜ」と、平松の肩を叩いた。

平松を降ろして車を発進させると、沖はすぐに真顔に戻った。実を言えば、枝沢と話す間に、もうひとつ気になったことがあったのだ。

だが、この件については、たとえ平松に対してでも、迂闊に打ち明けるわけにはいかなかった。

5

帝国ホテルのロビーに陣取った貴里子は、しきりと時間を気にしていた。

バーバラ・李が、明日の夕刻に金沢でコンサートを開くことは、彼女のコンサートスケジュールで確認済みだった。今日のうちに金沢入りし、地元のテレビ局やラジオ局に出演したのち、チャリティーで児童養護施設を訪れる予定があることも、ネットで調べてわかっている。ラジオの生出演は正午からだった。午前中のうちに金沢に入るためには、朝の飛行機で羽田から小松まで飛ぶはずだ。

そう見越した貴里子は、タイムスケジュールから逆算し、バーバラ夫婦の宿泊先であるこのホテルへと早めにやって来たのだった。

夫のウエスラーのほうは、今日の夕刻に東京で日本企業との会食がある。だからバーバラの金沢行きに同行しないことは、畑中文平に事情を話し、それとなく確かめて貰っていた。

ほどなくしてロビーに現れたバーバラの姿に気づき、貴里子はほっと胸を撫で下ろした。これでウエスラーにだけ、彼女のいないところで話が聞ける。

バーバラはマネージャーらしい年輩の女性の他に、昨日、陳莫山のところで一緒だったボディーガード役の東洋人も連れていた。ロビーを横切って正面玄関へと向かう。

フロントデスクに寄らなかったのは、部屋にウエスラーが残っているためだ。

貴里子はバーバラたちが回転ドアに吸い込まれるとすぐにエレヴェーターホールに走り、最上級のスイートルームへと向かった。

部屋の前で一度深呼吸をしてから、呼び鈴を押した。

じきに英語の声がドアの向こうから聞こえた。テキサス男らしからぬ穏やかな声は、マーク・ウエスラーのものだった。

「どなたです？」

と、すぐドアの向こうまで近づいてきて尋ねるのに答え、「K・S・Pの村井貴里子です」と所属とフルネームを名乗ると、ドアのロックが外れるまでに僅かな沈黙があった。

訝しげな顔でドアを開けたウエスラーは、貴里子を見てすぐにぽかんと口を開けた。

「いったいどうしたんですか、その顔は？」

身についた優雅でスマートな雰囲気からすると、些か礼を失するぐらいに長く、しかもまじまじと貴里子を見つめてきた。どうやら多くのアメリカ人と同様に、現地のニュースに興味を示す習慣がないらしい。

「仕事で犯人と鉢合わせました」

貴里子は静かに答えた。

ウエスラーは目をしばたたき、息をひとつ吐き落とした。幾分芝居がかった仕草ではあったが、同情の気持ちは感じられた。

「日本は安全な国だと聞いていましたが……。警察官が危険と隣り合わせなのは、同じですね」

一旦そこで言葉を区切り、口調を変えて訊いてきた。

「それで、今日はどうされたんです?」

戸口に立ったままで、部屋に招き入れてくれそうな気配はなかった。

それは突然の訪問に警戒したためなのか、それとも妻が留守の部屋に異性を招き入れることを躊躇ったただけなのかわからなかった。

目の前のウエスラーはバスローブ姿で、ふわっと膨らんだ髪が額に垂れていた。ドライヤーで乾かした直後らしい。早朝に移動するバーバラをよそに、しばらく部屋でのんびりするつもりだったわけか。

「ミスター・ウエスラー、実はあなたに、いくつか教えていただきたいことがあるんです」

思いきって単刀直入に切り出すと、ウエスラーはいつでも軽く微笑を浮かべているように見える社交的な唇を引き締めた。

何かを考え込んでいるのがわかったが、それは長い時間ではなかった。

「こんな格好で申し訳ないが、よろしければ、どうぞ。中で話しましょう」

微笑を唇に復活させ、貴里子を中へと招き入れた。

浴室、クロゼット、洗面台などのスペース分だけ奥へと引っ込んだと思われる先に、一泊の値段がどれだけするのか見当もつかない広さの部屋があった。

百平米はありそうな長方形の部屋の、長いほうの壁がずっと板ガラスで、窓外には有楽町や銀座の景色が広がっていた。

ウエスラーは手で貴里子にソファを勧め、自らはミニバーへと歩いた。

「何が良いですか？　冷たいものならば、アイスティーかジュース。炭酸飲料などもあります」

貴里子はアイスティーを頼んだ。口の中の傷に沁みるため、ジュースや炭酸飲料はとてもじゃないが飲めない。

ウエスラーはアイスキューブを素手でぽいぽいとふたつのグラスに投げ入れ、片方にはアイスティーを、もう一方にはコーラを注いだ。背が高く骨格もしっかりした男だったが、指はいかにも繊細そうで細いことに、貴里子は初めて気がついた。

貴里子の前にアイスティーのグラスを置き、コーラのほうはそのまま自分の口へと大きく傾け、いかにも美味そうに喉を鳴らした。やはり朝のシャワーか風呂を終えたところだったらしい。

「それで、私に何を訊きたいのでしょうか?」

　貴里子は礼を言ってアイスティーを口に運ぶことで、ひとつ間を置いた。

「実は、盗まれたヴァイオリンについて、もう少し詳しくお話を伺いたいんです」

「しかし、経緯はすでにもう何もかもお話ししたつもりですが」

「いいえ、それは違います。奥様が来日中に、行方不明のヴァイオリンのことをマスコミに触れられたくないと仰(おっしゃ)いましたが、私が理由を尋ねましたら、探索の中でその答えを知る必要が生じるまでは答えられないと拒否されました」

「では、今がその必要な時だと?」

「そうです。単刀直入に伺います。ヴァイオリンを秘密に探し出したい理由は何なのですか?」

　ウエスラーは貴里子の顔を再び見つめた。

「なるほど」

と呟(つぶや)いてから、今度は軽く舐(な)めるようにコーラを飲んだ。

「なるほど、とは?」

「いや、おそらくはそういったことをお訊きになりたいんだろうと思っていたものですから。それで、妻ではなく、こうしていきなり私を訪ねて見えたんですね」

「そうです」

頷く貴里子の前で、ウエスラーは何かを察した様子で頷いた。正確には、察したことを示すために頷いた、というべきか。

「妻が空港に向かうのを待って、訪ねてきた。そうですか？」

貴里子ははっと気がついた。ゆったりとした仕草の中に紛れ込んではいるものの、ウエスラーは拒絶の意思を示そうとしている。

こうして部屋に招き入れたのは、質問に答えるためではなく、きちんと話すことで、この先、詮索を諦めさせるためだったのかもしれない。

「妻から聞きました。陳さんのところで、ばったりあなたとお会いしたそうですね」

「ええ、お会いしました」

「その時、彼女はあなたに、もうヴァイオリンは探さなくて結構だと申し上げた。そうですね」

「――はい、そうです」

「貴里子さん、実は今日、栄太郎に連絡をして、私からも同じことをあなたに伝えて欲しいと言うつもりでした」

栄太郎とは、知事の有馬栄太郎のことだ。

貴里子は驚き、軽い眩暈を感じた。予想した中で、最悪の事態になろうとしている。友人であるウエスラーから言われれば、有馬はそれを右から左へと畑中に伝えるだろう。そして、畑中から命令が下りてくる。

だが、こっちは既にこの事件に、深く足を突っ込んでしまっているのだ。部下の谷川が命を落とし、沖の父親は拉致されたままだ。そして、捜査員たちは誰もが、必死で駆けずり回っている。

ショックが怒りへと形を変えるのは早かった。

「ウエスラーさん、警察の捜査を何だと思っていらっしゃるんですか!?　今になって捜査を取りやめるなど、あり得ない。部下に死傷者が出ているし、現在、捜査に当たっている人間たちも、それぞれが必死で大きな困難に立ち向かっているんです。私はあなたやあなたの奥さんが何と仰ろうとも、この捜査を続行します。たとえ知事から何か言われても、関係ない。首を差し出せと言うなら、差し出すわ。そんな話を聞くために、こうしてお訪ねしたわけじゃないんです」

本当は、たった一言、こう啖呵を切ってやりたかった。——日本の警察を舐めるんじゃない。

唖然とした様子で貴里子を見つめたウエスラーは、やがて両目を忙しなくしばたたいた。

「署長、御立腹はもっともだ。どうか許していただきたい。元々、私がこんなお願いをしてしまったのが、勇み足だったのです」

貴里子は唇を引き結んでウエスラーを見つめた。

「それに、どうかわかっていただきたい。妻がヴァイオリンを捜すのをやめるようにとあなたに申し出たのは、何も自分のスキャンダルを恐れたからじゃありません。彼女には彼女のよんどころない事情が――」

ウエスラーはそう話を続けかけたが、ちょうどそこにブザーが鳴った。

「ちょっと失礼」と腰を上げるウエスラーを見ながら、貴里子は唇を嚙み締めた。今さらこんな簡単な詫びの言葉ひとつで、事態が収まると思っているのか。いや、おそらくこの男は大手石油会社の創始者として、それがずっと許されてきたのだ。

「うっかり神父様へのお土産を忘れちゃった。バタバタしてると、駄目ね」

ドアを開ける音に続いてそんな声が聞こえ、絶望は大きさを増した。

バーバラだった。

硬直して見つめる貴里子の前に、早足でバーバラ・李が現れた。ソファに坐る貴里子を目にした瞬間に笑顔が消え、表情を強ばらせた。

「ここで何をしてるの？」

冷たい声が貴里子を刺し貫く。

「――御主人に話を伺っていました」

貴里子は背筋を伸ばして答えた。

「私の留守を狙って？」バーバラは刺々しく尋ねたあと、はっとし、隣に立つウエスラーに顔を転じた。「マーク。今朝、彼女が来ることを私に隠していたの？」

「違う。それは誤解だ。僕も不意打ちを食らったんだ。きみの気持ちを伝えるため、こうして話していたところだよ」

あたふたするウエスラーを後目に、バーバラは夫と貴里子の間に視線を行き来させた。困惑と怒りが入り交じった彼女の視線に晒され、身が縮まる思いがする。自分が愛してやまない音を奏でる人から、こんな目で睨みつけられているなんて……。

貴里子はソファから腰を上げた。

「捜査のために、ぜひともっと詳しくヴァイオリンのことを教えていただきたいんです」

だが、そう懇願するのを遮るようにして、ウエスラーが前に出て迫ってきた。

「妻と話すのはやめてくれたまえ。彼女の気持ちが変わることはありませんよ。村井さん、あなたの立場が尊重できるよう、私から栄太郎を通じてきちんと警察に話を通します。ですから、この件はもうお終いだ。そう御理解いただきたい」

この言葉は、最後通牒と受け取るべきだ。しかも、バーバラ本人の前でそれを突きつけられ、返す言葉が見つからない。

「ちょっと待って」唇を噛んで俯く貴里子の前で、バーバラの激しい言葉が弾けた。「私の気持ちって、何？　マーク、あなたは私の気持ちを、どう理解してるっていうの？　あなたが勝手に日本に先乗りして、無理な頼みをしなかったならば、貴里子だって元々この件とは無関係だったはずなのよ」

「バーバラ、今はその話はいいだろ。とにかく、ここは僕に任せてくれ……」

「そんな必要はないわ。私なら、大丈夫。これは私の問題よ」

ぴしゃりと言ってのけるバーバラを前に、ウエスラーは戸惑いを露(あら)わにした。両目を激しくしばたたきつつ、乾かしたての髪を後ろに掻き上げ、下顎を撫でる。

貴里子の前に、今まで見ていたのとは異なる顔が現れた。かなり歳の離れた妻に対して、壊れ物に触るような愛情と、それからおそらくは遠慮を感じている五十男の顔だ。

「バーバラ――」

バーバラは夫に向かって静かに頷くことで、愛情と意思の両方を示したように見えた。

「それで、ヴァイオリンについて、いったい何を知りたいの？」

貴里子に顔の向きを戻して、改めて訊く。

「朱(チュー)　栄志(ロンジー)がヴァイオリンを必死で入手しようとしている理由です」

「そんな男は知らないと、昨日、もう答えたはずよ」

「わかってます」

「信じていないのね」

「はい、申し訳ないですが。あなたの亡くなったお父様について、アメリカに問い合わせているところです」

　バーバラは刺すような目で貴里子を見つめた。

「で、何かわかったの？」

「いいえ、まだ」

「それならば、その答えを待てばどう」

　受け答えにまったく狼狽えた様子はなく、表情は澄んだ水のように静かだった。

　ここが勝負なのだ。貴里子はその目を見つめ返して、そう悟った。自分の当初の判断は間違っていた。真実を引き出したいと思うなら、マーク・ウエスラーにそれを望むのではなく、最初からバーバラ本人に正面からぶつかるべきだった。

　貴里子は静かに深呼吸をし、そして、切り出すことにした。そうして良い相手だという気がした。

「この話はここだけに留めていただきたいんですが、朱栄志はあなたのヴァイオリンを手に入れるために、ある捜査員の父親を拉致しました。昨日、陳先生のところでお会いした時に一緒だった捜査員です」

「何ですって――」

　バーバラは両目を大きく見開いて貴里子を見つめた。

「それに、捜査の途中で、捜査員のひとりが殉職しています」

貴里子は一度口を閉じてから、相手の目を見つめて「バーバラ」と呼びかけた。

「我々は、もう引き返せないんです。引き返すつもりはありません。今、きちんと答えていただけないのならば、お国の捜査機関からの答えを待ってまた伺います。そして、あなたのお父様のことをとことん調べます」

貴里子が捲し立てるのを聞くうちに、バーバラはよろよろと視線を下ろした。

「きみ、個人のプライバシーだぞ。失礼じゃないか」

ウエスラーが目を吊り上げて食ってかかろうとするのを押し止め、「なぜなの?」と貴里子を促した。「なぜ、私の父に興味を持つの?」

「私はあなたのCDをすべて持っています」

貴里子は素早く頭を整理し、用意していた切り込み方のひとつを試すことにした。

そう切り出してから、効果を狙って僅かに間を取ってみたものの、バーバラは何の反応も示さなかった。

「ふと気になることがあったので、昨夜、それをすべて出し、ライナーノートに目を通し直しました。そこには、あなたの故郷がアメリカ北部の貧しい炭坑町であることが触れられています。あなたのお母様はその町で育ち、中学のオーケストラ部でヴァイオリンと出会った。彼女の父親、つまりあなたの母方の祖父は炭坑夫でしたが、この祖父が落盤事故によって亡くなったあとは、その補償金と奨学金でヴァイオリンの勉強を続け、ついにはあなたと同じヴァイオリニストになった。そして、ミシガン州の小さなオーケストラで、やはりヴァイオリン奏者だったあなたのお父様と出会って結婚。あなたが生まれた」

「――だから、何？」

「あなたのお母様の名前は、フィリス。フィリスはあなたを自分以上のヴァイオリニストに育てるため、貧しい家計をやりくりし、幼いうちからあなたにヴァイオリンの英才教育を施しました」

「ちょっと待って。あなたは、私の父の話を聞きたいのじゃないの？」

「ええ、そうです。もう少し、続けていいですか？」

貴里子はバーバラの目の中に、青白い光が過ぎるのを見た。拒まれる。そう思った。自分が話そうとしていることを、彼女が先回りして悟ったような気がしたからだ。

だが、バーバラは拒まなかった。

「どうぞ」

貴里子は舌の先で唇を湿らせ、続けた。

「フィリスはあなたの学費を捻出するため、夜は掃除婦として働いたことも、あなたが参加するコンテストには必ずつき添い、細々と面倒を見続け、そのためにいつしか周囲からは双子のような母子と呼ばれるようになったことも、ライナーノートで読みました。だけど、お父様については、あなたがまだほんの幼い頃に自動車事故で亡くなったという以外には、ほとんど何も書かれていない。意図的にか無意識にかはわかりませんが、バーバラ、あなたは御自分のお父様については触れないようにしてるんです。それは、何か隠しておきたい秘密があるからではないですか？」

貴里子はそこまで言うとともに、はっと口を閉じた。

優雅で気品に溢れた世界的ヴァイオリニストはいつの間にか姿を消し、目の前にまったく別の女が立っていた。

こういう顔の女には、馴染みがある。そうだ、新宿で、毎晩かならず目にする女たちの顔だ。絶望のどん底で無力感に苛まれながら、必死で留まろうとしている女たち。決して勇気や希望に後押しされてそうしているわけではなく、留まろうとしなければ、おのれが容易くもっと底の底へと転がり落ちてしまうことを知っている人間の顔だ。

こんな彼女を見たくない。

だが、このまま続けなければならない。

たった今バーバラの中で、開けてはならない心の扉が僅かに開いたのだ。

しかし、貴里子がさらなる一歩を踏み込むよりも、バーバラが口を開いて言うほうが早かった。

「貴里子、ちょっとふたりで話しましょう」

「どこに行くんだ？」

ウエスラーが血相を変えた。妻を押し止めようとしたのち、それが不可能だと悟ると、貴里子に矛先を向けた。

「署長、これは微妙な問題なんだ。隠し事をしていたことは悪かった。だが、どうか妻の立場や気持ちをわかってくれ」

「大丈夫よ、マーク。心配しないで。私ならば、大丈夫。それに、貴里子との話は、あとであなたにもきちんと説明するわ。だから、今は彼女とふたりきりにしてちょうだい」

バーバラは唇に淡い笑みを漂わせて穏やかに告げた。

さっき一度見かけたマネージャーらしき女が、一階のエレヴェーターホールでバーバラを待っていた。

「空港から直接ラジオ局に入るわ。だから、飛行機の便を遅らせて欲しいの。空港に向かう時間を確かめて、携帯に連絡をちょうだい。ああ、それと養護施設の神父様へのお土産を、部屋に上がってマークから受け取っておいて」

バーバラは彼女にてきぱきと告げて喫茶ルームへと向かいかけたが、途中で思い直して正面玄関を指差した。

「公園を歩きましょうか。セントラルパークよりはずっと狭いけれど、ここのほうが清潔で、そして可愛らしいわ」

帝国ホテルを出た正面には、日比谷通りを渡った先に日比谷公園がある。

表に出たふたりは通りを渡り、日比谷花壇の前を通って公園へと入った。

早朝の人気の少ない噴水広場では、あちこちに鳩が舞い降り、鈴を転がすような声で鳴きながら餌を啄んでいた。

付近のOLやサラリーマンに朝食用のホットドッグやサンドイッチなどを饗するいくつかの屋台が、今はまだ手持ち無沙汰な様子で営業している。

「貴里子、あなたの判断は間違ってるわ」

「――――」

「話を聞きたいのならば、彼ではなく、この私を訪ねるべきだった。彼は、あなたがたとえ何を訊いても、決して一言も話さないわ。それが私を守ることだと信じてるもの」

「愛されているんですね」

貴里子は日本語では決して口にしないような言葉を口にし、そのことに自分で軽く驚いた。

「愛し合ってるわ。さ、そこに坐りましょう」

バーバラが示す石のベンチに、ふたり並んで腰を降ろした。

「嘘をついてごめんなさい。確かに朱栄志を知らないと言ったのは、嘘よ。あの子は、私の弟です」

「――――」

いきなり、それもあまりにあっさりと言ってのけたバーバラに、貴里子は驚きの目を向けた。

朱栄志が実の弟であることが知れ渡れば、ヴァイオリニストとしてスキャンダルになりかねないだけではなく、五虎界(ウーフージェ)と敵対するどこかの組織から命さえ狙われかねない。様々な理由によって、その身に危険が迫る可能性がある。

貴里子はボディーガード役の男がぴたっと一定距離でつき従い、今も広場の端から周囲に油断なく注意を行き渡らせていることに気づいていた。

「このことは、内密にします」

「そうしてちょうだい。私だって、怖い思いをしたくはないもの」

静かに頷き返すバーバラには、躊躇(ためら)いや恐れはまったく感じられなかった。

「それで、ヴァイオリンには、どんな秘密が隠されているんですか？　朱栄志がなぜあなたのヴァイオリンを入手しようとしているのか、理由を話してくれますね」

バーバラは小さく首を振った。

「推測することはできるわ。でも、それが本当に当たっているかどうかは、ヴァイオリンの中を開けて見てみないことには私にもわからないの」

「ヴァイオリンの内側に、何かが記されていると？」

「ええ、おそらくそう。音に影響が出るので、彫り遺（のこ）したとは思えないけれど、有名なヴァイオリンの場合、裏板の内側に、製作者を記したラベルを貼るのは一般的なの。きっとそこに、何か特別なメッセージがあるのよ」

「もしかして、昨日、陳さんのお宅を訪ねたのも、それを訊くためだったのですか？」

「新しいヴァイオリン製作をお願いに上がったというのは、本当よ。嘘じゃない。だけど、確かにそのことも訊きました」

「それで、陳先生は何と？」

「大昔の話だし、はっきりとはわからないと仰（おっしゃ）ったわ。ただ、依頼主が、何か書き込んだことは覚えていた」

「依頼主というのは？」

「あなたにはもうわかってるんでしょ。その通り、朱徐季（チュー・スーチー）よ。死んだチャイニーズマフィアの親玉は、私たち姉弟の祖父なの。つまり、私たちの亡くなった父親、李光輝（リー・グアンフェ）の実の父親よ」

貴里子は黙ってバーバラを見つめ返した。

――やはりそうだった。

朱徐季が自分の署名をし、孫娘のバーバラへといった添え書きをしていたとしたら、それはバーバラの弟である朱栄志にとっても、自らが朱徐季の正統な後継者であることを証明する材料になる。

　バーバラはベンチから腰を上げた。貴里子の視線を避けたように思われた。

「やっぱりちょっと歩きましょう。確か向こうに花壇があったわね」

　皇居の方角を指差して言い、歩き出す。

「父の話をするわ。あなたが知りたがってる話をね。私の父、李光輝は、朱徐季にとっては不肖(ふしょう)の息子であり、一族からもほとんどまったくその存在を忘れられた存在だった。李は母親の姓よ。私には、父に何人兄弟がいたのかも、父がアメリカに渡る前にどんな暮らしをしてたのかもわからない。唯一わかっているのは、光輝の母親、つまり私たちの祖母が、胡弓(こきゅう)の演奏家だったというぐらいよ」

　バーバラの口調には躊躇いはなく、むしろ一語一語をしっかりと嚙み砕いて咀嚼(そしゃく)するような喋り方だった。

「朱徐季については、きっとあなたのほうが詳しいわ。この人には何人も妻がいて、あちこちに大勢の息子がいた。そうでしょ。そして、現在、五虎界の中心には、異母兄弟である朱の息子たちが、それぞれ大事なポジションにつき、そして、時にはあからさまな勢力争いを行っている。いえ、それは父の時代もそうだったみたい。李光輝(リー・グアンフェ)は、自分の父である朱徐季のことも、こうした朱一族の結びつきも嫌い、生涯音楽家として生きるために単身でアメリカに渡ったの。十五歳の時だったそうよ。それ以降、父は様々な職業を転々とし、貧しい暮らしを続けながらも、母親が細いコネをたどって見つけたヴァイオリンの先生について練習を積んだそうよ。アメリカに渡った父が、それ以降、朱徐季と関わることはまったくなかった。私たち一家だってそう。私が十三歳の時に、世界的なコンクールで認められるまでは――」

「あなたのヴァイオリニストとしての成功を知って、朱徐季のほうから接近して来たんですね？」

「そうよ。父は朱徐季にとって、顧みることもない不肖の息子だった。それなのに、その孫娘がコンクールで注目を集めるようになったら、きっと老人の中の虚栄心が刺激されたのよ。そして、陳莫山に依頼して、高価なヴァイオリンの贈り物をした。でも、それは私や母を祝福したいからじゃない。自分の名前が入ったヴァイオリンを私に使わせることで、虚栄心を満たすためよ。ヴァイオリンの中には、きっと朱徐季の名前と、それから孫娘のバーバラへという一言が添えられているはず。見たくもないわ」

バーバラはおぞましいものを体内から吐き出すようにして、最後の一言をつけ足した。

野外音楽堂の脇に回り込むとともに、目の前に色とりどりに咲き誇る花が現れたが、それがバーバラの目に入っているとは思えなかった。

「朱栄志という男の過去は、ずっと謎に包まれていたんです」

貴里子はひとつ間を置き、そう話題を振った。「我々警察にも何もわからなかったし、チャイニーズマフィアの人間たちは、誰もがその話題に触れるのを避けようとしてました」

「それはたぶん、私たちの父親である李光輝が、朱徐季からまったく相手にされない息子だったからじゃないかしら。弟は、十五歳でアメリカを捨てたの。奇しくも、父がチャイニーズマフィアの血を嫌い、その一族の土地である中国を去ってアメリカに来たのと同じ歳だったわ。私と母を残し、栄志はただひとり、朱徐季という祖父に憧れ、その祖父が牛耳る五虎界へと身を投じてしまったのよ」

「答えにくい質問かもしれませんが、なぜ弟さんは、チャイニーズマフィアの世界に飛び込むつもりになったのでしょうか？」

バーバラは暗い目で貴里子を見つめた。

視線をゆっくり手許へと下げる。

「それは、私の手のせいよ」

「──どういう意味ですか？」

しばらく何も応えなかった。何と応えるかを考えているというより、自らもまた正確な答えを探しているように見えた。

「あら、可愛い花。あれは何かしら？」

「撫子です」

「撫子？」

「西洋名は何というのかしら。ごめんなさい、ちょっとわかりません」

「アメリカにはない花かもしれない。私、初めて見たわ」

ふっと息を吐きながら視線を泳がせ、花壇の一画に咲く薄いピンク色の花を見つめた。可憐な細い花びらが、花火のように四方に広がっている。

目を線のように細め、愛娘を愛でるような表情を浮かべてから、おもむろに両手を顔の前で広げて見せた。

「私のこの手を、どう思うかしら。大きくて、女の手には見えないでしょ」

貴里子は何とも答えなかった。確かに、男の手のようにごつくて、大きい。それに、親指の先が蛇の頭のように肉厚でしかも尖っている。

「ほら、あなたの親指は、こんなふうになる？」

バーバラはちょっと戯けてみせつつ、今度は親指一本を顔の前で立てた。関節が後ろへと直角に曲がり、親指の腹が空を向いていた。反った指の先端が鋭角に尖り、益々獲物を狙う蛇のように見える。

「これはね、父の血なの。母からそう聞かされたわ。こういう手をした子供は、先天的にヴァイオリンの演奏家に向いているんですって。胡弓の演奏家だった祖母から受け継いだ指よ。でも、栄志は違った」

「…………」

「あなたがさっき言ったでしょ。母と私は双子のようだと言われていたと。母は、いつでも私につきっきりだったわ。その間、栄志はいつでもひとりで捨て置かれていたの。あなたの話をひとつ訂正しなければ。父は、私が五歳の時に亡くなってるのよ。CDのライナーノートに母のことしか出てこないのは、私には父の思い出がほとんどないため。父を憎んでいたり、秘密にしたいためじゃないの。母は私が幼い頃から、女手ひとつで私を育てたと、ちゃんとそう書いてあったはずよ」

「そうでした。すみません」

本当はわざと省いて言わなかったのだが、貴里子はただ素直に詫びた。

「栄志はその時、まだ一歳ちょっとだった。父の記憶は、何もないわ。あの子には、母親しかいなかったの。だけど、母の愛情は偏っていた。子供の目から見ても、極端この上ない人だったわ」

「姉であるあなたにばかり愛情を注いだと？」

「いいえ、違うわ。ヴァイオリンにだけ注いだのよ。母の収入では、ふたりにヴァイオリンを習わせることなど、到底できなかった。早々にひとりを選ぶ必要があったのよ。もしもヴァイオリンの才能が、私にではなく栄志に受け継がれていたとしたら、母は躊躇いもなく栄志を選んだにちがいないわ」

「――――」

「ライナーノートに母が頻繁に登場するのは、母がそれを望んだからよ。あの人は、娘である私と一緒に、自分のことも注目して貰いたかったの。十三歳の天才ヴァイオリニストを育てたのは、他でもないこの自分だと、世界中に宣伝したかったの。貴里子、私はひどい姉なのよ。私は母に嫌われることが怖かった。嫌われれば、私も弟のように見捨てられると思った。だから、栄志を見捨てたの。弟を見捨てることで、自分ひとりが母からの愛情をこの身に受け続けてきたの。最低の姉だわ」

バーバラは顔の前に出していた手を背中に隠し、儚げに微笑んだ。

「バーバラ、もうひとつ教えてください。最近、朱栄志とお会いになったことは？」

「いいえ、ありません。あの子とは、もうずっと会っていないわ」

訊いておかねばならない質問だった。

「でも、連絡は？」

「それもないわ。だけど、一年ちょっと前、去年の春頃だった。弟に雇われたという弁護士が、テキサスの我が家にやって来たことがあったの。そして、盗まれたヴァイオリンのことを訊かれたわ。ヴァイオリンには何かサインがなかったかと、さっきのあなたと同じことを知りたがった。私は同じように答えたわ」

「もしも朱栄志が連絡を寄越したら、報せてくれますね？」

バーバラははっとした。貴里子を見つめ返し、首を振った。絶望にまみれた、か弱い女の姿はもうどこにもなかった。

「その約束はできない。私、嘘をつきたくないもの」

バーバラの携帯電話が鳴り、彼女は言葉少なに応対した。

「秘書からだった。飛行機の時間があるので、もう行かなくては」

「ヴァイオリンがあなたの手に戻ったら、どうしますか？　中を確かめ、それを朱栄志に教えるのですか？」

「私はもう、あのヴァイオリンを手にしたいとは思わないのよ。そうでなけりゃ、あなたに、探すのをやめて欲しいと頼まないわ」

「つまり、弟さんの手に渡ればいいと？」

「どうなろうとも知らない」

「朱栄志がそれを必要とするのならば、手に入れればいいと思っておいでなんですね？」

そう確かめる貴里子を、バーバラは哀しそうに見つめ返した。

6

「どこがアパートだ。高級マンションじゃねえか」

青山通りから豪勢な建物を見上げ、柏木が呟いた。沖は黙って頷いた。地上十二階建て。この最上階に、津雲美優の部屋がある。両親が買い与えたものだった。そこに、陳弦悠(チェン・シエンヨウ)は転がり込んでいる。

「父親の津雲荘介(そうすけ)は、美容整形外科医で、都内の数ヶ所に病院を経営してるそうですよ」

柏木の向こう側に立つ仲柳文雄が、沖に向かって報告した。

この春に異動になってきた新米刑事だ。大学出なので、年齢は先輩の柴原より上で、そのことがふたりの間にわだかまりを生むひとつの原因になっていた。

背が高いが、いつも気怠(けだる)げに首を前に突き出しており、朝飯をちゃんと食って来いと叱りつけたくなるような青白い顔色をしている。なんでも無難にこなそうとしている節があり、おそらくはこの不景気で職が見つからず、倒産しないからというぐらいの理由で警察官になった口だろうと沖は見ていた。毎年、そういう警官が増えていく。どこかで一度がつんとやらなければと思いつつ、捜査に追われて時間が経ってしまっていた。

「行こうぜ」

柏木が沖に顎(あご)をしゃくったのち、仲柳のほうに顔を向けて声を潜めた。

「おい、おまえは余計なことを言うんじゃねえぞ」

仲柳が「はい」と返事をしながら、こっそりと嫌な顔をする。

沖はそれに気づいたが、何も言わずにエントランスを目指した。

エントランスのインターフォンで部屋番号を押すと、間もなく若い女の声が応対した。

「津雲美優さんですね」柏木が応じ、わざわざそう確認する。「警察ですが、ちょっとお時間をよろしいでしょうか?」

「警察が、どういった御用です?」

「お友達の陳弦悠さんにお話を伺いたいんです。そちらにおいでですね。ちょっと上げていただけませんか」

短い沈黙が下りたのは、陳と話しているのだろう。

「彼に、いったいどんな御用なんです?」

やがて、再び女の声が応対した。

「御本人にお話しします。頼みますよ、津雲さん」

「――わかりました」という声には、力がなかった。

オートロックが解除されたエントランスのドアを抜け、エレヴェーターホールを目指す。最上階に上がって部屋を訪ねると、髪の長い痩せた女がドアを開けてくれた。西洋人形を思わせるような美しい顔立ちをしている。

その背後、リビングらしい部屋の戸口に男が立ってこっちを見ていた。天然パーマらしい髪が無造作に伸び、鳥の巣のようだ。口髭(くちひげ)を生やしているために一見老け(ふ)て見えるが、ちょっと注意すれば肉の付き具合からも目鼻立ちからも三十前の若者であることがわかる。

沖たちは三人揃って警察手帳を呈示した。

「陳 弦悠さんだね」

沖が女を飛び越し、戸口の若者に直接声をかけた。

「俺に何の用なんだよ？」

弦悠は億劫そうに訊き返し、胸の辺りをぽりぽりと掻いた。このマンションには似つかわしくないような、首の周囲が伸びきったよれよれのTシャツを着ていた。

「親父さんのヴァイオリンのメンテナンスを、きみが何度か請け負ったことがあるね」

柏木が言った。弦悠は今度はもじゃもじゃの髪を掻き始めた。ふけが飛ぶのが、ここからでも見える。

「――だから何なんだよ？」

「そうしたヴァイオリンについて、詳しく話を聞かせて欲しいんだ。きみが関わったヴァイオリンの中に、出所がはっきりしないものがあったはずだな」

「そんなのねえよ。親父のヴァイオリンは、みんなしかるべき筋に売ってるんだぜ」

答えるのが早すぎる。

それでぴんと来た。この男は、刑事が訪ねてくることを予測していた。父親の莫山から聞いたのか、と思いかけ、姉の顔が目に浮かんだ。野枝という姉が連絡したのではないか。そんな気がした。

　問題は、姉との間でどんな話をしたか、だった。

「素直に話してくれんかね」柏木が顔を顰めた。「聞けば、勘当同然の身らしいな。かつて小遣い稼ぎでヴァイオリンを勝手にメンテして、親父さんから随分とお目玉を喰らったらしいじゃないか。ここで黙っていると、大事になって、また親父さんの怒りを買うことにもなりかねないんだがね」

　弦悠は柏木の言葉のジャブに対して、目を三角にして怒り始めた。

「親父に言いたければ、言えよ。俺は痛くも痒くもねえぞ」

　ふたりのやりとりを黙って聞いていた沖は、はっとした。ニスの匂いだ。この若造は、今でもなおヴァイオリンのメンテナンスを行っているのか。

　柏木に目配せする。

　だが、柏木はそれには気づいたものの意味はわからなかったらしく、要領を得ない顔つきをしていた。

「悪いな、ちょっと上がらせて貰うぜ」

　沖は素早く靴を脱ぎ、そう告げた時にはもう広い玄関ホールを横切って、弦悠のほうへと近づいていた。若者が立つ後ろがリビングだ。

「ちょっと待って」

「おい、何だよ、勝手に上がっていいのかよ」

美優と弦悠(シェンヨウ)が同時に声を上げたが、沖は気にもとめなかった。

気圧(けお)された様子で身を引く弦悠の脇をかすめて戸口を入る。

広いリビングは、アンティーク調の家具と最新の電化製品で見栄えよくまとめられていた。天井まである大きな窓ガラスの外に、六本木ヒルズが見える。

リビングの奥にあるドアを開けると、立派なダブルベッドが鎮座していた。

「ちょっと、刑事さん。何やってるのよ」

美優の声が大きくなる。

ここじゃない。

だが、間違いない。今では沖は、ニスだけじゃなく膠(にかわ)の匂いも嗅(か)ぎ分けていた。

「他に部屋があるだろ」

確信に満ちた口調で尋ねると、美優も弦悠も目を逸らした。

素早く頭の中で部屋の間取りを思い描く。玄関ホールにあった別のドアは、トイレと風呂のものだったはずだ。

柏木は居心地の悪そうな顔をしていたが、仲柳の目には何かを期待するような色があることに気づき、沖は軽く苛立ちを覚えた。あの新米には、まだ当事者意識がないらしい。

寝室のドアを開けた時に匂いが強くなったことから確信し、中へと歩み入る。

向かって左側の壁に寄せて、やはりアンティーク調の簞笥(たんす)と鏡台が並び、右側にはクロゼットのものらしい扉があった。

「ちょっと、いい加減にしろよ。いくら警察だって、こんなの失礼だろ」

弦悠が喚いて二の腕を摑んできた。

沖はその手を振り解いてクロゼットへと歩いた。

扉を開けると、中は思った通り三畳ほどの広さはあるウォーキングクロゼットだった。

そこには衣類は一枚も掛けられておらず、奥の壁と左側の壁につけてL字形に作業台が据えつけられ、各種の鋸や鑿、刷毛、それに、液体を入れた容器や万力などが並び、壁にはヴァイオリンの手書きの設計図が貼ってあった。机上の板は、それぞれが楽器のどこか一部だ。クロゼットの隅に、小型の扇風機と除湿器が並んで置かれていた。

息子は父のヴァイオリンのメンテナンスを勝手に請け負っただけじゃなく、自分自身の力で新たなヴァイオリンを作ろうとしているというわけか。

振り返ると、弦悠が、怒りと困惑がない交ぜになった顔で立っていた。

「やめてください。何なんですか、あなたは」美優が声を荒らげ、弦悠を自分の背中に庇おうとした。「父に言って、正式に抗議して貰うわ」

「お嬢さん、あんたは黙っててくれ」

沖は静かに告げ、改めて弦悠を見つめた。

「ここは、あんたの作業工房か？」

若者は沖を睨みつけた。

目の奥に微かな怯えがあることに気がついた。

「親父さんに対抗してるんだな？」

静かな声のままで問いかけた。目を逸らさず、他意がないことを示そうとするが、それが伝わったかと思った瞬間、弦悠の中で何かが弾けた。

「俺は親父に負けたわけじゃない。俺だって、一から自分で自分の音を作り出せるんだ」

睨み返してくる目の真っ直ぐさが痛かった。

「弦ちゃんは、いい加減な気持ちでヴァイオリンと向かい合ってるわけじゃないのよ」美優が言葉を重ねた。「楽器メーカーを馘になったのだって、型にはめた楽器作りしかしない上司と衝突したのが直接の原因なの」

「やめろ。説明する必要なんかない」

沖は理解した。

「きみは親父さんのヴァイオリンを解体したことがあるな？」

「――――」

「そして、構造を調べた。そうだな？」

「だから何なんだよ。悪いかよ」

「それは、彼女が陳莫山から買ったヴァイオリンだったのか？」

弦悠は唇を引き結んだ顔を背けた。それが答えだった。

「違うな。それは、どこの誰がメンテを頼んだヴァイオリンだったんだ?」

「知らねえよ。俺は何も知らねえ」

「おい、陳」

黙って話を聞いていた柏木が、弦悠の肩に手をかけ、自分のほうへと振り向かせた。

「おまえ、なんで届け出た住所に住んでねえんだ。執行猶予中は、勝手にヤサを変わることは許されてねえんだぞ。わかってるんだろうな」

弦悠は唇を真一文字に引き結び、暗い目つきで柏木を睨み返した。

沖は胸の中で舌打ちした。柏木のやつは、焦って詰めを誤る癖をなんとかすべきだ。

「ヴァイオリンの裏板には、製作者の名前を記したラベルを貼る。そうだな。おまえの親父さんも、いつでもそうしてる」

努めて静かな声で言い、話を自分に引き戻した。

「――ああ、そうみたいだな」

「そのヴァイオリンには、親父さんのサイン以外に何か書かれてあったはずだ」

「知らねえよ」

「よく思い出せ」

「わからねえって」

弦悠（シエンヨウ）の態度で、ピンときた。この男は、最近、既に同じことを訊かれている。

「姉貴から連絡があったな」

吐きつけると、弦悠は目をしばたたいた。

「親父さんからは勘当状態らしいが、姉貴は、おまえのことをちゃんと気にかけてくれてるんだな。いや、親父さんとの橋渡しをしてくれてるのか。ありがたいじゃねえか」

「知ったような口を叩くなよ」

食ってかかってはいても、視線が落ち着かないままだった。

「姉貴に何と言われたんだ？　ヴァイオリンのことは、警察に何も話すなと頼まれたのか？」

「姉貴は関係ねえ」

「弦悠、素直に答えろ。教えてくれ。おまえの親父さんが作ったヴァイオリンが盗難に遭い、それが闇市場で取引されて、どこかへ流れたんだ。本当に音楽を愛し、楽器を慈（いつく）しむ人間が入手したわけじゃないかもしれん。ヴァイオリンを、そんな人間の手にずっと置いておきたいのか。それがほんとにヴァイオリンのためなのか」

弦悠は沖を見つめ返した。

じきにその目を重たそうに伏せ、息を長くひとつ吐き落とした。

「——調布にある、極楽光明寺（ごくらくこうみょうじ）って寺だ」

「寺――？」

「ああ、そこの木戸って住職から頼まれた」

「フルネームは？」

「木戸静雄」

「ありがとうよ」

弦悠は、礼を述べて背中を向けようとする沖を呼びとめた。

「待て。まだある。あんたが言ったラベルには、親父の名前と製作年の他に、中国語で何か書かれていた。俺は中国語が読めねえし、大して気にもとめてなかったんで、何と書いてあったのかはわからねえ。それから、もうひとつ。普通、ラベルは、裏板のほぼ真ん中に貼るものなんだ。だから、別段、ボディを解体しなくても、表板のfフォールって孔から覗けば見えるのさ。だが、あのヴァイオリンの場合は、覗いても見えない位置に貼ってあった。変だなと思ったんで、そのことはよく覚えてる」

沖は黙って弦悠の話を聞いた。ラベルに書いてあった中国語を読まれないように、貼る位置をずらした。そういうことか。

若者の中で、張りつめていた糸が切れるのが見えた。険が取れ、どこか幼い顔つきになっている。

「なあ、刑事さん」小声で言い、眩しそうに顔を背けた。「親父には、その……、俺がここでこうしてることは、黙っていてくれ」

「ああ、わかった」

　沖は、はっきりと頷いて見せた。


　マンションの表に出、車を停めたコインパーキングを目指して歩きながら、貴里子の携帯にかけた。弦悠とのやりとりを詳しく説明したのち、調布の木戸という住職を大至急当たることを報告した。

「記されていたのが中国語だということ以外はよくわからないという話には、嘘はなかったのね？」

「ええ、嘘をついてる様子はなかったですよ」

「わかったわ。じゃあ、三人で木戸という男の捜査をお願い」貴里子は僅かな間を置き、つけ足した。「慎重に動いてちょうだい。私たちが木戸に目をつけたことを朱栄志（チュー・ロンジー）が知れば、一歩先んじて強引な手に出る危険性もある。いい、ヴァイオリンは切り札よ。絶対に我々で、しかも極秘裏に入手しなければ」

「わかってます」

「私のほうは、バーバラに話を聞けたわ」

「ウエスラーじゃなく、バーバラにですか——？」

「ええ、そう。詳しくは捜査会議で話すけれど、バーバラと朱栄志は姉弟で、朱徐季が
ふたりの祖父であることを彼女が認めたわ」
「やはりな、思った通りだ」
「だけど、彼女のために、このことは大っぴらにはできない」
「ええ、わかってますよ。楊武の移送のほうは、どうなりました？」
「今からまた埼玉県警に連絡を取る。大丈夫なはずよ。木戸という男の詳細がわかったら、
特捜部全員に招集をかけてちょうだい」
「了解しました」と答えて携帯を切った。
　コインパーキングに着いていた。付近に人影がなかったので、立ち話で柏木と仲柳のふ
たりに貴里子とのやりとりを掻い摘んで聞かせ、バーバラの話は極秘事項だと念を押し、
木戸の捜査は目立たないようにやることを強調した。
　沖は仲柳に小銭入れを放り、精算機へと走らせた。
「おまえらの分も、それで払え」
　この新人には、そういうところから一々言わねばならない。
　仲柳は戻ってきて恭しく小銭入れを沖に返すと、「領収書も中に入れときました」と報
告した。沖は何も応えなかった。一々少額の領収書をしち面倒くさい経理の作業に回すほ
ど、刑事の仕事は暇ではないのだ。

「おい、運転は俺だぞ」

柏木は仲柳に告げてから、沖のほうを見て唇の片端を歪めた。

「この若いのには、運転ひとつ任せられねえ。昨日も、うっかり前の車のケツを掘りかけたんだぜ。まったく、警察学校で何を習ってきたのか」

沖は微かに顔を顰めた。どうやら柏木のやつは仲柳に愛想を尽かし、いびり倒すことにしたらしい。ちらっと仲柳に目をやると、覇気のなさそうな顔を強ばらせて地面を見つめている。

一度じっくりと話してみる必要があるのはわかっていたが、今は億劫だった。気に入らない若手をいびるデカも、いびられて蒼くなっている新米も無視して、ひたすら捜査に邁進したい。

それなのに、気がつくと口が勝手に動いてしまっていた。

「来い、仲柳。おまえは俺と来るんだ。カシワ、この新米にちょいと話がある。いいな」

「俺からもそう頼みたかったところさ。あんたに任せるよ、チーフ」

くそ、こんな時だけ「チーフ」呼ばわりしやがって。

「僕が運転しましょうか?」

車を停めた場所に向かいつつ、仲柳が訊いてきた。

「俺がやる」と、答えたものの、沖はすぐに思い直した。運転は下っ端がやるものだ。

「いや、やっぱりおまえがやれ」と、キーを投げて渡して助手席へ歩く。

だが、乗り込むとともに、荒っぽい運転で車を出されてひやっとした。隣に駐車した車との間には、充分な隙間（すきま）があったのに、危うくボディを擦（こす）るところだった。

「あの、チーフ。訊いてもいいですか？」

表の通りに出るとすぐに、口を開いて訊いてきた。

「何だ？」

「朱栄志って、どんな野郎なんです？　何もかも僕が来る前の事件なんで、何もわからなくて。やっぱり、危険なやつなんでしょうね」

沖は横目で運転席を睨みつけた。やはり柏木に預けたままにしておくべきだったと、激しく悔やんでいたのだ。おまえは着任早々の新署長か、と怒鳴りつけたい気持ちを抑えつけ、静かな声で告げた。

「知りたけりゃ、捜査資料を読んでおけ」

甲州街道に入って間もなく、沖の携帯が鳴った。

抜き出し、ディスプレイを見ると、公衆電話からだった。微かな予感を覚えつつ通話ボタンを押すと、低い声が聞こえてきた。

「俺だ。留守電を聞いた。沖だな」

昨夜のうちにこっちから電話をし、取引がしたいとの伝言を残しておいたのだ。貴里子から揺さぶりを受けた翠　緑（ツイリュー）がかけた先だった。当たりが出たのだ。

「文　建明（ウェン・ジェンミン）だ。公衆電話からかけてる。逆タンを要請しろ」

沖は通話口を手で塞（ふさ）ぎ、ハンドルを握る仲柳に口早に告げたあと、つけ足した。「それから、カシワに連絡し、路肩に一緒に車を停めろ」

何か緊急の対応を迫られた場合、仲柳ひとりでは頼りないと思ったのだ。

「楊武の移送はどうなった？」

文が言った。日本暮らしが長いせいだろう、文は案外と綺麗（きれい）な日本語を話した。

「まだ検討中だ」

「俺も危ない橋を渡って電話をしてるんだ。正直に答えろ。どうなった？」

沖は目を閉じ、頭をフル回転させた。文は声を潜めていて、早口で、落ち着きがないのがわかる。これはチャンスだ。やつは思った通りに、まずい事態に直面している。追い詰められていると見ていいかもしれない。

「まだ時間ははっきりしないが、移送はほぼ決まりそうだ」

「ほんとに時間は決まってないのか？」

「ああ、まだだ」

「もう、白嶋から電話があったか？」

「いいや」と応じると、文は沈黙した。何かを思案しているというよりは、躊躇っているような感じがした。こうして繋ぎを取っては来たものの、最後の一歩を踏み出す決断ができないのか。

仲柳が車を路肩に寄せて停めた。

フロントガラスの先で、柏木も車を停め、運転席から飛び出すのが見える。

走って近づいてくると、助手席のドアを開け、沖のほうに耳を寄せてきた。

「良いか、今から俺の言うことを聞け。じきに白嶋から電話があるだろうが、やつの指示通りに動いたら、おまえも楊も殺される」

「それはどういうことだ？」

「俺たちは、楊を取り戻すんじゃなく、口を塞ぐように命じられたと言ってるんだ。おまえが指示に従って楊を取引場所に連れて来たら、そこでふたり揃って蜂の巣だ」

なるほど、楊はやはり何かよほど重大な秘密を知っているのだ。文たちは楊の奪還を企てたが、その背後にいる組織のほうは、手っ取り早く口を塞ぐ道を選んだ。そういうことにちがいない。

「冗談じゃねえぜ。命はひとつしかねえんだ」

「だから電話したんだよ。いいか、おまえは取引場所に行く途中で、ドジを踏んだ振りをして楊を逃がすんだ。そしたら、親父を返してやる」

「とぼけたことをぬかすんじゃねえ！　親父と引き替えでなけりゃ、楊は渡さんぞ」

「他に親父が助かる道はねえんだよ。俺の言う通りにしろ」

口調から、はっきりとわかった。この男は自暴自棄になっている。そして、理性的な判断ができなくなっている。つまり、危うい状態ではあるが、チャンスでもある。

「おい、親父は今でもおまえらの元にいるんだろうな？」

沖は押し殺した声で訊いた。

「決まってるだろ」

ピンときた。

「くそ、おまえらを背後で牛耳ってる組織が連れていったな」

「俺たちは誰にも牛耳られてなどいねえ」

「ほざいてるんじゃねえぞ、このチンピラが！」

怒鳴りつけると、文は電話の向こうで沈黙した。荒い鼻息だけが聞こえてくる。

運転席の仲柳が自分の携帯を口元から離し、顔を輝かせて沖を見た。

「逆タンできました。東中野駅前の公衆電話です」

「東京に入ってたか。よし、すぐにパトカーを向かわせよう。甲州街道から環七を行けば、俺たちだってすぐだぜ」

柏木が勢い込んで言う。

沖は慌てて携帯の通話口を押さえた。

「待て。文が確認できたとしても、手を出すな。慎重に周辺を固め、俺が合図するまでは待機だ」

「なんでだよ？」

「交渉中だ」

「交渉もクソもあるか。野郎をパクり、おまえの親父の居所を吐かせりゃいい」

「チーフは俺だ。命令に従え」

議論をしている暇はない。命じると、柏木が怒りを込めた目で睨んできた。

「この野郎は、バックの組織に責め立てられて、すっかり浮き足立ってる。交渉などしても、無駄だぞ」

「チーフは俺だと言ってるだろ。黙ってろ」

沖は柏木を睨み返して吐きつけた。

「いいか、聞いてるな。何もかも俺に任せろ」

改めて携帯を口元に近づけ、文に呼びかける。

「何を言ってんだ？」

「よく聞け、文。おまえは、親父がどこに監禁されているかを探り当てるんだ。その代わり、俺はおまえの姉貴の井関美鈴を助け出してやる」

「姉貴をだと……。朱栄志んとこからかよ？」

「そうだ」

「いい加減な出任せを言うな。そんなこと、できるわけがねえ……」

「警察はな、おまえらみたいなチンピラの何百倍もの力を持ってるんだよ。任せとけ」

「楊はどうなる？」

「調子に乗るなよ。野郎はヤードの責任者で、しかも、そこからは死体がひとつ出てる。長いお勤めになるぜ。もっとも、おまえが背後関係を一言チクリ、バックにいるのが誰なのかを教えれば、取調べに手心を加えてやってもいいがな。野郎に対してできるのは、それだけだ」

「――駄目だ。楊と姉貴と両方だ。ふたりとも引き渡すなら、親父のことを考えてやってもいい」

「おまえ、他人にそんな要求をできる立場かよ！」

「何だと、この野郎」

「忠誠を尽くせ。その証(あかし)を見せろ。それにゃあ、まずはてめえの右腕である楊武をてめえ自身の手で殺してみせろ。そう言われたんだろ」

「――――」

「俺は、おまえらのような連中をごまんと見てきたんだ。だから、ここではっきり教えてやる。おまえがこの先、どうなるのかをな。忠誠を示した挙げ句、用済みになったら捨てられ、最後は虫けらのように殺される。いいか、よく聞け。その時になって、おまえの脳裏にゃ、自分がその手で息の根を止めた楊武の姿が必ず蘇ってくるんだ。必ずな」

「やめろ！」

「文建明、俺を信じろ。仲間を殺せと命じる野郎より、デカを信じたほうがマシだと思わねえのか。親父の居所を嗅ぎ出すんだ。おまえがやるのは、それだけでいい。あとは俺がやる。わかったな」

「――考えさせてくれ」

「ああ、考えるがいいさ。だが、時間がないことは、おまえだってわかってるはずだ」

沖は通話を自分のほうから切った。

「公衆電話の周囲に警官が待機できたそうです」仲柳が言った。「どうしますか、チーフ。指示を待っていますが」自分の携帯を口元に留めたままで、訊く。

沖は目蓋（まぶた）を硬く閉じ、平手で円を描くようにして二度スキンヘッドを撫でた。

「野郎が動き出したら、こっそりとあとを尾（つ）けさせろ。慎重にだ。俺も今からそっちへ行く。カシワ、悪いが木戸の調べは、しばらくおまえひとりで進めてくれ。仲柳を連れて行く」

「なぜだよ。せっかく居所を摑んだんだぞ」柏木が目を剝（む）いた。驚愕と不信感とがゆらゆくる」

「その時はその時さ。野郎は、追い詰められてるんだ。必ずまた向こうから繋ぎを取って

「尾行に気づかれて逃げられたらどうするんだ」

「今、野郎をパクったところで、親父の居所は知らねえんだ。意味がない」

らしている。「パクればいいじゃねえか」

「おい、幹。親父さんの命がかかってるんだぞ。慎重に手堅くいけ」

「そうすりゃ、親父が助かるのか?」

「おまえのその強気もいい加減にしろよ。賭けをしてどうするんだ」

沖は柏木の両目を見据えた。

「賭けをしなけりゃ、親父は戻ってこねえ。そんな状況なんだ。俺は強気に出てるわけじゃねえ。今、自分が最良だと思う判断をしているだけだ」

携帯電話が鳴り、抜き出すとディスプレイに非通知の文字があった。

「話は以上だ」沖はそう吐き捨てると、議論を打ち切るために車を降りた。

通話ボタンを押して耳元へ運ぶと、聞き覚えのある声が聞こえてきた。

「楊武(ヤン・ウー)の移送はどうなった?」白嶋は、挨拶もなく訊いてきた。

「まだ上手くいかん」

「いい加減にしろよ。俺は正午までと言ったはずだぞ。親父がどうなってもいいんだな」

「待ってくれ。俺は一介のデカに過ぎないんだぞ。警察組織の中じゃ、何の力もない。必死でお偉方を口説いてるが、どうにもならねえこともあるんだ。もしもどうしても説得ができないなら、力尽くでなんとかする。だから、もうちょっとだけ時間をくれ」

「駄目だ。デカのやり口はわかってる。そうやって時間を稼ぎ、あれこれ嗅ぎ回ってるんだろ。三時まで待ってやる。これが最後だ」

　白嶋は沖の言葉を遮って吐きつけた。「三時きっかりに、楊を連れて、ふたりだけで大田区の六郷土手に来い」

「待て。無理を言うな」

「正午まで、と時間を区切ったはずだぞ。プラス三時間も猶予をやってるんだ。ありがたく思え。どんな手を打つかは、おまえの勝手だ。とにかく、言う通りにしなかった場合、親父の命はないものと思え」

「おい、待て」

　沖が呼びかけた時には、もう電話は切れていた。

　舌打ちして、腕時計を見た。あと四時間ちょっとしかない。

7

沖とのやりとりを終えた貴里子は、携帯電話を仕舞って地下鉄の降り口へと急いだ。

日比谷通りの降り口を下りかけたところで再び呼び出し音が鳴り、仕舞ったばかりの携帯を出して通話ボタンを押した。何か言い残したことがあって、沖がまた電話をしてきたと思ったのだ。

電波を伝ってやってきた声を耳にし、通話ボタンを押す前にディスプレイを確認しなかったことが悔やまれた。話し出す前に、それなりの心構えが必要な相手だった。

「久しぶりだね、貴里子君。今、ちょっといいかね」

深沢達基は勿体(もったい)ぶった口調で訊いた。警視庁に戻って警務部人事二課長の席に就いてからは、K・S・Pの署長だった時にも増して、勿体ぶった話し方や素振りが際(きわ)だった気がする。

「御無沙汰しております。どういった御用件でしょうか？」

「たった今、K・S・Pのほうに電話をしたら、出ていると聞いたのでね。携帯に電話をして悪かった」

「いえ」と応じつつ、早く用件を言ってくれと胸の中で急(せ)かす。

「殉職した谷川刑事のことだよ。その時の状況を、詳しく訊きたい。昨夜のうちに人を介して伝えるつもりだったのだが、きみは入院中の病院から無断で抜け出したそうだね」

「——状況を、ですか？」

「谷川君の御遺族に対して、警察としてきちんと説明しなければならないし、マスコミへの対応だってある。状況を把握しておかねばならないのは、当然だろ。万が一にも、一緒に居合わせたきみの判断ミスとか、そういったことがあってはならない」

さり気なく続けられた最後の言葉が胸に刺さったが、貴里子はそれを相手に悟られたくなかった。

「そうだろ、貴里子君」

深沢は一拍置き、そう確かめてきた。

「はい」と、貴里子は押し殺した声で応じた。

「では、至急、こちらへ来てくれたまえ。私が直接、きみから話を聞きたい」

貴里子は「捜査中です」という言葉を呑み込んだ。言ったところで、深沢の態度が変わるわけがない。

「わかりました。五分で伺います」

「五分——？」

「はい」

「きみはクラーク・ケントかね」

なぜこれを面白い冗談だと思えるのか、どう考えてもわからない。

「たまたま、日比谷公園に来ているんです」

貴里子は深沢の気分を損ねないよう、ジョークによって軽く和んだ口調に聞こえるようにと気をつけた。

「なんだ、そうなのか。じゃ、公園内の喫茶店で待っていてくれたまえ。ちょうどコーヒーを飲みたかったところなんだ。それに、少し内々の話もあってね。五分で行くよ。背広を脱ぎ捨ててね」

深沢はそう言って言葉を切りかけたが、「おっと、それはケントがスーパーマンに変身して、という意味だよ」と、わざわざつけ足した。セクハラで訴えられることを危惧したにちがいない。

他人から揚げ足を取られないように、いつでも厚い鎧を身に着けている男。そして、他人の隙を見つけた時には、決して見逃さずにそこを突いてくる。

日比谷公園にいると言ってしまったことが心底悔やまれた。この男から、「内々の話」など聞かされたくないのだ。

だが、電話はもう切れてしまっていた。

コーヒーを飲み終えた貴里子は、最初は梅雨の晴れ間の景色に目を遊ばせていた。公園の樹木の若い緑が、潤いをたっぷりと含んだ空気を呼吸している。

だが、段々と周囲の景色よりも腕時計に目をやる頻度のほうが多くなった。

深沢は五分でやって来ると言ったくせに、三十分が経ってもなお姿を現そうとはしなかった。十分が経ち、十五分が経過した頃まではまだ、電話を切ったあとで何か突発的な用件が舞い込み、それで警視庁の自室を出るのが遅れているのだろうと思っていた。

しかし、二十分が過ぎた頃からは、段々とそうして自分を納得させることが難しくなり、三十分が経った時にはもう、敢えて時間を遅らせているのだという確信を打ち消せなくなった。こういう仕打ちをするのは、いったい何のためだ。

深沢の電話を切ったあと、沖から再び電話が入り、文建明が繋ぎを取ってきたことを教えられていた。こんなところに、こんなふうに坐っている場合ではないのだ。

四十分ちょっと過ぎ、グレーの三つ揃いを着た深沢は、汗ひとつ流さずに現れた。ゆったりとした動作で、貴里子の向かいに腰を降ろした。

「いやあ、急な用事が入ってしまってね。待たせてしまって申し訳ない」

すらすらと詫びの言葉を口にし、目で貴里子のコーヒーカップを指した。

「空じゃないか。もう一杯どうだね」

せめてもの抵抗で「結構です」と応じたが、深沢は意に介する様子もなく、「まあ、そう言わずに」といなすと、ウエイトレスを呼んでコーヒーをふたつ注文した。

「どうだね。署長職にはそろそろ慣れたかね」

「はい、まずまずです」と応じる口調が、ついつい冷ややかになってしまう。それが相手に伝わるかもしれないが、貴里子は構わないことにした。

「まあ、あまり焦らずに、現場を信頼し、ゆったりとした気持ちで務めることだよ」

「はい」

「K・S・Pには、沖君たち、個性の強い刑事が多いが、それも新宿という街の治安を守るためには必要なことだ。そうだろ。私も本部に戻ってあそこの署を預かっていた頃のことを思い出したら、そういう気になったよ。その点、きみのほうが、ずっと上手くやっている」

「はい、ありがとうございます」と応じつつ、貴里子は深沢を待つ間にすっかり苛ついていた自分を反省した。苛立ちを抑えつつ応対していたら、何か思いもしなかった形で痛い目を見る。そんな相手だ。もっと慎重にならなければならない。

「そう言えば、前にきみとじっくり話したのも、やはりこの日比谷公園だったね」

深沢は公園樹にゆったりと目をやり、感慨深げな顔つきをした。

温かな思い出を慈しむような顔つきを目にするとともに、どんよりとした暗い気分に包まれた。

二年前、警視庁二課による捜査妨害と、間宮慎一郎一派によるK・S・P廃止の工作に対抗するため、貴里子は捜査によって入手した重大な証拠を、この深沢にこっそりと渡して取引したのだ。この日比谷公園で。

　キャリアとして、警察組織の中でのし上がらなければ、思うような捜査など継続できない。そうも思ったし、何がなんでもホシに食らいつき、犬のように一旦食らいついたら放さないことが刑事の務めだという思いもあった。

　様々に思い悩んだ結果として踏ん切りをつけたのだが、今なおあの時の嫌な気分が胸の底に澱（おり）のように溜まり、ぶすぶすと悪臭を上げ続けている。あれが本当に警察官の取るべき行動だったのか、という思いが消せないのだ。

　それに加えてもうひとつ、我慢のできないことがあった。あの時以来、この男が貴里子を自分の派閥の人間だと思っていることだ。

　運ばれてきたコーヒーを、砂糖もミルクも入れないままで一口啜（すす）ると、深沢はテーブル越しに上半身を寄せてきた。特徴的な団栗眼（どんぐりまなこ）が、息苦しいほどに迫ってくる。

「貴里子君、つかぬことを尋ねるが、今、きみが行っている捜査は、畑中文平警視監（けいしかん）から直々（じきじき）に頼まれたものだという話を聞いたのだけれど、本当かね」

　いきなり切り出され、貴里子は息を詰めて顎を引いた。

　刑事官である舟木進一の訳知り顔が脳裏に浮かび、不快さが込み上げる。きっとあの男が御注進に及んだのだ。

「頼まれたわけではありません。ですが、畑中さんの口利きがあったことは確かです」

隠したところで仕方がない。そう開き直り、貴里子は正直に告げた。

深沢は一瞬ながら、僅かにたじろいだようだった。

「──で、きみは今、特捜部だけに情報を限り、独断でその捜査を進めようとしている。そうなのかね？」

深沢がこう確かめるのを聞いて、貴里子は確信した。間違いない。舟木から深沢へと情報が流れている。舟木は、この点に不平を漏らしていた。

「極秘扱いの捜査ですので、情報を共有する捜査員を限ることにしました」

深沢は心持ち視線を下げ、テーブルの上で揺れる葉影を見つめ、何度か小さく首を上下に振った。話をどの方向に持っていこうか考えているらしい。

「で、その捜査が、なぜ二課の谷川刑事の殉職に繋がるのだね」

「──────」

「谷川刑事は、横浜の本牧で、井関美鈴という女性が拉致されるのを防ごうとして殉職した。これに間違いないね」

「はい」

「そして、井関美鈴を拉致した男の背後には、あの五虎界（ウーフジェ）の朱栄志（チュー・ロンジー）がいる。そう聞いているが、そうなのか？」

貴里子はやや躊躇ったのち、「はい」と再び低い声で応じた。

「では、順を追って話して貰おう。きみが現在進めている捜査と、本牧の事件の関係を」

そうか、そう来たか。谷川が殉職した状況を確かめるというのはたてまえで、実際には貴里子たちが進めている捜査の全容を知るのが狙いだ。

貴里子は咄嗟に何も言葉を返すことができず、黙り込んだままで何度か瞬きした。コーヒーを啜ると、泥のような味がした。傷跡の盛り上がった頬の内側の肉がざらつき、嫌な感じでじんじんと痛む。

「申し訳ありませんが、それをお話しすることはできません」

深沢の目に一瞬、鋭さが増した。だが、すぐに相手を推し量るように細められた。

「村井署長」と、わざわざ苗字に役職をつけて呼びかけてきた。「私は職責として訊いているんだよ。きみはいったい、どういう捜査を進めているのだね。その中で、谷川刑事の殉職をどう理解すればいいのだ。順に説明したまえ」

ここでヴァイオリン探索の話をすれば、朱栄志とバーバラ・李の関係にまで触れなければならなくなる。

「それはできません」

「今、何と言ったのだね？」

「お話しすることはできません」

細められた目の奥で、怒りがぎらつくのが見えた。

「きみは私の話を理解した上で、そう言っているのかね。もう一度だけ言うよ、貴里子君。私は、職責で訊いているのだ」

深沢が声を張り上げたものだから、他のテーブルの客や店の人間たちが驚いてこっちを向く。

「ですから、それについては、ここでお話しするわけにはいきません」

貴里子は押し殺した声で言った。

深沢の顔が怒りに歪んだ。自らの目の表情を押し隠すために下げられていた目蓋(まぶた)は、今や大きく見開かれ、あの印象的なギョロ目が剝(む)き出しになっている。

「私がこうして本部の外へ出向いてきたのは、何のためだと思ってるんだ。今、ここで、大人しく話しておいたほうがいいぞ。次には、きみを正式な権限で呼び出すことになる」

貴里子は深沢の両目を睨み返した。

「では、そうなさってください」

深沢の目つきが変わった。

何かを思いついたのだ。

今までにも何度かこういう目をするこの男を見たことがあった。嫌な気分がじわじわと広がり、ぬかるみを歩く時のように体が重たくなる。

「移送の予定があるそうだな」

「はい」

「きみからきちんとした説明を聞けない限り、本部としては容疑者の移送を認めるわけにはいかない。私から、K・S・Pを管轄する方面本部長に進言する」

貴里子は怒りで呻き声を漏らしそうになった。

「これはK・S・Pと埼玉県警で話し合った結果です」

「きみは分署の署長にすぎない」

「それで充分だわ」

「きみは組織の一員にすぎないんだ。偉そうな口を叩くのはやめたまえ」

「私は自分の仕事をしているだけです」

「まったく、きみという女は。ああ言えば、こう言う。そんなことでは、先はないと思いたまえ。今日の午後まで待ってやる。よく考えて電話を寄越すんだな」

深沢は怒りに任せて吐き捨て、腰を上げた。

体の向きを変えかけた時、テーブルの端にある伝票立てに気がついた。手を伸ばすかどうか、一瞬迷ったらしい。

だが、結局、「払っておきたまえ」と命じてそのまま遠ざかった。かつて貴里子がこの男の秘書だった頃の態度そのままだった。

貴里子は残りのコーヒーを飲み干しながら、その当時のことに思いを馳せた。

愉快な思い出はひとつもなかった。


迷いがないわけではなかった。

電話に本人が出たあとでもなお、完全に吹っ切れてはいなかった。

しかし、捜査を迅速に前へ前へと進めていくためには、深沢に邪魔をさせるわけにはいかないのだ。

「K・S・Pの村井です。お忙しいところに御連絡を差し上げて、申し訳ありません」

貴里子は丁寧で静かな口調を心がけて口を開いた。

「いや、そんな気遣いは無用だよ。必要な時には、いつでも連絡をくれと言ったろ。で、どうしましたか？」

畑中文平は、気さくに応じた。

「実は、捜査を進める上で、お力添えが必要なことが起こりまして」

そう切り出し、予め頭の中で整理していた順番通りに説明を始めた。

畑中は時々相槌を打ち、短い質問を差し挟みながら、貴里子の話を紳士的に聞いた。やはり、これでよかったのだ。バーバラ・李の秘密は守らなければならないし、楊武の移送は、必要に応じて行えるようにしておかなければならない。すべては、捜査のためだ。

そう思うことは貴里子の気持ちをいくらか軽くしたが、しかし、胸を霧のように被う不安が完全に晴れることはなかった。

本当はこういった手に出る前に、沖の意見を訊くべきだったのではないか。ふとそんな気がした。

いや、意見を訊くまでもない。

間宮慎一郎の一派である深沢達基の思惑を退けるために、間宮と対立する畑中文平に助力を乞おうとしているのだ。派閥争いなどくだらない。そんなものとは無関係に、警察官としての仕事を全うすると思いながら、実際にはその渦中へといっそう深く足を踏み入れてしまっただけではないか。

沖には知られたくない、警察キャリアの醜い世界の出来事だった。

8

「木戸静雄ってのは、かなりいかがわしい住職ですよ。二年ほど前、古くからの檀家が共有で持っていた墓地と周辺の土地を使い、新たな霊園を作る計画が持ち上がったそうなんです。その時、寄進を受けたと主張して勝手に売りに出してしまい、訴えられて長い裁判になってます。それから、これはまだ裏は取れてませんが、本堂の改築のために集められた寄付金の一部を、こっそりと自分の口座に移した疑惑も持ち上がってるようですね」

　捜査会議で、柏木隼人が話の口火を切った。

　陳弦悠（チェン・シエンヨウ）の居所を突きとめたのは、この柏木と仲柳のふたりだ。その弦悠の線から、木戸静雄という男が割れた。沖も途中から一緒に捜査していたが、発言の優先権は柏木にある。

「いわゆる見なし墓地絡みのトラブルね。それで、肝心のヴァイオリンについてはどうかしら？」

　貴里子が訊いた。

　特捜部のメンバーが大机を囲んで坐り、ホワイトボードを背にした席には彼女がいた。貴里子から見て左側に沖と平松と柴原が、右手には柏木と円谷がいる。貴里子がここのチーフだった頃、別段決めたわけでもないのに、そんなふうに坐るようになっていたのだ。

「木戸は美術品を集めてます」

「でも、楽器愛好家ではないのね」

「陳莫山（チェン・モーシャン）が作ったヴァイオリンは、木戸にとっては美術品のひとつだったとも考えられるでしょ」

　沖がそう口を挟み、貴里子は黙って頷いた。念のために確かめた、というところらしい。

「寺の敷地内に蔵がありまして、野郎の自慢のコレクションは、その中に眠ってるそうですよ」

　柏木が指摘した。

「ヴァイオリンがあるとしたら、その中ね。本来ならばもう一歩詳しい確証が欲しいところだけれど、今の状況じゃ、そんな悠長なことをしている暇はないわ」

「同感ですな。しかし、問題は、どうやってこの蔵を開けさせるかですよ」

「わかってる。いくらいかがわしい男でも、木戸はヴァイオリンを盗んだわけじゃないわ。正当な売買で手に入れたのだとしたら、協力を仰(あお)ぐしかないけれど、拒まれたら厄介だし、周囲の注意を惹かないようにこっそりと進めないと。我々が木戸を洗っている情報を朱(チュー)栄志(ロンジー)が摑んだ場合、あの男はすぐにでも強硬手段に出るかもしれない。何か提案はない？墓地の役所への届けはどうなってるのかしら？」

「その辺りには、抜かりはないです。きちんと届け出がされてますよ。檀家との話し合いの場には、最初から弁護士同伴で臨んだってことですから、確信犯でしょ。思ったんですが、檀家の誰かを説得し、詐欺で訴えて貰ったらどうでしょうね。民事不介入だ。今のままじゃ手が出せないが、詐欺の容疑が加わればすぐに令状が取れる」

「そうね、やっぱりその手かしら」

　貴里子が応じ、他の人間を見回して異論がないことを確かめると、改めて柏木に顔を戻した。

「カシワさん、それじゃ、その線でお願い。檀家の誰かと接触してちょうだい。私はお札の準備をしておく。すぐに蔵を捜索しましょう」

柏木がにやっとした。

「了解。実はもう協力してくれそうな檀家は探してあるんです。すぐに被害届を作れますよ」

「それならば、会議終了後、すぐに人員を手配するわ。鑑識も連れていくから、ヒロさん、連絡をお願い」

「鑑識もですか？」

「ヴァイオリンのラベルには、中国語で何か書かれてあったけれど、表板の孔から覗き込んだだけでは見えない位置に貼ってあった。陳弦悠は、そう言ってたんだったわね」

貴里子はそう確認してから、柴原へと顔を転じた。

「ヒロさん、鑑識に相談して、小さな隙間から中を覗ける工業用ファイバースコープを手配して。できるだけ小さいほうがいい」

「わかりました」

貴里子は万年筆で手帳に何か書きつけた。それが済むと、人差し指の側面に載せてくるくると回し始めた。

「幹さん、文(ウェン)のほうはどう？」

「逆タンで割れた公衆電話から、上手くあとを尾けられました。野郎は、その近くの安ホテルに泊まってましたよ。今も仲柳に張りつかせてます。じきに動きを見せるはずだ」

「白嶋など、他の連中はどうなの？　同じ宿にいるのかしら」

「それはまだ確認が取れてません。ただ、やつらだって馬鹿じゃない。おそらくは分かれて潜伏してるでしょ」

「俺は文を押さえて叩くべきだと思いますよ。泳がせておいて逃げられたりしたら、元も子もない」

　柏木がまた主張した。さっき沖とした議論を蒸し返す腹だ。

　沖が睨みつけても、こっちを見ようとはしなかった。

「今、文を叩いても、親父の居所を知ってるわけじゃない。ここはしばらく泳がせ、遠巻きにあの男の行動を見張るべきだ」

　沖は貴里子に向けて自説を繰り返した。

「ほんとは親父さんの居所を知ってるかもしれないし、そうじゃなくても、何か思い当ることはあるはずだ。叩けばきっと何か吐きますよ。そのほうがいい」

　柏木は引かなかった。

「野郎をパクれば、その背後にいる組織を警戒させるだけだ」

「しかし――」

「カシワさん、しばらく文を泳がせて様子を見ましょう。これは私の決断よ。今回の捜査の指揮は、すべて私が執ると言い渡したでしょ。従ってちょうだい」

貴里子がぴしゃりと言ってのけた。

柏木は表情を押し込め、「わかりました」と頷いた。渋々といった感じは、昔よりもずっと減っている。沖への反発心は変わらないが、貴里子を上司と認める気持ちのほうは、彼女が三年に亘(わた)って特捜部のチーフを務める間に、着実に強くなっていたらしい。

「楊武(ヤン・ウー)の移送については、埼玉県警との間で話がついたんですね？」

平松が訊く。

「ええ、その件は大丈夫。さっき、正式に承諾の返事を貰いました。あとは、時間をこっちから指定すればいいだけよ」

貴里子は万年筆を回すのをやめ、今度は親指と人差し指で中程をつまむと、一定のリズムで先端を左の掌(てのひら)に打ちつけ始めた。

「だが、問題はその先だ。幹さんと楊のふたりで指定される場所まで出向いたら、襲撃を受けて蜂の巣にされちまう」

平松はそう指摘しながら、貴里子と沖の双方に視線を行き来させた。

「幹さん、あなたの考えを聞かせて」

　貴里子が余計な手間を省き、単刀直入に訊いてきた。

「俺はそこまで引きずりたくないと思ってます。できるだけ楊武の移送を延ばし、その間に文の線から親父の居所を探ります。電話の様子から判断して、文には何か心当たりがありそうだった。きっとやつは動き出しますよ。既に手下の誰かに繋ぎを取り、こっそりと探索を始めてるかもしれない。もしもそれで駄目だったら、俺が楊武を連れて取引場所へ向かいます。どこかに必ずチャンスがあるはずだ」

「そんなのは計画とは言えねえ」

　柏木が吐き捨てるように言った。

　沖は柏木を睨みつけた。わざわざ指摘されずとも、百も承知だ。だが、絵に描いたような計画など立てようがないのだ。僅かな可能性に賭け、チャンスが生じた瞬間を見逃さずに一気に攻めに出る。それしかない。

「そんなことは、おまえに言われなくたってわかってる」

　不機嫌に吐き捨てた瞬間、沖は昨年の夏に、柏木の父親が脳卒中で亡くなったことをふと思い出した。麻薬の売人が連続して殺された捜査の真っ最中で、この男は父親が倒れた話を胸の内に秘め、同僚にも、当時特捜のチーフだった貴里子にも告げなかった。

　父親が息を引き取り、通夜と葬儀を営む段階になって、そのことを恥ずかしげに告白して忌引（きびき）の短い休暇を取った。

沖は急に落ち着かなくなった。あの時もこの男とは些細なことで反目し合っており、父親が死んだのに仕事を優先しようとすることに対して、冷たい見方しかできなかった。だが、本当はこいつは胸の内では、何を考えていたのだろうか。

「この野郎、てめえの父親の命がかかってるんだぞ。だから、より確率の高い方法を取れと助言してるんだろ」

「カシワさん、あなたの言う意味はわかるわ」

怒鳴り返す柏木を貴里子が抑えてくれた。万年筆を二度ほど掌に打ちつけながら間を取り、改めて口を開いた。

「全体を見渡して知恵を出し合いましょう」

貴里子は手許のファイルを開け、中から写真を引き抜いた。

「井関美鈴を連れ去った男の身元はわかったわ。三年前、朱栄志が湾岸エリアのゴルフ練習場で事件を起こした時に、一緒にいた手下のひとりよ。まだ写真が行き渡っていない人はいるかしら？」

「俺らはまだです」

ヴァイオリンの捜査に当たっていた柏木が指先を立てる。

貴里子はファイルから紙焼きを引き抜き、柏木に差し出した。

「ああ、この野郎か」

「名前は丁龍棋。香港で起こった殺人事件の容疑者として、指名手配されてる。朱栄志が日本から姿を消して以降、この男の足取りも途絶えていたわ。マルさん、この丁の潜伏先や井関美鈴の居所については、どう？　何か手がかりは摑めたかしら？」

貴里子はそう円谷に話を振った。

「いや、面目ないが、まだ駄目です。新田さんが先頭に立って二課の捜査員に発破をかけ、それこそ鬼の形相で、五虎界に関係があると思われる店やヤクの売人、女の斡旋屋、それにチャイニーズマフィアの動向に詳しい情報屋などを虱潰しにしてますが、まだめぼしい情報は何も。井関美鈴拉致の現場で射殺された中国人二人は、金で雇われた新宿のゴロツキどもでした。聞き込みから、こいつらを雇ったのは丁だと判明しましたが、その先はちょっと難しいでしょうね」

円谷は顎を引いて幾分俯きがちになり、ぼそぼそと聞き取りにくい声で報告した。

いつものこの男の態度ではあるが、今日は疲労が垣間見える。この男自身、新田と一緒になり、丁の居所を探し求めていたのだ。あまり眠っていないらしい。

丁を逮捕できれば、井関美鈴に繫がる可能性もさることながら、朱栄志の居所も知っているかもしれない。

「彼女を連れ去った車のほうからは、何か出なかったの？」

「盗難車でした。まだ見つかってません」

つまり、手詰まりということか。盗難車が見つかったところで、その先の捜査に繋がる可能性は低い。

円谷はまだ何か言いたそうにしていたが、貴里子は「わかったわ」と話を切り上げ、顔を沖のほうに向けた。

「幹さん、名無しの権兵衛の捜査のほうはどう？」

新宿で職質を受けて捕まった男だ。この男は文の背後にいる組織の人間だというのが、沖の推論だった。

「それはヒラが」と話を振ると、平松はにやっとして前髪を軽く搔き上げた。

「署長は伏丘の名前に心当たりはありますか？」と、貴里子に訊いた。「フルネームは伏丘博喜。腕の良い偽造屋です」

「——いえ、たぶん初めて聞く名よ」

「K・S・Pが創設された直後に、中国系のホステスを一斉摘発したことがあるんです。御存じのように、女たちの後ろにゃ、チャイニーズマフィアの連中がうじゃうじゃとひっついてましたからね。その時、不法入国してる女たちに偽のパスポートや身分証明書を作ってたのが、この男でした」

「ああ、思い出したぜ」沖が言った。「チャイニーズマフィアの手先になってる日本人ってことで、やつは暴力団からも目をつけられてた。だが、あの男ならば、今も国外だ。大陸か台湾だろ」

「いいや、それが舞い戻ってるらしいのさ。張から聞いた。で、入管のデータベースを当たったら、周博玲の名前で半年ほど前に入国してやがった。台北市生まれの台湾人ってことになってる」

張というのは、新宿御苑の傍の高級マンションに住む中国人だ。十年以上前に大阪から新宿に流れてきた。商売の鼻が利き、歌舞伎町にクラブや居酒屋、カプセルホテルにサウナなど、数多くの店を持っている。

無論のこと、陰のオーナーとして風俗関係の店からも多くの上がりを得ており、表と裏の世界の狭間で生きる男だった。沖たちは目こぼしをする代わりに、時折この男から情報を得ていた。顔が広く、貴重なネタをもたらすことも多かった。違法滞在の女たちを使う関係で、伏丘のことも知ったにちがいない。

「伏丘は、今も仕事を請け負ってるんだな」

「そこさ。日本に戻った頃は、野郎は仕事を受けてたらしいんだ。張もそれで伏丘が日本に舞い戻ってることを知った。だが、じきに噂を聞かなくなった。死んだのか、もしくは――」

と語尾を途切れさせ、平松は答えを沖に譲った。

「上等な顧客がつき、その相手からの注文だけを受けるようになったか、だな」

「そういうこった」

「伏丘に繋がる手がかりは？」

貴里子が訊く。

「板橋に、別れた女房と一人娘が暮らしてます」

「娘の歳は？」

「十五歳。女房はいざ知らず、男親なら絶対に娘の顔は見たいでしょうね」

「ヒラさんはその線をお願い。伏丘博喜に仕事を発注してた上客を知りたいわ」

「わかりました」

「神竜会の枝沢のほうはどう？」

「はい、それは俺が報告します」

平松に代わって柴原が口を開いた。所帯を持ってから落ち着きが増したとともに、ついでに体重のほうも十キロ近く増えてしまい、それに眼鏡をかけるようになったので、新人だった頃とは随分と雰囲気が変わっていた。まだ三十前なのに、外見だけはもう立派な中年だ。

「昨夜八時頃、枝沢の組事務所に、主立った幹部が集められたことがわかりました。黒塗りの車が勢ぞろいして、付近の交番に苦情が寄せられてましたよ。それで、まずは八時以前に遡り（さかのぼり）、五時から八時までの枝沢の居場所を調べたところ、赤坂の商業ビルにいたことがわかりました。高級クラブがいくつも入ったビルです。この時間じゃ、まだ店への聞き込みはできませんでしたが、商店会の設置した防犯カメラがありました。録画された映像を借りてきて、ちょっと前に見つけたんです。すごい男が映ってましたよ。顔の確認をお願いします」

柴原はノートパソコンを机に置いた。

手早く操作してからモニターを貴里子のほうに向ける。

画面が覗(のぞ)きにくい位置に坐った柏木と円谷のふたりが移動し、テーブル越しに覗き込む。

そこには、赤坂の飲食店が並ぶ路地が映し出されていた。すぐに向こうから黒い高級車が二台連なって走ってきて、三つ四つ先のビルの正面に停まる。

明らかにその筋の人間とわかる男たちが車から飛び出し、前の車の三人はさり気なく周囲に注意を払いつつ、後ろの車へと移動した。

後ろの車の運転席と助手席のドアから飛び出した男は、先を争うようにして後部のトランクへと向かう。中から取り出した車椅子を手早く広げ、人が坐れる状態にして、後部ドアの前へと押した。

必要以上に畏(かしこ)まり、それでいてせかせかとしているため、こうして動きだけを見ているとどことなく滑稽でもあった。

誰か大事な人間が、後方の車の後部座席に坐っている。

ふたりの男は車椅子を後部ドアのすぐ手前に置くと、ドアを開け、白髪の老人が降りるのを手助けした。

老人の顔を見た瞬間、沖の顳顬（こめかみ）がひくついた。

「おい、こりゃあ……」

柏木が低い声で呟（つぶや）く。

「アップにします」

柴原が言い、パソコンのキーボードを操作する。声が幾分かすれていた。沖たちの緊張が伝染したのだ。

モニターの中で大きくなっていく老人の顔を、全員がじっと食い入るように見つめた。

老人は、長髪をゆったりと後ろに撫でつけていた。脱色したような美しい総白髪で、黒いものはまったく見当たらない。奥目で鼻筋が通っているため、どことなく西洋人の血が混じっているように感じさせる。彫り込んだようにくっきりとした二重瞼（ふたえまぶた）の両眼が、冷徹な印象を際立てている。

「この老人は……まさか……」

貴里子が呟きながら刑事たちの顔を見回す。

「署長はまだ直接の面識がないんですね」

沖が言った。

「ええ、会ったことはないわ」貴里子が頷く。「だけど、顔はもちろん知ってる。これは、神竜会会長の彦根泰蔵ね」

署長の貴里子がまだ面識がないのは、無理もなかった。

彦根は既に八十を超える高齢であり、何年か前からはタチの悪いリウマチに侵されているという噂で、人前に出ることは滅多になかった。だから、神竜会の場合、大概のことは筆頭幹部の座に坐った人間が決め、その人間が中心になって動くことになる。朱栄志たちに爆殺されるまでは西江一成が、それ以降は枝沢英二が、組全体に睨みを利かせてきたのだ。

だが、昨日、枝沢は彦根に呼び出されて会っている。

「幹さん、あなたは今朝、枝沢の態度に何か引っかかりを覚えたと言ったわね」

「ええ、その通りです。野郎は娘に護衛をつけ、それに、一昨日の朝話した時とは、何か微妙に雰囲気が違っていた。具体的にどうとは言えないが、何か隠し事をしてるような気がしたんです」

「枝沢は、会長の彦根に何か命じられた。そういうことか」平松が言った。「それで、昨夜、幹部たちを集めた。そして、ひとり娘に護衛をつけた」

「つまり、何かでかい動きを見せる前準備ってことかよ」

柏木が推論を口にし、意見を求める目をひとりひとりの顔にとめる。

重たい沈黙が下りていた。同意するのが不吉に思えたのだ。

「老いたりとはいえ、彦根には今なおカリスマ性がある」柏木が顔を強ばらせて続けた。

「やつの鶴の一声で、神竜会は一兵卒に至るまで一斉に動くぞ」

「ああ、わかってる」

沖が応じた。僅かな間に、口の中が乾いていた。

「彦根泰蔵の狙いが何なのか、大至急確かめる必要があるわ」

しばらくして、貴里子が言った。

「朱栄志が日本に来てる。そして、文（ウェン）たちの背後にいる組織と対立してる。今はまだ大きな流血騒ぎは起こっていないけれど、水面下では、一触即発の事態にあると考えたほうがいいわ。そんな時に、神竜会が動いたら、新宿が血の海になる。三年前に朱栄志がやりたい放題をした時のように、大きな抗争事件を引き起こすわけにはいかないわ。私は新宿署や四谷署など、近隣署にこの情報を流します。本部の組対部にも話を通しておく」

「ここに出入りしたのは、彦根と枝沢のふたりだけか？」

沖が柴原に訊く。

「はい、枝沢が先に来て入り、その後、彦根が来ました。他にそれらしい人間が出入りした形跡はありません」

「ふたりが会っていた時間は？」

「二十分ほどして、彦根は表に出てきました」

貴里子はまた万年筆を人差し指の側面に載せて、くるくると回し始めた。そうしながら、しきりと頭を働かせている。視線が手許に落ちることはなく、自分が手の上で万年筆に軽業をさせている意識はないようだ。

やがて万年筆の動きが止まった。結論が出たらしい。

「だけど、やはりこのヤマの本丸は、ヴァイオリンを見つけ出すことよ。これを入手すれば、絶対的な切り札になる。カシワさん、ヒロさん、木戸静雄の線をお願い。お札(ふだ)が取れ次第、私も一緒に家宅捜索に向かう。幹さんは、仲柳刑事と組んで、文建明(ウェン・ジェンミン)を洗って。お父さんの居所もそうだし、文や白嶋の背後にいる組織がどこなのかについても、一刻も早く知りたいわ。楊武(ヤン・ウー)の移送はできるだけ引き延ばすけれど、どこまで延ばせるかわからない。白嶋が三時と時間を区切ってきた以上、急を要するわ」

「わかってますよ。上手くやる」

沖はしっかりと頷いて見せた。

「ヒラさんは、周博玲(ジョウ・ボウリン)の名前で入国した伏丘を見つけ出してちょうだい。マルさんは、引き続き二課の新田さんたちと歩調を合わせて、丁龍棋(ディン・ロンチー)の捜索よ」

自分の報告を済ませたら、あとはいつものように押し黙って会議の進行をじっと見守っていた円谷が、おもむろに手を上げた。

「署長、提案があるんですが、宜しいでしょうか?」

「何?　マルさん」

「二課の新田さんたちに、ヴァイオリン探索の話を打ち明けたらどうでしょうね」

貴里子の顔に戸惑いが広がった。

「——どういう意味?　バーバラ・李と朱栄志の関係も含めて、何もかも二課に話せというの?」

「そうです」

戸惑いの表情に、苛立ちが、さらには微かな怒りが混じり出すのが見えた。

貴里子は万年筆をまた指の側面で回したが、今度は綺麗に回ることなく、あっという間にテーブルに落ちた。

乾いた音を立ててテーブルの表面で踊る万年筆に目を落とし、彼女は何かの発作のように右手を開いてからぎゅっと握り締めた。

その様子を目にして、沖は自分の勘違いに気がついた。貴里子は頭の回転を上げるために、無意識に万年筆を弄んでいたわけじゃない。のしかかってくるストレスから逃れるために、そうしていたのだ。

「ヴァイオリンの捜査は極秘で進めると、最初にそう言い渡したはずよ」

「わかってます。だが、現在、二課が関わってる丁の探索も井関美鈴の探索も、行き詰まってる。それは、彼らが充分な情報を貰えていないせいです。朱栄志が今回日本に舞い戻ったのは、ヴァイオリンを探すためです。やつを逮捕する機会は、ヴァイオリン捜査の中にしかない。やつの動向がわかれば、丁たちの捜査は自ずと進みます。それに、神竜会の調べはどうするんです？　二課に応援を求めなければ、我々だけでは到底人手が足りませんよ」

「神竜会については、近隣署や本部とも広く情報を共有し合うと言ったはずよ。二課にも動いて貰います。だけど、ヴァイオリンの秘密を打ち明ける必要はないわ」

「署長、あなただってわかってるはずだ。今度の事件のすべてとは言わないまでも、半分かもしくはそれ以上は、行方の知れないヴァイオリンを中心に動いてる。情報を隠していたら、二課は存分な働きができませんよ」

「マルさん、これは署長の決定事項です。上からだって、そう言われています」

円谷の目の奥で、蒼い光が燃えた。

「上から、ですか。驚きだ。俺はあんたがそんなことを言うとは思わなかったが、署長になると、人が変わりますな。やっぱりキャリアはキャリアだ」

貴里子の顔が苦痛に歪む。

「おい、マルさん。口が過ぎるぞ」

見ていられなくなった沖が円谷を制した時、廊下にざわめきが起こり、近づいてきた。

何事かと全員が見守る中、ドアがノックもなく引き開けられ、二課長の新田義男が姿を現した。その後ろには、何人もの刑事が連なっている。

「なんだ、おまえら」

怒声を上げて立ちふさがろうとする柏木を、新田は力尽くで押し退けた。普段はもの静かな男だが、今はそんな面影はどこにもなく、眉間に青筋を立て、顔中真っ赤に染めている。

「署長、この会議は何ですか!? 自分の手飼いである特捜部を依怙贔屓するのは、いい加減にしてくれ。うちは、特捜の使い走りじゃありませんよ。こっちは身内をひとり取られてる。谷川の弔い合戦をしてるとこなんだ。あなただってわかるでしょ。やつは、あなたの目の前でやられてるんですよ」

「落ち着いてください、新田さん。今、俺の口から話してたところだ」

円谷が新田を宥めにかかる。

「マルさん、それならばあんたからも言ってやってくれ。情報を囲い込まれて、まともな捜査などできるわけがない。違いますか、女署長」

新田は人差し指を貴里子に突きつけた。

貴里子が真っ青な顔で唇を引き結ぶ。

沖は戸口をふさいで立つ二課の刑事たちの向こうに、刑事官の舟木進一の姿を見つけてピンときた。くそ、あの男が裏で新田たちを煽動したにちがいない。

何ていうことだ。この大事な時に、K・S・P自体が分裂の危機に瀕している。

四章　裂壊

1

「幹さん、交換からです。下田警察署から問い合わせが来てるそうです」

特捜部への電話を受けた柴原が、受話器を沖のほうに掲げて振った。

沖は上着を手に取り、部屋を出ようとしていたところだった。二課長の新田と署長の貴里子がふたりだけで話すことにして事態を収めたものの、それでどういった結論が下され、どこまで二課と情報を共有することになるのかは、貴里子の判断に任せるしかなかった。

彼女のことだ。署長として、そして今度の捜査の責任者として、正しい判断を下すにちがいない。

いや、どういった判断であろうと、貴里子が下したものがベストなのだ。そう信じて、彼女を見送ったところだった。自分は目の前の捜査を進めるしかない。

「下田って、伊豆のか――？」

上着を肩に掛け、柴原に近づく。

「ええ、たぶん」

沖は解せない気分で受話器を耳に当てた。

「ああ、お忙しいところを申し訳ありません。下田警察署の岩本と申しますが、沖幹次郎刑事ですね」

わざわざフルネームを確認され、落ち着きの悪さが増した。

「実は、沖隆造さんの件でお電話したんですが」

悪寒が背筋を駆け抜けた。下田は伊豆半島の先端だ。海に捨てられた死体が、浜に流れ着いた。そんな想像に襲われていた。

「隆造は、確かに私の父親ですが、それが何か？」

部屋を出かかっていた柏木たちが、一斉に沖のほうを振り返った。電話の受け答えが聞こえたのだ。くそ、間の悪いことに、一足先に部屋を出た貴里子以外は、全員がまだ残っていた。その誰とも目を合わせられず、中途半端な視線を宙に留めおくしかない。

「――遺体が見つかったんでしょうか？」

居たたまれない気持ちから、さらにはそう尋ねるのをとめられなかった。

相手は一瞬、息を呑んだらしかった。

「まさか……どういうことですか、それは……。うちの署に、沖隆造さんの行方不明者届が出されたんですよ。そして、息子さんが新宿で刑事をやってるという話を聞いたものですから、知り合いのツテをたどって、そちらに電話してみたんです。見つかってよかった」

沖は掌の汗をズボンに擦りつけた。背骨と腰骨の継ぎ目辺りから、何かが細かい砂のようにさらさらと抜け落ちていく感覚があった。最悪の事態に直面せずに済んだ安堵感が、頼りないながらも温かく広がる。親父……。声に出さずに呼びかけた。

「つまり、親父は、下田にいたと……？」

声が僅かにかすれてしまった。

「何も御存じじゃなかったんですか？　ええ、その通りです。ある旅館で、下足番として勤めてらしたそうでしてね」

――下足番。

言葉に硬い棘が生え、体の中を飛び回り始めた。

提灯作りはどうしたのだ……。家族を捨てて始めた提灯作りの仕事をやめ、下足番をしながら暮らしていたというのか……。

「親父が働いていた旅館の名前を教えていただけますか。できれば、いなくなった時の状況について、詳しく話をお訊きしたいんです」

沖が言うと、相手の刑事は待ち構えていたかのように声を明るくした。

「そう言っていただくと、ちょうどよかった。実は、その旅館の女将がここに来てましてね。電話を替わりますが、宜しいですか？」

「もちろんです。お願いします」

沖が答える間もなく、それに押し被せるようにして女の声が電話口に出た。

「あなたね、隆造さんの親不孝息子は。親を放っておいて、いったい何のつもりなの！」

礫のように飛び出してきた女の声に横面を叩かれ、沖は思わず受話器を耳元から離した。女の声が特捜部の部屋を駆け巡り、視界の端に立つ柏木のにやつく顔が見えた。平松が、円谷が、柴原が、言問いたげな視線をこっちに注いでいる。沖は体の向きを変えた。

「――父がどうも、お世話になりまして、ありがとうございました」

型通りの言葉を口にするしかなかったが、それがまた女の怒りの火に油を注いだらしかった。

「よしておくれよ、そんなありきたりな挨拶は。私はあんたに、親を放っておいてどういうつもりなのかと訊いてるんだよ」

一語一語、硬い岩に刻み込むかのように口にする言葉が刺さってくる。沖は唇を引き結び、黙ってスキンヘッドを擦るしかなかった。父はなぜ下田に居着いたのだろう。いつから旅館の下足番をしていたのだろう……。

「ほんとに何も知らないのかい？」

「ええ」と応じてから、女の罵声が再び響く気配を感じ、沖は慌てて言い足した。「父は、いきなり私の前から姿を消してしまったんです」

「それにしたって、あんた……。親子だろ。喧嘩でもしたのかい？　帰れないって言ってたんだよ、あんたの親父さんはね。自分が帰れば、あんたに迷惑がかかるからって」

「親父が、そんなことを……」

「そうさ。だから、どんな仕事でもするから雇ってくれないかってね。御飯さえ食べさせて貰えれば、お金はいくらでもいいなんて言ってさ。色々と事情はあったんだろうけれど、あんた、刑事さんじゃないか。もう少し、自分の父親に、気持ちを割いてあげることはできなかったのかね」

話すうちに段々と落ち着いてきたらしく、口調がいくらか穏やかなものに変わった。

だが、胸を刺される痛みは変わらなかった。赤の他人であるこの旅館の女将のほうが、自分などよりも余程親父のために心を痛めてきたような気がしてならなかった。

「ほんとに、親父が世話になりまして、ありがとうございました」

沖は電話の向こうの相手に頭を下げた。自然に頭を垂れていた。

「改めてお礼に伺いますが、今は、一刻も早く父を見つけたいんです。父がいなくなったのは、いつだったんでしょう？」

「二日前か三日前よ。いえ、きっと三日前ね」

女将がそう話し出すのを聞き、歯嚙みした。自然に刑事の頭に戻っていた。この女は、親父の行方がわからなくなった時の状況について、詳しいことは何も知らない。

「お腹の具合が悪いので一日休ませてくれと電話があったので、最初はそれで休んでるって思ってたのよ。だけど、一昨日になっても出てこないから、社員寮として借りてるアパートの隣の部屋の子に訊いたら、部屋にいる気配がないって言うじゃない。どうしたんだろうねって、心配しながら帰るのを待ってたんだけれど、戻ってこないでしょ。これは何かあったのかもしれないと思って、こうして警察へ届けに来たの。隆造さんは親しくしてた板場の人間に、息子が新宿で刑事をやってるって漏らしたことがあると聞いたもんだから、もしやと思って、ここの刑事さんに言ってあなたを探して貰ったわけよ」

拉致した人間が父を脅し、仮病の電話をかけさせたにちがいない。初動捜査が遅れれば、足取りを追うのは困難になる。

「ありがとうございます。ところで、父がいなくなった時の状況を、誰か詳しく知る人はいないでしょうか？」

「そう言われてもねえ……。お店の人間に訊いて回ったんだけれど、誰も何も見てないのよ」

「最近、誰か父のことを訊きにくる人間はいませんでしたか?」

「いいえ、私が知る限りじゃ、そんな人はいませんでしたよ」

「父が誰か知らない人間と話しているのを見たことは?」

念のためにそうしていくつか質問を振ってはみたものの、大した話は何も出なかった。

もう一度礼を言って電話を切る前に、最後にまだもうひとつ訊いておかねばならないことがあった。白嶋に拉致された父は、電話で気になることを言っていたのだ。『俺はどうせ死ぬ運命にあるんだ。病院のベッドの上かそうじゃないか、遅いか早いかだけの違いさ』と。

「つかぬことを伺いますが、父は最近、どこか体の調子が悪いような様子は見せてませんでしたか?」

思いきって尋ねると、電話の向こうに一瞬沈黙が下りた。

不吉な気がした。

「——私たちも、ちょっと気になってたのよ。このところ顔色が悪かったし、怠(だる)そうにしてることも多かったから。お酒が好きな人なのに、あまり飲まないようになってたし……。だから、一度医者に行って、ちゃんと診(み)て貰ったほうがいいって、そう口を酸(す)っぱくして言ってたのよ。でも、大丈夫だからって強情を張って」

父はおそらく医者に行っている。

小心者で、心配性で、その癖、意地っ張りで頑固者だ。体の深刻な不調を感じたとしたら、そのまま放っておけるような人間じゃない。

「息子さん、さっきはついきついことを言ってしまって悪かったけれど、刑事なんだから、なんとかして隆造さんを探し出しておくれよ」

女将の口調は、最初のようにもう荒々しくはなく、むしろ人の好さが滲み出て感じられた。

荒々しく罵倒されるほうがマシだった。

「なんとしても探し出します」

沖は丁寧に礼を述べ、連絡先を訊いて電話を切った。

2

二課長の新田義男は、貴里子の話を静かに聞いた。

署長室の応接椅子に坐った新田は、左右の指を組み合わせてテーブルに置き、話が終わったあともなおしばらくはじっとそれを見つめていた。

額に何本も深く皺が刻まれ、無造作に短く切った髪には点々と白髪が交じっている。自宅に帰る時間を惜しんだのだろう、昨日と同じ背広は大分よれているが、それでもネクタイはきちんとアイロンの当てられた新しいものと替えられていた。

無口で謹厳実直、いかにも苦労人風のこの男に、貴里子はいつからか親愛の情を覚えるようになっていた。この男が真っ赤な顔をして怒鳴り込んできたということは、よほど腹に据えかねたのだ。

「ヴァイオリンの元々の持ち主は、朱栄志（チュー・ロンジー）の身内なんですね？」

やがて新田は目を上げ、静かに訊いた。

「そういうことになるけれど、具体的な名前を答えることはできません」

貴里子はその目を見据えて答えた。

新田は顎を引いて頷いた。答えを得られないとわかっていて、念のために確かめた。そんな雰囲気が窺（うかが）われた。

再び手許に目を落としたが、今度は長くそうしていることはなかった。

「事情はわかりました。署長がなぜ情報をオープンにできなかったのかという理由もです」

応接テーブルの上に上半身を乗り出すようにして、頭を下げた。

「話していただいて、ありがとうございました。ヴァイオリンの件を教えて貰って、感謝しますよ。これでずっと朱栄志やその一派を炙（あぶ）り出しやすくなる」

貴里子は、意気込んで言う新田を慌ててとめた。

「待って、新田さん。それはやめて欲しいの。ヴァイオリンの捜査は、慎重を極める。あなたたちが朱栄志を追う手がかりにそれを使ったら、一気にこの件が大きく拡がってしまう」

「しかし――」

「それに、特捜部の捜査で、もうじきヴァイオリンの在処が特定できそうなの」

「ほんとですか、それは――」

「ええ、令状を取り次第、家宅捜索に踏み込むわ。ヴァイオリンを入手できれば、朱栄志に対して大きなアドヴァンテイジを得ることになる」

新田が頷く。

「わかりました。では、我々は丁龍棋を探し出すことに全力を傾けますよ。なあに、これで捜査の士気が上がります。それが大事なんだ」

最後の言葉は、自分に向かって言い聞かせたもののように聞こえた。

早々に話を切り上げて腰を上げようとする新田を、貴里子のほうが引き止めた。

「新田さん、事情があったとは言え、あなたたちに窮屈な捜査をさせてしまってごめんなさい」

頭を下げる貴里子の前で、新田は落ち着きが悪そうに両目をしばたたいた。

「よしてくださいよ。署長に頭を下げられるとケツがむず痒くなりますわ」

ふと漏らした自分の言葉に狼狽（うろた）え、頬を心持ち赤らめた。

「これは失礼しました。女性の署長に対して、こんな言葉遣いを――」

「いいんです。警察が男の職場であることはわかってる。もう、すっかり慣れました。そんなところで気を遣ってくれなくて結構よ」

クラーク・ケントがどうしたと、つまらない冗談を口にした挙げ句にセクハラを気にする人間よりずっと良い。

貴里子は新田を送ってドア口まで歩いた。

「谷川のお袋さんとは、お会いになりましたか？」

新田は、貴里子と目を合わせないようにして訊いた。

「――ええ、昨夜、病院で」

「そうでしたか……。部下を亡くすのは、たまらんです」

「それは私もよ、新田さん」

「じゃあ……、私はこれで」

頭を下げてドアノブに手をかけた。だが、そこで一瞬動きをとめ、改めて貴里子に正対した。

「念のために申し上げておきますが、沖刑事の父上のことは、私の胸に仕舞い、部下には何も話していません。このヴァイオリンの件も固く箝口令（かんこうれい）を敷き、決して外に漏らさないように徹底させます」

「信頼してます」

貴里子は相手の目を見て頷いた。

その言葉には嘘はなかった。新田は信頼の置ける刑事だ。しかし、部屋にひとりになるとともに、長い溜息がひとつ出た。

これで刑事官の舟木進一が、ヴァイオリンの秘密を知ることになる。新田とふたりきりで話はしたが、舟木から求められれば新田は説明を拒めないし、警察組織の論理からしても拒むべきではないだろう。舟木進一は、刑事課を束ねる刑事官なのだ。

舟木が知れば、深沢が知ることになる。深沢が知れば、それを畑中たちとの権力争いの道具に使うことを覚悟しなければならない。いや、それよりも一層危惧されるのは、ヴァイオリンの元の持ち主がバーバラ・李であることを、どこまで秘密にしていられるかということだ。

だが、今ここで深く考え込んでも仕方がない。

前へ行くのだ。

準備が整い次第、木戸静雄という男の蔵を捜索する。

貴里子は執務机に戻り、机の上に閉じて置いたままになっているファイルを開いた。

谷川卓刑事の履歴と職歴が記されたファイルを、秘書の絵梨子に頼んで用意させたのだ。

履歴書の右上に貼られている制服姿の谷川の顔写真を目にすると同時に、心臓がぎゅっと鷲掴みにされた。胃が痛い。襞にサンドペーパーを擦りつけられているようだ。
読みものをする時の癖で頬杖をつきそうになり、慌ててやめた。顔に触れると、今でもじんじんと痛みがぶり返した。絆創膏を貼った箇所は人目から隠されているが、頬骨の辺りについた青痣が、一晩眠る間に目の周囲にまで広がり、見るに堪えない顔になっていた。今朝は時間をかけてファンデーションを塗ったが、そんなもので誤魔化せる範囲を遥かに超えている。

抽斗に隠したたばこを取り出して喫いたい誘惑と戦いながら経歴を読み始めると、すぐに該当箇所に出くわした。病院に駆けつけたのが、母親ひとりだったことが気になっていたのだ。気丈に振る舞おうとしつつも、脆くも泣き崩れた彼女の姿が脳裏を離れない。

思った通り、父親は、谷川が十二歳の時に亡くなっていた。谷川は一人っ子だった。あの母親は、この世でたったひとりの血を分けた息子を失い、今後の人生を生きていくのだ。

谷川は都立高校卒業後、栄養士の専門学校に二年通っていた。だが、何があったのか、その後採用試験を受けて、警察官の道を歩み始めている。それともただ単に、栄養士の資格では就職先が見つからなかっただけなのか。

いずれにしろ、もしも栄養士として働いていたならば、昨日のようなことは起こらなかった。民間人の女性を救うために、拳銃を持ったチャイニーズマフィアの連中に対峙しなければならないことなど、決してなかったと断言できる。

趣味は料理とお菓子作りと記した文字が、いつの間にか滲んできて、慌てて目頭を手の甲で拭った。

部下を亡くすのは、たまらない。貴里子も二課長の新田とまったく同じ気持ちだった。だが、この心の痛みに堪えなければならない。目を逸らしたり気を紛らわせたりするのではなく、谷川卓という刑事の人生を真っ向から見据え、その存在を心に刻み込まなければならない。

それが殉職した部下に対する務めに思えた。

3

文建明が動きを見せたとの報告を、沖は東中野に向かう車中で聞いた。

「山手通りをタクシーで南下してまして。あっ、待ってください。やつは宮下で大久保通りに左折します」

仲柳がそう言うのを聞き、驚いた。ほんのちょっと前にK・S・Pを出た沖は、大久保通りをちょうど宮下に向かって走っているところだった。

「タクシー会社とナンバーを言え」

口早に告げ、答えを頭に刻み込んだ。同時に、付近の裏道を頭に思い描いていた。大久保通りで方向転換をするのは不可能だ。だが、ここいらの路地は一方通行が多く、下手なところに潜り込んで方向を変えようとすると、にっちもさっちも行かなくなる。

小滝橋通りを右折して待つか、もしくはそれで職安通りまで走ってそこを戻るアイデアが頭を過ぎったが、職安通りは結構込んでいるにちがいない。渋滞に巻き込まれたら厄介だ。

沖は結局、北新宿一丁目の交差点をそのまま直進して越えると、ひとつ先の一通を左に入った。うろ覚えでいくらか自信がなかったが、思った通りに少し行くとさらに左折ができ、小滝橋通りに抜けられた。

走行車の隙間へとやや強引に車を割りこませ、たった今通過したばかりの交差点で大久保通りへの右折車線に乗り入れた。

信号は今、大久保通り側が青だった。仲柳から聞いたナンバーのタクシーが現れないかと、交差点に目を凝らす。

「今はどこだ？」

ハンズフリー機能で繋げたままにしていた携帯で、仲柳に訊く。大久保通りを直進か左折してくれればいいが、もしもこっちに曲がられてしまうと、沖のほうはまた先でUターンしなければならない。

「じきに北新宿一丁目の交差点です」

　そう言われて、山手通りの方角から流れてくる車を見やるが、該当するタクシーは見つからない。

「タクシーのウインカーは？」

「あ、直進です」との答えを聞くのとほぼ同時に信号が変わり、小滝橋通りのほうの車が動き始めた。

　沖は時差式信号が右折標識を出すのを待って、車を大久保通りに乗り入れ、ＪＲ中央線のガードをくぐった先で車を路肩に寄せてとめた。

　バックミラーに注意を払い、文の乗ったタクシーが近づくと、運転席をリクライニングさせた。向こうも沖の顔を知っている可能性がある。

　通過するタクシーをこっそりと覗き、後部シートに文の姿を確認した。頭を刈り上げ、口髭を生やし、薄いサングラスをかけている。服装まで含めて、ラッパー気取りだ。文はひとりでタクシーに乗っていた。前のシートの背へと体を乗り出して前方を見つめ、路駐の車に注意を払う様子はなかった。どこかに急いでいる。そんな感じだ。

「俺が先に行く」

　沖は携帯で仲柳に告げ、すぐに車の流れに乗り入れた。

「ホテルにいたのは文だけでした。フロントで確かめましたが、他の宿泊客の中にそれらしい中国人はいませんでした」

「うん、わかった」

タクシーは大久保通りを走ってから、外苑東通りへと左折した。それから大した距離も行かないうちに右折ウインカーを出し、細い路地へと曲がった。南榎町、矢来町、横寺町といった辺りを突っ切る生活道路だ。路地へ入って尾行を撒こうとしている気配はない。目的地が近いということか。

この辺りは昔ながらの家屋が多い住宅地で、寺も多く、静かで落ち着いた雰囲気が残っていた。

文が乗ったタクシーは、左右にくねった路地を抜けたのち、寺の外塀沿いに進んで門前に停まった。

予め支払いを済ませていたのだろう、すぐに後部ドアが開いて文が飛び出した。跳ねるようにして短い階段を駆け上がり、寺の門の中へと姿を消す。

こんな所にいったい何の用事だ。

沖は車を路肩に寄せ、運転席から飛び出した。

対向車がやっと擦れ違えるぐらいの幅しかない路地だった。寺の外壁ぎりぎりに寄せて駐車したが、大型車が来たら脇はすり抜けられないだろう。

仲柳がすぐ後ろに鼻面を寄せてくるのに気づき、慌てて手で合図した。

「おまえはこのまま走り、寺の裏手に回れ。もしかしたら、尾行を撒くつもりかもしれん。すぐに電話に出られるようにしてろ」

寺に用事がある理由が思いつかない。一応、警戒しておくほうがいい。

「わかりました」

ぎごちなくそろそろと車を進める仲柳を残し、沖は寺の門へと走った。

山門前の短い階段を駆け上がり、側柱に体をつけて中を覗く。真っ直ぐに延びた参道の先に、本堂の立派な建物が見えた。右側には、この寺が経営するものらしい保育園の園舎があり、園庭に子供たちが遊んでいた。参道の左側にはかなり広い駐車場が作られ、周囲を金網で囲われている。

文がそこに駐まった車の一台を目指して走っているのを見つけ、沖は舌打ちした。

――しまった！

ここで仲間の車に乗り換える腹だ。寺の門は細い路地に面していたが、駐車場の向こうには、悠々と車が擦れ違える幅の道が走っていた。

沖は地面を蹴って走り出した。

携帯電話を抜き出し、通話ボタンを押して口元に運ぶ。

「寺の中に駐車場があった。出入り口が裏側にある。急いでそっちに回り込め！」

「でも、一通です」

「馬鹿野郎。てめえはデカだぞ。いいから、早く駐車場の正面に向かうんだ」

吐きつけ、携帯をポケットに戻す。

駐車場は空いていた。出入り口付近に停まった白のセダンが駐車スペースから出る。その後部シートに坐る男の顔を目にし、沖の胸がざわついた。白嶋徹だ。相手は車内だし、しかもサングラスをかけていた。だから確信までは持てなかったが、写真と面差しが似ている。

文が車の後部ドアを開けた。乗り込む前に背後を振り返り、沖と目が合った。

――くそ。

胸の中で罵声を嚙んだ瞬間、けたたましいエンジン音が響き、視界の左手から車が一台、もの凄い勢いで現れた。駐車場の入り口を塞いで停まる。運転席に仲柳がいた。

「逃げられないぞ。文建明、逮捕する。他の連中もだ。全員、車を降りろ！」

仲柳が大声で叫ぶ。

芝居がかった台詞には苦笑せざるを得ないが、ぎごちない運転しかできない男にしては上出来だ。やつがあそこに陣取っている限り、文たちの車は表に出られない。

車の後部ドアが開き、男が落ち着いた素振りで車を降りた。

右手に銃がある。

沖は咄嗟に身を屈め、自らも銃を抜き出した。

狙いをぴたっと男に定める。

「よせよ。俺を撃てば、おまえの親父も死ぬぜ」

「白嶋徹だな」

その声ではっきりと確信できた。電話してきた野郎だ。

白嶋は冷ややかに唇を歪めた。サングラスの色は薄かった。顔を隠す目的よりも、ファッション的な意味合いが強そうに思える。仕立てのいいグレーのスーツに綿シャツを着ていた。首筋から覗く金のネックレスがなければ、ヤクザ者には見えない身なりだ。

「部下に言って車を下げさせろ」

沖は銃を構えたままで躊躇(ためら)った。

白嶋が一層唇の端を吊り上げる。そうすればするほどに、冷ややかな印象が増す男だった。

「よせよ、沖さん。こんな所で撃ち合えば、弾がとんでもない所へ飛んでいくぜ」

白嶋は銃の先を軽く揺らして下顎を突き出した。

沖は素早く首を回し、園庭で遊ぶ園児たちへと視線を投げた。

「ぐずぐずしてるんじゃねえよ。ぶっ放してやろうか！」

白嶋が怒声を上げる。

仲柳に合図を送るしかなかった。子供が傷つくような危険は冒せない。

仲柳がそろそろと車を下げると、白嶋は半身を車内に戻した。

「こんな小細工をしやがって。すぐに楊武の移送に向かえ。今すぐだ。わかったな。今から三十分後に電話する」

「三十分じゃ埼玉まで走れない」

「できるさ。おまえはデカじゃねえか。サイレンを鳴らして高速を行けよ。じゃあな」

白嶋は笑って吐き捨て、後部シートに納まった。リアウインドウの中から文がこっちを見ている。

車はすぐに走り出したが、入り口を出たところで一旦とまった。白嶋は窓から手と顔を出し、仲柳の車のタイヤを狙い撃った。乾いた破裂音が腹に響く。

同じことをしてやろうかという考えが一瞬過ぎったが、沖はそれを押し止めた。今ここで発砲し、車を足止めし、その結果として白嶋たち全員を逮捕できたとしても、父親は確実に殺される。

ナンバーを記憶したが、それが役に立つとも思えなかった。

「チーフ、車を手配します」

車を飛び出した仲柳が言う。

「頼む。しかし、大っぴらな追跡はまずい。その点をよく説明しておけ」

沖は短く命じると、仲柳に背中を向けて何歩か遠ざかった。

ひとりで、それも大至急に頭を整理したかった。

文から電話が来た直後も、そしてさっきの捜査会議でも、沖は文を泳がすことを主張したのだ。それで賭けを打つことが、父親を無事に救い出す道だと思ったからだ。だが、状況が変わったことを認める必要があった。

──小細工。

白嶋の口にした一言が気になっていた。

「こんな小細工をしやがって」

やつは、そう言ったのだ。それはただ単に文を張り込み、そのあとを尾けたことを指していたのだろうか。文からの内通を指していたようにも聞こえた。そうだとしたら、文が危ない。やつは消され、こっちは白嶋の指図通りに動かなければならなくなる。

「チーフ、僕の張り込みが白嶋たちにばれてたんでしょうか──?」

振り返ると、仲柳が顔を強ばらせてこっちを見ていた。

「わからんよ。今はそれを考えてみても仕方ないだろ。それよりも、これからどうするかだ」

子供独特の甲高い笑い声が耳に飛び込んできて、沖は保育園の園庭に再び視線を投げた。ちょっと前に目と鼻の先の駐車場で起こったことには何も気づかず、園児たちは今も楽しげに遊び回っていた。拳銃の発射音が響いたのに、園の保育士たちの誰も、その正体に気づかなかったらしい。

——平和だ。

ふっとそんな言葉が胸の中を過ぎり、一瞬の虚しさを感じたものの、すぐに己を鼓舞する強い決意が漲った。前へ行くのだ。必ず事態は打開できる。

——だが、どんな手がある。

無意識に時折スキンヘッドを擦りながら駐車場を歩き回っていた沖のポケットで、携帯が鳴った。

抜き出すと、平松の名前がディスプレイにあった。

「ヒラだ」

沖は仲柳に告げて通話ボタンを押した。

「よくない報せだ、幹さん」

平松が開口一番に言うのを聞き、スキンヘッドをごしごしとやった。まったく、あっちでもこっちでもというやつか。

「何だ？」

「伏丘の野郎は死んでた」

「死んでた、だと。どういうことだ。いつ死んだんだ？」

「つい二日前だよ。鷺宮駅近くの舗道で、夜遅くに車に轢かれてな。轢き逃げで、犯人はまだ捕まっちゃいない。なあ、幹さん。これは偶然じゃないぜ。抱え込んで身分証明書の類を次々に作らせたが、足がつきそうになったんで口を塞(ふさ)いだんだ」

「くそ、そうだろうな」

「俺は今、伏丘のかみさんと娘の所に向かってるところだ。ふたりが何か知ってるかもしれん」

「こっちは文建明(ウェン・ジェンミン)に逃げられた。尾行に気づかれてた。そして、白嶋がやつを車でかっ攫(さら)って行ったんだ」

「文が内通したのがバレたのか?」

「わからん。こっちから繋(つな)ぎを取るのはまずい。やつがまた連絡して来るのを待つしかない」

「文の口から、まだ親父さんの居所は聞けてないんだな?」

「ああ、まだだ」

「まずいな。どうする?」

「ちょっと考えてることがある。署長の承諾を取ってから、またかける。待っててくれ」

沖は手早く告げて電話を切った。平松と話す間に気持ちが決まっていた。この手しかない。

仲柳が言問いたげな目を向けてきたが、しばらく待つように手で制して貴里子の携帯にかける。

「すみません、文に逃げられました」

「どういうこと？　順を追って説明して」

沖が詳細を告げると、貴里子はすぐに察した。

「ホテルを張ってた時から悟られていたのかもしれないわね。問題は、文があなたに情報を漏らしたことを、白嶋たちが勘づいたかどうかよ。どう思う？」

「わかりません。どっちとも言えない。白嶋たちが逃げ去った車のナンバーは、手配しました。野郎たちの足取りがそれで摑めればいいが、どうなるものか。それから、ヒラからたった今連絡が入りました。伏丘は、二日前に消されてましたよ。名無しの権兵衛がパクられたことで、足がつくのを恐れて先手を打ったんです。くそ、したたかなやつらだ」

「それで、どうするの。あなたの考えを聞かせて」

貴里子がこう言い出すのを待っていたのだ。

「今から埼玉県警に車を飛ばします。そして、楊武を移送する。ヒラとふたりで行かせてくれ」

貴里子はしばらく沈黙した。

「――白嶋の要求を吞むってこと？」

「その通りです。だが、向こうを出たらすぐに楊武を尋問する」

「待って、幹さん。それは許可できない。何か理由を見つけて、移送の時間を遅らせるべきよ」

「白嶋は、すぐに移送しろと要求して来てるんだ。そんなことは不可能です」

「楊に事情を説明して、仮病を使わせればいい」

「遅らせて、その間にどうすると言うんだ？」

「名無しの権兵衛を改めて尋問するの。伏丘を消したのは、文たちの背後にいる組織が、余程自分たちの存在を知られたくないと思ってるからだわ。あの男を吐かせれば、正体に近づける」

「野郎は黙(だんま)りを決め込んでるんだ。短時間で口を割りなどしませんよ。だが、楊は違う。野郎は文と幼馴染みで、文の姉である美鈴に惚れてる。自分が喋らなければ、ふたりとも命が危ないと説得すれば、口を開くにちがいない」

「あの男を信用させるのは至難の業(わざ)よ。楊の移送を始めて、もしも口を割らなかったらどうするの？　取引場所まで連れていけば、あなたも楊も蜂の巣にされるわ」

「俺はそんなに柔(やわ)な男じゃありませんて。やつを埼玉県警から出させてくれ。取引場所までの間に、必ず口を割らせる。こっちから攻めに出られるきっかけを絶対に作ります」

「――――」

「前に出るしかないんだ。違いますか、村井さん」

「せめて、全員であなたをバックアップできるなら……。でも、これから私たちは、木戸静雄の家宅捜索に向かうところなの」

「お札が下りたんですね。よかった。ヴァイオリンの捜索が最重要課題ですよ。俺を信用して、こっちは任せてくれ」

「――わかったわ。埼玉県警に連絡を入れます」

貴里子がまだ何か言いたそうにしているのに気づいたが、沖は礼を言って電話を切った。自分の身を案じてくれるのならば、嬉しかった。だが、それによって捜査責任者としての判断が慎重になり過ぎるようなことは勘弁して欲しかった。

携帯を仕舞い、仲柳を見た。

「電話を聞いてわかったろ。俺はこれからヒラと一緒に埼玉県警へ向かう。おまえは鑑識を呼んで、白嶋が撃った弾丸を探せ。それが済んだら、ヒラの代わりに伏丘の家族に会ってこい」

「了解しました」と頷く仲柳は、表情を取り繕おうとはしているものの、一緒に来いと命じられなかったことにほっとしているのが見て取れた。

4

署の駐車場から車三台で繰り出したが、連なって出て行くことはしなかった。

一定の間隔を置いて一台ずつが、しかも別々の方角を目指して走り、調布の極楽光明寺付近で落ち合う取り決めにしていた。普段は制服姿の鑑識課職員も、敢えて私服で出動するようにと要請し、車も覆面パトカーを使用した。朱栄志の手の者が、どこかから署の様子を窺っていることを警戒したのだ。

貴里子自身は、ガラスにブラックフィルムを貼って外から覗かれにくくした車の後部シートに坐り、署を出る時には身を屈めて隠れた。

運転手以外に同乗者はなく、後部シートに坐るのは貴里子ひとりだけだった。

初台で首都高速に乗った。他の車は、念のために別のランプから乗る。

それまではじっと腕組みをして目を閉じていた貴里子は、車の走行速度が上がると目を開け、首都高速の防音用隔壁の上に広がる梅雨曇りの空と、次々に背後へと飛びすさって行く高速道路沿いのビルにぼんやりと目をやった。

どの要素が、どんなふうに転ぶかわからない。そんな中で捜査を進めている。

困難を数え上げても仕方がないと思っていても、自然にそうしたことを考え始めてしまう。

ややもすると弱気になってしまう自分に気づき、貴里子はひとりで移動することにしてよかったと思った。指揮官のこんな姿は、誰にも決して見せられない。

だが、思い悩むのは今だけだ。

調布に着いた時には、鋼鉄の女になっていてやる。

「あの寺です。参道の右側が住職の自宅兼事務所になっていまして、蔵はその裏手です」

目立たない場所に駐めていた車から飛び出した柏木が貴里子を迎え、低く抑えた早口でそう説明した。

「木戸はいるのね」

「ええ、妻とふたりで、自宅のほうに」

特捜部の柏木と柴原の他に、二課からヴェテランの刑事をふたり駆り出し、それに鑑識課からは課長を含む四人が出動していた。

そのひとりひとりの顔を見渡し、貴里子は低い声に決意を込めた。

「行きましょう」

先頭に立って歩き、山門を入ると、一見して妙な感じがした。それは、参道の先にある本堂よりも、その斜め手前に建つ真新しい日本家屋が際だって目を惹くためだった。本堂のほうが辛うじて大きい程度で、バランス的に明らかにおかしい。

左手から本堂の裏手へとかけて、柏木たちから報告を受けた新しい霊園用の敷地が広がっていた。工事がまだ揉めたままで滞っているため、寺と隣接する敷地には、今は小型のブルドーザーやユンボ、コンクリートミキサーなどの建設機械が、平日の昼間だというのにひっそりと放置されている。

日本家屋の向かって右側は縦格子引き戸の広い玄関で、左側は事務所の入り口だった。事務所の玄関は透明なガラス戸で中が覗けるが、天井灯が消えていて誰もいなかった。

玄関前に立ってブザーを押すと、ほどなく女の声が応答した。

警察だと名乗ると、鍵を開けに来るまでいくらか時間がかかった。

肉づきのいい小柄な女だった。木戸の妻にちがいない。

「警察の者です。木戸静雄さんは御在宅ですね」

貴里子、柏木、柴原が、並んで警察手帳を呈示し、代表する形で貴里子が言った。

「ええ、おりますけれど、何の御用でしょう……？」

女は狼狽えた様子で、玄関先を埋めた捜査員をきょろきょろと見回した。

貴里子はお札を内ポケットから抜き出した。

「奥さんの富士子さんですね。家宅捜索令状です。今から、こちらの御自宅、本堂、蔵など、敷地内をすべて調べます」

令状の呈示、及び通告を終えるのを待ち構えていた柴原が靴を脱ぎ、二課の刑事たちと先を争うようにして廊下に上がる。

「ちょっと待ってください。何なんですか、急に。うちはお寺ですよ。警察に調べられる理由なんかありませんわ」

まとわりついてくる富士子のことを、柏木がやんわりと押し戻す。

廊下をたどってリビングに入ると、その中央のソファに坐る男が、険しい顔で貴里子たちを睨んでいた。玄関でのやりとりは、当然聞こえていたはずだ。

綺麗に掃除が行き届いている広い部屋なのに、乱雑な印象があった。その理由はすぐにわかった。壺、彫刻、掛け軸、絵画など、部屋を飾るには多すぎる品が、統一感を欠いて置いてあるためだ。

「木戸静雄さんですね」と、貴里子は事務的な口調を保って確かめ、再び令状を呈示した。

「今から家宅捜索を行いますので、協力をお願いします。蔵の鍵はどちらですか？」

木戸は落ち着きなく足を組み直したが、貴里子の通告が終わると同時に柏木たちがてきぱきと動き始めるのを見て、慌ててソファから立ち上がった。

「待ってくれ、刑事さん。いったい、これはどういうことなんです。私に何の嫌疑がかかっているというんだ。いきなりやって来て、他人の家を家捜ししようなんて、横暴すぎますぞ」

顔を近づけてくると、ニコチンと加齢臭の入り交じったすごい臭いがした。

「詐欺の訴えが出てます」

貴里子は相手の息から逃れるようにして言い放った。

「詐欺だなんて、何を馬鹿な……。令状を見せてくれ。すぐに弁護士に連絡する」

「どうぞ、御自由になさってください。それはあなたの権利です。ですが、家宅捜索は進めます」

令状を目の前に広げて目を落とす木戸の背後で、柴原が声を上げた。

「鍵がありました。これだと思います」

何を基準に選んだかわからないてんでばらばらの壺が並ぶサイドボードの抽斗から鍵の束を取り出し、顔の横に持ち上げて振っていた。

「蔵の鍵が、あの中にありますね」

「蔵に何の用があると言うんだ」

貴里子は木戸の問いかけを無視し、二課の刑事ひとりと鑑識課の職員ひとりに目配せした。

「あなたたちはこっちをお願い。他の人は、私と一緒に来て。木戸さん、あなたも一緒に頼みます」

木戸の扱いは柏木に任せ、貴里子は柴原とふたりで玄関へと急いだ。靴を履いて表に出て、裏手にある蔵を目指す。

昔ながらの古い蔵で、扉は錠前で施錠されているだけだったが、周囲には防犯用カメラと赤外線探知機が備えつけられていた。

鍵の束についていた錠前の鍵はひとつだけだったので、迷わずに済んだ。柴原がそれで錠前を外す。重たい扉を、ふたりがかりでゆっくりと開けると、湿ってひんやりとした空気が流れ出てきた。内扉の鍵も外し、中へと足を踏み入れるとともに、柴原が小さく音を立てて息を吐き出し、ちらっと貴里子のほうを見た。

棚を埋めて、もの凄い数の美術品が並んでいる。この寺の規模からすると、意外とか異常とか言いたくなるほどのコレクションだった。

貴里子の合図を受け、捜査員たちが捜索を始めた。

貴里子はしばらく様子を見守ったのち、柏木につき添われて斜め後ろに立つ木戸を振り返った。

「陳莫山製作のヴァイオリンが、ここにありますね」

「詐欺とヴァイオリンが、どう関係してるっていうんだ」

木戸はあからさまにふてくされて見せ、顔を背けて嘯いた。だが、一瞬のちにはっとし、顔の向きを戻してきた。

「それが狙いなのか？　あんたら、それが狙いなんだな。別件だ。詐欺だなんて言って、別件で捜査しようとしてるんだ。そうだろ。俺はそんなあくどい手口は許さないぞ」

　ニコチン臭い息が顔にかかり、貴里子はかっとした。

「つべこべ言わずに、ヴァイオリンの在処を教えなさい」

「駄目だ。かみさんが弁護士に電話したぞ。弁護士が来るまで、何も話さない」

「先に言ったほうが身のためよ。あなたは莫山作のヴァイオリンをどこから買ったの？」

　朧気に思っていた可能性が、この僧侶らしからぬ男と直接会うことで鮮明になっていた。この男は、莫山のヴァイオリンを、盗品だと知って買ったにちがいない。

「何の話をしてるのかわからないな。私の趣味は、美術品の蒐集だよ。ヴァイオリンなど知らない」

　狼狽える木戸を見て確信した。ヴァイオリンは、この蔵のどこかにある。間違いない。

「署長、ちょっと見てください」

　棚を端から漁っていた二課の刑事が貴里子を呼んだ。美術品に詳しい盗犯担当の刑事だった。

　近づく貴里子に、高さ五十センチほどの薬師如来像を見せた。

「これは手配の品です。半年ほど前に、藤沢の寺で盗まれた仏像ですよ。それから」と、隣の棚を指差した。「あれはどうも鎌倉の美術館から消え失せた清朝の壺臭いですな」

　貴里子は木戸を振り返った。

「聞こえましたね、木戸さん。盗難に遭ったのと同じ美術品が、それもふたつも並んでる。あなたの自慢のコレクションについて、署できちんとお話を聞く必要がありそうだわ」

「——知らない。盗品だなんて、そんなはずはない。たとえそうだとしても、私は何も知らずに買ったんだ」

「答えなさい。ヴァイオリンはどこなの!?」

一喝した。

木戸は反抗的な目つきで貴里子を睨みつけたが、彼女の火のような目に出くわしてすぐに視線を伏せた。両手をさかんに閉じたり開いたりしたのち、左肘を右手の指先でほじくるように掻き始めた。

「署長、村井さん、来てください！　こっちです」

蔵の奥から、興奮を含んだ声がした。柴原だ。

貴里子は棚の間を奥へと急いだ。

床にヴァイオリンケースを置いた柴原が、その傍らに立て膝をついてこっちを見上げている。

鑑識課長の小早川が、貴里子のすぐ後ろに来ていた。身長一八〇センチを超え、太い指をしているが、細かい作業を黙々とこなす男だった。

「コバさん」と呼びかける彼女に頷き返し、部下たちに小型カメラの準備をさせた。

「開けて」

柴原がナイロン手袋をはめた手でケースを開けた。

「ちょっと宜しいですか。場所を空けてください」

小早川が貴里子に断って前に出る。部下の男にカメラの本体を持たせ、自らはそこから伸びたチューブの先のカメラ部分を握っていた。

柴原の真向かいに腰を降ろしてヴァイオリンを取り上げる。カメラの先端を中指と薬指で挟み、人差し指と親指でペンライトを持つと、点灯してヴァイオリンのｆ孔と呼ばれる前面板の孔へと光を近づけた。

目を寄せ、中を覗き込んで凝視する。

「確かに、肉眼で確認できるところにラベルはありませんね」

ペンライトを消してポケットに戻すと、改めてカメラの先端をきちんとつまみ直した。小文字のｆの形をしていることから、ｆ孔と呼ばれる。ヴァイオリンの表板の左右にひとつずつ開いている。

孔の幅は一センチあるかないかぐらいだが、カメラはほんの僅かな隙間にすら差し込める特殊なもので、直径は五ミリ弱だった。

小早川の指が、滞りなくするするとカメラの先を挿入する。

本体のモニターに見入っていた貴里子は、やがて細く長く息を吐き出した。隣に来ていた柏木が、眉間に皺を寄せてモニターに顔を近づける。

「見えにくい場所に貼ってあるそうなの。もう少しよく探ってみて」

鑑識課長の小早川にそう告げたが、内心では既に認めていた。このヴァイオリンの内部には、どこにもラベルが貼られていない。いったい、どういうことなのだ——。

「何でラベルがないんだ？　これは、陳莫山作のヴァイオリンじゃないのか？」

柏木が呻くように言ったのち、跳ね上がるように立ち上がった。

木戸の元に走り戻り、胸ぐらを掴み上げた。

「おい、あれは莫山のヴァイオリンだな。あんたはあれを、いかがわしいルートから入手したんだ。そうだろ」

木戸がにやついた。

「何を証拠にそんなことを言ってるんだ。俺は、何も知らんね。それが莫山作のものだというのなら、その証拠を見せてくれ」

嘯く木戸を見やりつつ、貴里子は胸の中で再び問いかけた。——どういうことだ。

美術品コレクターであるこの男がラベルを剝がす理由がないし、購入した時に当然ラベルの有無を確認しているはずだ。

「あなたが買った時から、これは無ラベルのヴァイオリンだったの？」

「だから、何の話かわからないと言ってるだろ」

「とぼけるのはやめなさい。あなた、ラベルを誰かに売ったんじゃない？　あるいは、最近誰か、このヴァイオリンを見たいと望んだ人間がいたでしょ」

木戸は何か隠している。油断なく動く瞳がそれを物語っている。

貴里子は木戸に近づき、声を潜めた。

「木戸さん、取引しましょう。私たちはヴァイオリンを調べてるの。何があったのか、素直に話してくれるなら、他の品物のことは一切触れない。この申し出は、今だけよ。だから、よく考えて答えてちょうだい。このヴァイオリンの中にあったラベルをどうしたの？　最近、ヴァイオリンに触れた人間がいるはずよ。何があったのか、正直に答えてちょうだい」

木戸は貴里子の申し出を聞き、唇を舐めた。川の底を覗き込むような目をして何かを思案するのがわかった。

やがて、また下品な笑みを唇に浮かべた。

「駄目だね。俺にゃ、あんたたちが何を言ってるのか、皆目見当がつかねえよ。あのヴァイオリンは、昔から俺が持ってたものだ。陳莫山なんて名前は知らない。俺が盗品を買ってるなんて、とんだ言いがかりだぜ」

貴里子の中で、きな臭い怒りの炎が燃えた。

「あなたを盗品等関与罪の容疑で緊急逮捕します。署でたっぷり話を聞くわ」

5

手錠をされた両手を下腹にだらっと下げた楊武（ヤン・ウー）は、小さな体を仰け反（のぞ）らせて胸を張り、目蓋（まぶた）を重たげに垂らして辺りを睥睨（へいげい）していた。

引き渡しの書類にサインをした沖がそれを差し出すと、埼玉県警の村越が顔を寄せて囁（ささや）いた。

「今朝もまた、弁護士が接見に来てた。お宅の署から名前を聞いていた、横浜の滑川って男だ。気をつけたほうがいい」

村越はヤードに急襲をかけた時の指揮官で、なぜだか沖を買ってくれているらしい。沖は小声で礼を言い、村越の部下が楊の手錠を外すのを待って、自分の手錠を塡（は）め直した。

地下の駐車場まで、村越の部下がふたりつき添ってくれた。

沖は楊と並んで後部座席に坐り、平松がハンドルを握る。走り出した車の窓から沖が軽く会釈（えしゃく）をすると、楊がその隣で大げさに敬礼の振りをした。

地下駐車場からスロープを上る。明るくなった車内で、楊は心地よさげに伸びをした。

「随分と余裕だな。じきに自由になれる、とでも、お抱（かか）え弁護士から言（こと）づてを聞かされたか」

沖はその横顔に冷ややかに吐きつけた。

「久しぶりに外の空気を吸うんだ。伸びのひとつもして当然だろ」

「やはりな」

「何がだ？」

「文と一緒で、おまえも日本語が達者だと言ってるんだよ。取調室じゃ、すっかり手を焼かせやがって」

楊は沖の目を見つめ返したが、すぐに唇を引き結んで前を向いた。文の名前に食いついて何か話すと、こっちの罠にはまるとでも警戒したにちがいない。この男は、自分がそれほど切れ者ではないことを知っている。だから、お喋りをして刑事につけ込まれることを、必要以上に警戒している。取調室で黙秘することが多かったのも、そのためだ。

つまり、こうして取調室の外に連れ出したところで、変に目先の利く人間よりもよほど扱いが難しいのだ。

だが、それでも口を割らさねばならない。

無論のこと、貴里子には何も言わなかったが、沖は最後には力尽くでも吐かせるつもりだった。平松ならば、その辺りの呼吸も心得ている。

「どこで文と話したのかを聞きたくないのか？」

もう少し探りを入れてみたが、もう何も応えようとはしなかった。

「野郎はな、おまえのことを心配して連絡を寄越したんだよ」

沖は構わずに続けることにした。

「白嶋の話に乗って取引場所へ行ったら、おまえも俺も蜂の巣だそうだ」

わざと一度口を閉じ、じっくりと楊の様子を窺う。

唇を引き結んではいても、何か尋ねたがっているのがわかる。自分が殺されるという話を聞いて、冷静でいられる人間はいない。

「楊よ、おまえはどうやら、随分と大事な秘密を知ってるようだな。なあ、喋っちまえよ。そうすりゃ、もうおまえが命を狙われることもなくなるんだぜ。白嶋は駄目だ。文はもうやつを信じちゃいない。白嶋はな、バックの組織から命じられ、おまえを殺すことにしたんだよ。だが、幼馴染(おさななじ)みはいいもんだな。文にゃそんなことはできねえ。だから、俺に連絡して来たんだ。おまえを取引場所に連れて行くのはやめろ。そう忠告してきたのさ」

楊は相変わらず口を噤(つぐ)みつづけていた。今や懸命に沖の話を耳から追い出そうとしている。

携帯が鳴った。

沖は横目でちらちらと楊の様子を窺いつつ、携帯をポケットから抜き出した。

ディスプレイには非通知の文字がある。通話ボタンを押して耳元に運ぶと、白嶋の声が聞こえてきた。

「楊を表に出したか？」

白嶋はいきなり訊いてきた。

「ああ、受け取ったところだ」

「楊と代われ」

沖が無言で差し出した携帯電話を、楊は引ったくるように受け取った。

相手の声が漏れないよう、自分の耳にぴたっと携帯を押しつけ、低い声で応対を始めた。

中国語だった。

しかも、楊は簡単な応答の言葉しか口にしなかった。

電話は長くは続かなかった。楊は通話を終えた携帯を返して寄越すと、小馬鹿にしたように唇の端を歪めた。

「もうおまえとは何も話さないぜ」

「白嶋にそう言われたのか？」

何も応えず、ただ薄ら笑いを浮かべるだけだった。

「文とも話したか？」

「一時間後に、川崎の桜堀(さくらぼり)緑地に来いということだ。安全運転で行けよ」

楊は沖を無視し、ハンドルを握る平松の後頭部に向かって吐きつけた。

前の要求が大田区の六郷土手で、今度が川崎だ。海沿いに南下している。その先は、こいつらが塒にしてきた横浜だ。川崎が近づいたら、またどこかさらに南下した地点を指定するのかもしれない。そして、狙いやすくなったところで、狙ってくる。そういうことか。

沖は楊の胸ぐらを摑み上げた。

「いいか、よく聞け、楊。おまえが何を聞かされたか知らんがな、井関美鈴と文建明が助かるかどうかは、おまえ次第なんだ。正しい判断をしろ。文は俺たちに内通してきたことを知られれば、確実に消される。美鈴は朱栄志の手下に連れ去られた。おそらく朱は女を盾にして、おまえらの背後にいる組織の名前を言わせようと文たちに迫ってるんだ。白嶋は、もう女を見捨てた。わからんのか、楊。おまえが組織に義理立てして口を噤み続けていることは、何一つ文のためにも美鈴のためにもならないんだぞ」

楊はまた唇を硬く引き結んで目を逸らしてしまった。

こいつの過去には、警察を信じられなくなる出来事が無数にあったにちがいない。

「どうする、高速に乗るか？」

ハンドルを握る平松が訊いてきた。

ちょっと前に県道四十号を田島で左折したところだった。上空を首都高速埼玉大宮線が走っていて、じきに浦和南のランプにたどり着く。

「決まってるだろ。下でちんたら走ってるんじゃねえよ。高速で行け」

沖が口を開く前に楊が答えた。

のだ。

勝ち誇ったように嘯く楊への怒りが深くなった。なぜこいつは、白嶋を疑おうとしない

連絡すれば、親父の命はないぜ」

「それからな、仲間に助けを求めようなんて、馬鹿なことは考えるんじゃねえぞ。誰かに

平松が怒鳴りつけるが、どこ吹く風だ。

「てめえに言ってるんじゃねえよ」

――どこかで車をとめ、楊を徹底的に叩きのめすか。

沖はそう胸に問いかけた。平松も言外にそう訊いているのだ。それにはまだ高速に乗らず、その代わりにどこか人目につかない場所を探したほうがいい。

「先に言っておくがな。俺を痛めつけようとしても無駄だぜ。俺はな、痛みには慣れてるんだよ。デカのやることになど限界がある。試したら、後悔するのはおまえらだぜ」

ふてぶてしく笑う楊の顔を真正面から見つめ返し、沖はやがて笑い出した。自分でもそんなつもりはなかったのだが、自然に笑みがこぼれたのだ。

気色悪げに目を逸らす楊の鼻面を狙い、肘鉄を叩き込んだ。

「てめえ……」

盛大に噴き出した鼻血を両手で押さえながら、楊が食ってかかる。

沖はその頭髪を鷲摑みにした。

「楊、おまえはただの阿呆だ。そんなに死にてえなら、連れて行ってやる。ヒラ、高速に乗れ」

「しかし……」

「いいから、乗れ。心配するな。白嶋は、俺がひとりでこの馬鹿を連れて行くようにと要求してるんだ。おまえを巻き込むことはねえよ」

「俺はそんなことを言ってるんじゃねえだろ」

高速の乗り口が迫ってきて、平松はいくらか車を減速させた。

「幹さん、どこかここらで車をとめ、この馬鹿野郎を吐かせようぜ。デカを舐めるとどうなるか、思い知らせてやる」

「いいから、高速に乗れ」

沖に怒鳴りつけられ、平松がバックミラーを覗く。

「ほんとにいいのかよ」

「いいんだ」

「どうなっても知らねえぞ」

平松は吐き捨て、浦和南のランプを上った。

「へ、そんな臭え芝居に乗せられやしねえよ。それで俺を騙したつもりなら、ちゃんちゃらおかしいや」

沖は楊の髪を引っ張り、顔を自分のほうに向かせた。

「痛え。痛えじゃねえか、この野郎」

「静かにしろ。いいか、おまえの馬鹿さ加減にゃ、もううんざりだ。文建明や井関美鈴がどうなろうと、知ったことか。俺はおまえを取引場所に連れて行き、白嶋と取引する。野郎はおまえらと違って日本人だ。できることなら、刑事殺しはしたくねえさ。身内が殺されれば、警察はとことんホシを追うからな。俺は、てめえを残して取引場所から帰る。それで仕舞いだ」

「――おまえの親父はどうするんだよ？」

「別に助ける手段を講じるさ。白嶋が欲しがるものを差し出してやればいい」

「何のことだよ？」

「てめえの知ったことか」

楊の顔を初めて戸惑いがかすめた。

「へっ、どうせ口先だけさ。サツが人殺しを黙って見過ごせるわけがねえ……」

沖はせせら笑った。

「おまえ、警察を信じてねえんだろ。俺たちに、そんな善意があると思うなよ」

黙り込む楊の頭髪を放し、そっぽを向く振りをしつつ様子を窺った。もう一歩だ。

首都高速埼玉大宮線は、美女木から先は首都高速五号池袋線と名前を変える。美女木ジャンクションで外環からの車が合流して来るが、それも大した数ではなく、平日の昼間とあって上り車線は空いていた。前後にほとんど車がない。

平松が楊を挑発するように走行速度を上げ、エンジン音だけが車内を占めた。

やがてバックミラーで後方を確認する回数が増え、ウインカーを出した。追い越し車線から走行車線へと戻る。

沖もちらっと背後を振り返ると、追い越し車線をすごい勢いで飛ばしてくる車があった。スポーツ車タイプのセダンで、東京ナンバーのレンタカーだ。

するすると高速を滑るように接近してくる車の後部ウインドウが開いていることを、沖は目聡く見て取った。全開になっている。

その時点で警戒心が働いたわけではないが、ふっと違和感を覚えた。

後部シートには、三十代の半ばぐらいに見えるスポーツ刈りの男が坐っていた。全開の窓にも、こっちの車にもまったく注意を払う様子はなく、ただじっと前方を見つめている。同乗者は運転手だけだった。

スポーツセダンが真横に並んだ時、その男がいきなりこっちを向いた。

「ヒラ、頭を下げろ。ブレーキだ！」

男の右肩が持ち上がるのが見え、沖は平松に向かって叫んだ。自らも頭を下げながら楊の体を前倒しにして押さえつける。

続けざまに重たい発射音が空気を劈(つんざ)き、車体に激しい衝撃が来た。

平松がハンドルにしがみつくようにしてブレーキを踏む。こっちの車が急に減速した分、追い越し車線にいたスポーツセダンが前に出た。

ちらっと顔を上げた沖の目に、今ではその車の後部ウインドウから頭部と両腕を突き出した男が、アサルトライフルの銃口をこちらへと向けようとしているのが見えた。

くそ、とんでもないものを持ち出してきやがった。

「ヒラ、また来るぞ」

沖は平松に告げつつ拳銃を抜き出した。

平松がさらに強くブレーキを踏むのと同時に、相手はまた撃ってきた。フロントガラス一面に乾いた川底のような細かい罅(ひび)が走り、やがて真っ白になった。

車の進路が左へと流れた。路肩の避難帯へと寄り、最後には鼻面が側面の壁に接触して削った。車の後ろ半分が右側へと押し出されて回転しそうになるのを、ハンドルにしがみついた平松が辛うじて押し止(とど)める。車が回転を始めれば、惰力で走行車線へと押し戻され、後続車との間で大事故になりかねない。

けたたましいクラクションを鳴らした乗用車が一台、走行車線を通り過ぎて行った。

車が完全に停止すると、きな臭い空気に取り囲まれた。あちこちにめり込んだ弾丸がぶすぶすと車体を焦がし、足下では高速道路のアスファルトを擦ったタイヤが摩擦熱で溶けている。

「大丈夫か、ヒラ！」

声を上げた瞬間、自分が血まみれであることに気がついた。

はっとして見やると、隣に坐る楊が首から血を流し、苦しそうに喘いでいた。新鮮な空気を求めて上半身を起こそうとする楊に抱きつくようにしてとめた。

「体を低くしてろ！」

車のフロントガラスには強化ガラスが使われていて、たとえ割れても飛び散らない。弾丸を浴びたガラスが、一面真っ白にひび割れを走らせている。

視界が利かなかったが、襲ってきたスポーツセダンが先の路肩に停まっているのが見えた。

すっかり白嶋にしてやられた。やつには最初から、呼び出した先で片をつける腹などなかった。埼玉県警から走り出す車を、プロの殺し屋に見張らせていたのだ。

路肩に停まったスポーツセダンが、バックを始めた。

「ヒラ、しっかりしろ。ヒラ」

沖は声を上げたが、平松はハンドルに突っ伏したまま動かなかった。

「動くなよ、楊。傷口を両手でしっかりと塞いでおけ。いいな、わかったな」

沖は楊の耳元に唇をつけて大声で呼びかけると、前のシートを乗り越え、助手席に体をねじ込んだ。平松の体を起こすと、胸が血で真っ赤に染まっていた。

くそ、弾丸が胸を貫いている。俺が命を賭けるつもりだったのに、平松が犠牲になってしまった。

沖は平松の体に覆(おお)い被(かぶ)さるようにしてハンドルを握った。

無理な体勢から足を伸ばすと、辛うじてアクセルに届いた。

動け。動いてくれ。

念じつつ踏み込むと、車がいきなり加速した。

バックで下がっていた車が慌てて減速する。沖はその後部バンパーを目がけて思い切り突っ込んだ。

衝撃が来て、体が前に投げ出されそうになる。

反射的に左手を突き出すと、罅の入っていたフロントガラスが飛び散り、その向こうが鮮明に見えた。

アサルトライフルを構えた男が、後部ウインドウから顔と腕を突き出してこっちを狙おうとしている。衝突の衝撃で、一瞬バランスを崩していたのだ。

沖はその胸を狙い、続けざまに引き金を引いた。

右肩に衝撃が来て仰(の)け反(ぞ)り、沖の手の拳銃が後部シートへと飛んだ。くそ、運転席の男から狙い撃たれたのだ。

運転席のドアを開けて男が飛び出してきた。手に銃を持っている。

沖は後部シートに向けて体を捻（ひね）った。

銃は後部シートで跳ね、楊の足下へと落ちてしまっていた。隙間から手を伸ばそうとするが、届かない。男が小走りに近づいてくる。

車の前に立って銃口を向けてきた。表情に乏しい、冷たい目をした男だった。

沖はその胸に銃弾を撃ち込んだ。平松のホルスターから抜いた銃を握り締めていた。

倒れた男に注意を払いつつ、ゆっくりと体を動かした。痛む右肩を庇（かば）いながら助手席のドアを開け、車を降りた。

男は避難帯の地面で仰向（あおむ）けに死んでいた。

くそ、なんてことだ。

血だらけの手で携帯電話を抜き出し、一一〇番にかけて所属を名乗り、パトカーと救急車を要請した。

車の後部ドアに移動してシートに滑り込み、楊の体を抱え起こした。

「しっかりしろ、楊。しっかりするんだ」

銃弾が、首の動脈だけでなく気管まで傷つけたらしい。首筋を両手で押さえた楊は、ひゅうひゅうと苦しげに喉を鳴らし始めていた。

傷は一ヶ所ではないようで、流れ出した血が胸にも背中にも回っている。

――こいつはもう駄目だ。

意識を失う前に、必要なことを訊き出さねばならない。

「親父はどこだ？　おまえらのアジトを言え！」

楊は苦しげに歪(ゆが)めた顔を左右に振った。

「わからねえ。ほんとだ」

「くそ……、楊、答えてくれ。殺し屋をし向けてくるような組織に、義理立てしてもしょうがねえだろ。おまえはいったい、何を知ってるんだ。俺がおまえに言ったことに、嘘はない。美鈴と文のことは、俺に任せろ。俺がふたりを救ってやる。だから、答えろ、楊」

楊は苦しげに喘いだ。

自分が死にかかっていることをわかっている。

唇が動き、かさかさの声を押し出した。

「ヤクの取引……」

「何だと――？　おまえらは、ヤクの密輸に手を染めてたのか？　バックにいる組織はどこなんだ？」

「五虎界(ウーフジェ)……」

混乱した。

こいつらは、五虎界の朱 栄志(チュー・ロンジー)と敵対している。

「楊、朱栄志のことを訊いてるんじゃねえ。バックにいる組織を教えろ。おまえらと結びついているのは、誰なんだ？」

楊は死相にふてぶてしい笑みを滲ませた。

「朱など、小物だ……。五虎界の宗……」

沖は電流が体を貫いたような感覚に襲われた。

「宗偉傑か？　おまえらのバックにいるのは、五虎界の宗偉傑か。長老の宗が、この日本に来てるのか？」

楊は苦しげに喘ぎつつ、微かに頭を上下に動かした。

「宗の目的は何だ？　なぜ自らが日本に出向いて来てるんだ？」

楊の目が瞬く。

命の火が消えかかっている。

唇を動かすが、もう声を出す力は残っていない。

「美鈴を、頼む……」

最後にそれだけ絞り出し、息絶えた。

沖は楊の頭をそっとヘッドレストに凭せかけた。

――宗偉傑。

改めてその名を呟いた。

とんでもない大物が出てきたのだ。

この名前をひとつ塡め込むことで、今まで見えていなかった事件の裏側が明らかになる。大至急、様々な事実を再検討する必要がある。

だが、それは今この瞬間ではなかった。

沖は息苦しさを覚えて車を降りた。

東京の中心部と比べてずっと広い空が、高速道路の上空を覆っていた。梅雨曇りの重たい空だ。生暖かい風が吹いている。

走行車線から追い越し車線へと避けた車が、一台、また一台と通り過ぎ、その度に風を切る音がする。

サイレンが近づいていた。パトカーと救急車のものが混じり合っている。

だが、一方はもう無用になった。こういった襲撃を読めなかった自分のミスだ。

己を激しく責める沖の耳に低い呻き声が聞こえ、平松の肩が僅かに動いた。

生きている！

「ヒラ」

叫び、運転席のドアを開けた。

沖は平松の体を抱き締め、救急車の一刻も早い到着を祈った。

6

救急エリア内の病室は、上半分が素通しのガラスとなったドアで仕切られていた。

治療を終えた沖がベッドに寝かされ、逸る気持ちでドアのほうを見ていると、その窓ガラスの向こうに見覚えのある女が立った。

目が合い、女は小さく会釈し、ドアを開けて入ってきた。

蒼白な顔には表情らしき表情が残っておらず、針が一本落ちたぐらいの音にさえ飛び上がってしまいそうな張りつめた空気を身に纏っていた。

福森沙也加だ。

平松慎也とつきあう内勤の婦警で、新宿署に務めている。

平松から紹介され、三人で酒を飲んだことがある。

「病院の人から、幹さんがこっちだと聞いたので……」

沙也加はかさかさの声で言い、中途半端に語尾を途切れさせた。

内勤とはいえ、警察官らしい質素で地味な服装に徹していた。だが、西洋風の派手な顔立ちは遠くからでも目立ち、服装が醸すイメージを綺麗に打ち消している。三人で飲んだ夜、沖は何人もの男客が彼女に視線を吸い寄せられていることに気がついた。

しかし、同じテーブルで酒を飲んでいると、そんな外見よりも一層強く印象に残るのは、生真面目で理性的な内面だった。自分が男の目を惹く外見をしていることを本気で悩み、しかもそれが嫌みになっていない希有な存在の女だった。

沖はベッドに体を起こした。

要らないと主張したのに、医者に痛み止めの注射をされたので、頭が今ひとつはっきりしなかった。あるいはそれは薬のせいなどではなく、この絶望的な状況を受け入れまいとする自衛本能なのだろうか。

平松が、親父が、いったいどうなってしまうのかを知りたい。いや、何も知りたくない。一分先、一秒先にはもたらされるかもしれない最悪の報せを聞きたくない。

「ヒラの具合はどうだ？」

訊いた。医者に尋ねても、看護師に尋ねても、まだ手術中だと答えるだけで、詳しい説明が聞けずにいた。

沙也加の顔が歪むのを見て、沖は体が強ばるのを感じた。

「まだ手術中で、どうなるかわからないの……。手術室の前にいても、私、不安で……」

「署の連中は？」

「総務の人が駆けつけてきてた。じきに署長さんが来るって聞いたけれど、でも、私は面識がない人だし――。幹さんがこっちにいるって教えて貰ったから」

「そうか……」

沙也加は顎を引き、リノリウムの床に視線を落とした。

怖々と目を上げ、改めて沖を見つめてくる。

「いったい、何があったの……？」

「移送中の容疑者を狙って、ふたり組の殺し屋が襲ってきた」

「――――」

自分が不用意に使ってしまった言葉が目の前の女を恐れさせてしまったことを知り、沖は激しく後悔した。

沙也加は腹の奥底まで空気を行き渡らせようとするかのように大きく息を吸い込み、そして、ゆっくりと吐き出した。

「あの人、死んだりしないよね。死んだりしないって言って――」

「ああ、大丈夫だ。あいつは優男（やさおとこ）だが、タフなんだ。驚くべきタフな刑事さ」

沖は体をベッドサイドへと乗り出し、自由になる左手を沙也加の肩に置いた。

「大丈夫だ。心配するな」

懸命に明るく力強い声を出そうと努めていたが、それが沙也加に悟られているのがわかった。

半年ほど前、平松とふたりきりで飲んだ夜の会話を思い出していた。

平松は誰彼構わず女を口説き、それを露悪的に喋りたがる癖があった。疲れている時などに、その戦果を自慢されると、思わずかっとすることも再三だった。

だが、沙也加とは別れず、もう四年か五年のつきあいになる。なぜあちこちの女と寝たいなら、彼女と別れないのだと訊けば、体の相性がいいとか、こっちが別れようとしても、どうしても放して貰えないとか答えるのが常だった。

しかし、あの夜に限っては、ぽろっと本音を漏らしたのだ。

平松の父親は、平松が三歳の時に心筋梗塞(こうそく)で亡くなっていた。年も押し迫ったある日、胸が痛いと訴え、病院に運ばれてそれっきりだった。

「俺は父親のことを何ひとつ覚えてない。所帯を持った男が、家でどう振る舞えばいいのかわからないんだ」

本当は沙也加との結婚をずっと考えていたが、怖いのだと打ち明けたのち、何が怖いんだと沖が笑い飛ばそうとすると、そう話したのだった。

もしもこのまま平松が助からなかったなら、自分はどうすればいいのだろう。平松をK・S・Pに引っ張ったのは沖だった。危ない仕事のパートナーには平松を選ぶことが多く、今回も、やつならば楊武(ヤン・ウー)に口を割らせるのにたとえどんな手を使おうとも、阿吽(あうん)の呼吸で手を貸してくれると思って同行を頼んだのだ。もしもやつが死んだら……。

部屋のドアにノックがして、沖は視線を吸い寄せられた。

ドアの素通しガラスの外に貴里子の顔があった。たとえこんな状況でも、この顔を見ると心に潤いが広がる。

部屋に入ってきた貴里子は、あまり沖のほうを見ようとはせずに沙也加に正対した。

「署長の村井です、今、手術室を訪ねてきました。そこで総務課長から、あなたがこっちだと聞いたものだから」

沙也加は戸惑いを滲ませつつ頭を下げた。

「新宿署の福森です。いつもお噂(うわさ)を伺ってます」

平松から貴里子のことを聞いているのだ。

挨拶を交わしたきり、お互いが会話の接(つ)ぎ穂を探しつつ見つからない時の、きまりの悪い沈黙が降りた。

「署長さん、その顔は……」

「役職で呼ぶのはやめて。村井でいいわ。本牧のニュースは、聞いてるでしょ」

「じゃあ、やはりその時の――」

沙也加は呟くように言い、ふいに言葉を途切れさせた。頭に谷川が殉職したニュースが蘇(よみがえ)ったにちがいない。

俯(うつむ)き、やがて肩を小さく震わせ始めた。

「私たち、結婚の約束をしてたんです……。私、彼にもしものことがあったら……」

言葉になったのはそこまでで、あとは嗚咽が込み上げた。

沖は貴里子が来てくれてよかったと思った。

自分にはできないが、貴里子ならば沙也加を抱き締めてやれる。


「傷の具合はどうなの?」

手術室の前へと戻る沙也加を送って一旦病室を出た貴里子が、戻ってきて尋ねた。

「なあに、こんなのはかすり傷だ」沖は威勢良く応えてから、きちんと言い直した。「骨は大丈夫です。肉を抉られただけで済みましたよ」

さっきドアのガラス戸越し貴里子を見た時には、あんなにほっとしたのに、部屋にふたりきりになると気詰まりで落ち着かなかった。

「それで、直接話したい大事な話って、何?」

貴里子も気詰まりだったのか、事務的な口調を保って質問を続けた。

このほうがいい。沖は傷の痛みと鎮痛剤の効き目ですっかり散漫になっている注意力をなんとか束ね直し、頭を整理して口を開いた。伝えるべきことを、すべて貴里子に伝えねばならない。

「楊が亡くなる前に吐きました。文たちの背後にいるのは、五虎界の宗偉傑です。宗は文たちを使って、麻薬の密輸を企ててるらしい。しかも、やつは今、日本に来てます」

まずは一息にそう告げると、貴里子は一瞬両目を見開いた。

だが、驚愕の表情が過ぎったのはほんの一瞬のことで、すぐにあの燃えるような目でじっと沖を凝視してきた。どんな時でも、立ち向かう姿勢を崩さない女だ。彼女は今、沖と同様に注意力を喚起し、頭の回転を最大限に上げようとしている。

「宗は、朱徐季亡きあとの五虎界の中で、最大の実力者だわ」

やがて、静かな声でそれだけ言うと、唇を引き結んだ。

沖は何も言わずに待った。彼女が自分と同じ結論を導き出すのかどうかを知りたかった。

五虎界には、五つの「家属」を代表する五人の幹部が存在する。「五虎界」とは、この五人が鉄の結束で組織を維持するところからつけられた名前なのだ。お互いが支え合って外敵に対することで、巨大なマフィア組織へと成長した。

三年前、この五幹部のうちのひとりである孟晃久が、朱栄志の企てにより、湾岸エリアのゴルフ練習場に誘き出されて命を落とした。それ以降、経緯は不明だが、朱栄志が五幹部のひとりに名を連ねたという情報が入っていた。

だが、昔から孟と盟友だった長老にとって、こうして朱栄志が勢いを伸ばすことが面白かろうはずがない。

宗は五幹部中でも朱徐季に次ぐ実力者で、生前の朱徐季も宗には一目置いていた。孟晃久と肝胆相照らす間柄だったという噂もある。

チャイニーズマフィアの情報には不確かなものも多いが、いずれにしろ朱徐季亡きあとの五虎界にとって、宗偉傑（ゾン・ウェイジェ）が最高実力者であることは決定的な事実だ。

長く待つ必要はなかった。

「宗偉傑は警察に対してじゃなく、朱栄志に対して自分の存在を秘密にしておきたかったのね」

貴里子は指摘し、ゆっくりと、まるで暗闇で自分の足下を探るような口調で喋り始めた。

「宗にとって、自分が文たちの組織を使って麻薬を日本に密輸しようと企てていることは、絶対に隠しておきたい秘密だった。捕まった楊武（ヤン・ウー）にも、接見の弁護士を使って口止めし、挙げ句の果てにはその口を塞いでまで秘密を守ろうとした。それだけじゃないわ。埼玉のヤードを捜索するきっかけとなった、私たちが名無しの権兵衛と呼ぶ男が捕まった時、身元の発覚を恐れて、偽造屋の伏丘博喜の口をいち早く塞いでいる。周到で用心深いわ」

沖は頷いた。

「ええ、俺もそう思います。その周到さは、警察を意識したものじゃない。朱栄志との間の駆け引きだったんだ。村井さん、朱栄志がなぜ俺の親父を拉致し、俺たち警察を動かすことでヴァイオリンを手に入れようとしたのかについても、理由がわかりましたよ。野郎もまた、自分の存在を極力秘密にしておきたかった。自分がこの日本に来てヴァイオリンを探していることを、大っぴらにしたくなかったんですよ」

「同感よ。私もそう思う。本牧で井関美鈴を連れ去った男たちの中で、元々朱の配下だった男は丁龍棋(ディン・ロンチー)だけよ。あとの男たちは、丁が雇った連中だった。三年前に朱栄志が向紅たちと一緒に日本に乗り込んできた時とは、大きく状況が違う。あの時は大勢の手下を引き連れていたけれど、今度はおそらく目立たないように、ごく少数の配下しか連れずに来てるんだわ」

「朱栄志は、自分がヴァイオリンを探していることを悟られたくないんですよ。敵対する組織の人間たちにだけじゃなく、同じ五虎界の他の幹部連中にもね。いや、ほんとにやつが気にしてるのは、この幹部たちのことなんでしょう。自分がヴァイオリンを入手する前に、ヴァイオリンの秘密を知られて邪魔されることを恐れてるんだ。だけど、宗(ゾン)は朱栄志が手薄な護衛しか連れずに日本に乗り込んでいることを嗅(か)ぎつけた。命を奪うには、またとないシチュエイションだ。村井さん、宗は朱栄志の居所を突きとめたら、確実に襲撃しますよ」

「宗偉傑(ゾン・ウェイジェ)は、ヴァイオリンの存在には気づいてるのかしら?」

「どうでしょうね。そこまで気づいてるかどうか、今のところ、可能性は半々でしょ。だが、我々としては、気づいてると踏んで捜査を進めたほうがいい。で、ガサ入れはどうだったんです?」

沖の問いかけに、貴里子の顔が急に曇った。

「ヴァイオリンはあったわ。でも、裏板にラベルは貼ってなかった」

　沖はベッドの上で僅かに体の向きを変えた。

「――それはいったい、どういうことなんです？」

「わからない。木戸静雄が持つ美術品のいくつかは盗品だった。あの男には、盗品だとわかって買った疑いがある。署に連行して、ヴァイオリンについて、詳しく話を聞いてるところよ」

「陳莫山（チェン・モーシャン）のヴァイオリンであることに、間違いはないんでしょうか？」

「その点についても、今、確認を取ってる。ヒロさんに、現物を持って陳先生を訪ねて貰ってるわ」

「最近、木戸の家に誰かが侵入した形跡は？」

「その点はもう木戸に確かめた。でも、何も思い当たることはないと言ってたわ。ヴァイオリンが置いてあった蔵は、防犯カメラと赤外線探知機で守られてた。窓には格子がついてて、侵入不可能よ。誰かが侵入したならば、木戸が気づいてるはずよ」

　昔ながらの蔵は、それ自体の防犯機能が優れている。火事に遭っても中のものが助かった例も多いと聞くし、金庫として一級品なのだ。

「――向紅（シアンホン）がヴァイオリンを入手した時点で、ラベルをこっそり剝がしたのかもしれない」

思いつきを口にする沖の口元を、貴里子がじっと見つめてきた。

その表情からわかった。彼女も同じことを既に想像していたのだ。不吉な想像と言うしかなかった。三年前に死んだ向紅の足跡を、今になって追い直すなど不可能に近い。ラベルの価値を知らない人間が破棄してしまったとも考えられる。

「ヴァイオリンの入手経路については、木戸は何か吐いたんですか？」

「それも今、取調室でカシワさんが問いつめてるところよ」

貴里子は深くひとつ息を吸い込み、吐いた。

貴里子の掌が沖の手の甲に触れた。

躊躇いがちな動きだった。

「お父さんの居所については、楊は何も言わなかったのね？」

沖は顎を引き、小さく左右に首を振った。

「ええ、野郎は何も知りませんでしたよ」

あっさりとただ事実だけを告げるような口調を保ちたかったが、できているとは思えなかった。

手の甲に添えられた貴里子の手に力が籠もる。

「この件については、二課に全面的に協力を要請した。五虎界の宗偉傑と繋がりそうな先を、虱潰しにしましょう。名なしの権兵衛の身元確認は、これで棚上げよ。捜査員を大きく振り分ける。刑事の父親が人質になってるのよ。全力で救い出すわ」

「――ありがとうございます」

力ない声しか出せなかった。

宗偉傑は背後から白嶋たちを動かし、楊武を移送させるのに成功し、最後はあんな強引な手段で口を塞ぎにかかったのだ。

もう刑事の父親を餌にする必要はなくなったと見るべきだ。

自分はこの一点の真実から、ずっと目を逸らし続けようとしている。携帯に連絡が来て、父親らしい死体が見つかったという報せが届くことを恐れ、現実から目を背け続けている。

「刑事の父親は、手駒として貴重よ。簡単に殺すはずがないわ」

「――だが、やつらが親父をかっ攫った目的は、もう果たしたんだ」

「いいえ、まだ利用価値を感じてるはず。楊を狙ってきた殺し屋ふたりは、死んだのよ。楊の命は奪ったけれど、秘密をあなたに喋っていないかどうか、宗は確信を持てずにいる。慌ててて隆造さんを殺したりはしないわ」

「――ああ、そうだな。きっとそうにちがいない」

沖は貴里子から視線を逸らした。

彼女にすがるような目を向けてしまう自分が嫌だった。だが、思いを吐き出すことはとめられなかった。

「そうです。下田で、下足番をしてたんだ。捜査会議のあと、向こうの警察署から電話が来た。旅館の女将が、失踪届を出しに来たそうだ。息子が新宿でデカをやってると話すのを、聞いてたそうで」

貴里子の息遣いが感じられた。懸命に言葉を探しているのがわかる。

「親父は浅草を引き払う時に、提灯職人としての暮らしを諦めた。提灯の流通先は限られている。たとえどこに越したところで、提灯を作っていれば容易く見つけ出されてしまう。だから、提灯作りを諦めたんだ。ちきしょう、考えればわかるはずのことだった。いや、俺は頭のどこかでわかってたんだ。親父が提灯作りをやめ、そして、どこかで落ちぶれた暮らしをしてることを。だが、どうでもいいと思っていた」

「違うわ。あなたは、そんな人じゃない」

「違わない。俺はそういう男だ」

「なぜそんなふうに自分を責めるの？」

「それが真実だからさ。俺はな、貴里子さん。まだ、親父のことが許せなかった」

「幹さん――」

「親父は俺とお袋を置いて出て行った。俺が中学に上がった年だった」

「何？　お父さんが――？」

「下足番をしてた……」

「ええ、前に聞いたわ」

「違う。あれがすべてじゃない。確かに親父は、提灯作りをやりたかったんだろう。だが、それだけじゃあない。あの男は、お袋や俺との暮らしから逃げ出したんだ」

「なぜ……？　それはどういうこと？」

「お袋の父親は、ある中堅アルミニウムメーカーの社長だった。親父はその下請け工場の次男坊だった。お袋のほうが親父を見初めたんだ。親の反対を押し切って、ふたりは結婚した。親父がお袋の親父さんの会社で働くことが条件だった。課長か何か、中間管理職の席が用意されてたらしい。親父は必死で働き、俺が生まれた。だが、それから十二年後、何もかも投げ出し、俺たちの元から去っていった。死にたいほどに不自由だった。こうするより他にはもうどうしようもない。おまえは実家で世話になれば食べていける。だから、俺の我が儘を許してくれ。お袋に向かってそんなふうに話す親父の姿を、俺はたまたま目にしてしまった。お袋は泣いてとめてた。だが、結局それから何日も経たないうちに、親父は何もかも捨てて逃げ出したんだ」

　沖は捲し立てる自分に嫌気が差し、口を閉じて固く引き結んだ。

　父の仕事が中間管理職とは名ばかりで、実際には義理の父親の使い走りのようなものだったことを、随分時間が経ってから知った。古株でうるさ型の重役連中からも、何かにつけては嫌がらせを受けていたらしい。

父親は、それにじっと堪え続けたのだ。

だが、十二年目に切れた。

そして、自分の人生をリセットする気になった。

そういうこともあるだろう。――今ならばそう言えるし、そんな状況に置かれた人間の気持ちを理解できる気になることもある。

しかし、それはどこかの誰かの場合であり、自分の父親に対しては無理だった。

母親は、沖が十五歳の時に亡くなった。その後、祖父は孫を高校に行かせ続けてくれたが、孫のほうには祖父に対する反発心しかなかった。高飛車で自己本位なこの男が父親を追い出したのだ。そして、ひとり娘である沖の母を、狭い世界の中へと閉じ込め続けたのだ。

そんなふうに怒りの矛先をいくら祖父へと振り向けようとも、自分と母とを捨てて出て行った父親への怒りが和らぐことはなかった。

だが、もしもこのまま親父が殺されてしまったら……。そうしたら、自分はどうすればいいのだろう。父親との間を修復できないまま、この先、一生を過ごさなければならないなんて。

「大丈夫よ、幹さん。絶対に大丈夫。あなたらしくないわ。常に前向きに突き進んでいく。それを教えてくれたのは、あなたよ」

「――――」

「それに、今、私、ちょっとだけ嬉しいの。気づいてる?」

「――なぜだ?」

「あなたから、初めて名前で呼ばれたから」

そう言われて、初めて気がついた。

「馬鹿野郎……」

照れ臭くてスキンヘッドをごしごし擦りたかったが、貴里子が触れてくれている手を動かしたくはなかった。もう片方の手には、点滴の管が入っている。

じっとしていると、自分の顔が火照ってくるような気がして、益々きまりが悪くなる。

「もっと違う時に、ちゃんと呼びたかった……」

「そうしてちょうだい」

こんな時なのに、貴里子の目を見ていると気持ちが落ち着く。

それは嬉しくもあり、恐ろしくもある発見だった。

携帯の振動する微かな物音が、凪いだ水面を揺らすように広がった。

貴里子の携帯だった。

抜き出し、ディスプレイに目をとめ、「カシワさんからよ」と告げつつ通話ボタンを押した。一瞬前の柔らかくすべてを包み込むような表情は消え失せ、指揮官の顔に戻っていた。

耳元に運んですぐ、「何ですって」と声を高めた。

沖は応対に耳を澄ましつつ、電話が終わるのをじりじりと待った。貴里子は柏木の報告に相槌を打つばかりで、なかなか具体的なことを言おうとはしなかった。

電話を切り、沖を見た。

「木戸が何か吐いたのか？」

「いいえ、あの男は相変わらず嘯（うそぶ）いてるそうよ。雇ってる弁護士が現れて、大分手こずらせてるみたい。でもね、木戸の家にあったパソコンを調べてた鑑識が、ガードを外して面白いものを見つけたの。秘密の所蔵品リストよ。それには、購入金額と支払い先も載ってた」

「じゃ、ヴァイオリンの入手先も――？」

「ええ、木戸はあのヴァイオリンを含むいくつかの品を、池袋二丁目で店をやってる黄（ホアン）って男から買ってる」

池袋駅の西口を出、ターミナルを右折した先、つまり番地からすると西池袋一丁目から池袋二丁目にかけての界隈（かいわい）は、在日中国人の経営する店が増え、今では池袋チャイナタウンと呼ばれるようになっている。

「何の店です？」

「雑貨商よ。表向きは、中国から輸入した小物を売ってるみたい」

「だが、裏では盗品を好事家に取り持ってるってわけか。黄のフルネームは？」

「黄悠」口頭で答えつつ、貴里子は手帳に字を走り書きして見せた。「それに、まだ続きがあるのよ。この黄が身元保証人になって入国した黄辰って叔父とその家族が、四年前からずっと西新宿八丁目の賃貸マンションに暮らしてる。成子天神下交差点からすぐ傍の、青梅街道沿いのマンションよ。何か思い出さない？」

普段ならばもっとすぐに閃いたろうが、この状態では思い出すのに少し時間がかかった。だが、忘却の彼方に消え失せるようなことはない場所だった。

「朱栄志の右腕だった鼓陽輝が住んでたマンションだ。朱たちが爆弾騒ぎを起こした三年前、俺は柏木と一緒にここに張り込んでる」

記憶が鮮明に蘇った。斉秀行の口を割らせて張り込んだところ、鼓が暮らす三階の部屋に朱向紅が訪ねて来て、ふたりが情事に及ぶ様を垣間見たのだった。

鼓は朱栄志の右腕であり、そして、向紅とも深い関係にあった。向紅からヴァイオリンの秘密を聞いていた可能性は、充分にある。こっそりとラベルを剝がした可能性もだ。

「まずは黄悠に会って確かめるべきだな」

沖は言い、体の向きを変えてベッドの端から両脚を下ろした。

「待って、幹さん。駄目よ、無茶をしないで」

沖はにやっと唇を歪め、点滴の管を引き抜いた。

「あなたに言われたくないな。つい昨日、俺が同じ言葉を口にしたはずだが、それを無視して病院を抜け出した人にね。村井さん、たとえ何ととめられようと、俺は一緒に行きますよ」

7

日暮れの「池袋チャイナタウン」は、すっかり中国的な色合いに染め上げられていた。

中国人と日本人では、色に対する感覚が違う。池袋のこのエリアに氾濫(はんらん)している色鮮やかな原色のネオンや看板は、どれも中国人のセンスに他ならなかった。日本人の商店主たちはこのエリアを「チャイナタウン」と呼ばれることを嫌っているらしいが、ここを訪れる酔客や観光客たちの間では、既にその呼び名が定着し始めている。

中華料理の店の間に挟まって、明らかに中国人向けの素材を並べた食料品店やスーパーが点在していた。教えられた住所にあった雑貨屋はビルの一階で、同じビルの一、二階には中華料理店、バー、占いの店や中国人向けのレンタルＤＶＤショップなどが軒(のき)を連ねており、三階から上は住居になっていた。

貴里子とふたり、小物でごった返した店の通路を奥に入ると、雑貨類に埋もれるようにして置かれたレジカウンターの後ろに、ニット帽を被った小柄な男が坐っていた。頰が痩け、無精髭を生やし、日に焼けてはいてもどこか不健康そうな印象の漂う三十男だった。

「黄悠だな」

声をかける沖を上目遣いに見上げた。白目が腐った卵白のように濁っていた。

沖は男の鼻先に警察手帳を突きつけた。

「ちょっと訊きたいことがある。二年前、おまえはヴァイオリンを売ったな」

「いきなりやって来て、それはいったい何の話だよ？　見ればわかるだろ。うちが扱ってるのは、小物雑貨だぜ。ヴァイオリンなんか知るか」

「とぼけるのは時間の無駄だぜ。おまえからいくつもの盗品を買ってた人間が捕まった。ほんとなら、おまえもこの場でパクってもいいんだ。だが、俺たちは急いでる。ヴァイオリンのことを話せば、この件だけは不問に付してやる。すぐに考えて答えろ」

「そう言われてもよ。いったい何のことだか……」

沖はレジカウンターに尻を乗せ、黄のほうへと顔を近づけた。

「時間の無駄だと言ってるだろ。おまえがヴァイオリンを売ったのは、調布の木戸って住職だ」

ポケットから顔写真を抜き出し、黄の前に突き出した。鼓陽輝（ホー・ヤンフィ）の写真だった。

「おまえにそのヴァイオリンの買い主を捜してくれと頼んできたのは、この男だな。おまえの叔父の家族が、この男と同じ貸しマンションに住んでることもわかってるんだ。素直に吐け」

黄は写真をじっと見つめた。

やがて小さく首を振り、低く抑えた声で告げた。

「わかったよ。ちゃんと話せばいいんだろ。だが、売りに来たのは、この男じゃないぜ」

「おい、黄――」

「ほんとだって、別の男だ」

「いい加減なことを言ってるんじゃねえぞ。それなら何というやつだ？」

「それはわからん。言わなかった」

沖は貴里子と顔を見合わせた。

「何か男の特徴を覚えてないの？」

今度は代わって貴里子が訊いた。

「――さあ、そう言われてもな。会ったのはその時だけなんだ。知らねえよ」

「おまえ、初対面の人間からブツを買うのか？　そんなことはあるまい」

「鼓（ホー）の紹介だったんだよ。その写真は、鼓だろ」

「鼓とは親しかったわけだな」

「親しいってほどでもねえよ。だけど、あんたらが今言ったように、叔父貴たちと同じマンションに暮らしてたしな。あの部屋を安く借りられるようにしてくれたのは、鼓だったんだ。一、二度一緒に飯を食ったことがある。その程度さ。俺じゃあ、これ以上は役に立てねえよ。誰か鼓と親しかった人間を探して訊けって。あの男のバックグラウンドについちゃ、あんたらのほうで押さえてるんだろ」

鼓陽輝が三年前に死んでいることは、当然、この男のほうでも知っている。それだからこそ話の矛先を、鼓へと向けさせようとしているような感じがした。

「おい、素直に知ってることを話さないなら、引っ張るぞ」

「引っ張りたけりゃ、引っ張れよ。知らねえものは知らねえんだ」

くそ、ここで嘯かれると時間がかかる。取調室に身柄を移しても、同じだろう。ケイズ買い（盗品売買）に手を染めてきた男だ。万が一の時にはすべてを呑み込み、黙ってムショに入る覚悟をしているのかもしれない。

「あなた、叔父さんの身元保証人になってるんでしょ。あなたがムショに入れば、叔父さんたちだって困るはずよ」

貴里子が質問役を代わった。

「叔父貴の家族は、もういねえよ」

「まだあのマンションにいるんじゃないの？」

「もう国へ帰った。叔父貴が女と逃げたんだ。叔母さんは一年ぐらい頑張ったんだが、何しろ日本語が話せねえし、小ちゃなガキを何人も抱えて、どうにもならなくなったんだよ」

　叔父家族を脅しの材料に使うのも無理ってわけか。

　沖は貴里子に目配せし、黄の胸ぐらを締め上げた。

「いつまでそうやって落ち着き払っていられるか見物だぜ。これから俺がする話をよく聞け。おまえが売り払ったヴァイオリンを、今、五虎界（ウーフジエ）が血眼（ちまなこ）になって探してる。おまえが関わったことが知れれば、ただじゃ済まねえぞ。一度だけチャンスをやる。今、ここで素直に吐けば、おまえがヴァイオリンの取引を仲立ちしたことは誰にも言わないでやる。だが、拒むなら、おまえらの世界に詳しい情報屋に、おまえの名前を流す。五虎界がすぐにやって来るぞ。ただ殺すだけじゃ飽き足らないはずだ。チャイニーズマフィアの拷問がどんなものか、おまえだって伝え聞いたことはあるはずだぜ。そんな目に遭いたいのか」

　黄（ホアン）は顔を強ばらせて戸惑いを見せた。

「待ってくれ、刑事さん。俺は何も知らないで捌（さば）いただけだ。捜査にゃ協力してるじゃねえか。だけど、売り主の名前なんかわからねえんだ。嘘は言ってねえ。あんたらが言う五虎界のほうを探ってくれって。鼓の紹介でやって来た男だ。五虎界の誰かなんじゃねえのか」

——こいつは本当にこれ以上は知らないのか。

連行し、前科者の顔写真を片っ端から見せて確認するか。五虎界関係で顔の割れてる連中から始めてみるか。

いずれにしろ、それでは時間がかかる。

再び貴里子に目配せした。とにかく連行するか、貴里子の意向を確かめるつもりだった。

だが、貴里子は何か考え込むような顔をしており、珍しく目配せに気づかなかった。

「ねえ、あなた、叔父さんの黄辰は、一年前から行方が知れなくなったと言ったわね」

「それがどうしたんだよ——」

「それはちょうど一年前？　正確にはいつなの？」

黄の表情が変わった。貴里子の問いかけを訝しんだのだ。

「なんでそんなことを訊くんだよ？」

「ちょうど一年前、五虎界のある人間がヴァイオリンに興味を示し始め、その元の持ち主に弁護士を介して問い合わせをしてるのよ」

「何のことだかわからねえぜ」

「ええ、これはあなたに関係ない。詳しく知らなくても良い話よ。私が言いたいのは、別のこと。三年前、ヴァイオリンをあなたに売った人間は、それがどれだけ貴重なものだかわからなかったんだわ。陳莫山（チェン・モーシャン）が作った高価なヴァイオリンだという意味じゃないわよ。あのヴァイオリンは、朱向紅（チュー・シアンホン）がこっそりと入手したものだったの。あの女が死んだあと、おそらくはあの女の傍にいた誰かが、金目当てにこっそりとヴァイオリンを売り払った。だけど、一年前になって、初めて価値に気づいたのよ」

「何が言いたいんだか、さっぱりわからねえや。朱向紅なんて、あんな物騒な女の話をここでしないでくれ。縁起が悪くていけねえ」

「まだわからないの？　あなた、案外と頭が悪いわね」

「なんだと。刑事だからって調子に乗るなよ」

「鼓（ホー）は三年前の銃撃戦で死んでる。だけれど、あなたの叔父さんは、ヴァイオリンを売りたがってたその男をあなたに取り持ったでしょ。しかも、叔父さんは、鼓と同じ賃貸マンションに住んでた。もしもヴァイオリンを探してる人間が訪ねていけば、その話をしてしまう可能性がある。その男にとって、叔父さんは危険な存在だったのよ」

黄は両目を見開き、釣り込まれたように貴里子を見つめた。

沖は何も口出しせずに、黙って見ていることにした。この男は、もう口を割る。

「――おい、待て。じゃあ、叔父貴は女と逃げたんじゃなく、誰かに殺（や）られたって言うのかよ？　待て待て、そんな馬鹿な……。だって、叔母さんは泣きながら話してたんだぞ。若い女の声で電話が入ったたって。叔父さんとも話したと言ってた」

「簡単なことよ。女を使って電話をさせたんでしょ。そして、脅して叔父さん本人にも喋らせたんだわ」

黄は顔を伏せた。手許を見つめ、ぶつぶつと何か中国語で呟いている。

やがて、顔を歪めて喚(わめ)き始めた。

「ちきしょう、あの野郎。叔父貴を殺ってたのか。くそ、あいつめ」

「それは誰なの？　ほんとは誰だかわかってるのね」

「名前は、丁(ディン)。丁龍棋(ロンチー)だ」

「何ですって！」

貴里子が珍しく声を上げ、その横で沖は息を呑んだ。

本牧で刑事の谷川を射殺し、貴里子に大怪我を負わせ、文建明(ウェン・ジェンミン)の姉である井関美鈴を連れ去った主犯の男だ。

三年前だけじゃなく、今もなおあの男は朱栄志(チュー・ロンジー)につき従っている。

だが、こっそりとヴァイオリンを売り払っていたというのか。

もしもそのことが朱にばれれば、ただ殺されるだけでは絶対に済まない。

「おまえが言ってるのは、この男か？　この男に間違いないんだな」

沖は丁の顔写真を出して黄に突きつけた。

「ああ、こいつさ。もうわかってるんだろうが、丁も鼓もあの朱栄志の手下だった。だがな、それだけじゃねえんだ。向紅（シアンホン）って女は、男なしじゃ我慢できない体だった。だから、鼓とも丁ともそういう関係だったのさ。鼓が死に、向紅も死んだあと、丁が俺の叔父貴を介して訪ねてきた。俺のことは、鼓から聞いてたそうだ。そして、ヴァイオリンの名器があるから、誰にも知られねえようにこっそりと捌（さば）きたいと言ったんだ」

「あなたはプロのケイズ買いよ」貴里子が言った。「その時、ヴァイオリンのラベルを調べたわね」

「ラベルの有無で、値段が変わるんだぜ。もちろんちゃんと調べたさ。確かに陳莫山（チェン・モーシャン）のサインがあった」

「ラベルは、どうやって確かめたの？　あんな小さな孔から覗き込んで、ちゃんと読めたの？」

黄（ホアン）は口を開いたが、そのまま言葉を発せずにとまり、やがてにやっと唇を歪めた。

「女刑事さん、あんた、人が悪いな。ラベルは、孔から覗き込むだけじゃ見えねえ場所に貼ってあった。それを言いたいんだろ。だから、わざわざ機械オタクのダチに頼み、特殊な小型カメラを使って中を見たんだ」

「陳莫山のサイン以外にも、何か書いてあったはずよ。何とあったの？」

「ああ、あったな。ええと、『親愛なる娘へ』とかなんとか、そんな文句と署名があった」

「誰の？」

「そんなことは覚えてねえよ。陳に頼んでヴァイオリンを作らせた客だろ。大事だったのは、陳莫山のサインのほうだ。これは間違いなく本物だった。本で調べた陳のサインと照らし合わせたのだから、間違いねえ」

「もっとよく思い出すのよ。『親愛なる娘へ』。正確にそう書いてあったの？」

「ああ、そうだ」

「それは中国語で？」

「そうさ」

「他には？　他には何の言葉もなかった？」

「なかったな」

「一緒に娘の名前と贈り主の名前はあったでしょ」

「――あったが、はっきり覚えちゃいねえよ。言ったろ。陳莫山のヴァイオリンってことで充分だったんだ」

「それじゃ、署に来て思い出して貰うしかないわね」

黄は真っ青になって狼狽えた。

「待ってくれよ。今、引っ張られたら、俺がそのヴァイオリンを捌いたことが五虎界にわかっちまうじゃねえか。あんたら、俺を殺す気かよ。なあ、刑事さん、勘弁してくれよ。何でも協力する。だから、今引っ張るのだけは勘弁してくれって」

さい」

「連れて行かれるのが嫌なら、ラベルには何と書かれてあったのか、きちんと思い出しな

「――そう言われても」

黄は真剣な目つきで宙を睨んだ。次に手許を睨み、沖と貴里子の顔をちらちらと見やったのち、再び宙に視線を彷徨(さまよ)わせる。

だが、それはいくらかわざとらしい仕草だった。思い出せないまま、時間をかけることで何とか活路を見出そうと考えているのか。

「もちろん、ラベルはつけたままで売ったんだな？」

質問役を替わった沖が訊いた。

「あたりまえだろ。陳莫山作のヴァイオリンだという証明だぜ」

「木戸静雄に直接売ったのか？」

「そうだ」

「木戸はラベルを確認したか？」

「したさ。安くねえ金を出すんだ。当然だろ」

沖は僅かに沈黙した。ラベルについては、これ以上ここで追及したところで無駄らしい。取調べを続けている柏木にこの情報を流し、木戸をもっととことん叩かせるしかないか。

「龍棋(ロンチー)のヤサは？」

「わからねえよ」

しかめっ面をしていた黄が、急に顔を輝かせた。

「そうだ、ちょっと待ってくれよ」

レジに坐り直すと、レジカウンターの抽斗(ひきだし)を漁(あさ)った。「くそ、どこかにあったんだが」と呟きながら体の向きを変え、今度は背後に置かれたアンティークな物入れの中を漁る。

「あったあった、これだ」

声を上げ、マッチを沖たちに突き出した。

「丁(ディン)のヤサはわからねえがな、野郎の女の手がかりならあるぜ。銀座の『ドール』って店だ。丁の女は、王琴梅(ワン・チンメイ)って名だ。この店でママをやってる。もしかしたらエイ子って名乗ってるかもしれねえ。ヴァイオリンを売り捌いたあと、一度、丁と飲んだことがあるのさ。その時、当時は新宿でホステスをしてたこの女の店に連れて行かれた。その後、偶然にこの女と出くわしたら、誇らしげに銀座の店のマッチをくれたんだ。今はこの店を自分でやってるって自慢してな。この女に訊けば、丁の居所がわかるはずだ。いや、案外一緒に暮らしてるかもしれねえぜ。ヴァイオリンを売り払った金でどっかのマンションを買ってな」

黄は一息にそう捲(まく)し立ててから、上目遣いに沖と貴里子を見た。

「どうだい、これでもう警察に行かなくたっていいだろ」

8

銀座が夜の目覚めを迎える前に、丁龍棋（ディン・ロンチー）の居所は明らかになった。『ドール』という店を琴梅（チンメイ）に斡旋（あっせん）した不動産屋が割れ、女が勝鬨橋（かちどきばし）の先のマンションに暮らすことが判明し、さらにはそのマンションに先乗りした新田と円谷のふたりが管理人に顔写真を見せることで、丁が琴梅と一緒にここに暮らしていることを確かめたのだ。

沖と貴里子が駆けつけた時には、新田の部下である二課の刑事も三人、既に集まっていた。丁はヴァイオリンのラベルについてだけでなく、朱栄志の居所についても知っている可能性が高い。必ず速（すみ）やかに逮捕しなければならない。

「丁も女も、部屋にいるようです。部屋の窓に明かりがありますし、管理人は今日はまだふたりが出て行くのを見ていない」

部下三人は既にマンションの非常階段と駐車場を固めたと報告した上で、新田がそうつけ足した。

「行きましょう。武器を持ってるはずよ。全員、気をつけて」

貴里子は端的にそれだけ告げ、歩き出した。

沖と新田と円谷が続く。

丁と琴梅（チンメイ）のふたりは、このマンションの最上階にあるペントハウスで暮らしていた。大分年代物に見えるマンションで、エントランスのドアもオートロックにはなっていなかったが、場所を考えれば決して安くはないはずだ。

　エレヴェーターで最上階へ上がると、短い廊下の左右にひとつずつドアがあり、真正面の窓の外にはやはり同じように向かい合わせて並ぶふたつのルーフバルコニーが見えた。間は光だけ通す強化プラスチックの壁で仕切られており、お互いのプライバシーは保たれている。

　どちらの部屋にも表札がなかったが、予（あらかじ）め確かめてある部屋番号は左側のドアだ。

　ブザーを押す貴里子の後ろに立ち、沖は窓の外のルーフバルコニーに目をやった。壁に遮（さえぎ）られ、ここから見えるのはバルコニー先端のほんの一角だけだった。プランターが並び、原色のけばけばしい花々が、統一感を欠いて植えられていた。

　少し待ったが、応答がなかった。

　貴里子はもう一度ブザーを押し、今度は中に向かって呼びかけた。

「宅配便です。お留守ですか？」

　そう言いながら、ドアノブに手を伸ばすと、回った。

　鍵が開いている。

　貴里子はノブに手をかけたまま、全員の顔に視線をやった。

それぞれが無言で銃を抜き出す。

沖が貴里子を手で押し止め、自分が先に行くことを身振りで示した。立つ位置を代わり、内部の物音に注意を払いつつ、貴里子が開けたドアの隙間に体を滑り込ませた。

玄関は明かりが消えていたが、その先の部屋の明かりがドアの隙間から漏れている。

玄関に面したドアはそれひとつではなく、廊下の反対側にあとひとつ、トイレや浴室の物とは明らかに異なる装いのドアがあった。沖は新田と円谷に目配せし、そっちのドアを銃の先で指し示した。新田たちが頷くのを確認し、貴里子とふたりで明かりが漏れるドアのほうを目指す。造りからして、こっちのドアの先がリビングだろう。

重心を足の爪先に移し、銃を顔のすぐ横で構え、何かあった時にはすぐに腰を落として相手を狙えるように心がける。

ドアに手をかけ、ちらっと貴里子に目配せすると、銃口を胸の前に下ろしつつ一気に引き開けた。

一塊になってリビングに飛び込んだ沖と貴里子のふたりは、銃を構えた姿勢のまま、一瞬凍りついた。

「クリア。こっちは無人だ」

背後で新田の声がした。

沖と貴里子は二手に分かれ、沖はリビングと続き部屋の和室へ、貴里子は正面のルーフバルコニーへと走った。銃を下ろす前に、死角となった場所に誰か潜んでいないかを確認するのが鉄則だ。

誰も隠れていないことを確かめて銃口を下げた時、リビングの戸口で再び新田の声がした。

「なんだこりゃ。酷えな」

沖は銃をホルスターに戻しながら振り返った。

リビングのソファにひとつと床にひとつ、血まみれの死体が転がっていた。

ソファのほうの死体が丁龍棋だった。

喉を真横に掻き切られている。

頭部が後ろに反っているため、傷口が剝き出しになっていた。

だが、これで丁本人はむしろ死の安らぎを感じていたはずだ。

それ以前に加えられた拷問の数々の傷跡のほうが、ずっと惨かった。指の骨が潰され、頬の肉が切られ、手の甲にも頰にもたばこの作った焦げ跡が無数にある。

床の女は王琴梅だろう。

女もただ殺されただけではなく、丁と同様の仕打ちを受けていた。

手際よく、短時間で口を割らせるため、丁だけではなく琴梅まで拷問したのだ。

「なんて連中なの……」

貴里子が砂を嚙むような声で言った。

沖が丁の額に触れると、まだ温かかった。

「くそ、一歩違いで先を越されたんだ」

吐き捨てるように言った瞬間、どんよりとした黒雲が胸に広がった。なぜだ。なぜ一歩違いで先を越されたのだ……。

貴里子は、死体に引き寄せられていた視線を引き剝がして円谷を見た。

「これだけのことをやったのよ。隣の住人が何か聞いてるかもしれない。マルさん、お願い」

「何を聞いてたって関係ない」円谷ではなく、新田が口を開いて言った。「これをやった連中の狙いは、わかってる。朱栄志(チュー・ロンジー)の居所を吐かせたんだ。くそ、惨たらしいことをしやがって！」

いつも物静かな二課長が、かつてないほどに語気を荒らげていた。

それに自ら気づき、慌てて訂正した。

「すみません、署長。つい興奮しちまって……」

「いいのよ。私だって同じ気持ちだわ」

貴里子の携帯電話が鳴り出し、全員がはっとして口を閉じた。

次には沖と新田の携帯が次々に鳴り始めた。

非常呼集だ！

何かただならぬことが起こったのだ。

不吉な予感に囚（とら）われつつ、携帯を抜き出して耳元へ運ぶと、内勤の婦人警官の声が聞こえてきた。

「緊急連絡です。御徒町（おかちまち）のラブホテル街で、大きな銃撃戦がありました」

そう聞いた時点で、不吉な予感の中にひとつの確信が生じた。うちの管轄内じゃない。それにもかかわらず非常呼集がかかるということは、考えられる理由はひとつしかない。

「朱栄志絡みだな。それで、うちの関係部署にも出動要請が来た。そうだな」

「はい、その通りです」

沖はホテルの場所と名前を訊き、すぐに電話を切った。もしももっと詳しい情報が入っているなら、貴里子や新田への電話に来るはずだ。自分への電話は、婦人警官が命じられてかけただけなのだ。

それほど待つ必要はなかった。ここの現場を保存するために至急人を寄越すようにと命じたのち、貴里子は電話を仕舞って沖たちを見渡した。ほぼ同時に新田も電話を切った。

「刑事官の舟木さんからだった」口を開いたのは、貴里子だった。「朱栄志が襲われたわ。現場から逃げるところが目撃されてる。ホテル内で激しい銃撃戦があって、大量の死傷者が出たらしい。行きましょう」

御徒町から湯島にかけて、ラブホテルの連なる一角がある。沖たちは中央通りを走って末広町を過ぎたのち、最初の信号が左への一方通行であることを確認して左折した。

だが、その先で天神下へと続く道を横切ろうとしたら、対面の道が向こうからの一通になっていることに気がついた。その一通の先にパトカーや救急車が停まり、それを取り囲んで人だかりができている。

覆面パトカーの天井につけたサイレンが、今は無音で回るだけだったが、信号が替わるとともに沖はサイレンをひとつふたつと間断的に鳴らし、一方通行を逆走した。後ろを新田と円谷の乗った車がついてくる。

人だかりの後ろにとめた車を飛び出し、すぐに前へと分け入った。

現場保存のために立つ警官に、警察手帳を呈示してロープを潜る。

安っぽい城のような外観をしたラブホテルが、夜の訪れを急かすようにどんよりと黒く蔓延った梅雨雲の下に建っていた。

そのエントランス付近に立つ刑事たちが、近づく沖たちに気づいてこっちを向く。

沖はいくらか歩調を落とし、自然に貴里子が前に出るようにと譲った。自分は新田と円谷のふたりと一緒に並んで続く。

「K・S・P署長の村井です。連絡をいただいて、ありがとうございました。責任者はどなたですか?」

　貴里子が礼儀正しく頭を下げる。その顔に貼られた絆創膏や、それと同じかそれ以上に目立つ青痣にぎょっとし、誰もが思わず見つめ返したが、まじまじと見つめるほど不躾な人間はいなかった。

「本富士署刑事課長の権堂です。御足労ありがとうございます」

　貴里子とほとんど背丈が変わらない小太りの五十男が名乗り、型通りの挨拶を返した。制服を着て、その上からやはり官品である警察のウインドブレーカーを着ていた。緊張のためか、小さな両目を目まぐるしく瞬きし、左右の掌と手の甲をしきりと交互に擦り合わせている。

「残念なことに、居合わせた客がふたり、巻き込まれて亡くなりました」

　権堂がそう続けるのを聞いて、沖は歯噛みした。

　――くそ、最悪の事態というしかない。

　チャイニーズマフィアの連中が勝手に殺し合うならば、いっそのこと双方とも死に絶えるぐらいまでやればいいのだ。だが、無関係な民間人が犠牲になるとは……。

「――詳しい状況を教えていただけますか?」

　貴里子が感情を抑えた声で応じた。

　話しながら、足のほうはむしろ権堂よりも先に立ってホテルの入り口を目指している。

体が逸るのを抑えられないのだ。

一歩遅れて後ろに続いた沖は、ロビーに足を踏み入れるなり息を呑んだ。

精算機横の遮蔽ガラスが割れ、中の部屋が丸見えになっていた。

ガラスの破片が飛び散るカウンターに突っ伏すようにして男がひとり、さらには奥の床に倒れて別の男がひとり死んでいた。

「ホテルの受付の人間も、完全に朱栄志の息がかかっていたようです。オーナーがぐるなんでしょう。既にうちの人間が話を訊きに行っています。奥の床で死んでる男のほうは、用心棒のひとりでしょう。侵入者は、ふたりを揃って射殺したのち、奥のエレヴェーターに乗り込みました」

権堂が言いながら、自らもエレヴェーターを目指す。

狭いエレヴェーターホールに、一組のカップルが折り重なって倒れていた。

「淡々と、冷血に、人の命を奪える連中の仕業ですよ」

静かな口調ではあったものの、充満した怒りが伝わってくる。

エレヴェーターがやって来て、権堂と貴里子に加え、沖、新田、円谷が乗り込んだ。そうして五人が乗り込むと、ラブホテルの狭いエレヴェーターは息苦しかった。

「このホテルの最上階の部屋を借り切り、そこに朱栄志とその仲間たちが隠れていたんです」

ドアが閉まり、息苦しさが一層増した箱内で、権堂が言った。全員がドアの上部にある階の表示ランプを見ていた。

五階が最上階だった。ドアが開き、権堂が真っ先に降りた。現場でそれぞれの作業に邁進している部下たちに声をかける。

薄暗い廊下は、それほど長くはなかった。部屋数は六つか七つといったところか。エレヴェーターから降りてすぐに見えるところにふたり、男が死んでいた。一方は床に倒れ、もう一方は壁に凭れていた。壁には血の痕が鮮明に残っている。

いったい何人死んだのだ……。

複数の死体を一遍に検証しなければならない現場になど、たとえ刑事ではあっても、そうそう遭遇するものじゃない。誰もが顔を引き攣らせ、黙々と目の前の仕事に没頭していた。

「こっちです」

権堂は廊下を右に進み、三つ目のドアへと沖たちを案内した。

「廊下の先が非常口ですが、非常階段のほうにも襲撃者が陣取ってました。階段を出たところで、ひとり殺られてます」

廊下の先を指差してそう説明したのち、ドアを入った。

そこはスペシャルスイートとでも呼ばれるタイプで、ゆったりと広いリビングと寝室とが続き部屋になっていた。リビングにまたひとつ、男の死体が転がっていた。

　権堂は寝室とリビングの境目にある戸口を入った。

　その先に広い露天風呂があった。目隠しの柵で囲まれているが、一枚が外れていて、向こうのルーフバルコニーまで見渡せた。

　バルコニーのすぐ先に隣のビルの屋上が見えて、沖は得心した。

　ラブホテルの最上階である五階を隠れ家に使っていたと説明を受けた時、朱栄志らしくないと思ったのだ。襲撃者は当然退路を断ち、エレヴェーターと階段の双方からやって来る。そうなったら、逃げ場がない。

　しかし、秘密の逃げ道を確保していたわけか。いかにもあの男らしい用心深さだ。

「あそこを見てください。朱栄志は、あそこから逃げました」

　権堂が言った。

「ちょっと失礼します」

　沖は権堂に断り、露天風呂を横切ってルーフバルコニーに出た。手摺(てす)りまで歩くと、こっちのバルコニーと向かいの屋上がほぼ同じ高さであることが見て取れた。屋上のほうが僅かに低いぐらいだ。だが、間は二メートルほどあり、手摺りを乗り越えた人間が一跳びするにはちょっと離れすぎている。

「ビルの間に、スチール製の梯子(はしご)が落ちてました」

背後に来た権堂が下を指差した。

「こっちの屋上に梯子を隠しておき、すぐにそれで逃げたんでしょう。自分が逃げたら、あとは追っ手が来ないよう、梯子を外して落とした」

逃げ遅れた手下も、退路を断たれたことになる。

沖は手摺りに近づき、向かいの屋上を見つめた。貴里子が隣に来て並ぶ。

「結局、何人が……？」

彼女は暗い屋上から目を動かそうとはしないまま、背後に立つ権堂に訊いた。

「廊下にふたりと、今の部屋でひとり、非常階段にひとり。それから他の二部屋でふたりずつ。そのうちのひとりは、手錠をされてる女でした」

権堂が言うのを聞き、沖と貴里子はそろって振り返った。

「どの部屋です？　女は、手錠をされてたんですね？」

沖が訊いた。

「ええ、そうです。御案内しましょう」

権堂が言った時、部屋の中から新田の呼びかける声がした。

「署長、村井さん。来てください」

沖と貴里子は慌てて踵（きびす）を返し、露天風呂を横切り直して部屋に戻った。

「井関美鈴です。別の部屋で殺されてました」

新田はふたりのほうを見ようとはせず、口早にそれだけ告げると、先に立って部屋を出た。廊下を走り、エレヴェーターを越え、反対側の突き当たりにある部屋へと入る。

中に円谷がこちらに背中を向けて立っており、やって来た沖たちに気づいて振り返った。

部屋の奥のベッドで、男と女が折り重なっていた。仰向けで下敷きになっているほうが女で、男は床に両膝（ひざ）を突き、女のほうに上半身を倒し、その胸に顔を埋めるようにして死んでいた。

両手に手錠をされた女は、ブラジャーとパンティしか身に着けていなかった。恐怖と苦痛に歪んだ顔は、随分写真のものとは違ったが、井関美鈴に間違いない。

男は文　建明（ウェン・ジェンミン）だった。文は後頭部を撃たれて死んでいた。

最初から、ふたりを一緒に始末するつもりだったのだ。

やはり白嶋徹は、文が警察に内通したことに気づいていた。そして、重機窃盗密輸組織を牛耳ってきたパートナーとその姉を、躊躇（ためら）いなく一遍に殺したのだ。しかもその姉とは、情を交わした間柄だったのに。

寺の駐車場で出くわした白嶋徹の姿が脳裏に蘇った。駐車場から無事に逃げ出すため、沖にではなくその背後にいた保育園児たちに銃口を向けた男だ。

間違いない。あの冷酷な男は、自分自身で文と美鈴に向かって引き金を引いた。たとえそうでないにしろ、手下がふたりを殺すのを、すぐ傍から見ていたにちがいない。

「くそ、白嶋のやつ」

　憤怒の声を漏らす沖を、円谷が見つめた。

「白嶋がやったと言うんですか？」

「他に誰がいる。これは見せしめだ。野郎は、文が俺と内通してることに気づいてたんだ」

「だけど、ちょっと待って。文を殺してしまって、背後にいる宗（ゾン）たちとの関係が上手く保てるのかしら」

　貴里子が指摘する。沖は首を振った。

「つまり、俺たちは見方を間違えてたんですよ。重機窃盗組織は、文や楊（ヤン）たち中国人を中心に回っていて、そこに白嶋という日本人が入り込んだわけじゃないんだ。たとえ最初はそうだったとしても、今のあの組織の中では、文と白嶋の力は対等だったか、もしくは白嶋のほうがイニシアチブを取っていたにちがいない。村井さん、あなたも白嶋という男を見れば、そう思うはずだ。やつは冷酷な悪党ですよ。それに、頭も大分切れる。ここで文を始末したのは、自分が今後、組織を取りまとめていける確信があるからだ。当然、宗の後ろ盾についても、白嶋自身がきちんとした確約を取りつけてるにちがいない」

　そう考えを述べる途中で、はっとした。

　重機窃盗団内部の力関係を測り間違っていただけじゃない。この事件の本質について、大きく見誤っていたのではないか……。この事件には、まだ隠された大きな秘密がある……。

朧気(おぼろげ)な糸が一本、形をなして見え始めている気がする……。

だが、その先へ意識を集中することは叶わなかった。

携帯電話が鳴った。権堂の携帯だ。

通話ボタンを押して耳元へと運び、血相を変えた。

「わかった。俺もすぐ向かう。連絡を絶やすな」

吠(ほ)えるように告げて通話を切った時にはもう、沖たち居合わせた全員が悟っていた。

「アメ横を上野方面に逃走する朱栄志が目撃されました。上野署から、うちにも出動要請がありました。それに、本部から特殊急襲部隊(SAT)が出動します」

権堂が言い置き、部屋の出口へと急ぐ。

沖たち四人も一斉に動いた。

「我々は朱の顔を直接知っています。一緒に行かせてください」

貴里子が代表して告げると、権堂は躊躇うことなく頷いた。

「こちらからもお願いします。下に予備の防弾チョッキがあるので、使ってください。悪い予感がする。ここを襲った連中も、朱栄志を追っているはずだ。アメ横みたいな人の多いところで銃撃戦が起こったら、とんでもないことになりますよ」

沖と貴里子のふたりは、中央通りを上野駅まで飛ばし、広小路口前の交差点を目指した。すぐ前を権堂の乗るパトカーが走り、それに先導される形になった。

上野署と本富士署の捜査員が、制服警官も含めて数多く導入され、アメヤ横丁を完全に包囲する指示が出されていた。

アメヤ横丁――通称アメ横は、ＪＲ御徒町駅と上野駅の間の高架線下及び西側に延びる商店街だ。距離はおよそ四百メートル。発祥は戦後の闇市であり、今なお小さな商店が軒を連ねている。

ＪＲの左右を並行して走る中央通りと昭和通りに捜査員が配され、アメ横との間を繋ぐ各路地を封鎖し、包囲網を狭めていた。御徒町側から朱栄志を追い立てていく捜査陣の中には、Ｋ・Ｓ・Ｐの新田と円谷のふたりも混じっていた。

沖はＪＲガード下の横断歩道付近に、パトカーに前後を挟まれる形で駐車した。上野駅広小路口の真正面だ。

「行きましょう」

助手席の貴里子に声をかけ、ドアを開けて車から飛び出した。権堂が調達してくれた防弾チョッキを既に装着していた。

チョッキの重さが肩にかかり、傷が痛む。右肩の傷だ。正確な射撃を行う自信はなかった。だが、至近距離ならば問題ない。

「上野署から続報が入りました。くそ、見失ったそうです。だが、やつは必ずこの通りのどこかにいる。行きましょう」

防弾チョッキで達磨(だるま)のように膨らんだ権堂が言い、先に立ってアメ横の入り口へと走る。

それに続こうとした時、貴里子が沖の二の腕を引いた。

「ちょっと待って、幹さん。あれを見て」

言われて交差点を振り返った沖は、反対車線に違法駐車した車の後部シートに視線を吸い寄せられた。

白嶋徹が坐っていた。

やはり今度の襲撃の主犯は、あいつか。今、朱栄志には追っ手がかかっている。白嶋はその追っ手たちが首尾よく朱を仕留めるかどうか、悠々と報告を待っているのだ。

白嶋は沖と目が合っても、狼狽(うろた)えた素振りひとつ見せず、運転手のほうを向いてフロントガラスへと指先を振った。

車が動き出し、すぐに見えなくなった。

今に見ていろ。必ずワッパをはめてやる。

「行こう、村井さん。とにかく朱栄志を逮捕することだ」

アメヤ横丁へと走り込んだ沖と貴里子は、あっという間に人の流れに出くわし、呑み込まれた。

午後七時。どこの会社も勤務時間が終わり、勤め人たちが一斉に繁華街へと雪崩れ込んでいる時刻だった。上野駅から交差点を横断してアメ横を御徒町方面へと向かう人の波と、反対に御徒町方面から上野駅の方角へと流れてくる人波とが入り交じり、場所によっては上手く行き違えずに人溜まりさえ生じてしまっている。

この中のどこかに朱栄志がいるのだ。

そう思うと胸が高ぶり、青白い炎が頭を擡げた。やつを知ってからの三年間で、あの朱栄志という男が、これほど無防備な状態で警察の網の目の中に入ってきたことは一度もない。

またとない逮捕のチャンスだ。

決して逃しはしない。

「村井さん、あなた方は道の左側を頼みます」

権堂の指示を受け、沖たちは道の左手へと寄った。

魚屋、八百屋、肉屋、乾物屋、菓子屋、古着を含む洋服屋など、卸しと小売りを兼ねた小さな店が軒を連ねた中に、飲み屋、喫茶店、レストラン、それにゲームセンターなども入り交じっている。

店頭で商売をしている店よりも、飲食店やゲーセンなど、店舗内部の様子が外からではわからない場所が要注意だ。

一軒一軒、中に入って確かめる。

もしも朱栄志が潜んでいた場合、いきなり発砲してくる可能性は充分に考えられる。沖は必ず貴里子を背後に庇い、自分が先に入るようにした。

視界のどこかに気になるものが動いた時には、いつでも銃を抜けるようにと神経を研ぎ澄ます。

こちらへと流れてくる人波を注意深く凝視し、伸び上がるようにしては人の頭に隠れた後ろの人間の顔を見つめる。

何本か路地を越える間に、アメ横にいる警官の数が増えてきた。両側から路地を調べてきた警官たちが、捜査範囲を狭め、このメインストリートにたどり着いたのだ。

沖は頰に冷たいものを感じた。

すっかり夜の帳を下ろした空から、梅雨の小さな雨が落ちてきた。

ちらっと上空を見上げ、唇の隙間から息を吐いた。よし、降ってこい。この雨は、吉だ。雨が降れば、ストリートに動きが生じる。その時に、きっとやつを見つけられる。対応を誤らないことだ。

乾いた破裂音が響き渡り、反射的に体が緊張した。

メインストリートの少し先、おそらくは次の路地からだ。

「幹さん――」

　隣を歩く貴里子が声を上げ、ふたりはほぼ同時に地面を蹴った。

　通りの反対側を進んでいた権堂も、部下を引き連れて走り出す。

「発砲があった！　銃の発射音だ。上野方面から数えて三本目の路地付近！」

　権堂は無線を口元に当て、大声で指令を出し、そうする間に目を走らせて読み取った住所表示の番地をさらにつけ足した。

「付近を封鎖しろ。民間人を近づけるな」

　続いて二つめ、三つめの破裂音が響き、さらにはあっちこっちで悲鳴が上がり始めた。

　まずい。

　一歩間違えれば、パニックが起こる。

「右手だ。右側の路地です！」

　先を走っていた捜査員が権堂に報告し、権堂はさらに絞り込んだ指示を無線機で告げた。

　本富士署と上野署の捜査員に続いて該当する路地へと折れかかった沖は、そこではっと足をとめた。

「待ってくれ」

　すぐ前を行く貴里子を、慌ててとめる。

「どうしたの？」貴里子は首だけこちらに向け、速度を落としてなお走り続けた。

沖は何も応えられなかった。

ただ、何かが変だという感覚が、じんわりと腹の底に広がろうとしていた。

九ミリ拳銃の発射音は、確かに乾いた破裂音だ。

しかし、これは微妙に違う。

浮き足立てば、朱栄志を取り逃がす。

やつは、一瞬の隙を突いてくる男だ。

沖は体の向きを変えた。

メインストリートを歩く人波に、改めて注意深く視線を巡らせる。

どこだ……。

朱栄志はどこだ……。

「幹さん、どうしたの――？」

すぐ隣まで戻ってきた貴里子が、緊張を帯びた囁き声で訊いた。

スキンヘッドと頬に、冷たいものを感じた。

雨が急に激しくなった。

街灯の光を浴び、暗い空から落ちてきた雨滴が幾筋もの線になる。本降りになったと思った次の瞬間、およそ梅雨らしからぬほどの激しい降りへと変わっていた。異常気象なのか、スコールのような激しい降りが、このところ時々東京を襲うのだ。

メインストリートを歩いていた人波が、雨を逃げて左右の軒下へと走る。

だが、ひとりだけ小走りで上野方面へと急ぐ男がいた。

白のワークキャップを被った痩せ形の男だった。ブルーのヨットパーカーにジーンズ姿。それにナイキの白いスニーカーを履いている。

男は僅かに遅れて他の人間たちの動きに同調し、軒下へと走る向きを変えようとした。

「朱 栄志（チュー・ロンジー）！」

貴里子が中国語で大声を出した。

言葉の礫（つぶて）に叩かれたように、男が動きをとめた。

背後を振り返ろうとして、やめた。

左耳と頬とが僅かに見えた。それで充分だった。

同時に路地の奥から大声がした。

「爆竹だ！」

「マル被はいないぞ！　金を貰った男が火をつけたんだ」

沖は路地の奥の捜査員に大声で呼びかけた。

「こっちだ！　来てくれ。メインストリートを上野方面に逃げたぞ」

朱栄志が、沖たちに背中を見せて走り出す。距離はほんの二、三十メートル。二ブロックと離れていない。

沖は路地にいる捜査員たちに手を振って合図し、地面を蹴って走り出した。貴里子が先に走っている。

土砂降りの雨の彼方へと掻き消され、朱栄志の姿が見えなくなりそうだ。距離をじわじわと離されている。およそ三キロの重さがある防弾チョッキが体にのしかかり、肩の傷に響き、普段以上に体力を奪っていた。

だが、やがて朱栄志の速度が落ちた。無線機で指示を受けた捜査員たちが、上野駅の方角からアメ横のメインストリートを走ってきたのだ。到着したＳＡＴの隊員たちも混じっていた。しめた。挟み撃ちだ。やつはもう袋の鼠だ。

朱栄志が銃を引き抜くのが見え、沖もまた自分の銃を抜いた。

「警察だ。凶悪犯がいます。逃げてください」

大雨の中を走る沖たちを物珍しげに見つめる軒下の人間たちに大声で呼びかけ、背後を来る権堂に顔を向けた。

「権堂さん、上野署と連携を取り、民間人を避難させてくれ」

権堂が頷き、無線機を口元へと運ぶ。

沖は走る速度を上げた。こんなところで撃ち合いにしたくなかった。確実に無関係な犠牲者が出る。

距離が縮まる。

その間、およそ十五メートル。十メートル。上野中通りとアメ横通りとが交わるY字路の辺りだった。

そこで恐れていたことが起こった。

朱栄志はストリートの真ん中から向かって左側へと駆け、軒下に雨宿りをする女のひとりに走り寄った。ＯＬ風の若い女だった。腕を摑み、素早い動きで背後に回り込み、手の銃を彼女の首筋に押し当てる。

女は両手にぶら下げていた荷物を落とし、甲高い悲鳴を上げた。周囲にいた他の人間たちが、蜘蛛の子を散らしたように四方に逃げる。

朱が力を込めて銃口を押して何か告げると、女は肩で息を吐きながら静かになった。恐怖で異様なほどに両目を見開き、苦しげに喘ぐ。

朱栄志は沖たち捜査陣に油断なく目を走らせつつ、人質に取った女を引きずった。背後のビルの入り口へ向け、じりじりと移動する。まずいことに、そこはアメ横センタービルだった。中には小さな店がいくつも並び、視界の悪い狭い通路が延びている。

「朱栄志、人質を放せ」

沖は怒鳴り、銃を構えた。

右肩の傷がじんじんしていた。だが、大丈夫だ。自分ならば狙える。人質の女を殺さず、朱を射殺できる。

必死で朱栄志に狙いを定める沖を、貴里子がとめた。

「駄目よ、幹さん。無理はやめて」

はっとした。いつでも引き金を引けるよう、狙いを定めて待機しただけではなかったか。朱栄志の銃口が、人質となった女の首筋にぴたっと押し当てられている。この状態で射殺を試みれば、人質への危険があまりに大きい。

——何ということだ。

朱栄志への憎しみが、無意識のうちに引き金にかけた指に力を込めさせていたのだ。

「大丈夫だ」

沖はちらっと貴里子に視線を投げて吐き捨てたが、目が合った瞬間、心の奥底を覗き込まれたような気がした。

権堂が駆けつけた。無線で指示を継続していた。

「マル被は人質を取ってセンタービルの正面にいる。全捜査員、急行！」

朱栄志がビルの中に入った。沖があとを追って走ると、捜査員の群の中からさらにふたりが、すぐに反応して駆け寄ってきた。円谷と新田だ。

ふたりの顔を目にした瞬間、沖は戸惑いに襲われた。円谷は妻と娘ひとりを爆殺された恨みを抱いている。新田のほうは、寝る間も惜しみ、殉職した谷川の弔い合戦に燃え続けてきたのだ。もしもふたりが、朱栄志への怒りを抑えきれず、こんな人混みでやつを狙って銃を発砲したら……。

改めて念を押していなかったことが悔やまれた。いや、念など押したところでどうなるだろう。新田と円谷の、デカとしての矜持と信念を信じるしかない。

沖は余計な邪念を振り払い、ビルの中へと足を踏み入れた。一瞬の判断の誤りが、とんでもない惨劇を招きかねない。ひたすら集中する必要がある。

「左右に散開だ。俺は真ん中から行く。新さんは右、マルさんは左を頼む」沖は短く指示を出してから、一言だけつけ加えた。「人質を必ず生きたまま救い出すぞ」

ふたりは無言で頷き、左右に分かれた。

背後で権堂がビルの裏側を封鎖するように無線で命じるのが聞こえた。すぐ隣に、上野署の捜査責任者らしい男もいる。ふたりも部下の捜査員たちを引き連れ、慎重な足取りでビルに入ってくる。

狭い通路を、朱栄志がじりじりと後退していく。各々の店舗が、カートや展示用のハンガーラックなどを店の前に出しているため、元々狭い通路が一層狭くなっている。

「出てください。人質を取った凶悪犯がいますので、すぐにビルの外へ出てください」

捜査員たちが口々に告げ、逃げ遅れた人々をビルの外へと逃がしている。

ビルの西側は上野中通りに面している。そちら側の入り口から雪崩れ込んできたＳＡＴの隊員たちが、朱栄志の背後を塞いだ。

「あとは俺たちがやる。所轄は下がれ」

隊長らしき男がよく通る声で命じたが、沖は無視してじりっと前に出た。

いつの間にやら本富士署や上野署の捜査員は退けられ、背後からもＳＡＴの隊員たちが沖のすぐ隣にまで出てくる。

だが、権堂他数人はやはり譲るつもりはなく、ＳＡＴに混じって銃を構えていた。

朱栄志が、不敵な笑みを浮かべた。

追い詰められた状態で、捜査員と目を合わせようとする被疑者は稀だ。合わせる場合には、必死で助けを求める目をするものなのだ。それなのに、朱栄志はむしろ自分のほうから沖の視線を捉えてきて、いかにも愉快そうな笑みを過ぎらせた。

「幹さん、ここはあんたの管轄じゃないでしょ。まったく出しゃばりで忙しい人だな。呆れますよ」

その口調は落ち着いており、いつもの人を見下す雰囲気に満ちていた。

この男は異常だ。このシチュエイションに於いてなお、自分が逃げおおせると思っているのなら、想像力の一部が決定的に欠如しているのだ。

円谷が無言で前に出た。両手で構えた銃の狙いを、ぴたりと朱栄志の頭部に定めていた。

じりじりと、僅かずつ、しかし決して留まることなく前に出ていく。

――マルさん。

呼びかけようとして、できなかった。言葉が喉元にしがみつき、口から外へ出て行かない。脳裏に、神宮外苑で、朱向紅を追い詰めた時の情景が蘇っていた。

あの時、円谷は向紅が人質を取り、しかも自らの体に大量の爆弾を結びつけていたにもかかわらず、向紅に銃の狙いを定めて前へ前へと出たのだ。

――くそ、あの時と少しも変わらない。

円谷を連れて来たことが悔やまれた。この男には、今、朱栄志以外は見えていないのだ。

貴里子が円谷の背後に寄り、肩に手を置いた。

「マルさん、無理をしないで！　人質がいるのよ」

低い声だったが、辺りを支配する静寂に刻み込むようにはっきりと聞こえた。

朱栄志は虚を突かれた様子で円谷を見つめ返した。すぐにふてぶてしい笑みを復活させたが、初めて見る動揺が過ぎっていた。

「朱栄志、銃を捨てろ！」

沖はもう一度吐きつけた。

「快把枪扔掉、朱栄志。你想死吗！」

貴里子が中国語で畳みかけた。

朱栄志は明らかに動揺している。

沖は決着への微かな希望を見た。

だが、次の瞬間、朱はニヤッと唇を歪めた。ブラフじゃない。不敵な笑みが蘇ったのだ。朱の視線の先を追うと、制服姿のＳＡＴの隊員に混じり、目つきの鋭い私服警官が立っていた。背が高く、体格がいい。ジャンパーを中から押し上げているのは、防弾チョッキの厚みだけではないのがわかる。

違う！　この男は違う。

あの目つきは、警官のものじゃない……。それに、男から数メートル離れた隣の通路にまたひとり、同じ目つきをした男がいた。

「誰だ、そいつらは!?」

権堂が声を上げた。

「気をつけろ、そいつらはデカじゃないぞ。取り押さえるんだ」

指差した時、男が上着の内側から銃を抜き出した。明らかに警察の支給品とは異なる、フルオートのマシンピストルだった。

「いかん、伏せろ！」

沖は叫び、自らも体を投げ出した。

男は銃口を朱栄志に向け、マシンピストルを連射した。宗（ゾン）の雇った殺し屋だ。巻き添えを食って被弾した捜査員たちの胸から鮮血が噴き出す。

朱栄志は人質の女の体を抱えたままで床に倒れた。女を庇（かば）ったわけじゃない。盾に使い、自らの体をその背後に隠したのだ。

殺し屋の銃口が床の朱栄志を狙うが、朱はハンガーラックにかかった大量の洋服の陰へと飛んで体を隠した。通路にはみ出して並ぶ服を銃弾が薙いでいく。

沖は片膝をついた姿勢で銃を構えた。

「おい、貴様！」

上半身を狙い、続けざまに三発叩き込む。男は背後に倒れつつもなお連射をやめず、壁と天井の一部を銃弾で粉々にしつつ息絶えた。

体を低く屈めた朱栄志が、頭から柱の陰に跳ね退いて逃げるのが見えた。

隣の通路へと回転すると、身軽に跳ね起き、猿のような敏捷さで上野中通り側の出口を目指す。

出入り口に陣取ったＳＡＴの隊員たちに銃を向けると、二人を射殺し、ひとりを肩で跳ね飛ばし、縺れ合うようにして表に転がり出た。

「朱が逃げたぞ。通りを封鎖しろ！」

ＳＡＴの隊長が無線に怒鳴りかける。

沖は駆け出そうとして、一瞬思い止まった。

円谷に向き直って銃を掴んだ。

「マルさん、あんたは駄目だ。ここでもう降りろ」

「幹さん……」

円谷が何か言いかけるのを手で押し止め、こっちを食い入るように見つめる貴里子に顔を向けた。

「村井さん、円谷を現場から外す命令を出してくれ」

「やめろ、幹さん。俺はあんたを殺してでも行くぞ。朱栄志が目と鼻の先にいるんだ」

「それがデカの言う台詞か。新田さん、頼む」

新田が素早く反応し、円谷を羽交い締めにした。

「新さん、やめろ！　俺は冷静だ。朱栄志をパクるんだ。放してくれ」

「マルさん、勘弁してくれ。だが、今のあんたは冷静じゃない。俺にもわかった。あんたはさっき、人質を殺しかねなかった」

新田の指摘に、円谷の力が一瞬緩む。沖はその隙に円谷の手から銃を奪った。

「円谷刑事。あなたは捜査を外れて。これは署長命令よ」

貴里子の言葉を聞き、円谷は顔を引き攣らせた。

沖は円谷の銃をホルスターに納め、自分の銃は手に持ったままで走り出した。円谷のためにも、朱栄志を自分のこの手でパクらねばならない。

朱栄志は上野中通りから路地を抜け、中央通りへと逃げていた。

中央通りの歩道を、上野駅の方角へと曲がる。

路地を走る沖は無線をオンにして呼びかけた。

「朱は中央通りを上野駅のほうへ向かった。行く手を塞いでくれ！」

バケツの底を抜いたような激しい雨は収まっていたが、梅雨時らしい細かい降りとなって続いている。中央通りの歩道には、傘の波が道幅一杯に広がっていて、ややもすると朱栄志を見失いそうになる。こんな人の多い場所での逮捕は無理だ。やつに拳銃を撃たせてはならない。

だが、上野駅へ逃げ込まれたら、もっとひどいことになる。

銃声がし、悲鳴が上がった。

「幹さん、あそこ！」

後ろから追いついてきた貴里子が、声を上げて指差した。人混みが二つに割れ、血を流して倒れるＳＡＴの隊員と、その向こうを逃げる朱栄志の姿が見えた。

中央通りがＪＲのガード下へと向けて曲がるカーブで、朱栄志は歩道から車道へと走り出た。ガード下には警察車輛が停まっており、その中にはさっき停めた沖たちの車もあった。そのために通りの車の流れが滞り、いつもよりもひどい渋滞になっている。

そろそろと進む車の間を縫い、朱栄志は向こうの歩道を目指した。ガード下には、上野駅の広小路口がある。東京の東の玄関口である上野駅には、ＪＲ、私鉄、地下鉄を合わせ、軽く十を超える路線が乗り入れている。しかも、再開発による巨大なショッピングモールまで存在する。

——逃げ込ませるわけにはいかない。

沖は朱栄志を追い、歩道から車道へと走り出た。

中央分離帯から先の上り車線は、車が勢いよく流れている。

足止めを食った朱栄志を目指し、沖は中央分離帯を駆けた。

——上野駅に逃げ込まれるのは、絶対に避けたい。

一か八か、ここで野郎を仕留められないか。

沖は走りながら銃を構えた。

だが、自信が持てなかった。右肩さえ何もなければ、この距離ならば仕留められる。しかし、今の状態では、百パーセントの自信とは到底言い難い。もしも外せば、渋滞中の車のどれかに当たる。あるいは、走行車のドライバーか歩行者に……。

「幹さん、どいて。私がやる！」

貴里子の声に押され、沖は反射的に腰を落とした。振り向くと、貴里子が顔の前に銃を構えていた。

「朱栄志、武器を捨てて手を上げなさい」

これで警告はした。両脚を肩幅に開き、少しだけ右半身を前方に出し、ぴたっと銃を狙い定める。

だが、一瞬早く、朱栄志は向こう側の車道へと飛び出した。クラクションが鳴り響き、急ブレーキの甲高い音がそれに混じり込む。朱栄志は停まりきれなかった乗用車のボンネット上に体を投げ出し、フロントガラスのほうへと体を持っていかれつつも一回転すると、向こう側へ降り立った。さらにその先の車線を来たトラックをやり過ごすと、走行車の隙間を突いて走り、ガード下の横断歩道で呆気にとられて見つめる人混みの中へと姿を消した。

――なんて野郎だ！

沖は車道に割り込み、向こうの歩道を目指した。

「行こう。絶対に逃がすものか」

広小路口から上野駅構内に走り込む。

中央改札と広小路口を繋ぐ巨大なコンコースは、帰宅ラッシュの時間で足の踏み場もないほどの混雑を極めていた。上野駅は数年前に綺麗に模様替えがなされ、各種のショップが誘致され、乗り継ぎの合間に駅構内のショッピングモールを覗く人の数もぐんと増えていた。

――いない。

朱栄志はどこかに紛れ込んでしまっていた。

沖はコンコースの右側へ、貴里子は左側へと移動しつつ、中央改札に向かって足早に進んだ。改札を抜けられてしまったら、その先には東京の動脈とも呼ぶべきＪＲの各線が、それこそ秒刻みに出入りしている。

沖は胸の中に広がる黒い不安を押し退けつつ、走る速度を上げた。

しめた。自動改札の手前には、何人もの制服警官が立っていた。権堂が先手を打って手配したにちがいない。

警官たちは誰も微動だにせず、コンコースの人混みへ射るような視線を投げていた。まだ怪しい人影に反応していない。朱栄志は、この改札を目指したわけではないのか。

沖は立ち止まった。落ち着け、落ち着けと、逸る気持ちを宥めつつ、改めて周囲に目を凝らす。

危うく見逃すところだった。

朱栄志ではなかった。だが、見覚えのある男が、中央改札から見て左側にある下りのエスカレーターへと足早に急いでいた。さっきアメ横センタービルの中で、男がいきなりマシンピストルを撃ち始めた時、そこから離れた通路に立っていたもうひとりだ。

その男から少し距離を置いた後ろから、さらにもうひとり別の男もエスカレーターを目指していた。お互いに無関係を装っているが、沖にはぴんと来た。あいつらは、朱栄志を仕留めにかかっている殺し屋たちだ。

あのエスカレーターを下った先は、日比谷線や銀座線へと続く地下通路だった。沖は権堂に無線で連絡し、この二線の改札に大至急人をやってくれと依頼した。

「地下通路は、京成電鉄にも続いてるわ。それに、京成の改札の先は、上野公園口よ。そっちも封鎖するように言って」

貴里子が隣に並んで指摘した。ふたりしてエスカレーターを駆け下りる。

下りきったところが、銀座線の改札だった。ここもまたラッシュアワーの混雑が激しく、人々がすごい勢いで行き交っている。ここから左の通路へ進むと日比谷線、右に行けば京成線だ。どちらかへ向かったのか。それとも、銀座線の改札を抜けたか。沖は伸び上がるようにして周囲を見回した。

どっちだ!?

沖は銀座線の改札へと走った。ＪＲの改札には警官隊が陣取っていたが、銀座線には間に合わなかった。朱栄志は今、先の予測が立たぬまま、目の前に広がる景色から判断して逃走路を選んでいるはずだ。間近な改札へと走ったにちがいない。

自動改札を飛び越えた時、悲鳴が聞こえ、銃の発射音がした。くそ、こんな人混みでぶっ放しやがった。浅草方面だ。

沖はホームの階段へと走った。すぐ後ろを貴里子がついてくる。

発車のアナウンスが聞こえ、歯噛みした。

今なお下から大量の人間たちが上がってくる。その人波に逆らって進むと、階段を下るに従って人の流れが片側に寄り、降りきったところに男が倒れているのが見えた。

ついさっきコンコースから地下へ下っていった男たちのひとりだった。仰向けに倒れ、四肢（しし）を力なく投げ出し、微動だにしない。胸に鮮血の染みがある。

列車を降りた乗客のほとんどは階段に移動したあとで、ホームに残る人間は少なかった。がらんとしたホームの先を、男がふたり走っていた。前を行くのが朱栄志（チュー・ロンジー）だ。

沖は銃を構えた。

「警察だ。とまれ！」

声を上げると、後ろを行く男が振り返った。手に銃があり、それを沖のほうへ向けてくる。朱を狙う殺し屋のもうひとりだ。

沖は男の胸を狙い撃った。

銃弾を喰（く）らった男が仰（の）け反（ぞ）り、背後へと倒れる。

その向こうで、朱栄志がドアの隙間に体を滑り込ませるのが見えた。列車が動き出す。

沖は舌打ちして車輛（しゃりょう）へと走ったが、既に加速が始まっていた。

「ちきしょう。警察だ。開けろ。開けてくれ！」

沖は前方確認をしている車掌に向かって大きく手を振り、喚いた。

だが、地下鉄がとまる気配はなかった。

「なんてこと……。朱栄志は乗ってしまったの……？」

一歩遅れてたどり着いた貴里子が、絶望的な声を出す。

銀座線は上野で大勢の人を降ろすと、そこから先は比較的空く。立つ人が疎らな車輌が、ひとつ、またひとつと目と鼻の先を通り過ぎていく。

「マル被は銀座線に乗って浅草方面に向かった。繰り返す。朱栄志は銀座線に乗った。大至急手配してくれ！」

沖は無線で呼びかけた。

9

ラッシュアワーのホームが封鎖され、銀座線の上野駅は混乱を極めた。改札からホームへと下る各階段上には警官が立ち、拡声器を手にした駅員がしばらく浅草方面のホームは使えない旨を繰り返しアナウンスし続けている。銀座方面からの列車も、上野駅は通過する処置が取られた。

殺し屋と思われる男たちふたりの死体は、渋谷方面のホームに立つ乗客たちの視線から隠すために、周囲をブルーのシートで覆われた。

沖は真っ先にその死体を調べたが、身元がわかるような品はもちろん、雇い主に繋がりそうなものは何ひとつ身に着けていなかった。

「どう、何か出た？」

電波の入りやすい場所に移動して携帯でやりとりを行っていた貴里子が、戻ってきて沖に訊いた。

「いや、駄目だ。御丁寧に服のタグまで切り取ってある。ふたりともプロですよ。それも、かなりの場数を踏んできた連中でしょ」

沖は死体の右手の人差し指に胼胝（たこ）があるのを示した。銃胼胝だ。

「本部と連絡を取り合い、朱栄志（チュー・ロンジー）を緊急手配したわ。検問を敷き、各署の警察官を動員して、JRと地下鉄の駅にも網を張った」

そう告げる貴里子の口調は重たかった。

ホームを歩いてくる権堂が見えた。上野署の責任者とSATの隊長も一緒だった。全員が、これ以上ないほどに渋い顔をしていた。

「浅草署、蔵前（くらまえ）署も捜査員を総動員して、浅草方面を隈（くま）無く探してます。何か情報が入ったら、すぐにお伝えしますよ」

権堂の口調は、貴里子と同様に重たかった。

「人質となった女性は？」貴里子が訊いた。

「肋（あばら）を骨折してましたが、命に別状はありませんでした。朱に引きずり込まれて倒れた時に折ったようです。救急車を手配し、うちの婦警がつき添ってます」

上野署の責任者が、自己紹介も済ませずに答えたあと、静かに溜息を吐き落とした。

「あそこで銃弾を浴びた隊員は、三名が即死で、二名は幸い軽傷、あとの一名は、現在、生死の境を彷徨(さまよ)ってる」ＳＡＴの隊長が言い、一度口を閉じかけたが、堪えきれずに続けた。「所轄は下がれと言っただろ」

だが、睨みつける沖の前で慌てて訂正した。

「いや、すまない。今のは忘れてください。殺し屋が紛れ込んでいるのに気づけなかった、私の責任だ……」

沖と貴里子のふたりと向かい合っているのに目を合わせることはなく、視線をちょうどふたりの中間にじっと留めていた。

権堂が官品のジャンパーを脱ぎ、その下に着ていた防弾チョッキのマジックベルトを外してジッパーを下げた。

「あなたたちも脱がれたらどうです。いやあ、重みですっかり肩が凝ってしまいましたよ……」

唇に笑みを漂わせると人の好さそうな顔つきになる男だったが、目は人形のように無表情だった。

「うちの管轄で起こった事件のために、すっかり御迷惑をおかけしてしまって――」

貴里子が言って頭を下げる。

それに倣(なら)い、沖も深く頭を垂れた。

SATの隊長と上野署の責任者が気まずそうに目を見交わし、権堂が体の前に突き出した手を大きく振った。

「いや、そんなふうに言わんでください。やつらはうちの管内に潜伏していて、うちの管内で襲撃が行われたんだ。だから、すべて私に責任があります」

沖がそっと顔を上げると、権堂は唇を薄く開き、ぼんやりとした顔つきで唇を噛んでいた。

貴里子の携帯が鳴り、「失礼します」と断って通話ボタンを押しながら少し移動した。

沖はいたたまれず、もう一度頭を下げて自分も権堂たちから離れた。

貴里子の横に立ってやりとりに耳を澄ます。陳(チェン・)莫山(モーシャン)を訪ねてヴァイオリンを見せ、それが本当に朱(チュー・)徐季(スーチー)に依頼されて製作したものかを確かめに行った柴原からのようだった。

「ヒロさんからだった。莫山さんは、確かに自分のヴァイオリンに間違いないと断言したそうよ。朱に頼まれて作ったものだった」

「取調べに当たってるカシワからは、何か?」

「いえ、まだ新たな連絡はないわ。今のところ、木戸静雄の周辺を改めて当たり直す以外に手だてはないようね」

「木戸のような男にゃ、カシワのごり押しが案外と利くかもしれませんよ」

「だといいのだけれど。木戸のことは、しばらくカシワさんに任せましょう。この状態だもの、私は当分ここを離れられない。幹さん、あなたは朱栄志たちが潜伏していた、御徒町のラブホテルへ戻ってちょうだい。新田さんがもう向かってるわ。ふたりで本富士署や本部と協力して、何か手がかりを見つけて欲しいの」

「わかりました」沖は頷いた。

だが、実際には新田に合流する前に、どうしてもひとりで行きたい場所があった。いずれ貴里子の耳に何もかも報告するつもりだったが、今はまだそれはできないのだ。

胸の中に巣くっていたもやもやしたものが、今やはっきりと疑惑に形を変えていた。なぜ襲撃者たちは、警察とほんの一足違いで丁龍棋の居所を知ったのか。この疑問を、自分自身の手で解かねばならない。

もしも直感した通りだとしたら、この事件の隠された裏のシナリオも明らかになるはずだ。

事務所のドアを蹴破るような勢いで開けた沖を、枝沢はぎょっと見つめ返した。

「何だい、幹さん。朝の嫌がらせで驚かせたと思ったら、今度は事務所への不意打ちかい」

すぐに極道らしい落ち着きを取り戻して軽口を叩きつつ、両目を油断なく動かした。

沖は枝沢を睨んだまま後ろ手にドアを閉め、さらには鍵をかけた。

ノブの出っ張りを押すカチッという音が聞こえ、枝沢は一瞬蛇のように鋭い目つきをした。

「どうも穏やかじゃねえな。だが、今日は相棒はなしか。ニュースで見たぜ。御愁傷様だ。それに、朱栄志の逮捕までもう一歩だったらしいじゃねえか。警察が野郎をパクったら、俺もあんたと祝杯を挙げたいと思ったんだけどな。残念だぜ」

「平松はくたばっちゃいねえよ。それから、朱の野郎をパクっても、おまえと挙げる祝杯などない」

枝沢は窓際に置かれた執務机の椅子から立ち上がり、幾分おどけた足取りで近づいてきた。

「おいおい、真面目くさった顔で、何だ。当たり散らしに来たんなら、やめてくれよ」

沖は枝沢に迫り、その胸ぐらを摑み上げた。

「今日は無駄口を利いてる気分じゃねえんだ。枝沢、何もかも喋って貰うぞ。おまえ、彦根泰蔵と会って何を指示された？」

枝沢は彦根の名前を聞き、ふてぶてしい表情の中に戸惑いを滲（にじ）ませた。

「とぼけても無駄だぞ。おまえがいつどこで彦根泰蔵と会ったのか、こっちははっきりとネタを押さえてるんだ」

　畳みかけると、口を引き結んだ。唇の左右が下がり、への字になる。顔を逸らす枝沢の胸ぐらを、沖は力任せに締め上げた。

　枝沢は沖の手を振り払い、上目遣いに睨んできた。

「あんた、深入りしすぎだぜ、幹さん。デカだからって、いい気になるなよ。明るい夜ばかりじゃないんだぜ」

　沖はせせら笑った。

「おまえこそ、俺を脅すとはいい度胸だな。この腐れヤクザが。なあ、枝沢。おまえ、そんなでかいツラして、粋がってられるのかよ。俺にゃあわかってるんだぜ。筆頭幹部であるおまえが、組の先行きを大きく左右しかねないような大事な取り決めを、今の今まで何ひとつ聞かされちゃいなかった。そうだろ。すっかりコケにされたもんだな。おまえが破門にした若造が、神竜会と五虎界（ウーフジェ）を取り持つことになろうとはな」

　枝沢が息を呑む。今度は落ち着きを繕（つくろ）うのに四苦八苦した。沖は確かな当たりを感じた。やはり、思った通りなのだ。

「坐れ、枝沢」ソファに引きずって行って坐らせると、沖は枝沢の目の前の応接テーブルに尻を乗せて顔を近づけた。「図星だったようだな。昨日、おまえは会長の彦根泰蔵に呼ばれ、神竜会と五虎界が手打ちをする話を聞かされた。五虎界の代表としてこの話を内々に仕切ってきたのは、長老のひとりである宗偉傑（ゾン・ウェイジェ）だ。そうだろ」

「――――」

「そして、このふたつの巨大組織の手打ちのきっかけとなったのは、おまえが破門した白嶋徹さ」

枝沢の首筋に血管が浮いた。怒りを抑えているのだ。

ヤクザにとって、破門は重い懲罰だ。「組員」として認められなくなった人間は、もうこの社会のどこにも行き場がない。

そんな人間が、あろうことか神竜会と五虎界の橋渡しをした。そして、枝沢は会長である彦根からその事実を聞かされた挙げ句、白嶋の命（タマ）を取ることをやめさせられたのだ。

枝沢は、白嶋や文たちの周囲を探らせていた手下の竹尾一也を殺られている。これに対する報復をしなければ、この男のヤクザとしてのメンツが立たないはずだ。だが、会長から釘（くぎ）を刺されて何もできずにいる。

「枝沢よ。おまえ、俺に言ったな。白嶋って野郎は、荒っぽいことばかりやって粋がっているが、筋を通すことができねえような半端者だと。そして、もめ事ばかり起こすので、破門にしたと」

「ああ、そうだ」

「わかるぜ。俺はおまえと同じ意見だ。今日、あの野郎は、保育園の庭に銃口を向けやがった。そこにゃ、たくさんの幼児が遊んでたんだ。おまえだって、可愛い女の子の父親だからわかるだろ。ガキに銃を向けられるようなやつは、人間じゃねえ。極道の風上におけねえ野郎だとな」

「ああ、そうだ。俺はあの時、ピンときた。こいつは保育園児を撃てる男だとな。くそ、それだけじゃない。やつは文建明（ウェン・ジェンミン）とその姉の井関美鈴のふたりを、そろって殺しやがった」

「何だと……？」

「たった今俺は、その現場を見て来たところさ。美鈴は朱栄志（チュー・ロンジー）がアジトとするラブホに捕まってた。文は白嶋たちと一緒にそこに乗り込み、姉の美鈴を発見したんだ。そして、助けようとしてるところを、真後ろから撃たれた。現場を見て、俺は確信した。あれは白嶋の仕業だとな。野郎は人殺しを楽しんでやがる。文建明とは、一緒に重機窃盗団を仕切ってきた仲じゃねえか。しかも、姉の美鈴はあの野郎の女だった。それなのに、虫けらのように殺したんだ。やつは、人の心を持たねえろくでなしだ。そうだろ」

枝沢を挑発するために持ち出した話題だったが、捲（まく）し立てる間に本物の怒りが込み上げていた。

「あいつはな、極道の序列などくだらねえと抜かしたんだ」

枝沢は、両眼に怒りの青白い炎を燃やしつつ吐き捨てた。

「兄貴分を立てないし、下の人間の面倒を見ねえ。そして、他人の弱みを見つけたら、そこにとことんつけ込み、痛めつける。肝っ玉が太くて、鉄砲玉にするにゃもってこいだと思って拾ってきたんだが、俺はじきに嫌気が差したのさ。くそ、会長はなんであんな野郎を……」

愚痴(ぐち)りかけ、はっとした。喋りすぎたと思ったのだ。

用心深い目つきで沖を見つめてきた。

「なあ、幹さん。今さら騒ぎ立てようとしても、もう遅いぜ。御指摘の通りさ。うちの会長と五虎界の宗が手を組んだんだ。これで、新宿に新たな秩序が築かれる。朱栄志の野郎は、もう終(しま)いだよ。ひとりで東京のどこかを逃げ回ってる。あとはあんたら警察に捕まるか、チャイニーズマフィアの手で始末されるか、どっちかだ。そうだろ。これで、煩(うるさ)い野郎がいなくなる。あんただってほっとできるだろ。さあ、もう話はいいだろ。俺も忙しい身なんでね。これぐらいにしてくれ」

「おっと、用件は済んじゃいねえ。おまえにゃ、まだ訊きたいことがあるんだよ」

「まだあるのかよ。いい加減にしてくれ」

枝沢は足を組んでソファの背に深く寄りかかり、テーブルに坐る沖から顔を遠ざけた。

沖は切り出した。「俺たちは朱栄志の手下だった丁 龍棋(ディン・ロンチー)のねぐらを突きとめたが、ほんの一歩違いで、五虎界の殺し屋に先を越された」

「それは災難だったな」

「災難じゃ済まない。なんでこんなことが起こったのか、きちんと理由を確かめる必要がある」

「それなら、五虎界に訊けよ。なんで俺にそんな話をするんだ？」

枝沢の目が僅かに泳ぐのを、決して見逃さなかった。

やはり思った通りなのか。だが、手応えを感じたことに喜べなかった。この男へと、警察の情報が漏れている。そうなのか……。

躊躇いに襲われた。この先に突き進めば、知りたくないことまで知ることになる。

その時、部屋のドアが猛烈な音を立てて鳴り、背中をどやしつけられたような気分で会話が中断した。咄嗟にホルダーの銃に指先で触れつつ、沖は跳ね上がるようにしてテーブルから立った。

次の衝撃で鍵が外れ、ドアが向こうから押し開けられた。ごつい大男が部屋に飛び込んでくる。身構える沖の前で、男は一歩後ろに退き、直立不動の姿勢を取った。

そのあと、同じような大男が、今度は車椅子をゆっくりと押して部屋に入ってきた。

車椅子に坐る老人を目にして、沖は唾を飲み下した。

決して怖じ気づいたわけじゃない。だが、下半身が不自由な痩身の老人から、喩えようのない威圧感を受けているのは否定できなかった。

「久しぶりだな、沖刑事。それとも、若い者たちと同じように、幹さんと呼んだほうがいいんだろうか？」

神竜会会長の彦根泰蔵は、好々爺の如き笑みを浮かべていた。

今日の彦根泰蔵はネイビーブルーにストライプの入ったスーツを着て、えび茶色のチェックのネクタイをしていた。胸ポケットから、ネクタイとそろいのチーフが覗いている。先日、枝沢と赤坂で会った時には、和服姿で店に入る姿が防犯カメラに捉えられていた。伊達者なのだ。

「組のことはもうすべて筆頭幹部に任せ、自分は悠々自適の隠遁生活かと思いきや、とんだ狸寝入りじゃねえか。まさかあんたが出てきて、直々に五虎界との手打ちに臨もうとは思わなかったぜ」

「枝沢たちがよくやってくれるのでね。私はもうすっかり用なしの爺さ。毎日、のんびりと趣味に勤しんでいるよ。苦労もないが、刺激もない。世の多くの老人たちと同じだ。だが、時にゃこの老骨にむち打って、自ら出向かねばならん時だってある」

彦根はそう言いながら、手の先でお付きの男たちに下がるようにと命じた。

「おまえもだ」

枝沢は彦根から冷ややかな目を向けられ、はっきりとそうわかるぐらいにたじろいだ。

「しかし……」

「必要があれば呼ぶ。それまでは下がっていろ」

彦根に淡々と命じられると、棒のように上半身を伸ばして頭を下げ、「失礼します」と断ってドアへと急いだ。飛び出すばかりの勢いで戸口を出たくせに、ドアを閉める動作は滑稽なほどに丁寧だった。

教育が行き届いている。極道たちにとってはそれなりに美しい情景なのかもしれないが、沖にはただ力の誇示にしか見えず不快だった。

「で、死に損ないの老体ふたりがこっそりと会い、この街にヤクを入れる相談とはな、呆れてものが言えんぜ。今のは刑事への自供だ。五虎界から神竜会にヤクが流れている証拠が見つかったら、真っ先に手錠をかけてやるからな」

「相変わらず口の悪い男だな。まあ、そういきり立つなよ、幹さん」

「気安く呼ぶんじゃない」

彦根はゆったりと微笑んだ。

小手先であしらわれているような感じがして怒りが増すが、沖はそれを押し止めた。枝沢の何倍も役者が上だ。

「では、沖刑事と呼ぼうか。沖刑事、あんたは何か誤解しているようだな。ヤクの取引とは、いったい何の話だね。私と宗が会って話し合ったのは、そんなことじゃない。我々は、この街の秩序について話したんだ。それこそ老人がせねばならない大事な仕事だろ」

「笑わせるぜ」

「若造！　年寄りの話は黙って聞くもんだ。それができないうちは、K・S・Pの強面だか何だか知らんが、まだケツが青いってことだ。新宿の秩序が保てなければ、東京の秩序が保てない。東京の秩序が保てなければ、この国はいつでも騒がしいことになる。そうだろ。お国があんたの分署を作った目的も、同じはずだ。だが、今なお外国人マフィアどもがデカい顔をして街をのし歩き、西からは共和会が虎視眈々と東に出てくることを狙っている。この街は、本当はいつドンパチが起こってもおかしくないような薄っぺらな安寧状態にあるだけで、決して平穏だとは言いがたい。きちんと安定した平和を作るべきなのだ」

「それは俺たちの役目だ。おまえらにゃ関係ない」

「若造はこれだから困る。ほんとに警察だけで秩序が保たれていると思っているのか？　東京都に、警察官が何人いるか知っているかね？　四万人ちょっとだ。それに比べて、日本全国の極道の数はどうだ？　八万と言われている。もしもこの国の極道が大挙して首都に押しかけたら、どうなる？　あんたはその時でもなお、今と同じに、警察が秩序を保っていると言えるかね。沖刑事、警察はな、秩序を保ってなどいないのだよ。保たれている秩序の一部に過ぎんのだ」

「御立派な御託は結構だ。チャイニーズマフィアと手を結んで、どうするつもりなんだ？」

「だから言っているだろ。この街の、そしてこの国の平安を守るとな。現に、朱栄志という頭のおかしな跳ね返りものは、これで終わりだ。三年前、我々もあんたたちも、そろってあのイカれた若造に煮え湯を飲まされたが、二度目はない。たとえ警察がそれを許しても、日本の極道はそれほど甘くないということだ。あの若造にも、それがはっきりとわかっただろうさ」

「朱栄志を葬るなど、許さないぞ。やつにはきちんとした裁きを受けさせる」

彦根は今度は、さも愉快そうに笑った。

「どうぞ、やってくれ。警察の邪魔などしないさ。どっちが先に朱栄志を見つけるか、五虎界と競争すればいい。俺たちにはもう関係ない。いずれにせよ、あの若造は今、丸裸で逃げ回っている。終わりってことだ。賭けるかね、沖刑事。五虎界と警察の追跡を受けて、あの男が無事にどこかに逃げおおせるかどうか。私は、無理だというほうに一票入れるよ」

沖はたばこが喫いたくなったが、我慢した。苛立っているところを見せたくなかった。

「白嶋から何と言われたんだ？　なあ、彦根。神竜会の会長も落ちたものだな。枝沢が破門した組員に、五虎界との繋ぎ役を頼むとはな」

「こういう時代だ。利用できるものは、何でもするさ。新たな秩序ができるまでの間は、少々の我慢はせねばならんだろ」

　沖はピンときた。

「――あんた、頃合いを見て、白嶋を取り除くつもりだな」

「さあて、どうかね。私が何か指図をしなくても、極道のやり方をきちんと通せないような男は、長生きはできまいて。やつは文も楊も、それに自分の情婦だった女も見捨てた。そんな男が、長続きすると思うかね」

「うんざりだぜ。上同士で話がまとまったら、下の人間はどうなろうと構わない。白嶋はトカゲの尻尾に過ぎないってことだな」

「そんな話はしておらんだろ」

「本音はそうだろ」

　沖はかっときた。彦根の笑みに、今度は明らかに侮蔑が混じっているのに気づいたのだ。

「何がおかしいんだ」

「沖刑事、きみは案外とつまらん男だね。その程度のことしか考えられんとは」

「何だと」

「まあ、そう気色ばむな。組織の上に立てば、それなりの考え方をせねばならない時が必ずあるものなんだ。白嶋というのは、枝沢から聞いた通りの男だった。枝沢があの男を破門したのは、間違いじゃない。あんな者を組織に置いておいたら、他の人間にまで悪影響を与えかねん。私も御徒町のラブホテルでの件は聞いたよ。仲間の頭を後ろから撃ち抜き、その姉であり自分の情婦だった女の命をも奪うなど、血の通った人間のすることじゃないさ。だが、あの男は単純な論理で動いておるんだ。成り上がること、金と力を得ることがすべてだとな。そういう男とのつきあいは、やりやすい。こっちも金と力を基準にして、ものを考えるだけでいい。五虎界の朱栄志とは、到底組めない。過去の因縁を考えても、やつのいかれた性格を見ても、無理だ。しかし、宗偉傑(ゾン・ウェイジェ)とならばビジネスができる。間を繋いだのが、たまたま白嶋という若造だっただけの話だ。三者それぞれに得がある。これが一番だろ」

「成り上がり、金と権力を得ることが狙いなら、朱栄志と何ひとつ変わらない」

「その通りだ。しかし、野に放たれている野良犬は危険だが、首輪をつけてしまえばただの飼い犬になるということさ」

「とにかく、朱栄志は警察でパクる。それに、必ずヤクの取引の証拠を挙げ、おまえと宗にも手錠をはめてやるからな。首を洗って待っていろ」

吐き捨てて出口へと向かおうとする沖を、彦根が呼びとめた。

「沖刑事、待ちたまえ。まだ話は終わってはおらんよ」

振り返った沖は、息を呑んだ。

彦根が車椅子から立っていた。

「あんた、立てるのか――？」

「立てないなどと、誰から聞いたんだね。警察のファイルには、そう載っておるのか？」

載っている。タチの悪いリウマチに罹り、下半身の骨がねじ曲がり、今では車椅子生活を余儀なくされていると。

くそ、偽装だったのか。

五年。

いや、六年か。

この男は実に長きに亘り、警察の目も、対抗する組織の目も欺いてきたのだ。いや、これだけ完璧に隠し通せたということは、神竜会自体の中にも、このことを知る人間はほとんどいないはずだ。

「なぜだ？」

「隠居生活をしたいと思ったのでね。それなら、下半身が不自由なぐらいのほうがいい。そうだろ。それならば警察も他の組織の連中も、誰もがもう私を相手にしなくなる。社会から忘れられた存在になるというのは、気分のいいものだよ。ただの爺として公園で日向ぼっこをし、そこで遊ぶ母子を眺めている時ほど、平和な気分が訪れることはないからね」

　彦根は愉快そうな口ぶりを保ってはいたが、目には青白い炎が燃えていた。

　沖は異常な緊迫感に息苦しさを感じ、黙って唾を飲み下した。右足から左足へと体重を移し、しばらくして戻す。どうやって立とうとも、落ち着きの悪さは変わらなかった。この男は今、少しも愉快がってなどいない。挑んでいるのだ。

　彦根が部屋を横切って近づいてきた。腰を伸ばし、太股と脹ら脛の筋肉を柔らかく使って体を前へ前へと押し出すように歩く姿は、年齢を感じさせないほどに若々しかった。

　真正面に立って向き合うと、沖の肩ぐらいの高さしかない小柄な老人だった。

　それなのに、この圧迫感は何だ。

「ところで、覚えているかね、沖刑事。ここは枝沢英二が使う前は、西江一成が使っていた事務所だ。西江も、きみらには随分と世話になったようだね。礼を言うよ」

　彦根の声の冷たさに、刑事に成り立ての頃の記憶が蘇った。

　沖は戸惑い、そして目の前の男に対して激しい怒りを覚えていた。初めてヤクザ者と対した時の恐怖感が頭を過ぎり、新米刑事のように掌が汗ばんでいたのだ。

10

苦い気分で、枝沢の事務所をあとにした。

車に戻って運転席に納まった沖は、エンジンをかけようとしてやめた。ハンドルに両手を乗せ、左右の人差し指でそこを忙(せわ)しなく叩き始めた。

彦根泰蔵が車椅子から立って見せたのは、沖への、さらにはK・S・Pや警察組織全体への宣戦布告にちがいなかった。

三年前、西江一成を脅して動かすことで、沖たちは神竜会が東都開発を使って仕入れていた麻薬密輸ルートを潰した。小華(シャオホワ)というスナイパーの少女が朱徐季(チュー・スーチー)を狙撃して殺した事件で、西江が秘(ひそ)かに裏で糸を引いていたことに怒りを覚え、言う通りにしなければそれを明るみに出すと言って脅したのだ。

その後、西江は朱栄志(チュー・ロンジー)と朱向紅(チュー・シアンホン)によって爆殺され、西江を沖と一緒になって脅して東都開発ルートを潰した円谷は、やはり向紅の仕掛けた爆弾によって妻と娘のひとりを奪われた。

さらに三年の時間が経った今、今度は逆に朱栄志が追い詰められ、神竜会は宗偉傑(ゾン・ウェイジェ)との間で手を結び、五虎界と組んで新たな麻薬密輸ルートを確保しようとしている。

いや、既にそれは確保され、おそらくは最初の荷はもうこの国のあちこちにばらまかれているにちがいない。そうでなければ、彦根があれほど自信満々だったはずがない。それに、やつは西江が沖たちに脅しつけられたことにも気づいている。だからこそ、かつては西江が使っていたあの部屋で、宣戦布告をしてきたのだ。

沖は深く息を吸い、時間をかけてゆっくりと吐いた。来るならば来い。どんな状況になろうと、受けて立ってやる。

携帯電話を抜き出し、円谷の携帯にかけた。

だが、今は電話に出られない状態にあるというメッセージが流れて留守電へと切り替わってしまい、舌打ちした。くそ、あの男の時折使う手だった。

今すぐやつと会い、行動を洗いざらい訊き出さねばならない。今現在も、いったいどこで何をしているのか知る必要がある。首に縄をつけてでも引っ立ててきたい心境だった。

腹立たしい気分で、エンジンをかけた。

車を出そうとした瞬間に携帯が鳴り、慌ててギアを戻して取り出した。円谷が折り返し電話を寄越したものと思ったのだ。

「幹さん、今、どこ？」

貴里子からだった。

「新宿です。神竜会の彦根泰蔵と会いました」

「何？　どういうこと？」声が尖った「彦根と会うなら、なぜ先に報告してくれなかったの？」

「そんなつもりはなかったんです。詳しい話は会って報告しますが、神竜会と五虎界が手打ちをします。彦根と宗が手を結んだんです」

沖はそう話の口火を切った上で、彦根との会話の内容を掻い摘んで話して聞かせた。

「驚いたわね。神竜会のトップが、破門された組員である白嶋徹を介して、チャイニーズマフィアとの手打ち話を進めるなんて」

「彦根ってのは、想像以上に食えない老人でしたよ。やつは、歩けたんです。タチの悪いリウマチに侵され、車椅子生活を余儀なくされていたというのは、完全な偽装でした」

電話の向こうに生じた間隙が、貴里子の深い驚きを表わしていた。

「それにしても、なぜ神竜会と五虎界の手打ちに気がついたの？」

訊き返され、沖は答えに詰まった。

「――その点についても、会って話します」

貴里子は明らかに不審がっていたが、それ以上追及しようとはしなかった。彼女にも、火急の用件があったのだ。

「わかったわ。詳しい話は、あとで改めて聞かせてちょうだい。神竜会も朱栄志を探してるわね」

「ええ、そう見たほうがいいでしょ」

「実はね、朱栄志らしき男が、業平橋付近で目撃されたわ」

業平橋ならば、浅草の先だ。銀座線は上野の先、浅草まで続いている。方向的に合う。

「わかりました」

「待って。それは本部も本所署も動いてる。うちからも、新田さんに部下を連れて行って貰うことにした。あなたには、別にやって欲しいことがあるの。ヴァイオリンのラベルの在処がわかったわ。まだ確認を取ったわけじゃないけれど、おそらく間違いないと思う。これから、確認に向かうので、それに一緒に来て欲しいの。目立った動きをしたくないので、私とあなたとカシワさんだけで行く。いいわね」

貴里子は一気に告げた。署長として、何の躊躇いも感じられない命令だった。

「わかりました」と、沖は応じた。


ドアを開けてくれた津雲美優は平静を装っていたが、落ち着きなく視線が揺れていた。

「こうして我々が戻ってきた理由がわかりますね」

同じことを見て取ったのだろう、柏木がそう切り出した。口を割らせる時の決まり文句のひとつだ。美優は明らかに動揺を大きくした。

「署長の村井と申します。弦悠さんも御在宅ですね。ヴァイオリンの件で、もう一度おふたりにきちんとお話を聞かせていただきたいんです」

貴里子が言った。

取調べ中、木戸静雄はずっとふてぶてしい笑みを浮かべて黙りこくるだけであり、しかも途中からは弁護士に邪魔されたこともあって、ほとんど進展が見られなかった。

しかし、柏木がふと思いつき、陳莫山（チエン・モーシャン）が製作したヴァイオリンの写真を改めて確かめたところ、気になることを見つけたのだった。莫山は、スクロール部分の造形を、ヴァイオリンによって微妙に変えている。木戸の蔵から押収したヴァイオリンのスクロールは、津雲美優の父親が娘のために注文したヴァイオリンとそっくりの形をしていた。

「ヴァイオリンは、入れ替わっていた。つまり、木戸静雄の元にあったヴァイオリンは、津雲さん、あなたがお父様に買って貰ったものですね」

貴里子がそう続ける途中で、弦悠（シエンヨウ）が奥のリビングの戸口に姿を見せた。

「弦悠さん、いったい何があったのか教えてください」沖が呼びかけた。「木戸は、あなたが彼のヴァイオリンをどうしても欲しがったので、それで渋々交換したのだと主張していますが、本当ですか？」

弦悠は血相を変えた。

「そんなのは嘘だ。でたらめですよ！　あの男は、彼女が陳莫山作のヴァイオリンを持っていることを、どこかから伝え聞いたんだ。それで、僕がメンテして返したヴァイオリンにあれこれと難癖をつけ、彼女のヴァイオリンを差し出すように脅してきたんです」

捲し立てつつ、もじゃもじゃの髪を忙しなく掻き上げたのち、自身の髪の脂が気になったような様子で指先をTシャツの胸に擦りつけ出した。

「それだけじゃ筋が通らない。ただメンテしただけじゃないんだろ。きみは親父さんが作ったヴァイオリンの秘密を知りたかった。だから、木戸からメンテを頼まれた時、それを渡りに船と思って解体し、ひとつひとつのパーツの精巧さを学ぼうとした。素人の俺にゃ、詳しいことはわからないが、とにかくきみは徹底的に親父さんのヴァイオリンを調べ直したんじゃないのか。それを木戸に知られ、難癖をつけられたんだ」

沖はそう指摘した。確証はなかったが、確信はあった。この薄汚い若者のヴァイオリンに対する情熱だけは、決していい加減なものではないと、前の訪問でわかっていた。

弦悠の顔が苦痛に歪み、美優は明らかに動揺し続けていた。

居間の奥からぬっと姿を現した人影を目にして、そのわけを知った。

陳莫山が弦悠の背後に立ち、決まり悪そうな顔でこっちを見つめていた。

陳莫山だけではなく娘の野枝も一緒に来ており、彼女と美優のふたりがお茶を淹れてくれた。

場所が青山の一等地であることを思えば、広くて贅沢極まりない部屋だといえたが、さすがに全員が坐れるほどソファは広くなかった。片側に莫山と弦悠（シェンヨウ）の父子が、その向かいに貴里子と柏木のふたりが坐った。

沖はソファのすぐ横に立ち、野枝と美優のふたりは寝室の戸口の横に並んで寄りかかっていた。

「さっきヴァイオリンの写真を持って訪ねてきた刑事さんに、嘘をついてしまいました。申し訳ない」

最初に口を開いたのは、莫山だった。そう言い、丁寧に頭を下げた。

「いえ、わかりました」貴里子が応じて、問い返す。「うちの柴原から写真を見せられ、それが美優さんのヴァイオリンだと気づき、ここにいらしたんですね？」

「ええ、その通りです」

貴里子が美優へと顔を転じた。

「津雲さん、あなたはなぜ木戸静雄が持っていたヴァイオリンと引き替えに、お父さんに買って貰った貴重なヴァイオリンを差し出すことにしたんでしょうか？　あなたの口から教えて欲しいんですが」

「木戸が警察の方にした話はでたらめです。さっき彼が言った通り、あの男のほうから脅してきたんです。でも、それはただの言いがかりです。確かに彼はヴァイオリンを解体して調べたけれど、きちんと元通りにしたし、メンテナンスも完璧でした。だいたい、あの男がヴァイオリンの扱いを何もわからず、劣悪な環境で保管していたことが、元々あの名器を傷めてしまった原因なんです」

「待ってくれ。その前に、そもそもどうして最初から自分の彼女が持ってるヴァイオリンを解体して調べたいと頼まず、木戸のヴァイオリンをバラしたんだ？」

　柏木が話に割りこんで訊くと、弦悠は苦しそうに顔を歪めて逸らした。

　答えたのは美優のほうだった。

「彼は自分が本気でヴァイオリン作りに打ち込んでることを、ずっと黙っていたんです。その頃は一緒に暮らしてなかったので、私も木戸から話を聞かされて初めて知りました」

「それじゃあ、あなたはいきなり聞かされて、お父さんからプレゼントされた貴重なヴァイオリンを木戸に差し出したの？」

　貴里子が訊いた。

「いけませんか？」

　尋ね返す美優の目が、初めて反抗的な光を発した。

「弦悠が私に頼んだんじゃありません。彼の様子が変なのに気づいた私のほうから問いつめて、木戸に会ったんです。私の父は、何でもお金で解決できると思ってるような人です。そういう人から貰ったヴァイオリンは、木戸のようにその値段にしか興味がない人の手許にあればいいんです。あの男には、ヴァイオリンの価値なんか、これっぽっちもわからないんだわ。それに、私、何もただで差し出したわけじゃありません。私たちの手許にだって、莫山先生のヴァイオリンが残りました。私、ヴァイオリンを愛しています。でも、きっと一流の奏者にはなれません。私のことよりも、彼が夢を追うほうが大事なんです。そのためなら、私、何でもやる」

おそらくはある種の人間だけが、それも一定の年齢になるまでの間だけできるような一途な告白を、美優は同性である貴里子を睨みつけるようにして行った。

貴里子はどこかむず痒そうな顔をして口を閉じ、代わって柏木が指摘した。

「木戸はきみらには言わなかったろうが、やつが持っていたヴァイオリンは盗品だった。そして、やつはそれを知っていて買ったんだ。そんな物騒な品を手許に置いておくより、メンテナンスにけちをつけ、代わりの品を差し出させるほうがいいと踏んだんだろう」

「馬鹿者が――」

莫山が呟いた。

「ストラディヴァリウスをコンピューター解析にかけて、その秘密を解き明かそうとした学者先生がいたが、愚かなことだ。名器は、そんなふうにして再現できるものじゃない。おまえがやったことは、それに等しい。しかも、こそこそと他人の目を盗んで、そんなことをしおって……」

息子を罵ったわけではなく、胸の中にある苦い思いをただ堪えきれずに吐き出しただけだった。

だが、傍から見ればそうだとわかるが、息子の耳には違って聞こえるはずだった。この年になれば、沖にもわかった。父子とは、そういうものだ。

弦悠は刺すような目を莫山に向けたが、すぐに重たそうに顔を伏せた。目の中に不安が溢れているのに、きかん気でそれを覆い隠そうとしている。唇を固く引き結び、体の中で暴れ回る激情を、何とか表に出すまいと努めている。

たぶん、この若者は偉大な父親に対して、こうした努力をずっと試みてきたのだ。しかし、おそらくはそれが何度も破綻し、ぶつかり合いが起こってきたにちがいない。

「木戸静雄から受け取ったヴァイオリンは、今、ここにあるのでしょうか？　前に申し上げたように、私どもはそのラベルに記された言葉に興味があるんです」

貴里子が口を開いて言った。

「あります。ちょっと待っててください」

美優はすぐ横のドアから寝室に入り、ヴァイオリンケースを持って戻ってきた。

「こちらです」と、応接テーブルに置き、ふたつの留め金を慣れた指先で外して開けた。

沖はちらっと貴里子の横顔に目をやった。

彼女は息をするのを忘れたような顔で、ヴァイオリンをじっと見つめていた。

ここ数日、彼女を嵐のように襲った出来事は、すべてこの目の前で美しいニスの輝きを放つ楽器が引き起こしたものなのだ。

いや、これがまだそのゴールじゃない。問題は、ヴァイオリンの中に隠されたラベルだ。

貴里子は隣の柏木と目を見交わしたあと、沖のほうにも視線をやり、最後に莫山の顔に目をとめた。

莫山が無言でヴァイオリンへと手を伸ばした。

全体を素早く一瞥(いちべつ)したのち、スクロール部分に掌を当て、その形状と細かい細工の数々を指先で撫でて確かめた。ボディ部の隆起(アーチ)を今度は掌全体で撫で、右手の人差し指と中指の腹を左右の窪(くぼ)みに走らせる。

手の中のものが確かに自分の作品であることを確かめるより、戻った我が子を愛(め)でるような目つきであり、手つきだった。

「確かにこれは、私がバーバラのために作ったヴァイオリンです」

断言し、ヴァイオリンを貴里子に向けて差し出した。

「前に申したように、f孔から覗ける範囲には、ラベルは貼っていませんよ」

「ちょっと玄関を使わせていただいて宜しいですか？」

貴里子はヴァイオリンを受け取ると、美優の許しを得、柏木とふたりでソファから立った。

沖は玄関ホールへと向かう貴里子たちに一歩遅れて移動し、居間の出口に陣取った。

急を要するため、工業用ファイバースコープを鑑識から借り出し、持参していた。柏木がバッグからそれを取り出し、電源を入れた。本体には文庫本ほどの大きさのモニターが備わっており、直径一ミリ弱のレンズが捉えた映像を映し出し、録画が可能だ。

貴里子は柏木の両手を自由にするため、スコープの本体を自分が持った。代わりに柏木にヴァイオリンを渡す。だが、完全に手放すことはなく、ネック部分にそっと指先を触れたまま、柏木がスコープの先端をf孔へと挿入するのを見守った。

「ああ、これですね」

柏木が囁き声で言い、貴里子の手のモニターへと顔を寄せた。その肩が邪魔をし、沖からはモニターが見えなくなってしまった。

実際はほんの一秒か二秒だったのだろうが、ふたりが無言でモニターを見つめる時間が、えらく長く感じられた。

待ちきれずに声をかけようとした時、貴里子が低い声を漏らした。「あ――」という一言は、途中から息の中に紛れて掻き消えてしまった。

「何です、こりゃ。どういう意味だ?」

柏木が言い、沖のほうを振り向く。

「どうしたんだ?　ラベルには、何とあったんです?」

問いかけたが、貴里子はモニターを向いたまま、彫像(ちょうぞう)のように固まってしまっていた。

沖はその横に顔を寄せ、モニターを凝視した。そこには莫山のものと思われる署名と製作年の他に、手書きのサインが入っていた。

——Barbara　我亲爱的女儿（親愛なる我が娘、バーバラへ）。　朱徐季

簡潔な中国語だった。

沖にもすぐに読み取れたが、それが意味するところを摑むまでには時間が必要だった。言葉の重大さとおぞましさが、じわじわと心に染み渡った。

朱徐季（チュー・スーチー）という化け物は、自分の実の息子の妻に子供を孕（はら）ませていた。バーバラは、呪（のろ）われたどす黒い宿命を背負って生まれてきた娘なのだ。ということは、朱栄志も朱徐季の息子かもしれない。

朱栄志の過去に触れることが、チャイニーズマフィアたちにとって大きなタブーとされてきた理由はこれだ。

長い間出生不明とされ、一族の人間かどうかさえ曖昧（あいまい）だった朱栄志が、朱徐季のすぐ傍で重用されてきた理由も、そう考えれば納得がいく。

そして、朱栄志がしゃにむにヴァイオリンを探し出そうとしていた理由もだ。ヴァイオリンに残された朱徐季のサインは、そこに名こそなく間接的ではあるものの、バーバラの

弟である朱栄志もまた朱徐季の息子である可能性を示すものなのだ。

「録画して残します」

柏木が、かさつく声で告げた。

居間に戻ると、全員が、何事かという顔で見つめてきた。玄関ホールの沖たちを覆った緊張が伝わったのだ。

「恐れ入りますが、証拠品として、このヴァイオリンはしばらく預からせていただきたいんです」

貴里子が美優を見て言った。

「ええ、それは構いませんけれど……」

彼女がそう答える途中で、莫山が言葉を重ねた。

「刑事さん、あなたたちの必要な捜査が終わったら、その品はバーバラに返してくださいませんか？　間にどういった経緯があったにしろ、今、このヴァイオリンの持ち主は、こちらのお嬢さんだ。彼女が頷いてくれれば、問題はない。違いますか？」

「――今ここで即答することはできませんが、確かにその可能性はあると思います」

貴里子がそう答えると、莫山はソファを立って美優に近づき、頭を下げた。

「津雲さん、あなたには、私が代わりのヴァイオリンを作って改めて進呈する。だから、頼む」

美優は戸惑った様子で何度か瞬(まばた)きした。

俯(うつむ)き、思案に沈んだが、そこから浮き上がってきた時にはどこか晴れやかな顔をしていた。

「わかりました。でも、それにはひとつ条件があるんです」

「何でしょう。言ってください」

口にするには勇気が必要だったらしく、しばらく躊躇(ためら)っていた美優は、やがて意を決した様子で莫山の前を横切り、ソファに坐る弦悠(シェンヨウ)の腕を引いた。

「私にくださる新しいヴァイオリンは、彼とふたりで作っていただけないでしょうか？」

弦悠は目を白黒させた。慌てて何か口にしかけてやめ、もじゃもじゃの髪を掻きむしりかけてやめ、最後は子供のような仕草でTシャツの胸を引っ張った。姉の野枝の視線に出くわし、それも慌ててやめる。

「どうですか、莫山先生？」

美優に促され、莫山は頷いた。

「――わかりました。一緒にやりましょう」

照れ臭げできまり悪そうに答える途中から、莫山もまたしきりと頭髪をいじり始めた。

どうやら頭を掻きむしるのは、父子に共通の癖らしい。

「ひとつわからないことがあるのだけれど」

貴里子が言った。「木戸静雄が持っていたヴァイオリンには、ラベルがなかったんです。美優さん、あなたのヴァイオリンのラベルは、いったいどうしたんですか？」

「あのヴァイオリンのラベルならば、今も私が持っています。彼に頼んで、裏板から丁寧に剝がして貰ったんです」

「なぜそんなことを？」

「あんな男に、莫山先生の直筆のラベルを渡す必要なんかないでしょ。きちんとした楽器専門店のお墨付きも購入証明書も一緒に渡したんですから。案の定、あの男はそれで安心して、あれから一年以上が経つというのに、ラベルについては何も言って来ませんでした。ちゃんと確かめようともしなかったんだわ」

沖はスキンヘッドを平手で擦った。

木戸が知れば訴えるかもしれないが、あくまでも民事の事案だろう。それに、やつはおそらくケイズ買い（盗品売買）に関わったことで起訴される。

判断を仰ごうとちらっと目をやると、貴里子は苦しげに顔を顰めていた。

「刑事さん、もしも木戸が何か言ってくるようならば、私がきちんと責任を持って対処します。ですから、何卒このことは穏便に――」

莫山は頭を低くし、神妙に詫びの言葉を口にしかけたが、その途中で唇を引き結んだ。

笑いを堪えているのだった。

「――いや、申し訳ない。しかし、こちらのお嬢さんのやったことと、それにまったく気づかなかった木戸という男のことを考えると、おかしくて」

「お父さん、やめて。不謹慎よ。こちらは警察の人なのよ」

野枝が慌てて近づき、父親を諫める。

その時、小動物がどこかで鳴いたような声がした。部屋を見回しかけた沖は、貴里子が一層苦しげに顔を歪めているのに気づき、驚いた。今の鳴き声は、彼女の唇から漏れたものだった。

やがて貴里子はどうにも堪えられなくなった様子で、大きな笑い声を上げた。素っ頓狂で、朗らかな笑い声だった。

「申し訳ありません。警察官として不謹慎でした……」

必死で仏頂面を繕って口にしたが、まだむずむずと笑いが喉元を擽っている。

沖は思わず柏木と顔を見合わせた。柏木は、きまり悪そうな顔で苦笑を堪えていた。たぶん、自分も似たような顔をしているのだろう。

「いや、これは愉快だ。警察の中にも、ユーモアのわかる方がいるとは。いや、これは誠にもって愉快だ」

莫山のけたたましい笑い声が部屋を震わせた。

11

マンションを出たところで、貴里子の携帯に新田から連絡が来た。

二言三言交わされるやりとりを聞いただけで、報告の内容には予想がついた。なんとなく頭の片隅で思っていたことでもあったのだ。

「朱栄志(チュー・ロンジー)を見失ったそうよ」

貴里子は携帯を仕舞い、沖と柏木を均等に見て告げた。「だけど、業平橋付近の二十四時間パーキングに停めた車が一台、盗まれてるのがわかった。本部が広域手配を敷いたわ。併(あわ)せて、パーキング周辺の防犯カメラを調べて、朱が盗んだのかどうか確認を急いでるところよ」

「とにかく、今の俺たちにはラベルがある。これは絶対的な切り札になりますよ」沖が言った。「朱栄志のやつは、是が非でもこれを入手したがってる。餌にして、やつを誘(おび)き出すんです」

「賛成だが、でも、どうやって」柏木が訊いた。「捕まるのがわかっていて、のこのこ出てくるような馬鹿じゃないぜ」

「チャイニーズマフィアに詳しい情報屋を使って、偽の情報を流せばいい」

「信用させるのは難しいぜ」

「黄悠に協力させるのさ。そして、ヴァイオリンの出所は、丁龍棋だったと明示する。鼓陽輝と同じ建物に住んでた黄辰が仲立ちして、丁からケイズ買いのプロである黄悠に流れた。それは事実だ。事実は何よりも人を釣り込む」

「そして、黄悠が、誰か偽の持ち主にヴァイオリンを売りつけたことにするってわけか」

「そうだ。朱栄志は追い詰められてる。必ず情報が本物かどうかを確かめようとするはずだ」

　沖は判断を仰ぐつもりで貴里子に顔を向けた。

　じっと口を閉じて沖たちのやりとりを聞いているだけなのが、いつもの彼女らしくなかった。

　美優の部屋で笑い出したことだって彼女らしくない。積み重なる神経の疲労が、笑いの発作を招いたような気がした。

「ごめんなさい。ちょっと他のことを考えていたものだから」

　我に返ったような顔で言う貴里子を見て、沖は案ずるよりもむしろ腹立たしいような気分になった。気苦労はわかる。だが、まだ事件は解決していないのだ。

「他のことって、何です？」

　問い返す口調に棘を感じたのだろう、彼女は目立たない程度にではあるが、沖を睨み返してきた。

「バーバラと朱栄志のふたりの出生時に、何があったのかということをよ。ヴァイオリンには確かに、バーバラと朱徐季の名前があった。でも、それは彼女が徐季の娘であることを示すもので、朱栄志と徐季が父子であることを直接証明するものじゃないわ」

「しかし、朱栄志がそのことを正確に知っているとは限らない。なにしろ、やつがヴァイオリンの存在を知り、それを探し始めたのは、それがバーバラ・李の元から盗まれたあとなんですからね」

柏木が言い、沖がさらに重ねた。

「それに、仮に出生時に何かがあったのだとしても、それを知るのはおそらく、今やバーバラと朱栄志の姉弟だけでしょ。しかし、バーバラ・李に、ヴァイオリンが見つかったことを報せるわけにはいかない。朱栄志の身に何が起こったかは、彼女ももうニュースで知っているはずだ。追い詰められた弟が望めば、姉として、ヴァイオリンをこっそり渡したくなるでしょ。事情を知ることよりも、まずは朱栄志の逮捕が最優先ですよ。やつさえパクれば、あとは取調室で何でも訊ける」

「その通りね。ごめんなさい、ちょっと気になったものだから」

携帯電話が鳴り、会話が中断した。貴里子の携帯だった。

ポケットから取り出した彼女は、すっと表情を消した。

沖は察した。畑中文平にちがいなかった。

だが、それはとりもなおさず今は話したくない相手であることを示している。

貴里子はすぐに応じた。目に強い光がある。

「上層部よ。大丈夫」

「誰です？」

「車に乗って待っていて、私もすぐに行く」

貴里子はそう告げて背中を向けると、歩道を何歩か引き返した。

――神経が疲れている。

そう認めざるを得なかった。ちょっと前に莫山（モーシャン）に釣られて、素っ頓狂な笑い声を上げてしまった自分が、今ではたまらなく恥ずかしかった。

普段の自分だったならば、決してあんな大声で笑い出したりはしなかったはずだ。疲れ果てた神経が、ヴァイオリンのラベルが見つかったことで、ふっと緩んだ結果というしかない。

携帯の通話をオンにする前に、貴里子は大きくひとつ深呼吸をした。

「畑中です。朱栄志のニュースを観て、驚いてる。知事も気にしておられるんだ。詳しい説明を聞かせて貰えないか」

耳元に運んだ携帯から、畑中文平の声が飛び出してきた。いつもよりもずっと早口で声が高い。

「業平橋付近で、朱栄志の姿が目撃されました。残念ながら見失ってしまいましたが、付近の駐車場から車が盗まれていることがわかったので、現在、広域手配をかけています」

「ふむ、その件は知ってるよ。本部の組対四課も出張ったからね。私が聞きたいのは、ヴァイオリンのほうのことです」

貴里子は疲労を振り払い、頭をフル回転させた。ここでやりとりを間違ってはいけない。畑中にした話は、知事の有馬栄太郎に筒抜けになる。有馬が知れば、マーク・ウエスラーに、そしてバーバラに知れ渡る。

「もう一歩です」と、咄嗟に言葉を濁した。

「それはどういうことでしょう。もう少し具体的に答えてくれませんか。調布の木戸静雄という住職を捕らえて、尋問しているそうだね。この男は、美術品マニアだと聞いたよ。家宅捜索令状も取ったと聞いたが、何か出たのかね？」

畑中に訊かれて、どきっとした。警備部のトップの情報収集能力を、甘く見ていたようだ。こっちの捜査の状況を、かなり詳しく知っている。

「この男の蔵からヴァイオリンが出ました。陳莫山作のものだと思われますが、ラベルがなかったので、陳さんがバーバラのために作ったものかどうかはっきりしません。今、その先の確認を急いでいるところです」

「もう一歩というのは、そういう意味ですか？」

やんわりとだが、じわじわと胸元を締めつけられているような気がする。さらに何言かやりとりをしたら、実際には捜査がもっと進展している事実を見抜かれてしまう。いや、既に何か気づいているのだろうか。

「はい」と貴里子は平静を装って応じた。

畑中はしばらく何も言わなかった。電話の向こうから、じっと様子を窺われているような気がする。

「確認は、陳莫山に行うのかね？」

「はい、そうです」

「そうしたら、確認が取れ次第、すぐにまた折り返し連絡をください。私の携帯番号はわかっているね」

「存じています」と応じたものの、貴里子は自分が間違いを犯したことを悟った。

咄嗟に言葉を濁してしまったのが失敗だった。言を左右して稼げる時間など、高が知れている。

朱栄志の逮捕が優先課題だ。そのためには、せっかく手に入れたヴァイオリンのラベルを手放し、バーバラに返してしまうわけにはいかない。だが、畑中文平という男は、のらりくらりと報告を遅らせれば誤魔化せるような相手ではないのだ。職を賭してでも、説得に当たらねばならない。

――腹を括るのだ！

「では、頼んだよ」と告げて電話を切ろうとする畑中を、貴里子は慌ててとめた。

「待ってください、畑中警視監、実は折り入ってお話ししたいことがあるんです。お時間を取っていただけないでしょうか？」

「――それは、この件について、という意味かね？」

「はい、そうです」

「電話では話せないんですね」

「はい」と、繰り返した。

「わかりました。どうも、込み入ったことがあるようだな。では、私もすぐに時間を空ける。今、説明に来られますか？」

「伺います」

駐車場へと近づく貴里子を見て、沖と柏木は車を降りた。彼女の顔つきを遠目にした時点で、畑中と何かただならぬやりとりをしたことが見て取れた。

「今から畑中さんに会ってくるわ。事情を説明して、ヴァイオリンを見つけたことを、しばらくバーバラたちに伏せておいて欲しいと説得する」

　案の定、貴里子は自分のほうからそう切り出した。

「それは、知事にも内密にするという意味ですか？」

　沖が訊く。

「そうよ」

　それがどうした、という口調だった。

　この女はこうでなくちゃいけない。――そう思ったものの、不安がふっと頭を擡げた。現場の出来事ならば、自分がいくらでも庇ってやれる。だが、警察の上層部や知事とのやりとりでは、そうはいかない。それは彼女がひとりで闘わねばならない戦場なのだ。

「幹さんとカシワさんは、さっき言った罠の手配をお願い」

　沖たちは頷いた。「わかりました」

「私はタクシーで行くので、ふたりはこの車を使って」

　貴里子はそう言い置くと、車道に寄って空車をとめた。

「さて、正念場だな」タクシーに乗り込んで消えていく彼女を見送りつつ、柏木が言った。

「どういう手筈で進める？」

「カシワ、おまえは先に行ってくれ。ヴァイオリンを署に保管してから、情報屋に情報をばらまけ」

「おまえはどうするんだ?」

「すぐに合流する」と言葉を濁す沖に、柏木は胡散臭そうな目を向けた。

「けっ、チーフ殿は、この期に及んでも秘密主義かよ」

憎々しげに吐き捨てたが、その後、はっとして沖を見つめ返した。

「おい、親父のことなのか?　それなら、ひとりで抱え込むんじゃねえぞ。おまえの親父を助け出すのは、あくまでも捜査の一環なんだ」

沖は柏木の目を見ずに頭を下げた。父親のことではなかった。だが、どうしてもひとりで確かめねばならない。

「すまん。今はひとりで充分だ。手助けが必要な時には連絡を入れる」

適当に誤魔化す心苦しさを感じつつ、目を伏せて小声で応じた。

12

最初に砂利を踏む足音に気がついた。

ひとつ。

やはりひとりでやって来た。

息を殺して待つと、参道から母屋の横へと回り込み、小柄な影が現れた。

木戸静雄の寺の境内の裏手。今はすべての捜査員が引き上げて静寂に包まれた蔵の入り口に坐る沖を見つめて、足をとめた。

「幹さん、あんたひとりですか？」

円谷太一は、静かな声で訊いてきた。

「ああ、ひとりだ」

「電話で言ってたヴァイオリンは？」

「見つかったさ、ここでな。だが、それは別物だった。その後も色々あったが、今、説明してる暇はない。何も知らずにいたのは、あんたが長いこと携帯の電源を切ってしまっていたから悪いんだぜ」

「なるほど、これはすっかり蚊帳の外でしたな。やっぱり連絡がつくようにしておかないと、駄目ですね」

ひっそりと微笑んだのが、月の青い光に照らされて見えた。

「すまなかったな、マルさん。ヴァイオリンが見つかったと言って呼び出さなければ、今のあんたはやって来ないと思ったんだ」

沖は蔵の前の階段から腰を上げないままで言った。円谷は同じ場所に立ったまま、それ以上近づいてこようとはしなかった。

「謝らないでくださいよ。携帯を切ってた私が悪いと言ったでしょ。だけど、捜査から外された今の私に、いったい何の用なんです？」

「訊きたいことがあるんだ。こっちへ来て坐らないか」

「別にここでも話は聞けますよ」

円谷はそう言い返したが、沖が何も言わずに見つめていると、黙って隣に並んで坐った。

「さて、これでいいですか。で、何です？」

「マルさん、あんたは本牧の井関美鈴のアパートで村井さんを救った時、情報屋からあの場所を聞いて訪ねたと言ったが、その情報屋とは誰なんだ？」

「参ったな、幹さん。そういったことは、訊かぬが花でしょ。情報屋の名前を明かすかどうかは、各々のデカの判断に任されてる。俺はずっとそう思ってやって来たんですけれどね。間違ってたんでしょうか？」

「間違ってないさ。だが、今度は違う。情報屋などいないんだろ。あんたは井関美鈴のアパートの場所を、情報屋から聞いたわけじゃない。神竜会の枝沢から耳打ちされたんだ」

「なぜそんなことを思うんです？」

沖はずっと前を見て話し続けていたが、ついに我慢しきれなくなって隣の円谷を見た。

円谷はいつもと変わらぬ飄々(ひょうひょう)とした顔をしていた。

そこにこの男との距離があった。いったいいつからこんなに離れてしまったのか。それとも、考えまいとしていただけで、長いことずっと離れた場所にいたのだろうか。

「正直に答えてくれないか。マルさん、あんたと枝沢は情報を共有してる。そうだろ。いや、もっとはっきりと訊くぞ、あんたは、警察内部の情報を枝沢に流してる。その見返りとして、やつからも時折情報を貰ってるんだ」

何も答えない円谷を前にしていると息苦しさが増し、沖は何物かに背中を押されるような気分でさらに続けた。

「三年前、あんたは日本東西建設の裏情報を枝沢に渡した。もしかして、その時以来ずっと枝沢との関係が続いていたのか？」

円谷はまだ何も答えなかった。

沖は苛立ちを抑えて答えを待ったが、円谷がふっと小さく唇を歪めるのを目にして、かっと頭に血が上った。

「何が可笑しい」

「いや、申し訳ない。でもね、こんな訊き方は尋問じゃない。俺はそのことが嬉しかったんですよ。ヴァイオリンがあると言えば、俺が枝沢の配下を連れて来るとは思わなかったんですか？」

「あんたはそんなことをする男じゃないさ」

「ありがとう。信じて貰えて、感謝しますよ。そして、御指摘の通りです。あの時、枝沢の所へ、あんたじゃなく、俺が情報を持って行った。俺はそのことを悔やんではいませんよ。情報を渡して枝沢と取引しなかったら、俺はもうデカではいられなかったんだ」

「そして、その手で朱栄志を追い詰めることもできなかった。マルさん、答えてくれ。あんたは朱のやつに復讐するために、デカを続けてきたのか？」

円谷は暗い目で沖を見つめた。答えるのに、長く躊躇うことはなかった。

「それもありますよ。幹さん、もうわかっているんでしょ。だから、こうしてひとりでここに呼び出した。あんたが思ってる通りです。俺は丁龍棋の居場所を、枝沢を通して宗偉傑たちに教えました。銀座の『ドール』という店を、丁の愛人だった王琴梅に貸した不動産屋を見つけたのは、私です。琴梅のマンションの場所が割れたので、それをすぐに枝沢に報せた。その後、適当な時間を置き、丁が口を割ったことを確かめてから、新田さんとふたりでマンションに向かい、そして、あなたたちに連絡したんです。その時にはもう宗は白嶋に指揮を取らせ、プロの殺し屋を何人も朱栄志の元へ差し向けていた。警察が後手後手に回ったのは、出だしで情報が漏れていたからですよ。俺から、枝沢へとね」

沖はズボンの太股を擦った。階段から立ち、今度は尻の部分を擦った。足が自然に前に出て、階段の周囲に敷かれたコンクリート部分から、今日の雨ですっかりぬかるんだ土の地面へと降りた。靴底が土にめり込み、重たくなる。

答えを聞いたら、すぐに言うつもりでいたことを言わねばならない。

簡単に言えるはずだったのに、こんなに躊躇われてならないなんて。

だが、言わねばならないのだ。

沖は円谷に向き直った。

「マルさん、警察手帳を渡してくれ。銃とワッパもだ」

「デカを辞めろということですか？」

「わかるだろ」

円谷は薄く微笑んだ。

いつもの飄々とした笑みではなかった。

「あなたはそう言うと思ってましたよ。だが、嫌です。俺はデカを辞めない。そして、あんたは俺を辞めさせられない」

「朱への復讐でデカを続けるなど、間違ってる」

「何も俺は、復讐心だけでデカをしているわけじゃない。刑事というのは、俺の天職だ。生き方そのものだ。あんただってそうでしょ。俺は妻と娘を失ってからのこの三年で、はっきりわかった。俺が生きてこられたのは、デカだったからです。幹さん、俺とあんたは同じだ。デカをただ仕事だとは割り切れない。生き方そのものにしちまってる人間なんだ」

「それならばなぜ道を踏み外した？」

「踏み外してなどいない」

「情報をヤクザに漏らし、丁(ディン)を拷問させたんだぞ」

「それで素早く朱栄志の居所が割れたでしょ」

「そして、朱栄志の手下が虐殺された。井関美鈴や文建明もだ」

「これで街が綺麗になる」

「マルさん、いつからあんたはそんなことを言う男になったんだ？」

「よしてくれ。本音じゃあなただって、そう思ってるはずだ。チャイニーズマフィアを叩くには、尋常の手段じゃ駄目だとね」

「踏み越えてはならない一線がある。巻き込まれて犠牲になった民間人はどうなるんだ。ラブホで、無関係なカップルが射殺されたんだぞ」

「それは申し訳なかったと思ってる。痛みを背負い、デカを続けていきますよ」

「駄目だ。今すぐここで辞めろ」

「嫌だ」

「自分でわかるだろ。あんたは今日、アメ横で、朱栄志を射殺するつもりだった」

「だったら何です？」

「本気でそう訊き返してるのか。朱栄志の居所の情報を流し、対抗する組織の殺し屋を差し向けさせた挙げ句、自分でもやつを殺すつもりで銃を向けたんだぞ。あんたは朱向紅(チュー・シアンホン)の時もそうした。あの女が人質を取り、しかも体には周囲一帯を吹き飛ばすだけの爆弾を巻きつけていたというのに、何も考えずに突き進んだ。今度はもう駄目だ。あんたのやってることは、デカの仕事じゃない」

「いいや、俺はデカだ。幹さん、銃は人殺しの道具ですよ。憎しみからそれをホシに向けてしまうことだってある。俺は神様じゃない。家族を殺された怒りを押し込めたまま、ホシを追うような芸当などできない。それのどこが悪いんです」

「踏み越えてはならない一線があると言ってるだろ」

「綺麗事を言わないでくれ。あんたは小華(シャオホワ)の死体を見た時、どう思いました。大人たちの思惑に操られて朱 徐季(チュー・スーチー)を射殺した挙げ句、自ら命を絶った十二歳の少女の凄惨な死体を見た瞬間、何を思ったんだ」

「やめろ。その話はするな。彼女の話は今、関係ない」

「やめませんよ。あんたは小華を利用した西江一成に対して、激しい怒りを覚えたはずだ。だから、やつをあそこまで深く追い詰めた」

「やつを脅したのは、捜査のためだ。西江を脅すことで、俺たちは神竜会が東都開発を使って密輸していた麻薬のルートを、叩き潰せたんじゃないか」

「捜査ですね。それじゃ、今俺のやってることと、何の違いがあるというんだ」

「詭弁(きべん)だ」

「詭弁じゃない。これがその証拠だ」

円谷はポケットからメモを取り出した。

やはり階段から立ってぬかるみに降り、沖の手にそれを差し出した。

「三十分ほど前、ここの病院に担ぎ込まれた老人がいる。あなたの親父さんだ。まだあなたに連絡が来ないのは、睡眠薬で眠らされたままだからです。目覚めたら自分で医者に話すでしょうが、その前に駆けつけてやってくれ。親孝行になる」

心臓が音を立てて鳴り、胸にじんと痛みが広がった。

その痛みが激しい混乱を招き、喜色と不安とが交互に心を占めた。

次に親父の話が耳に入る時には、死体の場所や状態を告げられるものとばかり思っていたのだ。そういった報せに打ちのめされるショックが、できるだけ小さく済むようにと、いつでも体のどこかに力を入れて過ごしていたのだ。常に頭から離れないくせに、できるだけ何も考えまいと努めてきた。

だが、まさかこんな報せを聞けるなんて……。

「――取引したのか？」

「そうです。あんたには救えなかった命を、俺が救った。俺の捜査手法でね。さあ、親父さんに会いに行ってくれ」

「マルさん、あんた……、朱栄志をやつらに売ることと引き替えに、俺の親父の居所を訊き出したのか……」

「あなたの親父さんは助かったんだ。これが俺の挙げた成果ですよ。そんなことは、どうでもいいでしょ」

「よくない」

「話を聞け、幹さん。俺の娘は死んだんだぞ。かみさんもだ。あの時、俺には何もできなかった。だが、今度は違う。あんたの父親は無事だ。それ以外に、いったい何があると言うんだ！」

「――――」

「幹さん、あんたはいいやつだ。だが、刑事であろうとして、自分自身を雁字搦めにしなければいられない人だ。だけどね、俺たちはデカである以前に人間なんだ。それでいい。俺は妻と娘を失ってわかった。刑事である前に夫であり、人の親だとな。わかるのが少し遅かった。あの爆発でひとり生き残った下の娘は、未だに口が利けない。ちょっとした物音にでも過敏に反応し、暗闇を幼子のように恐れて生きてる。この子と毎日暮らしている親の気持ちが、あんたにわかりますか。朱栄志への復讐を誓うことが、何か不自然だと思いますか。激しい憎しみがあったなら、俺は刑事失格なんですか。もうその問いかけは、何度も自分で繰り返した。そして、わかった。これでいいんだと。親父さんの顔を見てもなお、俺からワッパを取り上げたいと思うかどうか、よく考えてくれ」

「――マルさん、あなたは間違ってる」

「いいや、間違ってるのはあなただ。デカの生き方に正解などない。人の生き方に正解などないことを、あなたは認めるべきなんだ」

沖は口を開いたが、何も言い返せる言葉がないことを認めるしかなかった。

言い負かされたわけじゃない。いや、むしろ言い負かされたほうがマシに思えた。円谷は、他人にはわからない闇の底を、たったひとりで彷徨（さまよ）ってきた。そこから這い上がり、今、デカとして生きている。そして、父親を救い出してくれた。その男に、何が言えるだろう……。

ぬかるみを戻り、蔵の階段に再び腰を降ろした。体がやけに重たかった。

「――枝沢との関係は、これっきりにしてくれ。このままじゃ、骨までしゃぶられるぞ」

「心配は御無用。骨までしゃぶり尽くすのは、やつじゃない。俺のほうですよ」

呆気にとられて見つめる沖を前に、円谷はあの飄々とした笑みを浮かべた。

「――マルさん、あんたは日本東西建設の裏情報を流したことを盾（たて）に取られ、やつに弱みを握られていたんじゃなかったのか？」

「私を甘く見ないでください。幹さん、三年前、あんたは西江一成を取り込んだ。俺は同じことを枝沢にしてるだけですよ。だから言ったでしょ、俺は捜査をしてきたんだと。あの時のあなたと何ら変わらない」

「――」

「ところで、神竜会の彦根と会ったそうですね。あの老人が本気で動く。今度のことは、その序曲に過ぎない。この先、必ず激しい嵐が来ますよ。その時に、枝沢とのパイプが大きくものを言うはずだ。捜査員として、俺が必要だってことです。さあ、話は終わりだ。親父さんの所へ行ってくれ」

円谷は最後にそうつけ足すと、自分が先に背中を向けて遠ざかった。

円谷から渡されたメモの住所は、北千住の病院のものだった。

車を飛ばし、医者や看護師に詳しい説明をする間も惜しみ、警察手帳を呈示して病室を聞き出したにもかかわらず、いざそのドアの前に立つと、なぜだかノブを回す手が躊躇されてならなかった。

沖は息をひとつ吐き落としてドアを開けた。

中へ一歩足を踏み入れると、照度を落とした病室のベッドに、影のようにひっそりと横たわる父が見えた。

それ以上はなかなか足が前に出なかった。息を殺して近づいた沖は、そっと静かに丸椅子を移動し、父の枕元に腰を降ろした。

父の隆造は、すっかり痩せ衰えていた。げっそりと肉の落ちた顔には頬骨の形がはっきりと見えた。眼窩の窪みの中に、小さな目の玉の丸みが浮き出していた。人質として過ごした数十時間の心労のせいだけではあるまい。そこに、病魔まで加わっている。そう思うと、きりきりと胸が痛んだ。

なぜもっと早くに父を捜そうとしなかったのだ。父を許せず、その存在をないものとして過ごしていた日々の長さが、重たく両肩にのしかかってくる。

沖は目を伏せ、泥に汚れたスニーカーを見つめた。清潔で味気ないリノリウムの床の上で、乾きかけの泥をこびりつかせたスニーカーがやけに落ち着き悪く思われた。

顔を上げると、薄暗い眼窩の底に動くものがあってはっとした。

父がこっちを見つめていた。

「父さん……」

呼びかけた瞬間、ふと妙な感じに包まれた。

この言葉を口に出して言うのは、いつ以来だろう。どこか遠い異国の言葉みたいだ。

「幹か……」

父はゆっくりと両目を瞬(まばた)いた。

視線が左右に揺れ、すぐ傍にある息子の顔を探せないでいるような動きをした。

「親父、大丈夫か。しっかりしてくれ。今、医者を呼ぶ」

逃げるように腰を上げかける沖を、父の声がとめた。

「待て、幹」

布団が僅かに動いた。

手を出し、引き止めようとしたのかもしれない。

実際には低い干涸らびた声を漏らすのがやっとだった。

「行かないでくれ。話したいことがあったんだ」

沖はそわそわと腰を戻した。自分らしからぬ狼狽えぶりに、内心腹立たしさを覚えていた。いや、そうではなく、目の前の父にこそ怒りを覚えているのかもしれなかった。

――この目は何だ。

父の目は穏やかで、優しげで、そして非力な子犬のように哀しげだった。

――なぜこんな目で、俺を見るのだ。

「幹、すまん……、迷惑をかけた」

かさつく声で詫びるのを聞き、胸の中で何かが弾けた。

「なんでそんなふうに謝るんだ。やめてくれ。謝らねばならないのは、俺のほうだ。三年前、あんたが姿を消した時に探すべきだったのに、そうしなかった。すまない、親父……」

「おまえこそ、そんなふうに詫びるのはやめろ。わかってる。おまえには、刑事の仕事がある」

「デカの仕事など、くそくらえだ」

父がふっと笑うのを見て、沖は自分が物心がついたばかりの子供に戻ってしまったような気がした。自分がこの男の腹ぐらいまでの背丈しかなく、伸び上がるようにして手を繋いで歩いた日々の匂いが蘇る。

「そんな言い方をするのはよせ。誰かがおまえを必要としてるんだろ。おまえは、その誰かのためになる仕事をしてる。そうだろ」

「親父……」

「三年前、俺の知らぬ間に立派な男になっていたおまえを知って、嬉しかった。おまえは俺の誇りだ」

「………」

「俺ならば、どこにいたって大丈夫だ。どこにいたって、提灯作りはやれる。それに、詫びたのは、もっと別のことだ。こうして、もう一度おまえに会えてよかった。もしも会えないままで死んでいたら、自分の一生が悔やまれてならなかったはずだ。幹、おまえと母さんを捨てて生きるしかなかったことを、許してくれ」

父は唾をゆっくりと飲み下した。

そうしながら、話し続ける力を溜めているように見えた。

かさかさの唇を喘ぐように開き、しかし、思いの外にしっかりとした口調で喋り続けた。

「提灯作りに魅せられたのは、本当だ。だが、それで家族も職も捨てるなんて、そんな馬鹿げた話はない。俺は、逃げたんだ。おまえの母さんの実家からの圧力や、母さん自身の視線から……。あの頃の俺には、母さんの両親からも、母さんからも、自分が蔑まれていると思えてならなかった。それに対抗するためには、おまえと母さんを捨て、自分にしかできない生き方をするしかないと思った。つまらない男の見栄だ……。そのために、まだ中学生だったおまえから離れてしまった。幹、父さんのことを許してくれ……」

腹立たしい気持ちが込み上げた。

ふてぶてしさがすっかり影を潜め、か弱い男になってしまったように見える父親が、こんなに真正直に気持ちを吐露する父が、腹立たしくてならなかった。

真正直であるくせに、今も提灯作りをしているかのようなつまらない嘘だけはつく父が許せなかった。

沖は顔を伏せた。

泥に汚れたスニーカーが滲み、慌てて手の甲で目を拭った。泣くものか。

「一緒に暮らそう」

涙を堪えて言った。

「俺と一緒に暮らそう、父さん……」

何の答えもないことが不安になり、我慢しきれなくなって顔を上げた。

父は相変わらずか弱そうな目でこっちを見ていた。

「聞こえなかったのか。一緒に暮らそうと言ったんだ。俺があんたを護れる。あんたが東京を離れている必要はない。だから、俺んところへ来てくれ」

「急にそう言われても、俺には俺の都合がある……」

父は急に不機嫌そうな声を出した。

「どんな都合だ？」

「つまり、あれこれだ……」

あれこれとは何かを考え込むように目を泳がせた。

掛け布団が動いた。

父は枯れ枝のように細い腕を懸命に動かし、沖のほうへと手を伸ばした。

伸ばし返すと、握り締めてきた。

その手は驚くほどに冷たかった。

「幹、ありがとう……」

握った手に力を込めるのが躊躇われた。

力を入れれば、乾いた枝のように折れやすく思われたのだ。

13

ドアを開けた瞬間、貴里子は妙な感覚に襲われた。

「よく来てくれた。まあ、坐ってくれたまえ」

執務机を立った畑中文平が、右手で貴里子をソファのほうへと誘いながら、自分も机の脇を回って移動した。そのどことなくよそよそしい動きを見て、違和感は嫌な予感へと姿を変えた。

向かい合って腰を下ろすと、畑中は組んだ両手を膝に置き、上半身を前に突き出す姿勢を取ってすぐに切り出した。

「村井さん、早速で悪いが、単刀直入に訊くよ。きみは電話でああは言ったものの、実際にはもうバーバラ・李（リー）のヴァイオリンを発見している。きみが折り入って話したいことがあると言ったのは、その件に関してだ。そうじゃないのか？」

貴里子はずばりと指摘され、表情を変えまいと努力した。

「申し訳ありません。その通りです」

戸惑いは極力相手の目から押し隠しておきたかった。そういった印象は、この先の交渉に対して、決していい影響をもたらさないはずだ。

「いやいや、そんなに畏まらないでくれたまえ」畑中は右手の掌で貴里子を押し止めた。「何はともあれ、ありがとう。お礼と称賛の言葉をきみに捧げるよ。正直言うと、驚いてもいる。極秘でヴァイオリンを探すというのは、非常に難しいだろうと思っていたのでね。これで私も知事に鼻が高い。ありがとう」

「いえ、そんな――」

貴里子はきまりが悪くなり、言葉少なに応じた。手放しに称賛と感謝の言葉を口にする畑中には、どことない書生っぽさと、それから深沢にはない清潔さが感じられた。

だが、「あなたのこの先のことは、安心してくれていいよ」と、まるで天気の話でもするかのように、さりげなくつけ足すことは忘れなかった。現在警備部のトップであり、やがては警視庁のトップの座を狙う男なのだ。

貴里子はどう応じていいかわからず、小声で感謝の言葉を返した。

「で、そのヴァイオリンは今、どこに？」

畑中はすっとソファを立ちながら、訊いた。

「署に保管してあります」

「うむ、わかった」

執務机に戻ると、そこに置いてある携帯を取り上げた。片手で操作し、口元に運ぶ。ダイヤルを押した気配はなかったので、メモリーからかけたのだろう。貴里子ははっとした。

畑中がどこにかけたかわかったのだ。

とめなくては。

しかし、遅かった。

「ああ、畑中です。やはりそうだったよ。ウエスラー氏の言う通り、ヴァイオリンは無事に発見された。ああ、彼女ならやると思ったが、見事な手腕だよ。うん、そう伝えておこう」

畑中がすらすらと話すのを聞きつつ、貴里子は暗い気持ちで俯(うつむ)いた。沖たちに威勢のいいことを言って出向いてきたというのに、まだ一言も切り出さないうちに、ヴァイオリン発見のニュースはもう知事にまで届いてしまっている。畑中の手許から携帯を奪い取りたいという、そんなあり得ない衝動に駆られた。

電話を終えた畑中は、満足そうに頷いた。

「知事も大変に喜んでおいでだったよ」

「実は、その件なんですが、折り入ってお願いがあるんです」

貴里子は情けない気持ちに襲われつつ、諦めきれずにそう切り出した。

「ちょっと待ってくれ。あまり待たせるわけにはいかないからね。ウエスラー氏にもすぐに報せなければ」

畑中は貴里子を押し止め、今度は机のインターフォンを押した。

「ああ、ウエスラー氏をこちらにお通しして」

体を屈めて言うのを聞き、貴里子は胸の中で「あ」と声を上げた。なんということだ。マーク・ウエスラーがここに来ているのだ。

「実はね、莫山先生からバーバラ・李に、直接連絡が行ったらしいんだ。だが、彼女はリサイタルで東京を離れ、今こっちに戻る途中だったそうだ。それで、連絡を受けたウエスラー氏が、彼女に代わって私を訪ねて見えられてね。今まで、応接室でお相手していたところなんだよ」

莫山に口止めをしなかった自分の迂闊さが腹立たしかった。バーバラは莫山を訪ねた時に、ヴァイオリンが見つかったらすぐに連絡が欲しいと頼んだにちがいない。警察が発見すれば、それが間違いなく莫山が彼女のために作ったものかどうかを確認すると踏んだのだろう。

しかし、本当の腹立ちは、もっと別のところにあった。

畑中の表面的な雰囲気に騙され、あっさりと手玉に取られようとしていることに気づいたのだ。この男には、深沢の横槍を阻止して貰うのを頼んだ時も含めて、何度か捜査の進捗状況を報告していた。今現在、ヴァイオリンが朱栄志を逮捕する大きな切り札であることは、それなりに理解しているにちがいない。いや、まさしく理解しているのだ。だからこそ、貴里子に用件を切り出す暇を与えず、一方的に話を運んでしまった。

畑中文平という男は、朱栄志を逮捕したいと奔走する現場の動きよりも、自らが有馬やウエスラーに対していい顔をすることのほうを優先したのだ。

貴里子は直感した。この男は、深沢達基と何ひとつ変わらない。警察内部での出世や保身を第一に考え、そのためのしわ寄せが現場にいこうと一顧だにしないキャリア警察官のひとりだ。

ノックの音がして、ウエスラーを案内してきた秘書がドアを開けた。

「ミスター・ウエスラー、やはりあなたの奥様の言う通りでした。こちらの村井署長と彼女が選りすぐった捜査陣のチームが、奥様のヴァイオリンを捜し当てましたよ」

畑中が日本語訛の英語で誇らしげに捲し立てるのを、貴里子は苦々しい思いで聞いた。

「ああ、これで日本に来た甲斐があった」

ウエスラーは満面の笑みを浮かべて貴里子に近づくと、アメリカ人らしい大仰な動作で彼女をハグした。

「ありがとう、貴里子。それに、今朝はあんな応対をしてしまって申し訳なかった。どうか私の謝罪と感謝を受け入れて欲しい。バーバラも大変に喜んでいたよ」

貴里子は自分の顔が引き攣るのを感じた。

「喜んでいただけて、何よりです」

「で、ヴァイオリンは持ってきてくれたのだろうか?」

「――いえ、今は署に保管してあります」

「わかった。それじゃあ、私が一緒にあなたの警察署に向かいます。妻からそうするように頼まれてましてな。彼女ももう飛行機に乗ってる。じきに羽田に着きます」

勢い込んで話を運ぼうとするウエスラーを、貴里子は慌ててとめた。

「ちょっと待ってください。ウエスラーさん、実はお願いがあるんです。ヴァイオリンは、しばらくこのまま我々に預けていただけないでしょうか。それに、ヴァイオリンが見つかったことは、秘密にしておいていただきたいんです」

ウエスラーは怪訝そうに貴里子を見つめ返した。「なぜです?」

「朱栄志を逮捕するためです」

朱栄志の名前を出した途端、ウエスラーの顔つきが変わった。

「その男と我々は何の関係もない。二度とその名前を口にしないでいただけないか」

「御不快な思いをなさったのならば、謝ります。しかし、捜査にヴァイオリンが必要なんです」

「仰る意味がわからない。あのヴァイオリンは、妻の物だよ。なぜそれが、朱というチャイニーズマフィアの捜査に必要なんだね」

ウエスラーは威厳に満ちた態度で言い返した。

たっぷりと不快そうな態度を示していた。

石油会社のCEOとして身につけた処世術のひとつかもしれない。バーバラと朱栄志との関係についても、ヴァイオリンが朱栄志にとってどういった意味があるのかについても、この男はほぼ確実に知っている。だが、ここでそれに触れるつもりはないのだ。

貴里子は遠慮なく切り出すことにした。

「奥様から聞いていらっしゃるはずです。ヴァイオリンには秘密が隠されていて、朱栄志はそれを是が非でも手に入れたいと思っている」

「チャイニーズマフィアの男が何を考えていても、思惑通りにはさせませんよ」

「奥様がどうかはわかりません」

「妻も私と同じ意見だ」

「一度、奥様とよく話していただけませんか」

「話しているよ。彼女の代理でここに来たんだ。村井署長、あのヴァイオリンはバーバラのものだ。それを返して欲しいというのは当然だと思うが、違うのかね」

「現在の所有者は、あのヴァイオリンを盗品と知らずに買った可能性があります。ですから、もうしばらく捜査が必要なんです」

貴里子が話の矛先を逸らそうと試みると、ウエスラーは冷ややかな笑みを浮かべた。

「現在の所有者は、陳莫山(チェン・モーシャン)先生の御子息の彼女だ。ミスター陳は、その娘さんに代わりのヴァイオリンを進呈するので、妻のヴァイオリンはすぐに手許に返すようにと頼み、諒(りょう)

承を貰っている。残念でしたね、村井さん。私はそう説明を受けているんだ。ええと、日本人の名前は覚えにくいが、万一、彼女とヴァイオリンを引き替えた何とかいう寺の住職が所有権を主張するならば、私が買い取っても構わないと思っている。わかってくれませんか、バーバラにとり、あのヴァイオリンは大切な思い出の品なんだ」

14

Ｋ・Ｓ・Ｐの表玄関から走り込んだところで、沖は蹈鞴を踏むようにして立ち止まった。父が見つかり、ほっと胸を撫で下ろしたのも束の間、その旨を貴里子に電話で報告したところ、ヴァイオリンをバーバラ・李に返すことが決まったと教えられた。それでマーク・ウエスラーを分署に案内しているところだと聞かされ、慌てて飛んで来たのだった。

遅かった。

すらっとした長身のアメリカ人がちょうどエレヴェーターを降り、玄関ホールに出て来たところだった。右手にヴァイオリンケースをぶら下げ、隣を歩く貴里子に上機嫌な笑顔で何か話しかけていた。あれがマーク・ウエスラーだ。

ウエスラーがすっと足をとめた。

エントランスで仁王立ちになった沖に気づいたのだ。

笑顔を消し、その代わりに警戒を顔に滲ませて、貴里子に小声で何か尋ねる。沖は自分がすごい顔をしていることに気づいていた。ヴァイオリンのラベルは、朱栄志(チュー・ロンジー)を釣る餌だ。それを姉のバーバラ・李の手に返されてしまっては、またもややつを取り逃がすことになりかねない。

階段をけたたましく走り降りてくる足音が聞こえ、はっとして踊り場へと目をやった。勢い余った柏木が、手摺(てす)りに体をぶつけるのが見えた。

柏木は痛みに上半身を折りつつ、最後の階段を駆け下りると、ホールを横切ってウエスラーたちへと走り寄った。

長身のウエスラーの真ん前に立ちふさがり、顎(あご)を前に突き出してその顔を睨んだのち、貴里子に人差し指を突きつけた。

そのままの姿勢で一瞬固まったが、その後、堰(せき)を切ったような勢いで捲(まく)し立て始めた。

「村井さん、見損ないましたよ。捜査の陣頭指揮を執ってきたあんたが、こんな形で手を上げちまっていいんですか。俺は嫌だ。もう一度この男にかけ合って、ヴァイオリンを確保してください。つい何時間か前に、俺たちに向かって啖呵(たんか)を切ったのは、あれは嘘だったんですか。現場の意地を見せてくれ。わからんのですか。うちの署から、もう何人も犠牲者が出てる。ヒラの野郎は銃弾を喰らって、未だに意識が戻らないんですよ。死んだ谷川の骨を拾うつもりで、新田は今の今もまだ血眼になって朱栄志を追いかけてる。指揮官として、あいつらに顔向けができるんですか。村井さん、何とか言ってくれ。今度のことは、元々あんたがお偉方の無理な頼みを引き受けたために始まったんだ。がっかりしましたよ、俺はあんたが、もっと骨のあるデカだと思ってた。あんたが気にしてるのは、結局はキャリアの派閥や有力者たちの顔色ばかりじゃないのか」

貴里子の顔が真っ青になる。

沖はたまらずに柏木に駆け寄り、腕を摑んで取り押さえた。

「言い過ぎだぞ、カシワ」

「何が言い過ぎだ。おまえだって同じことを思ってるはずだろ。現場のデカなら、誰だってそう思う。違うか」

刑事官の舟木と総務課長まで駆けつけ、柏木をロビーの端へと引きずっていく。

マーク・ウエスラーが貴里子に何か言っていたが、彼女はすっかり上の空の様子で、機械的に頷くだけだった。

目が虚ろだった。他でもない貴里子自身が、この決定に対して最も苦しみ、悔しい思いをしているのだ。

その目がふっと一点に釘付けになり、大きく見開かれた。

黒目に光が戻り、焦点を結ぶ。

沖は彼女の視線を追い、ついちょっと前に自分が飛び込んだ分署の玄関ドアを見た。

そこに、バーバラ・李（リー）が立っていた。

姿勢のいい歩き方で近づいてくるバーバラを、貴里子はじっと見つめ返した。バーバラの瞳には、挑むような光が見えた。たぶん、彼女はいつでもこんな目でヴァイオリンと向き合い、世界中の大きなコンクールやリサイタルに挑んできたにちがいない。

ウエスラーがバーバラに近づき、ハグし、両手を彼女の肩に置いたままで口を開いた。

「バーバラ、きみがここに来る必要はなかったんだ。もう、ヴァイオリンは返して貰ったよ。疲れてるだろ。ホテルに戻ってゆっくりしてればよかったのに」

その口調には、年の離れた妻に対する思いやりと優しさ、それにいくらかの遠慮が混じっている気がした。

「空港から真っ直ぐに来たの」

バーバラはウエスラーを見上げて告げ、自然に彼の前から貴里子の前へと移った。

「ごめんなさい、貴里子。あなたがどれだけ苦労し、犠牲を払って、このヴァイオリンを取り戻してくれたかわかってる。だから、ちょっとふたりきりで話せないかしら？」

「バーバラ、きみは彼女に何を話すつもりなんだ？」

ウエスラーが話に割って入った。

「マーク、これは私の問題なの。だから、私の思い通りにさせて。あなたはそれを持って、先にホテルに戻っていて欲しいの」

「しかし……」

「お願いよ、マーク」

ウエスラーは気圧されて瞬きした。貴里子の視線を気にし、咎めるような目を一瞬彼女に向けたが、溜息とともに顔を戻した。

「わかった。じゃあ、ホテルで待っているから、できるだけ早く戻ってくれ」

「ありがとう」

バーバラは小柄な体を伸び上がるようにして、今度は自分のほうから夫をハグした。

「どこがいいかしら、貴里子？」

と尋ねられ、貴里子はエレヴェーターを手で示した。

「よろしければ、私のオフィスへどうぞ」


貴里子はバーバラを署長室に通すと、好みを訊き、部屋のキャビネットに置いたポットで紅茶を淹れた。秘書の絵梨子は、もう勤務時間を終えて帰ってしまっていた。仕事が深夜に及ぶことはしょっちゅうだったので、先日、湯沸かし機能つきのポットとコーヒーメーカーを買ったのだ。

バーバラは窓辺に立ち、ブラインドの羽根を撓めて隙間に顔を寄せた。

「東京は、どこもかしこもすごい密集度ね。人もビルも、空間にもの凄く規則正しく詰め込まれていて、しかもそれで余った小さな隙間には、綺麗に緑が植えられてる。私、金沢でわかったわ。東京で感じてた違和感の正体に。この街は、何もかもが過剰なんだと。でも、日本のすべての場所がそういうわけではなくて、金沢は違った」

アメリカ的なフランクで親しげな物言いが、今の貴里子には苦痛だった。どうしてバーバラ・李は、まるで友達のように話しかけてくるのだろう。

「リサイタルはどうでしたか？」貴里子は、ティーカップを盆に載せながら訊いた。スティックシュガーとクリームを添え、応接テーブルへと運ぶ。「どうぞ、お茶が入りました」

バーバラは窓辺を離れつつ、指先を窓のほうに向けた。

「ありがとう。ねえ、この辺りが、少し他と雰囲気が違うのはなぜ？　お店の作りや看板の色使いが違う気がするのだけれど」

「あれは皆、韓国のお店です」

「ああ、そういうことなのね」

バーバラは応接ソファに坐り、礼を言いながらクリームの小型カップの蓋を開けた。紅茶に注ぎ、ティースプーンで掻き混ぜる途中で、ふいに動きをとめた。

「初めてだったわ。こんなに乱れた気持ちで舞台に立ってしまったのは」

ティーカップから目を上げようとはしないまま、小さく言葉を吐き落とした。

貴里子はティーカップに伸ばしかけていた手をとめ、黙ってバーバラの顔を見つめた。

「チャイニーズマフィア同士の抗争が起こり、大勢の仲間が殺されて、そして、ひとり生き残ったあの子は、今なお警察に追われて逃げ回っている。テレビで、そう告げるニュースを観たの。貴里子、あなたたちがあの子を追いかけてるのね？」

「はい、今も部下が彼の足跡を全力で探し回ってます」

「警察が捕まえてくれれば、まだ命は助かる。ニュースを観て、そう思った」

「でも、それならば――」

「わかってる。あの子を逮捕するには、ヴァイオリンが必要だと言いたいのね。でも、ごめんなさい。私にはそれはできない。私は一度、あの子のことを見捨ててる。二度目は、無理」

「よく考えてください、バーバラ。今、あなた自身が言ったように、チャイニーズマフィアに見つかれば、間違いなく朱栄志は殺されます。弟さんを護るには、警察に引き渡すのが一番だとわかるでしょ」

「理屈ではわかるわ。でも、無理。あなたが言うのは、ヴァイオリンを餌にしてあの子を釣り出すってことでしょ。私にはできない。そんな、あの子を裏切るような真似」

「バーバラ――」

「ごめんなさい、貴里子……」

バーバラは自分を落ち着けるようにゆっくりと息を吐くと、クリームの空カップを小皿に戻した。

ティーカップに指を添えたものの、口に運ぼうとはせずに貴里子を見た。

「ヴァイオリンの中を見たんでしょ」

「ええ、見ました」

「何と書いてあったの?」

貴里子は答えるのを躊躇(ためら)った。

今やヴァイオリンはバーバラの手にある。わざわざここで尋ねなくても、自分たちで確かめれば済むことだ。

「いいから。答えてちょうだい、貴里子」

促され、貴里子はゆっくりと口を開けた。「『親愛なる我が娘、バーバラへ。朱徐季』とありました」

バーバラの顔から血の気が失せた。

だが、下唇を僅かに内側に引っ込めて前歯で噛み、静かに深く何度か呼吸することで、平静な顔つきを保ち続けた。

「孫娘ではなく、『娘』とあったのね?」

重たいものを載せて無理やり抑えつけたような声だった。しかも、微かに震えている。

「はい、そうです」

バーバラは目を閉じ、開き、低い声で呟いた。「やはりそうだった……」

「このことは、決して外部には漏らさないようにします」

「ありがとう」

「やはり、と仰るのは、予測していたんでしょうか？」

思いきって訊く貴里子を前に、バーバラはゆっくりとティーカップを口に運んだ。苦い薬でも服むような顔で飲み下す。

「母の異常な愛情の原因、いいえ、異常なヴァイオリンへの執着の原因が、これではっきりわかったと言ってるの。あの人は、夫の父親である男の子供を身ごもった自分が許せなかったのよ。そんな自分の汚らわしさを拭い去るため、ひたすらに私を一流のヴァイオリニストへと育て上げることに執着したんだわ」

「――――」

「知っているかしら。父は癌で、長いこと闘病していたの。結婚して二年目に発病し、肺を半分取ってしまった。でも、リンパへの転移が見られて、投薬と放射線の治療も並行して行うようになったの。私が生まれたのは、その二年後で、朱栄志はそれからさらに四年して生まれたのよ。実はね、貴里子。私のCDのライナーノートには、父が自動車事故で死んだとあるけれど、あれは正確じゃないの。父は、事故で死んだわけじゃない。自殺したのよ。私が、五歳の時だった。家のすぐ傍を流れる川に、車ごと飛び込んだの。その時、助手席には母が坐っていた」

「つまり、無理心中を……」

「ええ、そう。警察はただの事故として処理したけれど、私はそう思ってる。母は自力で車から這い出して、九死に一生を得たわ。でも、父は助からなかった」

「――お母様は何と言っていたんですか？」

「事故だと言い続けたのは、母よ。でも、私、怖い顔でじっと私を見つめていた父を覚えてる。亡くなる前、随分長い間ずっと、父の様子は変だった。家で燻っていることが多くて、早い時間からお酒を浴びるほどに飲んで酔っぱらうようになった。言い争う両親の姿をよく覚えているわ。もちろん、何が父をそんなふうに変えたのか、両親がなぜ言い争いをするようになったのか、まだ四、五歳の少女だった私には何もわからなかった。私がその理由に思い当たったのは、つい最近になってからよ。友人のソリストのひとりがやはり癌になり、たまたま父と同じ治療を行い始めたの。この友人から、こうした治療を施すと、放射線と投薬の影響で無精子症、つまり、子供のできない体になる危険性が高いと教えられたの。おそらく父も、自殺する何ヶ月か前にそのことを知ったんだわ。そして、はっと思い至ったんだと思う。アメリカでは、癌の治療にもの凄くお金がかかるの。父が病気になってから、私たち家族のことを気にかけてあれこれと相談に乗ってくれたのは、長いこと父と絶縁状態になっていた祖父の朱徐季だった」

「──」

「私、朱徐季のことはよく覚えてるの。父が亡くなってからも、年に何度か、私と弟にお土産を持ってやって来た。母は手料理で徐季をもてなしたわ。時には外に食事に出ることもあった。そんな時には、私たちが一度も入ったことがないような高級料理店に連れて行って貰えた。ヴィオリンを手渡された時のことは、特によく覚えてる。その時、私たちはロスのダウンタウンに住んでいて、ロデオドライブにある最高級ホテルへ家族で呼ばれて行った。栄志も一緒だったわ。そのホテルのスイートルームで、背広姿の大勢の男たちに囲まれて、あの人が待っていた。私はあの人に手招きされても、臆して近づくことができなかった。そんなふうに大勢の男たちに囲まれた祖父が、自分たちとはえらく遠い、そして、恐ろしい人に感じられてならなかったの。あの人のことを怖いと思ったのは、その時が初めてよ。母に促されて近づくと、あの人は私に何か優しく声をかけてくれた。そして、これは記念のお祝いだと言って、莫山作のヴァイオリンをくれたの。今から思えば、栄志もあの時のあの人を見て、きっと何かを感じたのね。私とは違う何かを。そして、やがてあの子はあの人の傍に、自分の居場所を求めるようになったのよ」

「バーバラ」貴里子は思いを込めて呼びかけた。「もう一度お願いします。朱栄志の逮捕に協力してください」

バーバラの目の中を躊躇いが過ぎったように見えた。だが、それはほんの微かなもので、ゆっくりとティーカップを口に運んで戻す間に打ち消されてしまった。

「ごめんなさい、貴里子。それはできない。もう、そう言ったでしょ」

「気持ちはわかります。でも、あなたの弟は、多くの人間を殺害したチャイニーズマフィアのボスなんですよ」

「だから、あなたに協力し、弟を罠にはめろと言うの？　貴里子、それはできない。私たちは姉弟なのよ。栄志が祖父である朱徐季の元へ行くと言った時、私はあの子を見捨てたの。私と母を残して中国に渡ろうとするあの子を、とめなかった。そればかりか、内心では、これで厄介払いができると思っていたのかもしれない。たぶん、もっとずっと大昔から、心のどこかで弟を見捨てていたんだわ。私は母の愛情を失うのが怖くて、自分ひとりが母のお人形のように可愛がられていたかった。そのためにヴァイオリンを努力すればするほど、私と弟の間は離れていった。私にはできない。ごめんなさい、貴里子。あなたの言うことは理解できる。そして、協力をすべきだと思う。でも、私にはそれはどうしてもできないの」

特捜部の部屋は静まり返っていた。両手を頭の後ろで組み、パソコンデスクに両脚を載せて坐る柏木の背もたれが、体重を受けてぎしぎしとしなる音が聞こえるだけだ。

その隣では、柴原がパソコンと睨めっこをしていた。最近、捜査の空き時間にパソコンを覗き、データベースで何か検索することが多くなった。それで時折、捜査のヒントを見つける時があるので、今も一縷の望みを託しているのだろう。

沖は二本目のたばこに火をつけた。

貴里子が署長室でバーバラ・李と話しているが、ヴァイオリンは夫のマーク・ウエスラーが持って帰ってしまった。貴里子が説得に成功し、ヴァイオリンを取り戻せる可能性は極めて低いと認めざるを得なかった。

強引に圧力をかけようにも、ウエスラーは知事の友人であり、しかもテキサスの石油王という実力者だ。つまり、ヴァイオリンを餌にすることはもう諦め、何か他の策を探るしかないのだろうか。

とにかく、このままでいいわけはない。今が朱栄志をこの手でパクる、最高のチャンスなのだ。

たばこを揉み消して立ち上がると、柏木がこちらに顔を向けた。

「どうするんだ？」

「ここにいても仕方がない。もう一度、チャイニーズマフィアに詳しい街の情報屋に当たりを取ってくる」

沖は柏木と目を合わせないようにして答え、壁際に立つ上着掛けへと歩いた。

そこで携帯が鳴った。取り出して見ると、ディスプレイに新田の名前があった。

「新田だ。署長はどうした？」

新田は急(せ)いた口調で、挨拶もなく尋ねてきた。

「今、バーバラ・李と話してる。どうしたんだ？」

「うむ。実はな、幹さん。あんたに確認したいことがあったんだ。今から住所を言うぞ」

と前置きし、江東区有明(ありあけ)の番地を告げた。「そこにあるゴルフ練習場に、心当たりがあるか？」

沖はすぐに「あ」と小さく声を漏らした。

「もちろんだ。三年前に朱栄志が騒動を起こした場所だ」

考えるまでもなかった。三年前、朱栄志と銃撃戦になり、あと一歩のところで取り逃がしてしまった。それがこのゴルフ練習場なのだ。朱栄志はここに共和会の幹部と新宿に縄張りを持つ組の責任者たちを招いた挙げ句、孟晃久(モン・ファンジウ)という五虎界(ウーフジェ)の大物を自らの手で殺害した。ここの経営者はチャイニーズマフィアと関係の深い男だったが、この事件に関連して逮捕され、練習場は閉鎖された。今なお閉鎖中のはずだ。

「やはりな」

「そこがどうしたんだ？」

「朱栄志が業平橋付近で盗んだ車が、この練習場で見つかった」

「何だと。ほんとか」

沖の頭にスイッチが入った。

「ああ、間違いない。付近を巡回していたパトカーが、閉鎖された練習場の駐車場に停めてあるのを見つけたんだ」

「海だ！」沖は声を上げた。「あの時も朱栄志は、ゴルフ練習場の裏手に、逃走用のボートをつけてた。今回も、同じ手を使ったにちがいない。誰か手下に連絡を取って船を用意し、そこで合流したんだ」

「よし、わかった。すぐに湾岸署と海上保安庁に連絡する」

「俺たちもすぐに合流する」

沖は柏木と柴原に目で合図を送りつつ、そう告げた。ふたりともじっとこっちを見つめ、電話のやりとりに耳を澄ませていた。

「車内から何か手がかりは？」

「いや、それはなかった」

沖は目を閉じ、意識を集中した。朱栄志は油断のならない男だ。何が本当の手がかりで、何が目くらましかわからない。

「新さん、陸上の警戒も緩めないほうがいい。やつは頭の回る男だ。わざと車を発見させ、海上に逃げたと思わせてるだけかもしれない」

「大丈夫だ。充分に注意してかかる」

携帯を切ろうとしたところで、電話の向こうの様子が変わった。

「ちょっと待ってくれ。何か出たようだ」

新田は口早に告げ、それほど経たずに再び電話口に戻ってきた。

「手がかりが出たぞ。車の周辺を探っていた捜査員が、側溝の中に落ちてた携帯電話を発見した。どうやらリースしたものだな。リース会社の社名がある」

持ち主は、日本国内用の携帯を、常時使う人間じゃないということか。

「こっちで調べる。その社名と携帯の番号を教えてくれ。それから、最後に通話した時間と相手の番号もだ」

沖は柴原を手招きしつつ、訊いた。

柏木と柴原が心得顔(こころえがお)でそれぞれ電話の前に陣取る。

新田が言うのを沖が復唱すると、柏木が携帯電話のリース会社に、そして柴原が最後の通話先へとかけた。

「わかったぞ。一昨日、成田空港のカウンターで借り出された携帯で、契約者はボビー・呉(ウー)という中国系アメリカ人だ。今、パスポートのコピーが来る」

柏木が言い、ファックスへと走る。

ほぼ同時に、柴原も通話を終えた。

「わかりました。通話先は帝国ホテルです」

「何――？　帝国ホテル？」

沖は思わず訊き返した。頭の中に、疑惑の黒雲が広がっていた。マーク・ウエスラーとバーバラ・李の夫婦は、帝国ホテルに泊まっている。

「ファックスが来たぞ。これが呉だ」

柏木に手渡された顔写真を見て、沖の疑惑は確信に変わった。

それは陳莫山の家の前で偶然にバーバラ・李と出くわした時に、車を運転していたボディーガードの男だった。

「署長室に行くぞ」

走り出そうとする沖を、パソコンデスクから立った柴原が慌ててとめた。

「待ってください、幹さん。実は俺、気になったことがあるんです。朱栄志をパクれるかもしれない。署長と話す前に、ちょっとこの画面を見て貰えませんか？」

バーバラは席を立ち、貴里子に右手を差し出した。

「美味しい紅茶をありがとう。それに、ヴァイオリンを取り戻してくれて、ほんとに感謝してるわ」

仕方なく握り返した貴里子を残し、出口へと向かう。

「ちょっと待ってください、バーバラ。私にはひとつ、やっぱり腑に落ちないことがあるんです」

貴里子は、部屋を出ようとするバーバラを呼びとめてそう切り出した。

「なあに？」

「ヴァイオリンのラベルに書かれた文字は、あなたが朱徐季の娘であることを示すもので、朱栄志と朱徐季の血の繋がりを、直接証明することにはなりません。それなのに、なぜ朱栄志はそれを必死で手に入れようとしているのでしょうか？」

「――――」

バーバラは、初めて答えを躊躇った。

凛とした態度の中に、細かいひび割れが走ったような気がした。

――これは、いったい何なのだろう。

「あなたには、私が今した話の意味がわからなかったのかしら。父は、子供ができない体だったのよ。弟の栄志も、そのことを確かめて知っていた。その上で、あのヴァイオリンを探し始めたの。もちろん、ヴァイオリンを手に入れるまでは、そこに何が書かれているのかはわからない。でも、少なくとも私が朱徐季の娘であることがはっきりすれば、その弟である自分もまた朱徐季の息子であると主張しやすくなる。それに、そこには朱徐季と栄志自身が父子であることを示唆する何かが書かれている可能性だって否定できない。きっとそう思ったんでしょ」

　いつもの凛とした口調ではあったが、微妙に歯切れが悪かった。そして、それを隠すために腹立たしげな早口を装ったような気がした。

　貴里子のそんな印象は、バーバラがドアの向こうに姿を消し、部屋にひとりになるとともに一層強まった。

　それは彼女に、段々と嫌な感じをもたらせた。

　――もしかしたら自分たちは、今度の事件の第一歩から、何か大きな思い違いをしていたのではないだろうか。

　ふっとそんな疑問が湧き、頭に根を下ろしはじめていたのだ。

　――正しい第一歩を本当に踏み出せていたろうか。

　貴里子はテーブルのカップやシュガーなどを盆に載せ、キャビネットの上へと移した。そこに置いておけば、翌朝、絵梨子が綺麗に洗ってくれる。

　そうやって体を動かしながら、砂浜の砂を掬い上げるかのように、ゆっくりと事件の発端に思いを馳せた。今度の一件は、来日したマーク・ウエスラーが知事の有馬栄太郎を通じて貴里子を呼びつけ、三年前に盗まれた妻のヴァイオリンを極秘裏に探して欲しいと頼んできたことから始まった。その直後に、朱栄志が沖の父親を拉致し、ヴァイオリンが見つかったら自分に引き渡せと要求してきた。

はっきりとした事実は、そのふたつだけなのだ。

朱栄志が五虎界の中で確固たる地位を摑むためにヴァイオリンを探しているという点については、あくまでも伝え聞いただけであって、推論の域を出ない。それなのに、何の疑いを差し挟むこともなくここまで来てしまったとはいえまいか。

——何かが違う。

はっきりと道筋を追って考えることはできなかったものの、そんな強い予感が走った瞬間、ドアに忙しないノックの音がした。

答えも待たずに引き開けられたドアから飛び込んでくる沖を、貴里子は反射的に睨みつけた。柏木と柴原も一緒だった。

「バーバラは?」沖がすごい形相で訊く。

「たった今、引き上げたところよ。三人そろって、いったいどうしたの?」

「業平橋付近で盗まれた車が、有明のゴルフ練習場で見つかりました」

「有明の練習場?」

「そうです。三年前に、朱栄志と銃撃戦になったあのゴルフ練習場ですよ。あの後、閉鎖され、今なお使われていません。しかも、乗り捨てられたその車の傍から、リースの携帯電話が見つかりました。契約者はボビー・呉という男で、我々が陳莫山のところでバーバラと出くわした時に、彼女の車を運転していたボディーガードです」

「――そうしたら、バーバラが弟の朱栄志を逃がすのに手を貸していると言うの？」

「いや、俺の考えは、少し違う。この携帯から最後にかけられた先は、帝国ホテルでした。バーバラはさっき、空港から直接この分署に来たと言った」

「――ホテルにいたのは、夫のマーク・ウエスラーね」

「ええ、そうでしょう。今朝もウエスラーのほうは、ホテルでくつろいでいたんでしたね。それから、もうひとつ。ヒロのやつが、パソコンであれこれウエスラーとバーバラのことを調べているうちにわかったんですが、今、晴海の客船ターミナルには、《ゴールデンアロー号》という豪華客船が停泊してます。ウエスラーは、この客船を所有する船舶会社の大株主なんですよ。年の離れた妻に頼み込まれれば、その弟を逃がす手助けをする可能性は充分に考えられる。そう思いませんか？」

「確かに。それに、晴海ならば、有明から東京湾を渡ればすぐだわ」

貴里子は逸(はや)る気持ちを抑えて、慎重に言った。

「三年前も朱栄志のやつは、あのゴルフ練習場の裏手にボートを用意していて、そこから海に逃げました。新田が湾岸署と海上保安庁に連絡しましたが、不審なボートを発見したという報告は、まだありません」

柏木が指摘する。

「呉が帝国ホテルに電話した時刻は？」

「今から一時間ほど前です」

柴原が答えた。

「その豪華客船の出航予定は？」

「明日の午前中には、晴海を離れて香港に向かいます」

柴原がさらにそう答えるのを待ちきれない様子で、柏木が言葉を重ねた。

「外国籍の船です。きちんとした令状がなければ、中を探せない」

意気込みの中に、どこか投げやりな響きが混じっていた。

貴里子は躊躇わなかった。

「わかったわ。緊急案件として令状を取りましょう」

柏木が両目を見開き、この男らしからぬ戸惑いを顔に滲ませた。

「立場上、それでいいんですか？」

令状を請求し、ウエスラーが大株主を務める船の内部を捜索すれば、必ず畑中文平の耳に入る。そして、知事の有馬栄太郎の耳にもだ。もしも見込み違いだった場合には、降格だけでは済まないだろう。もう、警察官ではいられなくなるということだ。

貴里子は柏木の目を真っ直ぐに見つめ返した。

「私を青っちょろいキャリアだと思っているのならば、大間違いよ、カシワさん。決して朱栄志を逃がしはしないわ」

およそ一時間後、K・S・Pから走り出た車の後部シートに、沖は貴里子と並んで坐っていた。柴原がハンドルを握っている。柏木は既に仲柳を連れて先乗りし、新田たち二課の刑事たちと一緒に客船ターミナルを見張っていた。

車は新宿通りから内堀通りを走り、晴海通りに入った。銀座を抜ける時だけ軽い混雑に巻き込まれたが、歌舞伎座を越えた辺りから車の数が減り、飛ぶような勢いで勝鬨橋（かちどきばし）を渡った。

さらに黎明橋（れいめいばし）を渡り、晴海センタービルの角を右に曲がって晴海通りから外れた。そこから先は、朝夕の倉庫に向かう運搬車以外にはほとんど車の通行のない通りで、十時近い今はしんと静まり返っていた。点々と灯（とも）る街灯が、だだっ広く感じさせる片道二車線の舗装道路の両側に立つ倉庫や商業ビルの味気ない外観を照らし出している。

ここに至ると、左右ともに建物をいくつか越えた裏側は運河だ。向かって左側の晴海運河は、幅が五百メートル以上あり、そこに面した晴海埠頭（ふとう）には大型の客船も接岸できる。

晴海見本市会場前のゆったりとしたカーブを曲がり、晴海運河に近い通りへと入った。倉庫の建物を二、三棟過ぎた先に、晴海客船ターミナルの白い建物が見えた。

税関のある入国ロビーの先に、展望台の巨大なとんがり屋根を乗せた六階建てのビルが聳（そび）えている。

ビルのすぐ手前にある路線バス乗り場に差し掛かったところで、ビルの陰の目立たない場所から小さく合図を送ってくる柏木が見えた。ビルの一階に入った駐車場の出口付近だった。

沖は柴原に命じて車を駐車場に入れさせ、中を徐行で進んで出口付近を目指した。駐車場は車道以上にがらんとしており、車はほとんど皆無だった。客船ターミナルに隣接する晴海ふ頭公園に、夜間に車で訪れる人間たちは、大概がこんな所に駐車せずに路駐で済ませる。

出口のすぐ手前に車が数台、適度な距離を置き、無関係を装って停まっており、その一台の脇に新田と柏木が並んで立っていた。

柴原が一台分空けた隣にバックで車を入れる。

「御苦労さんです」

新田は車を降りた貴里子に低い声で言って、頭を下げた。沖のほうには目顔で頷き、すぐに貴里子へと顔を戻して報告する。

「部下を三人、船が見える位置に配置してます」

「それで、どう。何か動きはあった?」

「いえ、今のところはまだ、朱栄志らしき男が出入りした様子はありません。夜遊びに繰り出していた船の泊まり客たちが、時々路線バスやタクシーで戻ってきては乗船してますが、怪しい人間は混じっていませんでした」

　沖はスキンヘッドを撫で上げた。盗難車が見つかった有明のゴルフ練習場から晴海まで、ボートを飛ばせば十分とかからない。あそこでボートを調達してすぐに晴海を目指したとすれば、警察が盗難車を発見する遥か以前に、船内に逃げ込んでいたことになる。

　だが、それならば袋の鼠だ。今度こそ、朱栄志を追い詰めてやる。

「仲柳はどうした？」

　ふと気づいて、柏木に訊いた。

「二課のデカと組ませて、ターミナルの周辺を見晴らせてるよ」

　貴里子が黙ってひとつ頷くと、沖たち全員の顔を見渡した。

「船内の捜索に入るわ。カシワさん、ターミナルの周辺を見張ってる仲柳さんたちふたりを呼んで、彼らには下から船の周辺を見張るように指示して。現在、船を見張ってる三人には、私たちと一緒に船内の捜索に当たって貰います。朱栄志は、武器を携帯している可能性が高いわ。全員、細心の注意を払ってちょうだい」

「船内の客はどうするんです？」

　新田が訊く。

「船長に協力を要請し、自室のキャビンに入っていて貰う」

「わかりました」

新田と柏木が、それぞれ携帯で指示を伝える。

「行きましょう」

貴里子は男たちの先頭に立って歩き始めた。

駐車場から建物のエントランスを入り、エレヴェーターで二階に上った。

この時間には、税関も閉まっている。静まり返ったロビーを抜けて表に出ると、白い巨大な船体がぼうっと夜の闇に浮かんでいた。ちょっとしたビルぐらいの大きさはある。喫水線より下の部分も含めれば、K・S・Pの建物ふたつ分か三つ分はあるだろう。

船のエントランスへと続くステップを上った先に立つ船員が、乗船客ではない人間が連なって上がってくるのに何事かという顔を向ける。金髪で背の高い三十前の若者だった。

貴里子はその船員の前に立つと、警察手帳をはっきりと呈示した。

「警察です。逃亡中の凶悪犯を見つけるために、これから船内を調べます。責任者を呼んでください」

沖は流暢な英語で告げる貴里子の横から、長身の男の顔の前へと家宅捜索令状を突き出した。何が書いてあるか読めないだろうが、威厳は充分に伝わったはずだ。

金髪の船員は沖の手の令状をまじまじと見つめたあと、英語で何か抗弁したが、貴里子にぴしゃりとはねつけられ、手振り混じりにここから動かないようにと告げて奥に走った。

沖たちはいくらか移動し、エントランスから中を覗いた。

そこは高級ホテルのロビーと何ら変わらなかった。二層分が吹き抜けになった天井が高い。レセプションニングカウンター、キャッシャー、インフォメーションデスクなどが並び、ゆったりと置かれたソファの真ん中には光のモニュメントがある。ピアノバーでは、今もピアノの演奏が行われており、数人の客が演奏を楽しみながら酒を飲んでいた。

やがてさっきの金髪の若者が、沖の目にはシルバーグレイと呼べばいいのかただの白髪なのかわからない中年の小柄な男を連れて戻ってきた。

「チーフパーサーのジャッキー・ベシェットです。どういった御用件でしょうか？」

気取った足取りで近づいてきた小男がそう問いかけるのに、貴里子は辛抱強く同じ説明を繰り返した。

その後、沖には何と言っているのかよくわからない言葉の応酬があった。金髪の若者を相手にしていた時よりもずっと激しいものだったが、貴里子は一歩もあとには引かなかった。

「あなたじゃ話にならない。ホテル部門の総責任者を、いえ、船長を呼びなさい。私が持っているのは家宅捜索令状で、法的な強制力を伴います。どうしても船内の捜索に応じられないならば、あなたたちを逮捕します」

最後に吐きつけると、チーフパーサーと名乗った小男の顔が引き攣った。

現れた時とは打って変わったせかせかとした足取りで戻ってゆく男は、二十日鼠やハムスターを連想させた。

男はピアノバーへと走り、丸く置かれたソファに坐る制服姿の西洋人に何か耳打ちを始めた。その向かいに坐るふたつの人影へとなんとなく視線を移し、沖は思わず目を凝らした。

距離も離れていたし、大柄な西洋人の体に隠れていることもあり、まだ確信は持てなかった。

だが、じきにそろってソファを立つとともに、全身が見えた。

マーク・ウエスラーとバーバラ・李に他ならなかった。

柏木が呻(うめ)くように低い声を漏らす。

沖は反射的に貴里子を見た。彼女は刺すような鋭い目でウエスラーたちを凝視していた。

小男が、ウエスラーたちを伴ってこっちに近づいてきた。制服姿の大柄な西洋人も一緒だった。

「私が船長のカーターです」

大柄な男が名乗るのに会釈を返すだけで、貴里子はウエスラーたちから決して視線を逸らさなかった。考えるまでもなく、明白だった。彼らはここに朱栄志を匿(かくま)っている。

「なぜこの停泊中の船においでなんですか?」

ふたりを均等に見て訊いた。そうすることで、わかった。自分はウエスラーに対してよりもむしろ、バーバラに腹を立てていると。さらには、どこか理屈を超えたところで、バーバラに対して強いシンパシーを覚え続けていたことを改めて知った。だからこそ、腹立たしくてならないのだ。

「なあに、この船のシェフは、私のお気に入りでね。それで、船が日本に停泊するのを知って、食べてみたくなったんだ。軽い食事を終え、船長と歓談していたところです。それより、あなたたちこそどうしたんですか？」

口を開いたのは、ウエスラーのほうだった。ゆったりとくつろいだ笑みを浮かべて言った。

貴里子は沖に目配せし、再び家宅捜索令状を呈示させた。この場に怒りは必要ない。ひたすらに捜査を続ければいい。

「チーフパーサーにお聞きにならなかったでしょうか。この船を、捜索します」

「何のために？」

「朱栄志を探します。彼の盗んだ車が、この晴海埠頭から運河を隔てたすぐ近くで見つかりました。我々は、彼が誰かの協力を得て、ボートで運河を渡ったものと考えています」

貴里子は静かに切り出した。

バーバラはほとんど表情を変えなかったが、ウエスラーは違った。微笑みを消し、両目を吊り上げた。

「失敬な。それじゃあなたは、我々が彼を手助けし、この船に匿ったと言うのかね。考え違いも甚だしい。このことは、すぐに栄太郎に連絡するが、構わんのだろうね。栄太郎から警察に連絡が行く。きみはもう終わりだぞ」

南部男の血が騒ぎ始めたらしい。英語の発音までが、いつものスマートで美しいものから南部訛へと変わっていた。教育によって身につけたものが、怒りの炎で剝げ落ちたのだ。

「朱栄志が盗んだ車の傍からは、携帯電話が見つかりました。先日、陳先生の家の前で我々が偶然にバーバラと出くわした時、車を運転していた男が成田空港で借りたものです。男の名前は、ボビー・呉です。間違いありませんね」

ウエスラーの顔に動揺が走る。

「知らん。私は何も知らないぞ」

「その携帯が最後にかけているのは、あなたがた御夫婦の滞在先である帝国ホテルでした」

「そんな馬鹿な……」

「ミスター・ウエスラー。我々は警察官として正しいと思うことをするだけです。それで刑事を続けられないと言うのならば、私のほうから辞表を書きます。警官が正義を追求するのは、あなたの国もこの国も同じです」

「私は断じて許さないぞ」

呟くように言うウエスラーの声には、もう威厳は残っていなかった。

「拒否する権利はありません」

貴里子はきっぱりと言い放った。

「やればいい。私はどうなっても知らないからな」

そう吐き捨てるウエスラーからバーバラへと視線を移した。

「あなたも宜しいですね、バーバラ」

「わかったわ、どうぞ」

バーバラは言葉少なに応じただけだった。ウエスラーよりも冷静で落ち着いて見えた。

「やりましょう、幹さん、カシワさん、新さん。みんなお願い」

貴里子が沖たちを見回して命じた時だった。乾いた破裂音が聞こえ、一瞬にして辺りに緊張が走った。

銃声だ。

続けざまに数発、空気を劈く。

貴里子は耳に神経を集めつつ、顔を周囲に回した。

「外だ」

沖が声を上げ、床を蹴って真っ先に走り出した。柏木たちが追う。

「何だ、銃声なのか――」

「ウエスラーさん、あなたたちはここを動かないでください。バーバラ、あなたもです」

貴里子は誰にともなく答えを求めるウエスラーを手で制し、自らも沖たちの背中を追って走り出した。

デッキに飛び出るとともに、急ブレーキと重たい衝撃音が重なった。

巨大客船のメインデッキは、ビルの三階とか四階の高さにある。足下遠くに見える埠頭で、車が一台、鼻先をぺしゃんこに潰して停まっていた。客船ターミナルの太い脚柱に突っ込んだのだ。屋内駐車場への入り口付近だった。フロントガラスが粉々に割れ、潰れたボンネットから煙が出ている。

それとは別の車が二台、柱に突っ込んだ車の後ろに一台と少し先に一台停止して、中から男たちが飛び出そうとしているところだった。

「白嶋――」

沖が大声を出した。貴里子にも、前方に停まった車の後部シートから一番最後に降りた男がそうだと見て取れた。

「栄志……」

いつの間にやらデッキに出ていたバーバラが、か細い声で呟いた。

貴里子が見ると慌てて口を閉じかけたが、思い直した様子で貴里子の腕を摑んで引いた。

「貴里子、お願いよ、栄志を助けて。あの男たちに殺させないで」

旅客ターミナルの二階ロビーとの間を繋ぐものとは別に、埠頭に直接降りられるタラップがあった。沖がそこを駆け下りる。新田とその部下、さらには柏木も続く。

貴里子も銃を抜いてそのあとを走り降りた。

だが、間に合わなかった。

柱へ突っ込んで停まった車へと近づいた男たちが、運転席に銃口を向けて発砲を始めた。恨みなのか、それとも朱栄志というチャイニーズマフィアを弾いて自分たちの名が上がることへの興奮のためか、雨霰と銃弾を注ぐ。

「全員、銃を置け。逮捕する」

沖が叫んだ。

体の向きを変えて銃口を向けてくる男たちを狙い、沖たちの銃が火を噴いた。

三人がその場で頽れ、あとの二人は自分たちが乗ってきた車のほうへ、さらにひとりは埠頭を晴海ふ頭公園の方角を目指して逃げ出した。

「おまえらはそっちを頼む」

沖は車へ逃げた連中を柏木や新田たちに任せ、自分は埠頭を逃げる男を追った。

「銃を捨てて手を上げろ！」

「地面に伏せろ！」

柏木が、新田が、口々に叫ぶ。銃の狙いを両手でぴたっと定めつつ迫る。

既に三人射殺されている。そのことが男たちを怯えさせたにちがいない、車に滑り込む直前に銃を突きつけられ、二人そろって硬直した。

「銃を捨てろと言うのが聞こえんのか！」

柏木にどやしつけられ、男たちは右手の銃を足下に落とした。

白嶋だけは別だった。

元々車からそれほど離れずに成り行きを見守っていただけの白嶋は、するりと運転席に滑り込んで車をスタートさせた。

見る見る速度を上げると、逃げた男を追って埠頭を走る沖に迫った。

体を投げ出すことで辛うじて避けた沖の横をかすめ、埠頭の先へと走る。

だが、そこは公園の柵で行き止まりだ。

鼻先を回して戻ってくる。

「幹さん、どいて！」

体を投げ出した拍子に右肩を打ちつけ、苦痛に顔を歪める沖の横に立つと、貴里子は迫り来る車に銃口を向けた。

フロントガラスの中の白嶋の顔が、刻一刻と大きくなる。

こっちを見つめる目に、冷酷な光がある。

貴里子は足を肩幅に開いて腰を落とした。

肩の力は抜き、手首から先にだけ力を集めるようにして両手を突き出し、引き金に人差し指をかけた右手を左手で支える。

白嶋がふてぶてしく唇を歪める。

その目に確かな殺意があるのを見た瞬間、貴里子は引き金を引き絞った。

フロントガラスに弾痕が穿たれ、同時に白嶋の額に黒い焦げ跡が生まれた。

頭部が背後に仰け反った。

反動でハンドルに上半身を伏せ、運転席のドアの側へと体が傾ぐ。

前輪が右を向き、車は埠頭を飛び出して、ねっとりと黒い闇を宿した夜の海の中へと突っ込んだ。


「大丈夫か？」

沖は銃を仕舞う貴里子に訊いた。

「私はもちろん大丈夫よ。あなたは？」

「ああ、何でもない」

ふたりは柏木たちのほうへと移動した。

新田の部下が、手錠をかけた男たちを連行する。新田と柏木は、旅客ターミナルの太い柱に追突して停まった車へと向かおうとしていた。

中を覗き込み、ふたりそろって動きをとめた。

「これは、どういうことだ……。署長、これは朱栄志じゃありません！」

新田が言うのを聞き、沖たちは慌てて車に走り寄った。

運転席でハンドルに身を突っ伏して死んでいる男が見えた。背広姿のがっちりとした大男だった。両手をガムテープでぐるぐる巻きにされ、ハンドルに固定されている。

「くそ、朱栄志じゃない。これは、バーバラのボディーガードの呉だ」

沖は低い声に怒りを滲ませた。

「見てくれ、これを。ブレーキが踏めないようになってる」

死体の足下を指差して指摘した。ブレーキペダルの下に缶コーヒーを挟み、こっちもガムテープで固定してある。

沖と貴里子は、ふたりそろって視線を感じ、振り返った。

思いがけないほど近くに、ウエスラーにつき添われたバーバラが立っていた。

「栄志は……？」

貴里子は静かに、しかしはっきりと首を振った。

「いいえ、車にいたのは、朱栄志ではありません。あなたがたの雇ったボディーガードの男です」

「何ですって……」

バーバラが絶句した。同じく言葉をなくした様子で佇むウエスラーを見上げる。

沖は奥歯を噛みつつ、一度深く目を閉じた。

視線を夜の海へと、そして梅雨雲で黒く濁った空へと転じた。

握り締めた手の中から、さらさらと砂が流れ落ちていくような感覚があった。

何ということだ……。

朱栄志は、またもやどこかへ消え失せたのだ。

15

翌日、貴里子は沖とふたりで帝国ホテルを訪ねた。フロントデスクでウエスラーの部屋に取り次いで貰って上がった。部屋にはマーク・ウエスラーとバーバラ・李のふたりが、そろって待っていた。

「ま、どうぞ。そちらにお坐りになってください」

ウエスラーがソファを指し示したが、歓迎されている空気はなかった。滲み出ている疲労は本物だろう。しかし、それを際立たせることで、長居をせずに帰るようにと促している感じがした。

バーバラがそれぞれに飲み物の好みを訊き、貴里子も沖もコーヒーを望んだ。

彼女は冷蔵庫のミネラルウォーターをコーヒーメーカーに入れ、コーヒー豆をセットして電源をオンにした。カポカポとコーヒーが入るのをすぐ横に立って待ち、その間にソファに坐ることはなかった。

貴里子たちの向かいに坐ったウエスラーのほうは、彫像のように表情ひとつ動かさず、ただじっと黙って腕組みをしていた。どうやら今朝は、社交性を発揮するつもりも、相手に発揮させるつもりもないらしい。

コーヒーカップを盆に載せたバーバラがやって来て、それを貴里子たちの前に置いた。ウエスラーは氷を入れたグラスでコーラを、バーバラ自身は水を飲んでいた。

「それで、お話とは何ですか？」

ウエスラーが言った。「ボディーガードの呉がなぜあんなことになったのか、私たちにはまったく見当がつきません。もう、そのことは、昨夜の時点で何度もお話ししたはずです。私も家内も、あんなことがあって疲れてましてな。まして、家内のほうは、午後一番で博多へ発たなければならない。これから数日間に亘り、六つの都市でコンサートが開かれるんです。そんな事情ですから、色々と面倒な話題を蒸し返すようなことだけは、もう勘弁してくださいよ」

静かで礼儀正しい口調だったが、先手を打って何も話させまいとしているのが明白だった。

　昨夜の話題を蒸し返しても始まらないことは、貴里子自身もよくわかっていた。呉が自分の意思で動いたわけがない。命令を受け、朱栄志（チュー・ロンジー）を迎えに行ったにちがいない。だが、本人が死んでしまい、朱栄志の行方も知れない今、それを証明することはできない。ウエスラーも、それをわかって言っている。

　しかし、話はそれで終わったわけではないのだ。

「昨夜の件を蒸し返すつもりはありません。最後にもう一度、ヴァイオリンの話を聞かせて欲しいんです」

「何を話せと言うんです？」

「朱栄志がなぜヴァイオリンを入手しようとしていたのかが、やっぱりよくわからないんです。その理由を、今度はおふたりにそろって確かめたくて伺いました」

　貴里子は躊躇（ためら）いなく切り出した。バーバラとウエスラーの双方に、注意深く視線を注いでいた。

「なぜ今さらそんなことを。それはもう、昨夜、妻がお話ししたはずだ。朱栄志は、朱徐季（チュー・スーチー）というチャイニーズマフィアのボスとの血の繋がりを証明したかったんだ。だが、それはおぞましい出来事です。我々は、既に天国に召されている妻の母親を汚すような真似を、これ以上したくないんです。ですから、そんな話を持ち出すのもやめていただきたい」

再び口を開いたのはウエスラーのほうで、バーバラはその隣に黙って坐るだけだった。

断固とした拒絶には、この男が多くの商売相手や部下たちを相手にするうちに育まれたにちがいない威厳が満ちていた。貴里子は気圧されるものを感じたが、腹の底に力を込めた。

「朱栄志は、本当にそういったことのために、ヴァイオリンを手に入れようとしていたんでしょうか？　私には、それが疑問なんです」

「何を言っているんだ、きみは。最初にきみにヴァイオリンの探索を頼んだ時に、順を追って説明したじゃないか。我々の自宅から盗難に遭ったヴァイオリンを、朱徐季の孫娘であり朱栄志の愛人でもあった朱向紅が、三年前にこっそりと入手し、そしてこの日本に持ち込んだ。それはヴァイオリンの内側に残された朱徐季のサインによって、孫とされていたバーバラと栄志のふたりが、実は娘と息子だったことがわかるからだ」

「確かに向紅はそう考えたんでしょう。彼女が朱徐季の孫娘だったことを思えば、そういった話を徐季自身の口からおぼろげに聞かされていた可能性は充分にあり得るはずです。そして、朱栄志もまた当初はそう考えたかもしれない。しかし、実際にはヴァイオリンのラベルにあったのは、『親愛なる我が娘、バーバラへ』とする朱徐季のサインで、栄志の名前はどこにもありませんでした」

「わかっているさ。だが、それは現物を見つけて初めてわかったことだ。それに、バーバラと栄志の父親である李光輝は、亡くなる何年も前から癌の闘病生活を送っていた。その治療の副作用によって子種がなかった話は、きみらも妻から聞いて知っているはずだ。朱栄志も同じことを知り、そして、自分の父は朱徐季だと確信し、それを証明するためにヴァイオリンを入手しようとしていたんだ」

「そうでしょうか。確かに昨夜、バーバラからもそう聞かされました。その時点では、何とも言えなかった。でも、今は違います。私はそうは思わない」

「私はあなたの奇想天外な意見など聞きたくない。私も妻も、疲れているんだ。こんな話はもうやめにしよう」

「いいえ、待って。私は聞きたいわ。貴里子、どうか続けてちょうだい」

ずっと黙っていたバーバラが、夫の言葉に被せて主張した。

彼女は両手を膝に置き、背筋を伸ばして坐っていた。

「バーバラ」と呼びかける夫に向け、ゆっくりと首を振って見せる。

「私は知りたいの、マーク。しばらく彼女の話を聞きましょう。お願い」

静かに告げてから、改めて貴里子を見つめてきた。自分でも不思議な感情だったが、貴里子はその目に励まされて先を続けることにした。

「ありがとう、バーバラ。そうしたら、ひとつ、あなたに正直に答えて欲しいことがあるんです」

「なあに？」

「あなたは昨夜、ヴァイオリンのラベルに書かれている文句を知った時、『やはりそうだった』と言いました」

「ええ、言ったわ。なんとなくそう予測していたから。それも言ったでしょ」

「はい、聞きました。あなたはその予測を、どこかで朱栄志に話しませんでしたか？」

バーバラは一瞬、答えに詰まったが、その後の口調は今までと変わらず淡々としたものだった。

「ごめんなさい。隠してたけれど、その通りよ。あの子にもそう話しました」

「それは、一年前、朱栄志が弁護士を通じて連絡して来た時ですか？」

「いいえ、違う。日本に来てからよ。あの子から、連絡があったの。そして、ヴァイオリンのラベルについて、何か知ってることはないかと訊かれたから、私、自分の考えを正直に伝えたの。だって、あの子が何か間違った期待をしてヴァイオリンを探しているとしたら、可哀想だったから。マーク、ごめんなさい。このことを隠していて」

「いや、いいんだ」

そう応じるウエスラーの様子を、貴里子はじっと観察したのち、適当な間合いを選んで再び口を開いた。

「バーバラ、もうひとつ教えてください。あなたは最初に私に会った時に、ヴァイオリンを探すのなどやめてくれと言った。あれは、自分の出生の秘密が書かれているかもしれないヴァイオリンを、わざわざ見つけたくなどなかったためと、それから、もしも弟がそれを必要としているのならば、弟に入手させてやりたいという気持ちからですね。そして、ヴァイオリンを入手してからは今度は、弟が望むならば、渡してやりたいと思うようになった。それでいいですか？」

「ええ、そう」

バーバラが端的に頷くのを確かめ、貴里子は今度はウエスラーに視線を向けた。

「ウエスラーさん、あなたにもひとつお訊きしたいのですが、なぜあなたはバーバラよりも先に日本に来て、ヴァイオリンを見つけ出そうとしたんですか？」

「決まっているじゃないか。それは、妻のためだよ。妻が大切にしていたヴァイオリンを見つけてやりたかったからだ」

「だけど、奥様はそんなことなど望んではいなかった」

「確かに勇み足だったかもしれない……。だが、こっそりと見つけ出して、妻を喜ばせたかった。夫婦の間では、よくあることさ」

ウエスラーは話す途中から顔の向きをバーバラへと移し、それとなく同意を求めるように頷いた。

「率直に伺います」貴里子は畳みかけた。「あなたには、バーバラには内緒でヴァイオリンを探し出したかった特別な理由がおありじゃないですか？」

「しつこいな、あなたは。他の理由などないさ。妻を喜ばせるためだよ」

ウエスラーは少しもたじろがなかった。目下の者を相手にする時の鷹揚さと余裕に満ちた口調で応じる。

「ウエスラーさん、あなたのお仕事の話を聞かせてください」

貴里子がそう切り出すと、笑みらしき形に唇を留めたまま、ゆっくりと何度か瞬きした。警戒したのだ。

「私のビジネスとは、それは例えばどういうことだね？」

「あなたはテキサスで石油会社を経営するだけではなく、様々な事業に進出して、その手腕を発揮なさっています。晴海埠頭に停泊していた豪華客船を有する船舶会社に投資しているのも、そのひとつです」

「ありがとう、と礼を言うべきなんでしょうね。しかし、今ここであなたから、私のビジネスについての解説を改めて聞かされる必要はありませんよ」

「失礼しました。では、話をひとつに絞ります。イギリス贔屓のあなたは、お国に競馬をもっと普及させるのが夢で、既にニューメキシコ州にひとつ競馬場を持ってる。そして、現在、ロサンジェルス郊外の競馬場を買収しようとなさってる。こういった記事を、私はネットで見つけました。間違いありませんか？」

「競馬は紳士のスポーツだよ。我が合衆国にも、競馬がさらに普及すべきだ」

「それはそうかもしれませんね。ところで、あなたが買おうとなさっているこの競馬場は、ほとんど破産状態にあるとも読みましたが」

「私が立て直してみせるさ」

「あなたはこれを、どなたからお買いになるんですか？」

「アメリカ政府から許可を受けて、競馬場の経営を行ってきた現地法人からだよ。何かおかしなことでもあるかね」

「私がお訊きしているのは、その法人の後ろにいる組織のことです。そこにはアメリカのチャイニーズマフィア、つまり黒社会が関わっていますね」

ウエスラーは、初めて答えるのを躊躇った。

引き攣った顔つきが、図星を指されたことを物語っていた。

「ビジネスは、明るい面だけじゃ成り立たない。裏側で、そういった裏社会と関係を持たねばならないことだってあるさ。嫌でも、避けては通れない道なんだ」

「確かにそうでしょう。日本でも同じです。でも、今のあなたは嘘をついてます。この関係は、避けて通れないために嫌々ながら結んだものではないはずです。むしろ、カリフォルニア州では部外者のあなたは、御自分のビジネスを広げるため、黒社会との関係を積極的に求めた。アメリカ連邦捜査局が送ってくれた資料には、かなり詳しい結びつきが書かれていました。今、そのひとつひとつを取り上げることはしませんが、例えばあなたはロサンジェルス港のあるサンペドロ湾に面した広大なエリアの再開発事業を推し進めるために、黒社会の手を借りたはずです。日本流に言えば、地上げ業者ということになります。この業者も、あなたが買った競馬場の経営を実質的に仕切っていた業者も、ともに五虎界のある一派の人間で、その一派のボスは宗偉傑ですね」

「そんな男は知らん……」

　否定はあまりに早かった。

「バーバラ、あなたはこの名前に聞き覚えは？」

　貴里子はバーバラに顔を移して訊いた。

「いいえ……。いったいどういうことなの、貴里子？」

「宗偉傑は、今、朱栄志と激しく覇権争いをしている相手です。そして、昨日、朱栄志の隠れ家を急襲し、さらには晴海埠頭であなた方のボディーガードだったボビー・呉の運転する車を襲ってきた白嶋徹という男は、日本の神竜会という暴力団とこの宗偉傑を繋ぐキーパーソンでした」

「もうやめないか」ウエスラーが声を荒らげた。ソファから腰を浮かし、もの凄い顔で貴里子を睨んでいた。

　隣の沖が反射的に身構えるが、貴里子はそれをそっと手で制した。

「落ち着いて、マーク。坐ってちょうだい」

バーバラが言った。静かで凜とした声だった。

彼女は夫をとめてから、貴里子と沖の中間辺りを見つめてゆっくりと深呼吸をした。頭を整理し、自らの力で答えを得たにちがいない。

だが、それを口にする役目を貴里子に求めてきた。

「続けてちょうだい、貴里子。まだ、続きがあるんでしょ」

貴里子は決意を込めて頷いた。

「自分が大株主を務める船舶会社の豪華客船に朱栄志を匿い、出国させればいい。御主人は、あなたにそう提案しましたね。でも、その提案には裏があった。ボディーガードのボビー・呉は、ウエスラーさんに命じられ、最初から白嶋徹たちに引き渡すつもりで朱栄志を迎えに行ったんです。そして、あなたに対しては、運悪く追っ手に見つかってしまい、朱栄志を奪われてしまったと報告する予定だった。しかし、朱栄志は一枚上手でした。ウエスラーさん、あなたは彼を甘く見ていた。自分と宗偉傑の結びつきを知られているはずはないと踏み、高を括っていた。朱はそんなあなたの裏をかき、白嶋と我々警察の目が晴海に向いている隙に、まんまとどこかに身を隠してしまったんです」

「もういい。わかったから、やめてくれ」

ウエスラーが言った。ちょっと前の高飛車な態度は姿を潜め、再び疲労の影が滲み出ていた。

「バーバラ、聞いてくれ。何もかもが、きみのためなんだ。嘘をついてしまったことは謝る。だが、僕がきみを守らなければならなかった」

バーバラはソファで体をずらし、夫が伸ばしてくる手から逃れた。

大きく見開いた両目でウエスラーを見つめ、子供がむずがるように首を振る。

「やめて、マーク。栄志は、私の血を分けた弟なのよ。それを、こっそりと殺そうとしたなんて……。なぜ、それが私のためなの――」

「わかるだろ、バーバラ。彼は危険な男だ。チャイニーズマフィアであるだけでも危険なのに、その上、常に組織の中でもめ事を作ってきたトラブルメーカーだ」

「宗（ソン）という男から、そう言われたのね」

「――バーバラ」

「あなたが積極的にヴァイオリンを手に入れようとしたのは、なぜ？　どうして私よりも先に日本に来て、ヴァイオリンを探し出すことを警察に依頼したの？　なぜ私の耳には、一言も入れようとしなかったの？　あなたが言えないなら、私が言うわ。アメリカの黒社会との関係を密にするためには、自分の妻が朱徐季の血筋であることを指し示す証拠があったほうがよかったからね」

ウエスラーの表情が砕け散った。

目に見えない無数のひび割れによって、自信に満ちた経営者の顔は剝がれ落ち、代わりに年若い妻に固執して右往左往する五十男の顔が現れた。

「違う。断じて違う。私がヴァイオリンを入手しようとしたのは、それを第三者の手に渡さないためだ。誰か事情に通じた人間がヴァイオリンを入手し、きみがチャイニーズマフィアの家系の一員だと知ったらどうなる。バーバラ、きみには何もわかっていない。今まで、警察もマスコミもきみの過去について一切取り上げようとしなかったのは、すべて僕が押さえていたからなんだよ。僕は、決してきみの一流ヴァイオリニストとしての名声を汚(けが)させはしない。きみには、僕の庇護(ひご)が必要なんだ」

捲(まく)し立てるマークを前に、バーバラは小さく何度も首を振った。両手を胸の前に突き出し、喋り続けようとする夫を押し止める。

「聞いて、マーク。わかっていないのは、あなたのほうよ」

「何をわかっていないと言うんだ?」

「愛についても、夫婦についても、そう……」

「バーバラ……」

「あなたが私の名声を汚したくないのは、あなたがそういう妻を望まないからよ。石油王マーク・ウエスラーの妻は比類なき天才ヴァイオリニストで、チャイニーズマフィアとの関係などあってはならないし、ましてや母親と祖父の間に生まれた娘でなどあってはならないから。でも、私の血筋が仕事上の結びつきに必要だと思えば、それを利用することだってあなたは厭わない」

「違う。違うんだ、バーバラ。僕はきみが朱徐季の孫だと証明したかっただけだ。まさか、娘だなんて……。知っていたならば――」

バーバラの右手が動き、ウエスラーの頰で大きな音を立てた。

「知っていたならば、何？　孫だったならば、そのことが記されたヴァイオリンを誇らしげに宗に見せるつもりだったのね。可哀想な人……」

呆然として言葉を失ったウエスラーの手の甲に、バーバラがそっと手を載せた。

顔を伏せてその手を見つめるうちに、大柄なテキサス男は小さく萎んでしまった。

バーバラは首だけ動かし、貴里子を見た。

「もういいでしょ、貴里子。あなたの勝ちよ。だから、私たち夫婦をふたりきりにしてちょうだい」

貴里子は黙って頷いた。

腰を上げると、一言も発せずにずっと様子を見守っていた沖もすぐに続いた。

「なぜ不機嫌そうな顔をしてるんです？」

部屋を出、並んで廊下を歩き出すとすぐ、沖は貴里子に低い声で訊いた。

「別にしてないわ」

「駄目ですよ。あなたは表情を隠しきれる人じゃない」

沖が苦笑して指摘すると、貴里子はふっと息を吐き落とした。

「不機嫌じゃないけれど、ちょっと腑に落ちないだけ」

「何が？」

「覚えてない？　バーバラは陳莫山の家の前で偶然に出会った時、ヴァイオリンのことで何かわかったら、ウエスラーにではなく自分に報せてくれと言ったでしょ。理由を訊いても、適当にはぐらかされてしまったけれど、もしかしたら彼女は自分の夫に対して、長いことずっと何か勘づいていたんじゃないかしら」

「じゃあ、勘づいていても、言わなかったと？」

「ええ」

「なぜ？」

「夫婦だから」

沖はスキンヘッドを平手で擦った。

「どうも、俺にゃ苦手な分野の話だな」

ちょうど廊下の曲がり端で、大きな花束を抱えたホテルのボーイと擦れ違い、体をよけた。

エレヴェーターホールに着き、下りのボタンを押した時だった。

破裂音がして、沖たちは反射的に背後を振り返った。

「幹さん――」

貴里子が声を上げた時にはもう、沖は走り出していた。今歩いてきた廊下を駆け戻ると、角を曲がるとともにボーイの姿が見えた。さっき花束を持っていたボーイは、今はしきりに部屋のドアをノックし、血相を変えて中に呼びかけていた。

そのドアがウエスラーたちの部屋のものだとわかるとともに、沖は銃と警察手帳を抜き出した。

「警察だ。何があったんです?」

ボーイはまだ二十代の若い男だった。

「花をお届けしたんです。帰ろうとしたら、部屋の中で大きな音が――」

「ウエスラーさん、バーバラ、何があったんですか? 開けてください」

貴里子がドアを叩く。

「緊急事態だ。鍵を開けてくれ」

沖がボーイに言った時、ドアが内側から開き、紙のように蒼白(そうはく)な顔をしたバーバラが立っていた。

彼女の体の横を擦り抜けて部屋に飛び込むと、真正面にウエスラーがしゃがみ込んでいた。花束の花が床一面に散っている。ウエスラーは携帯を耳元に当てており、沖たちが近づくのを片手で制した。両手とも真っ赤だった。

「大変、血が――」

貴里子がハンカチを抜き出して駆け寄った。戸口のバーバラが、英語で何か捲し立てる。沖にははっきりとは聞き取れなかったが、花束が手の中で爆発した、と説明しているらしい。

沖が携帯を出して救急車を呼ぼうとすると、ウエスラーがはっとしてこっちを見た。血の気の引いた青白い顔をし、両目を大きく見開き、携帯を口から離して英語で何か訴えかけてくる。

「どこにかけるのかと訊いてる。そして、自分は大丈夫だから、騒ぎたてないで欲しいって」

貴里子が口早に訳して聞かせた。

「医者を呼ぶんだ。心配ないと説明してくれ」

沖は貴里子に告げて一一九番にかけた。

その電話を終えて仕舞うと、ウエスラーが自分の携帯を顔の前に突き出してきた。

「朱（チュー・ロンジー）栄志からよ。あなたと話したいと言ってる」

貴里子に告げられ、沖は唾を飲み下した。

「朱栄志が――」

ウエスラーとバーバラの顔を交互に見つめたあと、床に散った花へと改めて視線を巡らせるうちに、どういうことなのか理解できた。

「すぐに支配人に連絡し、誰もこの部屋に近づけないようにしてくれ。わかったな」

ホテルボーイに命じて部屋の外へと走らせ、ウエスラーの手から携帯を受け取った。耳元に運びつつ、ウエスラーとバーバラの前から一歩部屋の奥へと歩みを進めた。

「元気ですか、幹さん。惜しかったですね。今回は、ほんとに惜しかった。もう一歩のところだったのに、どうしても僕を捕らえきれなかった」

「こんな電話をして来るということは、もう自分のテリトリーにいるんだな」

「とっくの昔にね。豪華客船に乗れなかったのは残念でしたけれどね、僕を殺したがってる相手に売り渡されたんじゃあ、敵わない。自分のルートで安全な場所に出ましたよ」

朱栄志が嘯くのを聞きながら、沖は暗い笑みを浮かべた。

「花束の中に時限装置つきの爆薬を仕込んだな。これは、警告のつもりか？」

「ええ、その男には今しっかりと言い聞かせました。次につまらないことを考えた時には、命がないとね。運が良い男ですよ。僕の姉の亭主でなかったならば、もうとっくに殺されている」

「ボビー・呉の携帯を使って帝国ホテルに電話をかけたのは、おまえだろ。携帯を警察が見つければ、ウエスラーの企みを見抜くと踏んだんだ。そして、あのボディーガードの車を餌にして、白嶋たちを晴海に引きつけた」

「さすがに察しがいいな。あなたの能力を買ってあげたんですよ。がさつに見せてるが、ほんとは繊細な刑事だ。だから、きっと気づくだろうとね」

「お褒(ほ)めに与(あずか)って、礼を言うよ。ついでに、もうひとつ聞かせろ。おまえがヴァイオリンを入手しようとしたのは、おまえ自身じゃなく、姉貴のためか」

　朱栄志は初めて一瞬、答えに詰まった。

「どういう意味かわからないな。たまには僕も間違います。とんだ勇み足だった」

「嘘をつけ。ヴァイオリンには、バーバラが朱徐季の娘であることを示すサインがあった。だが、おまえ自身の名前はない。おまえはつい最近、姉のバーバラと話し、彼女がそう推測するのを聞いたはずだ。それでもなお、ヴァイオリンを入手しようとし続けた。ウエスラーがヴァイオリンを利用して宗偉傑(ゾン・ウェイジェ)との繋がりを深めれば、姉に危険が及ぶかもしれないし、致命的なスキャンダルにもなりかねない。姉の出生の秘密を、表に出したくなかったんだろ」

　溜息を吐いたのか、息を漏らして笑ったのか、どちらとも判断がしにくい音が電話から漏れた。

「僕らの母は狂人でしたよ。そして、父親は敗残者だ。だが、姉は違う。幹さん、僕はね、バーバラ・李(リー)の音楽のファンなんですよ。あんな素晴らしい音楽を奏でられる人間が自分の姉であることは、僕の誇りです」

「いいことだな。だが、それじゃあ母親の性格を狂人のようにまで歪めてしまった朱徐季という男は、どうなんだ？　教えろよ。あの男が自分の祖父でありながら父でもあると知った時、おまえはどう思ったんだ？　あの老人もおまえの誇りだったのか？」

「幹さん、あんたは嫌なやつだな」

「おまえに好かれたくなどないさ」

朱栄志は楽しげに笑った。

「答えは、今度会った時に教えましょう。近いうちに必ず会うことになる。そうでしょ。神竜会の爺がつまらない小細工をしていたことがわかったし、それにどうやらお宅の署内にも、片をつけねばならない人間がいるようだ。それじゃあ、今回はこれでごきげんよう」

沖は切れた携帯をまだ耳に当てたまま、ゆっくりとひとつ深呼吸をした。

人を食ったいつもの口調に潜む、朱栄志の激しい怒りに気づいていた。

間違いない。神竜会の彦根泰蔵と、五虎界の宗偉傑。やつはこのふたりの大物に対して、真っ向から闘いを挑むつもりでいる。

それは紛れもなくK・S・Pにとっても、創設以来最大の闘いになるはずだ。

16

その夜、殉職によって警部に昇進した谷川卓の通夜が、母とふたり暮らしだった自宅に近い杉並区の斎場を借りて営まれた。

貴里子や分署の幹部たちはもちろん、内勤の署員たちも、特別な任務についている以外の捜査員も、三々五々、署から斎場へと移動した。

読経の間中ずっと、貴里子は警察の代表者のひとりとして、遺族のすぐ傍の席で弔問客たちと接せねばならなかった。

間近に見る谷川の母は、病院で会った時よりも一層小さく、しかも年老いて感じられた。だが、凜々しく背筋を伸ばして坐り、決して涙を見せなかった。

焼香が終わると、彼女は貴里子に深く頭を下げた。

揺れ続けていた貴里子の気持ちが決まったのは、その時だった。


畳敷きの大広間に食事と飲み物が用意されており、焼香のあとはなんとなく部署ごとに分かれて酒席となった。

沖は特捜部の柏木、柴原、仲柳とともに、刑事課と同じ大テーブルに坐ったが、用意された弁当をウーロン茶で腹に収めるだけに留め、そっと柏木に耳打ちして部屋を出た。まだ意識の戻らない平松のことが気になっており、車で父の病院へ向かう途中で回ってみるつもりだった。

だが、廊下を歩き出そうとした時に携帯が鳴り、ディスプレイを見ると沙也加の名前が表示されていた。彼女は今日も仕事を休み、ずっと平松につき添っている。

「もしもし、幹さん」耳に飛び込んできた彼女の声は、喜びを嚙み殺しているようにも、涙を堪えているようにも聞こえ、落ち着かない感じはピークに達した。

「そうだ、どうしたんだ？」

「よかった、幹さん。たった今、あの人の意識が戻りました」

沙也加に告げられ、胸が一気に温かくなった。どっちに倒れるかわからないままで痼っていた気持ちが、柔らかくなっていくのがわかる。

「戻ったか、そうか。よかった。ありがとう。涙声に聞こえたから、どきっとしちまったぜ。みんなにもすぐ伝える。今、そっちへ向かおうとしてたところだ。もう会えるのか？」

「いえ、お医者さんが、しばらくはまだ安静を保ったほうがいいからって」

「わかった。面会ができるようになったら、またすぐ連絡をくれ」

沖は礼と労いの言葉をかけて電話を切った。

出てきたばかりの大広間に戻ると、声の大きさを測って口を開いた。

「みんな、ちょっと聞いてくれ。病院から連絡が来た。平松の意識が戻ったそうだ」

通夜の席であまり騒ぎ立てるのは遠慮されて、控えめな声で告げたのだが、そんな気遣いは無意味だった。一瞬静まり返った署員たちが、一斉に拍手し歓声を上げた。

控え室で谷川の母親たちと一緒に過ごしていた貴里子は、大広間の喧噪に驚いて席を立った。

何事かと廊下に顔を出したところ、報告に走ってきた秘書の絵梨子に耳打ちされ、思わず顔を綻ばせた。

言問いたげに見つめる谷川の母親にも話して聞かせたあと、貴里子はそこを退室して大広間へと向かった。

緊張と痛みばかりの毎日だったのだ。その最後に、部下のひとりをこうして送らなければならない通夜と葬儀が待っていた。

そんな中、あの剽軽でちょっと独りよがりな平松という男とまた会えると知った喜びを、自分も他の署員たちと分かち合いたかった。

廊下の先、大広間の入り口付近に立って、沖が携帯で誰かと話していた。

貴里子が歩調を速めて近づくと、ちょうど電話を終えた沖がこっちを向いた。

貴里子と目が合い、背中をどやしつけられたように驚きを露わにした。

「私も今、教えて貰ったわ。よかった、平松さんの意識が戻ったのね」

「ああ、よかったよ」と応じる声に力がなく、沖は疚しいものでも隠すかのように携帯をポケットに仕舞った。

「どうしたの、幹さん。今のは、何の電話だったの……？」

「何でもない」言いかけ、苦しげに喘いでから言い直した。「親父が死んだ」

「え——」

貴里子は自分の唇から間の抜けた声が漏れるのを聞いた。繋ぐ糸が切れ、その先の言葉は胸の中で屯するだけで出てこなくなった。

「だって、無事に救出されたのに……。元気だったんでしょ。話したんでしょ」

「ああ、昨日、話したさ。だが、心筋梗塞の発作が起こったらしい」

「そんな……」

「詳しいことはわからない。とにかく、今から病院に行ってくる」

沖は定まらない視線を廊下の先の薄闇に走らせつつ、途方に暮れたような声で言った。こんな沖を見るのは初めてだった。自分に対してだけはいい。でも、決して他の人に見られてはならない顔だった。なぜならば、この男は貴里子が知る中で最も凜々しく、誰よりも強い男だからだ。

「あとでまた電話を入れる」

そう告げて背中を向けようとする沖を、貴里子は引き止めた。

「待って。ちょっと待ってて。荷物を取ってくる。私も一緒に行くわ」

早口で言い置くと、沖の返事も聞かずに廊下を控え室へと駆け戻った。

驚いた顔を向ける谷川の母親に、急な用事ができたので、申し訳ないが失礼するといったような言葉を、自分でも何と言っているのかよくわからないままに告げると、慌てて手荷物を取り上げた。何か持ち忘れているような気もしたが、なんだかよくわからなかった。

——沖を受け入れることはできない。

——部屋を訪ねて欲しいと言ったけれど、自分には鍵を開けることはできない。

——亡くなった谷川のためにも、署長として仕事に励み続けるには、同じ署の刑事とそんな関係になることは決してできないのだ。

焼香の間ずっと、胸の中で何度もそう繰り返し、そして、涙を堪える谷川の母親を見て決心を固めたはずなのに、今は何もかもが吹き飛んでしまっていた。

貴里子は逃げるようにして控え室を飛び出し、廊下を駆け戻った。

しかし、沖はそこにはいなかった。

大広間の入り口には誰もおらず、部屋の中からは酒の酔いが醸す笑い声が漏れ出ている。

——きっと駐車場で待っているのだ。

貴里子は玄関ホールへと駆け、エントランスのガラス戸を押し開けて何段かの階段を駆け下りた。

駐車場の一角に、こっちをじっと見つめて立つ沖を見つけ、ホッと胸を撫で下ろした。行かなくては。

だが、沖の前に立って向き合い、その顔を見つめた瞬間にわかった。

三年に亘って一緒に捜査に邁進し、時にはともに死地を潜り抜けてきた男だった。呼吸を合わせて容疑者の口を割らせ、協力してホシに手錠をはめてきたのだ。だから顔を見るだけで、充分にわかる。

いや、違う。この男の気持ちがわかるのは、それは私がこの男を愛しているからだ。

「俺ひとりで行く」

沖は何の躊躇いもなく、貴里子が思った通りの言葉を口にした。

「俺ひとりで充分だ。きみは署の代表者として、最後まで谷川につき添ってやっていてくれ」

「でも……」

貴里子は自分の声が震えるのを感じた。

「村井さん、あんたは署長なんだ。一刑事の父親が亡くなったからと言って、あたふたするべきじゃない」

「でも……」

必死で堪えようとするのに、熱いものが込み上げてきた。

沖はそんな貴里子を見て、怒ったような声で吐き捨てた。

「神竜会と五虎界が手を結んだ。それに、朱栄志は、必ず近いうちにまた動きを起こす」

「だから、何――」

「きみの邪魔になるわけにはいかない」

「幹さん……」

沖の目の中に何かが燃えた。

だが、それ以上はそれを見せまいとするかのように背中を向け、運転席のドアを開けて乗り込んだ。

貴里子のほうへはもうちらっとさえ視線を向けず、フロントガラスを睨みつけて車を出した。


バックミラーに貴里子が映り、じっとこっちを見つめていた。だが、何もかも振り払うようにアクセルを踏み込むと、すぐに小さくなって消えた。

この数十時間、ずっと心の片隅で、事件が解決すれば部屋を訪ねると思い続けていた気持ちが今は懐かしかった。

それは、叶わぬ望みだったのだ。

車の鼻先にある闇を、ヘッドライトが追い払う。

アスファルトがライトを照り返し、夜の底が白くなる。

「さようなら」

沖は自らの唇の隙間(すきま)から漏れる、低い別れの言葉を聞いた。

解説――大河警察小説K・S・P、その一つの頂

村上貴史
（ミステリ書評家）

■香納諒一

この『女警察署長』で四作目となる《K・S・P》は、香納諒一の手による警察小説シリーズだが――これは全くもって強力無比なシリーズだ。

歌舞伎町、暴力団、刑事。

夜、銃、殺人。

金、裏切り、血。

多くの作家によって幾度となく用いられてきた題材を使いつつも、スリリングで新鮮で胸に響く作品群に仕上がっているのである。

香納諒一。なんて作家だ。

■Ｋ・Ｓ・Ｐ

警視庁歌舞伎町特別分署。英語で表記すれば、Kabukicho Special Precinctとなる。外国人の大量流入に伴い治安が悪化しつつある歌舞伎町界隈(かいわい)の犯罪を専門に取り締まるために創設された分署だ。その分署の特捜部を中心とする面々が、歌舞伎町に巣くう暴力団やチャイニーズマフィアを相手に闘う姿を、警察組織のキャリア組の暗闘と絡めながら描くのが、香納諒一の長篇警察小説シリーズ《Ｋ・Ｓ・Ｐ》である。

ＫＳＰに新署長が赴任する朝、署の正面玄関前で容疑者を連行中の刑事が狙撃され、容疑者と複数の警察官が死体となって転がった事件をきっかけに、新宿を舞台に複数の組織が入り交じった抗争が勃発する……というシリーズ第一作『孤独なき地』が刊行されたのは二〇〇七年のことだった。

シリーズを牽引(けんいん)していく主役として沖幹次郎警部補をＫＳＰの特捜部のチーフとして登場させ、彼を取り巻く様々なキャラクターたち――上昇志向の強い新署長の深沢、深沢と同じくキャリア組で署長秘書を務める村井貴里子、はぐれ者だが有能な円谷太一をはじめとする沖の部下たち――をこの第一作に登場させた時点で、香納諒一は、十部作構想を持っていたという。そう、このシリーズは、実に壮大な構想のもとにスタートしたのだ。

第二作『毒のある街』は翌二〇〇八年、第三作『噛む犬』は二〇一一年に刊行された。

前者は、沖の目の前で発生した不可解な自殺未遂事件で幕を開け、さらに、新宿で最も勢力を持つ神竜会の構成員が関西系暴力団の傘下にある組織の一人に射殺され、さらに神竜会幹部がチャイニーズマフィアに爆殺されるという事件が描かれる。第一作のチャイニーズマフィアと警察との争いを色濃く引きずった第二作であった。

第三作は、新宿の高層ビル街で白骨化した死体が発見されるという事件で幕を開ける。死んでから一年以上も新宿の街のなかにその死体は放置されていたのだ。その事件が契機となり、過去の轢(ひ)き逃げ事件に新たな光が当てられることになる。

刊行ペースは徐々にゆっくりになってきているが、内容は巻を追う毎(ごと)に深みを増してきているし、ボリュームも増してきている（文庫版で四八七ページ、五六九ページ、五八三ページ、という案配だ）。

そしてその豊かな流れの先にあるのが、この『女警察署長』なのである。ちなみにこの作品のページ数は御自身で確認していただければと思う。

■女警察署長

当初は秘書としてKSPに所属した村井貴里子は、その後、特捜部のチーフとなり、ついには、署長にまで昇進した。深沢の後任である広瀬が二年間署長を務めた後、第四代としてその座についたのである（広瀬が署長となったのは第三作『噛む犬』でのこと）。

その彼女に、直々(じきじき)に依頼が持ち込まれた。警視庁警備部長の畑中文平という大物が貴里子を帝国ホテルに呼び出し、東京都知事同席のもとで行うという異例の依頼である。依頼人はテキサスの石油王マーク・ウエスラー。彼の妻であり、世界的ヴァイオリニストであるバーバラ・李(リー)がかつて自宅から盗まれたヴァイオリンを取り戻して欲しいというのだ。盗まれたのは二十世紀のストラディバリウスと呼ばれる中国人の楽器職人で、日本在住の陳(チェン)　莫山(モーシャン)の手による名器とのこと。最近になって楽器を盗んだ犯人が、それをある女性に売ったことが判明した。その女性の名は、朱(チュー)　向紅(シアンホン)。三年ほど前、貴里子も係わった事件で多くの人を傷付けた爆弾魔である（『孤独なき地』『毒のある街』）。だからこそウエスラーたちは貴里子に依頼したのだ……。

一方、沖は他の特捜部のメンバーとともに、埼玉県警に合流していた。盗難車を海外に密輸出するための解体現場での捕り物に参加するためだったが、その現場で猛烈な腐臭に包まれた死体を発見することになってしまう。その死体は神竜会のメンバーだった……。

まずはプロットが実に巧緻(こうち)だ。〝歌舞伎町〟や〝暴力団〟というキーワードからは直接想像しにくいが（ＫＳＰシリーズの前三作に親しんできた読者ならそうでもないだろうが）、様々な思惑(おもわく)の絡み合いを、香納諒一はなんとも鮮やかに編み上げているのである。本書でそれを象徴するのが、バーバラ・李のヴァイオリンだ。誰がなんのためにそれを手中に収めようとしているのかという点が、きっちりと作り込まれている。貴里子たちがその真相に近付いていく一歩一歩が読ませるし、また、その一歩一歩毎に景色が変化する様も堪能できる。もちろん真相がもたらす衝撃も充分だ。しかもその真相は、この『女警察署長』という一冊の小説のなかで意外性も備えているだけでなく、シリーズ読者にはなお深く刺さるものとなっているのである。

警察小説としての構成も素晴らしい。現場の刑事同士の、あるいは所属部署同士のライバル意識や流儀の違いをくっきり描いているのは当然として、その刑事達の士気にキャリア組の勢力争いが強く影響を及ぼす様もしっかりと描いているのである。それも、まさにキャリア組の一員である村井貴里子の視点を通じてだ。現場を知り、キャリアの世界を知る彼女だからこその苦悩が、読み手の胸に深く響いてくるのである。

そこにさらに女性という難しさが加わる。男女平等という言葉はあるものの、それが実現されているとは言いがたい日本社会において、警察という組織も例外ではない。そうした社会で〝女警察署長〟として役割を果たしていく貴里子の警察署長としての側面と女性としての側面を、香納諒一は本書できっちりと語ってみせた。貴里子の視点で語るだけでなく、周囲の視点からもだ。ＫＳＰの一人は、貴里子を巡るＴＶ報道を見てこう言う。「なんで署長にわざわざ『女性』をつける必要があるんでしょうね」と。貴里子とともに数々の現場を経験してきたＫＳＰの面々には、こうした想いが自然に宿るようになっているのだ。〝女性警察署長〟と呼ぶことの不自然さに、彼らは気付き始めているのである。

だからこそ、本書は『女警察署長』というタイトルになったのであろう。読者の気付きが試されているのである。

貴里子と対比する形で、〝女ヴァイオリニスト〟（そんな表現は用いられていないので念のため）が描かれている点にも注目しておきたい。バーバラ・李である。組織に属するのではなく、芸術家として個人で活動している女性であり、一方で石油王の妻でもある。組織の長であり独身女性であるという貴里子とは対照的な設定だ。それ故に両者の特徴がよけいに明確になる。香納諒一の小説作りのうまさがよく見て取れるポイントだ。ちなみにそのバーバラ・李がクライマックスで果たす役割もまた、本書の読みどころの一つである。

本書は恋愛小説でもある。誰と誰がどうくっつくとかくっつかないとか、『ロミオとジュリエット』型の障壁との闘いとか、そうしたことはいちいちここには記さないが、本書は、『孤独なき地』に始まる大恋愛小説の節目となる一冊なのである。〝歌舞伎町の暴力団抗争〟くらい手垢（てあか）のついた設定の恋愛劇ではあるのだが、香納諒一の手にかかると、それらは新鮮で一級の小説に化ける。読者は本書を通じてそれを体感するであろう。

貴里子やバーバラ・李以外の一人ひとりにもきちんと目配りがなされている。

本書は沖と父親の物語でもあるし、妻と娘を殺された円谷の物語でもある。警察組織での新人育成も語られれば、暴力団の組織内での力学も描かれている。ある人物が周到にある仕掛けを施してきたことも明らかにされる（シリーズの過去三作を使って香納諒一が読者を周到に騙してきたともいえる)。数多い登場人物の一人ひとりを、善玉であろうと悪玉であろうと、香納諒一が慈(いつく)しんで産み落としたことのあらわれといえよう。

ボリュームも増したが、それ以上に内容が濃く深くなったシリーズ第四作、それがこの『女警察署長』なのである。

■約束

さて、二〇一五年になって香納諒一は『小説NON』に五ヶ月連載という形で新作長篇を発表した。タイトルは『警視庁歌舞伎町特別分署アナザー　約束』、そう、KSPの新作なのである。

殺人の過去を持つ男、在日韓国人の母子、大久保のコリアンタウンの闇金業者、そしてヤクザ。そうした面々が五千万円の入った鞄(カバン)の奪い合いを繰り広げる。裏切りに拷問に流血に、といった具合にアクションに満ちてスピーディーなストーリーのなかで、友情や信頼が語られる。暴力団の親玉ややたらと強い大男、あるいは知恵が回る少年など、登場人物も一人ひとりが個性的で存在感があり、KSPシリーズの名にふさわしい一篇である。

なのだが……どうにも不可解なのだ。沖も貴里子も登場していないのである。神竜会もチャイニーズマフィアも登場しない。KSPのメンバーの描かれ方も、従来作品とは異なっている。

いったい香納諒一はなにを狙ったのか。

一九九一年に小説推理新人賞を受賞して小説家デビューを果たし、一九九九年には『幻の女』で日本推理作家協会賞を受賞したこの作家は、十部作構想のなかで、この『約束』をどう位置づけているのか。

その答えを解説者は、今この瞬間は持ち合わせていない。だから考えてみよう。この『約束』という——あるいは警視庁歌舞伎町特別分署アナザーと銘打たれた——この魅力的な作品の余韻のなかで。

二〇一五年七月（徳間文庫初刊再掲）

本書は二〇一二年七月に単行本で刊行され、二〇一五年九月に徳間文庫化されたものの新装版です。

本作品はフィクションであり、実在の個人・団体等とは一切関係がありません。

徳間文庫

女警察署長(おんなけいさつしょちょう)

K・S・P
〈新装版〉

2024年1月15日 初刷

著者 香納諒一(かのうりょういち)

発行者 小宮英行

発行所 株式会社徳間書店

〒141-8202 東京都品川区上大崎三-一-一 目黒セントラルスクエア

電話 編集〇三(五四〇三)四三四九 販売〇四九(二九三)五五二一

振替 〇〇一四〇-〇-四四三九二

印刷 製本 大日本印刷株式会社

ISBN978-4-19-894915-0 (乱丁、落丁本はお取りかえいたします)